U0534011

莎士比亚全集

III

人民文学出版社

目　　次

亨利四世上篇 …………………………………………… *1*
亨利四世下篇 …………………………………………… *103*
温莎的风流娘儿们 ……………………………………… *215*
无事生非 ………………………………………………… *315*

亨利四世上篇

朱 生 豪 译
吴 兴 华 校

King
HENRY THE FOURTH.
Part I.

Act II. Sc. 4.

剧 中 人 物

亨利四世
亨利　威尔士亲王 ⎫
约翰·兰开斯特　⎭ 亨利王之子
威斯摩兰伯爵
华特·勃伦特爵士
托马斯·潘西　华斯特伯爵
亨利·潘西　诺森伯兰伯爵
亨利·潘西·霍茨波　诺森伯兰之子
爱德蒙·摩提默　马契伯爵
理查·斯克鲁普　约克大主教
阿契包尔德　道格拉斯伯爵
奥温·葛兰道厄
理查·凡农爵士
约翰·福斯塔夫爵士
迈克尔道长　约克大主教之友
波因斯
盖兹希尔
皮多

巴道夫

潘西夫人　霍茨波之妻，摩提默之妹
摩提默夫人　葛兰道厄之女，摩提默之妻
快嘴桂嫂　开设于依斯特溪泊之野猪头酒店主妇

群臣、军官、郡吏、酒店主、掌柜、酒保、二脚夫、旅客及
　侍从等

地　　点

英国

第 一 幕

第一场　伦敦。王宫

　　亨利王、威斯摩兰及余人等上。

亨利王　在这风雨飘摇、国家多故的时候，我们惊魂初定，喘息未复，又要用我们断续的语音，宣告在辽远的海外行将开始新的争战。我们决不让我们的国土用她自己子女的血涂染她的嘴唇；我们决不让战壕毁坏她的田野，决不让战马的铁蹄蹂躏她的花草。那些像扰乱天庭的流星般的敌对的眼睛，本来都是同种同源，虽然最近曾经演成阋墙的惨变，今后将要敌忾同仇，步伐一致，不再蹈同室操戈的覆辙；我们决不再让战争的锋刃像一柄插在破鞘里的刀子一般，伤害它自己的主人。所以，朋友们，我将要立即征集一支纯粹英格兰土著的军队，开往基督的圣陵；在他那神圣的十字架之下，我是立誓为他作战的兵士，我们英国人生来的使命就是要用武器把那些异教徒从那曾经被救主的宝足所践踏的圣地上驱逐出去，在一千四百年以前，他为了我们的缘故，曾经被钉在痛苦的十字架上。可是这是一年前就已定下的计划，无须再向你们申述我出征的决心，所以这并不是我们今天集会的目的。威斯摩兰贤卿，请你报告在昨晚的会议上，对于我们进行这次意义重大的战役有些什么决定。

威斯摩兰　陛下，我们昨晚正在热烈讨论着这个问题，并且已就各方面的指挥做出部署，不料出人意外地从威尔士来了一个急使，带来许多不幸的消息；其中最坏的消息是，那位尊贵的摩提默率领着海瑞福德郡的民众向那乱法狂悖的葛兰道厄作战，已经被那残暴的威尔士人捉去，他手下的一千兵士，都已尽遭屠戮，他们的尸体被那些威尔士妇女们用惨无人道的手段横加凌辱，那种兽行简直叫人无法说出口来。

亨利王　这样看来，我们远征圣地的壮举，又要被这方面的乱事耽搁下来了。

威斯摩兰　不但如此，陛下，从北方传来了更严重的消息：在圣十字架日①那一天，少年英武的亨利·潘西·霍茨波和勇猛的阿契包尔德，那以善战知名的苏格兰人，在霍美敦交锋，进行一场非常惨烈的血战；传报这消息的人，就在他们争斗得最紧张的时候飞骑南下，还不知道究竟谁胜谁败。

亨利王　这儿有一位忠勤的朋友，华特·勃伦特爵士，新近从霍美敦一路到此，征鞍甫卸，他的衣衫上还染着各地的灰尘；他给我们带来了可喜的消息。道格拉斯伯爵已经战败了；华特爵士亲眼看见一万个勇敢的苏格兰人和二十二个骑士倒毙在霍美敦战场上，他们的尸体堆积在他们自己的血泊之中。被霍茨波擒获的俘虏有法辅伯爵摩代克，他就是战败的道格拉斯的长子，还有亚索尔伯爵、茂雷伯爵、安格斯伯爵和曼梯斯伯爵。这不是赫赫的战果吗？哈，贤卿，你说

---

① 圣十字架日（Holy-rood day），九月十四日，罗马教徒之祭日。

是不是?

威斯摩兰　真的,这是一次值得一位君王夸耀的胜利。

亨利王　嗯,提起这件事,就使我又是伤心,又是妒忌,妒忌我的诺森伯兰伯爵居然会有这么一个好儿子,他的声名流传众口,就像众木丛中一株最挺秀卓异的佳树,他是命运的骄儿和爱宠。当我听见人家对他的赞美的时候,我就看见放荡和耻辱在我那小儿亨利的额上留下的烙印。啊!要是可以证明哪一个夜游的神仙在襁褓之中交换了我们的婴孩,使我的儿子称为潘西,他的儿子称为普兰塔琪纳特,那么我就可以得到他的亨利,让他把我的儿子领了去。可是让我不要再想起他了吧。贤卿,你觉得这个年轻的潘西是不是骄傲得太过分了?他把这次战役中捉到的俘虏一起由他自己扣留下来,却寄信给我说,除了法辅伯爵摩代克以外,其余的他都不准备交给我。

威斯摩兰　他的叔父华斯特在各方面都对您怀着恶意,他这回一定是受了他的教唆才会鼓起他的少年的意气,干犯陛下的威严。

亨利王　可是我已经召唤他来解释他这一次的用意了;为了这件事情,我们只好暂时搁置我们远征耶路撒冷的计划。贤卿,下星期三我将要在温莎举行会议,你去向众大臣通知一声,然后赶快回来见我,因为我在一时愤怒之中,有许多应当说的话没说、应当做的事没做哩。

威斯摩兰　我就去就来,陛下。(各下。)

第二场　同前。亲王所居一室

　　亲王及福斯塔夫上。

福斯塔夫　哈尔,现在什么时候啦,孩子?

亲　王　你只知道喝好酒,吃饱了晚餐把钮扣松开,一过中午就躺在长椅子上打鼾;你让油脂蒙住了心,所以才会忘记什么是你应该问的问题。见什么鬼你要问起时候来?除非每一点钟是一杯白葡萄酒,每一分钟是一只阉鸡,时钟是鸨妇们的舌头,日晷是妓院前的招牌,那光明的太阳自己是一个穿着火焰色软缎的风流热情的姑娘,我不知道为什么你会这样多事,问起现在是什么时候来。

福斯塔夫　真的,你说中我的心病啦,哈尔;因为我们这种靠着偷盗过日子的人,总是在月亮和七星之下出现,从来不会在福玻斯,那漂亮的游行骑士的威光之下露脸。乖乖好孩子,等你做了国王以后——上帝保佑你殿下——不,我应当说陛下才是——其实犯不上为你祈祷——

亲　王　什么!犯不上为我祈祷?

福斯塔夫　可不是吗?就连吃鸡蛋黄油之前的那点儿祷词也不值得花在你身上。

亲　王　好,怎么样?来,快说,快说。

福斯塔夫　呃,我说,乖乖好孩子,等你做了国王以后,不要让我们这些夜间的绅士们被人称为掠夺白昼的佳丽的窃贼;让我们成为狄安娜的猎户,月亮的嬖宠;让人家说,我们都是很有节制的人,因为正像海水一般,我们受着我们高贵纯洁的女王月亮的节制,我们是在她的许可之下偷窃的。

亲　　王　你说得好,一点儿不错,因为我们这些月亮的信徒们既然像海水一般受着月亮的节制,我们的命运也像海水一般起伏无定。举个例说,星期一晚上出了死力抢下来的一袋金钱,星期二早上便会把它胡乱花去;凭着一声吆喝"放下"把它抓到手里,喊了几回"酒来"就花得一文不剩。有时潦倒不堪,可是也许有一天时来运转,两脚腾空,高升绞架。

福斯塔夫　天哪,你说得有理,孩子。咱们那位酒店里的老板娘不是一个最甜蜜的女人吗?

亲　　王　正像上等的蜂蜜一样,我的城堡里的老家伙。弄一件软皮外套不是最舒服的囚衣吗?

福斯塔夫　怎么,怎么,疯孩子!嘿,又要说你的俏皮话了吗?一件软皮外套跟我有什么相干?

亲　　王　嘿,酒店里的老板娘跟我又有什么相干?

福斯塔夫　噢,你不是常常叫她来算账吗?

亲　　王　我有没有叫你付过你自己欠下的账?

福斯塔夫　不,那倒要说句良心话,我的账都是你替我付清的。

亲　　王　嗯,我有钱就替你付钱;没钱的时候,我也曾凭着我的信用替你担保。

福斯塔夫　嗯,你把你的信用到处滥用,倘不是谁都知道你是当今亲王——可是,乖乖好孩子,等你做了国王以后,英国是不是照样有绞架,老朽的法律会不会照样百般刁难刚勇的好汉?你要是做了国王,千万不要吊死一个偷儿。

亲　　王　不,我让你去。

福斯塔夫　让我去,那太难得了,我当起审判官来准保威风十足。

亲　　王　你现在已经审判错了。我是说让你去吊死那些贼,当个难得的刽子手。

福斯塔夫　好,哈尔,好;与其在宫廷里奔走侍候,倒还是做个刽子手更合我的胃口。

亲　　王　奔走个什么劲儿?等御赏?

福斯塔夫　不,等衣裳,一当刽子手,衣囊就得肥了。他妈的,我简直像一只老雄猫或是一头给人硬拖着走的熊一般闷闷不乐。

亲　　王　又像一头衰老的狮子,一张恋人的琴。

福斯塔夫　嗯,又像一支风笛的管子。

亲　　王　你说你的忧郁像不像一只野兔,或是一道旷野里的荒沟?

福斯塔夫　你就会做这种无聊的比喻,真是一个坏透了的可爱的少年王子;可是,哈尔,请你不要再跟我多说废话了吧。但愿上帝指示我们什么地方有好名誉出卖。一个政府里的老大臣前天在街上当着我的面前骂你,可是我听也没有听他;然而他讲的话倒是很有理的,我就是没有理他;虽然他的话讲得很有理,而且是在街上讲的。

亲　　王　你不理他很好,因为智慧在街道上高呼,谁也不会去理会它的声音。

福斯塔夫　嗳哟!你满口都是些该死的格言成语,真的,一个圣人也会被你引诱坏了。我受你的害才不浅哩,哈尔;愿上帝宽恕你!我在没有认识你以前,哈尔,我是什么都不知道的;现在呢,说句老实话,我简直比一个坏人好不了多少。我必须放弃这种生活,我一定要放弃这种生活;上帝在上,要是我再不悔过自新,我就是一个恶徒,一个基督教的罪人,什么国王的儿子都不能使我免除天谴。

亲　　王　　杰克,我们明天到什么地方去抢些钱来?

福斯塔夫　　他妈的!随你的便,孩子,我一定参加就是了;不然的话,你就骂我是个坏人,当场揭去我的脸皮好啦。

亲　　王　　好一个悔过自新!祷告方罢,又要打算做贼了。

　　　　波因斯自远处上。

福斯塔夫　　嘿,哈尔,这是我的职业哩,哈尔;一个人为他的职业而工作,难道也是罪恶吗?波因斯!现在我们可以知道盖兹希尔有没有接到一注生意啦。啊!要是人们必须靠着行善得救,像他这样的家伙,就是地狱里也没有一个够热的火洞可以安置他的灵魂的。在那些拦路行劫的强盗中间,他是一个最了不得的恶贼。

亲　　王　　早安,奈德。

波因斯　　早安,亲爱的哈尔。忏悔先生怎么说?甜酒约翰爵士怎么说?杰克!你在上次耶稣受难日那天为了一杯马得拉酒和一只冷鸡腿,把你的灵魂卖给魔鬼,那时候你们是怎么讲定的?

亲　　王　　约翰爵士言而有信,决不会向魔鬼故弄玄虚。常言说得好,是魔鬼的东西就该归于魔鬼,他对于这句古训是服膺弗替的。

波因斯　　那么你因为守着你和魔鬼所订的约,免不了要下地狱啦。

亲　　王　　要是他欺骗了魔鬼,他也一样要下地狱的。

波因斯　　可是我的孩儿们,我的孩儿们,明儿早上四点钟,在盖兹山有一群进香人带着丰盛的祭品要到坎特伯雷去,还有骑马上伦敦的钱囊饱满的商人。我已经替你们各人备下了

11

面具；你们自己有的是马匹。盖兹希尔今晚在洛彻斯特过夜。明儿的晚餐我已经在依斯特溪泊预先订下了。咱们可以放手干去，就像睡觉一样安心。要是你们愿意去的话，我一定叫你们的口袋里塞满了闪亮的金钱；要是你们不愿意去，那么还是给我躲在家里上吊吧。

福斯塔夫　听我说，爱德华，我要是躲在家里，少不了要叫你上吊。

波因斯　你也敢，肥猪？

福斯塔夫　哈尔，你也愿意参加吗？

亲　王　什么，我去做强盗？不，那可办不到。

福斯塔夫　你这人毫无信义，既没有胆量，又不讲交情；要是这点点勇气都没有，还算得了什么王家的子孙？

亲　王　好，那么我就姑且干一回荒唐的事吧。

福斯塔夫　对了，那才是句话。

亲　王　呃，无论如何，我还是躲在家里的好。

福斯塔夫　上帝在上，等你做了国王以后，我一定要造反。

亲　王　我不管。

波因斯　约翰爵士，请你让亲王跟我谈谈，我要向他提出充分的理由，使他非去不可。

福斯塔夫　好，愿上帝给你一条循循善诱的舌头，给他一双从善如流的耳朵；让你所说的话可以打动他的心，让他听了你的话，可以深信不疑；让一个堂堂的王子逢场作戏，暂时做一回贼。因为鼠窃狗盗之流，是需要一个有地位的人做他们的护法的。再见；你们到依斯特溪泊找我好了。

亲　王　再见，你迟暮的残春！再见，落叶的寒夏！（福斯塔夫下。）

波因斯　听我说,我的可爱的好殿下,明儿跟我们一起上马吧。我打算开一场玩笑,可是独力不能成事。我们已经设下埋伏等候着那批客商,就让福斯塔夫、巴道夫、皮多和盖兹希尔他们去拦劫,你我却不要跟他们在一块儿;等到他们赃物到手以后,要是我们两人不把它抢下来,您就把这颗头颅从我的肩膀上搬下来吧。

亲　　王　可是我们一同出发,怎么和他们中途分手呢?

波因斯　那很容易,我们只要比他们先一步或者晚一步出发,跟他们约定一个会面的所在,我们却偏不到那里去;他们不见我们,一定等得不耐烦,自去干他们的事;我们一看见他们的目的已经达到,就立刻上去袭击他们。

亲　　王　嗯,可是他们多半会从我们的马匹、我们的装束和其他服饰上认出我们来的。

波因斯　嘿!他们不会瞧见我们的马匹,我可以把它们拴在林子里;我们跟他们分手以后,就把我们的面具重新换过,而且我还有两套麻布衣服,可以临时套在身上,遮住我们原来的装束。

亲　　王　嗯,可是我怕他们人多,我们抵挡不了。

波因斯　呃,我知道他们中间有两个人是一对十足的懦夫;还有一个是把生命的安全看得重于一切的,要是他会冒险跟人拼命,我愿意从此以后再不舞刀弄剑。这一场玩笑最精彩的部分,就是我们在晚餐时候大家聚在一起,听听这无赖的胖汉会向我们讲些什么海阔天空的谎话;他会告诉我们,他怎样和三十个人——这是最少的数目——奋勇交战,怎样招架,怎样冲刺,怎样被敌人团团围住,受困垓心;然后让我们揭穿真相,把他痛痛快快地羞辱一番。

亲　　王　好,我愿意跟你去。把一切需要的物件预备好了,明儿晚上我们在依斯特溪泊会面,我就在那里进餐。再见。

波因斯　再见,殿下。(下。)

亲　　王　我完全知道你们,现在虽然和你们在一起无聊鬼混,可是我正在效法着太阳,它容忍污浊的浮云遮蔽它的庄严的宝相,然而当它一旦穿破丑恶的雾障,大放光明的时候,人们因为仰望已久,将要格外对它惊奇赞叹。要是一年四季,全是游戏的假日,那么游戏也会变得像工作一般令人烦厌;惟其因为它们是不常有的,所以人们才会盼望它们的到来;只有偶然难得的事件,才有勾引世人兴味的力量。所以当我抛弃这种放荡的行为,偿付我所从来不曾允许偿还的欠债的时候,我将要推翻人们错误的成见,证明我自身的价值远在平日的言行之上;正像明晃晃的金银放在阴暗的底面上一样,我的改变因为被我往日的过失所衬托,将要格外耀人眼目,格外容易博取国人的好感。我要利用我的放荡的行为,作为一种手段,在人们意料不及的时候一反我的旧辙。(下。)

第三场　同前。王宫

亨利王、诺森伯兰、华斯特、霍茨波、华特·勃伦特及余人等上。

亨利王　我的秉性太冷静、太温和了,对于这些侮辱总是抱着默忍的态度;你们见我这样,以为我是可以给你们欺凌的,所以才会放肆到这等地步。可是,告诉你们吧,从此以后,我要放出我的君主的威严,使人家见了我凛然生畏,因为我的平和柔弱的性情,已经使我失去臣下对我的敬意;只有骄傲才可以折服骄傲。

华斯特　陛下,我不知道我们家里的人犯了什么大不敬的重罪,应该俯受陛下谴责的严威;陛下能够有今天这样巍峨的地位,说起来我们也曾出过不少的力量。

诺森伯兰　陛下——

亨利王　华斯特,你去吧,因为我看见奸谋和反抗在你的眼睛里闪耀着凶光。你当着我的面这样大胆而专横,一个堂堂的君主是不能忍受他的臣下怒目横眉的。请便吧;我需要你的助力和意见的时候,会再来请教你的。(华斯特下。向诺森伯兰)你刚才正要说话。

诺森伯兰　是,陛下。陛下听信无稽的传言,以为亨利·潘西违抗陛下的命令,拒绝交出他在霍美敦擒获的战俘,其实据他自己说来,这是和事实的真相并不符合的。不是有人恶意中伤,就是出于一时的误会,我的儿子不能负这次过失的责任。

霍茨波　陛下,我并没有拒交战俘,可是我记得,就在战事完了以后,我因为苦斗多时,累得气喘吁吁,乏力不堪,正在倚剑休息,那时候来了一个衣冠楚楚的大臣,打扮得十分整洁华丽,仿佛像个新郎一般;他的颏下的胡子新薙不久,那样子就像收获季节的田亩里留着一株株割剩的断梗;他的身上像一个化妆品商人似的洒满了香水;他用两只手指撮着一个鼻烟匣子,不时放在他的鼻子上嗅着,一边笑,一边滔滔不绝地说话;他看见一队兵士抬着尸体经过他的面前,就骂他们是没有教育、不懂规矩的家伙,竟敢把丑恶污秽的骸骨冒渎他的尊严的鼻官。他用许多文绉绉的妇人气的语句向我问这样问那样,并且代表陛下要求我把战俘交出。那时我创血初干,遍身痛楚,这饶舌的鹦鹉却向我缠扰不休,因为激于气愤,不经意地回答了他两句,自己也记不起来说了些什么话。他简直使我发疯,瞧着他那种美衣华服、油头粉面的样子,夹着一阵阵脂粉的香味,讲起话来活像一个使女的腔调,偏要高谈什么枪炮战鼓、杀人流血——上帝恕我这样说!他还告诉我鲸脑是医治内伤的特效秘方;人们不该把制造火药的硝石从善良的大地的腹中发掘出来,使无数大好的健儿因之都遭到暗算,一命呜呼;他自己倘不是因为憎厌这些万恶的炮火,也早就做一个军人了。陛下,他这一番支离琐碎的无聊废话,我是用冷嘲热骂的口气回答他的;请陛下不要听信他的一面之辞,怀疑我的耿耿的忠诚。

勃伦特　陛下,衡情度理,亨利·潘西在那样一个地点、那样一个时候,对那样一个人讲的无论什么话,都可以不必计较,只要他现在声明取消前言,那就什么事情都没有了。

亨利王　嘿,可是他明明拒绝把他的战俘交给我,除非我答应他所要挟的条件,由王家备款立刻替他的妻舅,那愚蠢的摩提默,赎回自由。凭着我的灵魂起誓,这次跟随摩提默向那可恶的妖巫葛兰道厄作战的兵士,都是被他存心出卖而牺牲了生命的;听说这位马契伯爵最近已经和葛兰道厄的女儿结了婚了。难道我们必须罄我们国库中的资财去赎回一个叛徒吗?我们必须用重价购买一个已经失身附逆的人、留作自己心腹间的祸患吗?不,让他在荒凉的山谷之间饿死吧;谁要是开口要求我拿出一个便士来赎回叛逆的摩提默,我将要永远不把他当做我的朋友。

霍茨波　叛逆的摩提默!他从来不曾潜蓄贰心,陛下,这次战争失利，并不是他的过失；他的遍体的鳞伤便是他的忠勇的唯一的证明，这些都是他在芦苇丛生的温柔的塞汶河畔单身独力和那伟大的葛兰道厄鏖战大半个时辰所留下的痕迹。他们曾经三次停下来喘息，经过双方的同意，三次放下武器，吸饮塞汶河中滚滚的流水；那河水因为看见他们血污的容颜，吓得惊惶万分，急忙向战栗的芦苇之中奔走逃窜，它的一道道的涟漪纷纷后退，向那染着这两个英勇的斗士之血的堤岸下面躲避。卑劣而邪恶的权谋决不会用这种致命的巨创掩饰它的行动；忠义的摩提默要是心怀异志，也决不会甘心让他的身体上蒙受这许多的伤痕；所以让我们不要用莫须有的叛逆的罪名毁谤他吧。

亨利王　潘西，你全然在用无稽的妄语替他曲意回护。他从不曾和葛兰道厄交过一次锋；我告诉你吧，他宁愿和魔鬼面面相对，也不敢和奥温·葛兰道厄临阵一战的。你这样公然说谎，不觉得惭愧吗？可是，小子，从此以后，让我再也不要听见你提起摩提默的名字了。尽快把你的俘虏交给我，否则你将要从我这里听到一些使你不愉快的事情。诺森伯兰伯爵，我允许你和你的儿子同去。把你的俘虏交给我，免得自贻后悔。（亨利王、勃伦特及扈从等下。）

霍茨波　即使魔鬼来向我大声咆哮，索取这些俘虏，我也不愿意把他们交出；我要立刻追上去这样告诉他，因为我必须发泄我的心头的气愤，拼着失去这一颗头颅。

诺森伯兰　什么！你气疯了吗？不要走，定一定心吧。你的叔父来了。

　　　　华斯特重上。

霍茨波　不准提起摩提默的名字！他妈的！我偏要提起他；我

要和他同心合作,否则让我的灵魂得不到上天的恕宥。我这全身血管里的血拼着为他流尽,一点一滴地洒在泥土上,我也要把这受人践踏的摩提默高举起来,让他成为和这负心的国王、这忘恩而奸恶的波林勃洛克同样高贵的人物。

诺森伯兰　弟弟,国王把你的侄子激得发疯了。

华斯特　谁在我走了以后煽起这把火来?

霍茨波　哼,他要我交出我的全部俘虏;当我再度替我的妻舅恳求赎身的时候,他的脸就变了颜色,向我死命地瞧了一眼;一听见摩提默的名字,他就发抖了。

华斯特　我倒不能怪他;那已故的理查不是说过,摩提默是他最近的血亲吗?

诺森伯兰　正是,我听见他这样说的。说那句话的时候,这位不幸的国王——上帝恕宥我们对他所犯的罪恶!——正在出征爱尔兰的途中,可是他在半路上被人拦截回来,把他废黜,不久以后,他就死在暴徒的手里。

华斯特　因为他的死于非命,我们在世人悠悠之口里,永远遭到无情的毁谤和唾骂。

霍茨波　可是且慢!请问一声,理查王当时有没有宣布我的妻舅爱德蒙·摩提默是他的王冠的继承者?

诺森伯兰　他曾经这样宣布;我自己亲耳听见的。

霍茨波　啊,那就难怪他那位做了国王的叔父恨不得要让摩提默在荒凉的山谷之间饿死了。可是你们把王冠加在这个健忘的人的头上,为了他的缘故,蒙上教唆行弑的万恶的罪名,难道你们就这样甘心做一个篡位者的卑鄙的帮凶,一个弑君的刽子手,受尽无穷的诅咒吗?啊!恕我这样不知忌讳,直言指出你们在这狡诈的国王手下充任了何等的角色。

难道你们愿意让当世的舆论和未来的历史提起这一件可羞的事实,说是像你们这样两个有地位有势力的人,却会做出那样不义之事——上帝恕宥你们的罪恶!——把理查,那芬芳可爱的蔷薇拔了下来,却扶植起波林勃洛克,这一棵刺人的荆棘?难道你们愿意让它们提起这一件更可羞的事实,说是你们为了那个人蒙受这样的耻辱,结果却被他所愚弄、摈斥和抛弃?不,现在你们还来得及赎回你们被放逐的荣誉,恢复世人对你们的好感;报复这骄傲的国王所加于你们的侮蔑吧,他每天每晚都在考虑着怎样酬答你们的辛劳,他是不会吝惜用流血的手段把你们处死的。所以,我说——

华斯特　静下来,侄儿!别多说了。现在我要展开一卷禁书,向你愤激不平的耳中诵读一段秘密而危险的文字,正像踏着一杆枪渡过汹涌的急流一样惊心动魄。

霍茨波　要是他跌到水里,那就完了,不论他是沉是浮。让危险布满在自东至西的路上,荣誉却从北至南与之交错,让它们互相搏斗;啊!激怒一头雄狮比追赶一只野兔更使人热血沸腾。

诺森伯兰　他幻想着一件轰轰烈烈的行动,全然失去了耐性。

霍茨波　凭着上天起誓,我觉得从脸色苍白的月亮上摘下光明的荣誉,或是跃入深不可测的海底,揪住溺死的荣誉的头发,把它拉出水面,这不算是一件难事;只是:这样把荣誉夺了回来的,就该独享它的一切的尊严,谁也不能和他瓜分。可是谁稀罕这种假惺惺的合作!

华斯特　他正在耽于想象,所以才会这样忘形。好侄儿,听我说几句话吧。

霍茨波　请您原谅我。

华斯特　被你俘获的那些高贵的苏格兰人——

霍茨波　我要把他们一起留下；凭着上帝起誓，他不能得到这些苏格兰人中间的一个。不，要是他的灵魂必须依仗一个苏格兰人得救，他也不能得到他。我举手为誓，我要把他们留下。

华斯特　你又说下去了，不肯听听我有些什么话说。你可以留下这些俘虏。

霍茨波　哼，我要留下他们，那是不用说的。他说他不愿意赎出摩提默；他不许我提起摩提默的名字，可是我要等他熟睡的时候，在他的耳旁高呼，"摩提默！"哼，我要养一只能言的鹦鹉，仅仅教会它说"摩提默"三个字，然后把这鸟儿送给他，让它一天到晚激动他的怒火。

华斯特　侄儿，听我说一句话。

霍茨波　我现在郑重声明我要抛弃一切的学问，用我的全副心力思索一些谑弄这波林勃洛克的方法；还有他那个荒唐胡闹的亲王，倘不是我相信他的父亲不爱他，但愿他遭到什么灾祸，我一定要用一壶麦酒把他毒死。

华斯特　再见，侄儿；等你的火气平静一点儿的时候，我再来跟你谈吧。

诺森伯兰　嗳哟，哪一只黄蜂刺痛了你，把你激成了这么一个暴躁的傻瓜，像一个老婆子似的唠唠叨叨，只顾说你自己的话！

霍茨波　嘿，你们瞧，我一听见人家提起这个万恶的政客波林勃洛克，就像受到一顿鞭挞，浑身仿佛给虫蚁咬着似的难受。在理查王的时候——该死！你们把那地方叫做什么名字？

它就在葛罗斯特郡,那鲁莽的公爵,他的叔父约克镇守的所在;就在那地方,我第一次向这满脸堆笑的国王,这波林勃洛克,屈下我的膝盖,他妈的!那时候你们跟他刚从雷文斯泊回来。

诺森伯兰　那是在勃克雷堡。

霍茨波　您说得对。嘿,那时候这条摇尾乞怜的猎狗用一股怎样的甜蜜劲儿向我曲献殷勤!瞧,"万一我有得志的一天",什么"亲爱的亨利·潘西",什么"好兄弟"。啊!魔鬼把这些骗子抓了去!上帝恕我!好叔父,说您的话吧,我已经说完了。

华斯特　不,要是你还有话说,请再说下去吧;我们等着你就是了。

霍茨波　真的,我已经说完了。

华斯特　那么再来谈你的苏格兰的俘虏吧。把他们立刻释放,也不要勒索什么赎金,单单留下道格拉斯的儿子,作为要求苏格兰出兵的条件;为了种种的理由,我可以担保他们一定乐于从命,其中的缘故,等一天我会写信告诉你的。(向诺森伯兰)你,我的伯爵,当你的儿子在苏格兰进行他的任务的时候,你就悄悄地设法取得那位被众人所敬爱的尊贵的大主教的信任。

霍茨波　是约克大主教吗?

华斯特　正是;他因为他的兄弟斯克鲁普爵士在勃列斯托尔被杀,怀着很大的怨恨。这并不是我的任意猜测之谈,我知道他已经在那儿处心积虑,蓄谋报复,所以迟迟未发,不过等待适当的机会而已。

霍茨波　我已经嗅到战争的血腥味了。凭着我的生命发誓,这一次一定要闹得日月无光,风云变色。

诺森伯兰　事情还没有动手,你总是这样冒冒失失地泄露了机密。

霍茨波　哈,这没有话说,准是一个绝妙的计策。那么苏格兰和约克都要集合他们的军力,策应摩提默吗,哈?

华斯特　正是。

霍茨波　妙极,妙极!

华斯特　就是为了保全我们自己的头颅起见,我们也有充分的理由督促我们赶快举兵起事;因为无论我们怎样谨慎小心,那国王总以为他欠了我们的债,疑心我们自恃功高,意怀不满。你们瞧他现在已经不再用和颜悦色对待我们了。

霍茨波　他正是这样,他正是这样;我们非得向他报复不可。

华斯特　侄儿,再会吧。你不要轻举妄动,一切必须依照我在书信上吩咐你的办法做去。等到时机成熟——那一天是不会远的——我就悄悄地到葛兰道厄和摩提默伯爵那儿去;你和道格拉斯以及我们的军队,将要按照我的布置,在那里同时集合;我们现在前程未卜的命运,将要被我们用坚强的腕臂把它稳定下来。

诺森伯兰　再会吧,兄弟,我相信我们一定会成功的。

霍茨波　叔父,再会!啊!但愿时间赶快过去,让我们立刻听见刀枪的交触,人马的嘶号,为我们喝彩助威!(同下。)

第 二 幕

第一场　洛彻斯特。旅店庭院

　　一脚夫提灯笼上。

脚夫甲　嗨呵！我敢打赌现在一定有四点钟啦；北斗星已经高悬在新烟囱上，咱们的马儿却还没有套好。喂，马夫！

马　夫　（在内）就来，就来。

脚夫甲　汤姆，请你把马鞍拍一拍，放点儿羊毛进去，这可怜的畜生几乎把肩骨都压断了。

　　另一脚夫上。

脚夫乙　这儿的豌豆蚕豆全都是潮湿霉烂的，可怜的马儿吃了这种东西，怎么会不长疮呢？自从马夫罗宾死了以后，这家客店简直糟得不成样子啦。

脚夫甲　可怜的家伙！自从燕麦涨价以后，他就没有快乐过一天；他是为这件事情急死的。

脚夫乙　我想在整个的伦敦路上，只有这一家客店里的跳蚤是最凶的；我简直给它们咬得没有办法。

脚夫甲　嘿，自从第一遍鸡啼以后，它们就把我拼命乱叮，这滋味真够受哩。

脚夫乙　房里连一把便壶也没有,咱们只好往火炉里撒尿;让尿里生出很多很多的跳蚤来。

脚夫甲　喂,马夫! 快来吧,该死的!

脚夫乙　我有一只火腿,两块生姜,一直要送到查林克洛斯去呢。

脚夫甲　他妈的! 我筐子里的火鸡都快要饿死了。喂,马夫! 遭瘟的! 你头上不生眼睛吗? 你聋了吗? 要是打碎你的脑壳不是一件跟喝酒同样的好事,我就是个大大的恶人。快来吧,该死的! 你不相信上帝吗?

　　　　盖兹希尔上。

盖兹希尔　早安,伙计们。几点钟啦?

脚夫甲　我想是两点钟吧。

盖兹希尔　谢谢你,把你的灯笼借我用一用,让我到马棚里去瞧瞧我的马。

脚夫甲　不,且慢;老实说吧,你这套戏法是瞒不了我的。

盖兹希尔　谢谢你,把你的借我吧。

脚夫乙　哼,你倒想得不错。把你的灯笼借给我,说得挺容易,嘿,我看你还是去上吊吧。

盖兹希尔　脚夫,你们预备什么时候到伦敦?

脚夫乙　告诉你吧,咱们到了伦敦,还可以点起蜡烛睡觉哩。来,马格斯伙计,咱们去把那几位客人叫醒;他们必须结伴同行,因为他们带着不少的财物呢。(二脚夫下。)

盖兹希尔　喂! 掌柜的!

掌　柜　(在内)偷儿说的好:离你不远。

盖兹希尔　说起来掌柜和偷儿还不是一样,你吩咐怎么做,让别人去动手;咱们不是全靠你设谋定计吗?

掌柜上。

掌　柜　早安,盖兹希尔大爷。我昨晚就告诉你的,有一个从肯特乡下来的小地主,身边带着三百个金马克;昨天晚餐的时候,我听见他这样告诉他的一个随行的同伴;那家伙像是个查账的,也有不少货色,不知是些什么东西。他们早已起来,嚷着要鸡蛋牛油,吃罢了就要赶路的。

盖兹希尔　小子,要是他们在路上不碰见圣尼古拉斯的信徒①,我就让你把我这脖子拿了去。

掌　柜　不,我不要;请你还是保留下来,预备将来送给刽子手吧;因为我知道你是一个虔诚地信仰圣尼古拉斯的坏人。

盖兹希尔　你跟我讲什么刽子手不刽子手?要是我上刑场,可得预备一双结实一点儿的绞架;因为我不上绞架则已,要上,老约翰爵士总要陪着我的,你知道他可不是一个皮包骨头的饿鬼哩。嘿!咱们一伙里还有几个大大有名的好汉,你做梦也想不到的,他们为了逢场作戏的缘故,愿意赏给咱们这一个天大的面子,真是咱们这一行弟兄们的光荣;万一官府查问起来,他们为了自己的名誉,也会设法周旋,不会闹出事情来的。我可不跟那些光杆儿的土贼,那些抡长棍的鼠窃狗盗,那些留着大胡子的青面酒鬼们在一起鬼混。跟我来往的人,全都是些达官贵人,他们都是很有涵养工夫的,未曾开口就打人,不等喝酒就谈天,没有祷告就喝酒;可是我说错了,他们时时刻刻都在为国家人民祈祷,虽然一方面他们却把国家人民放在脚底下踩,就像是他们的靴子一般。

---

① 拦路行劫的强盗。

掌　柜　什么！国家人民是他们的靴子吗？要是路上潮湿泥泞，这双靴子会不会透水？

盖兹希尔　不会的，不会；法律已经替它抹上油了。咱们做贼就像安坐在城堡里一般万无一失；咱们已经得到羊齿草子的秘方，可以隐身来去。

掌　柜　不，凭良心说，我想你的隐身妙术，还是靠着黑夜的遮盖，未必是羊齿草子的功劳。

盖兹希尔　把你的手给我；我用我的正直的人格向你担保，咱们这笔买卖成功以后，不会缺少你的一份。

掌　柜　不，我倒宁愿你用你的臭贼的身份向我担保的好。

盖兹希尔　算了吧，圣人也好，大盗也好，都是一样的人，何分彼此。叫那马夫把我的马儿牵出来。再会，你这糊涂的家伙！（各下。）

第二场　盖兹山附近公路

亲王及波因斯上。

波因斯　来，躲起来，躲起来。我已经把福斯塔夫的马儿偷走，他气得像一块上了胶的毛茸茸的天鹅绒一般。

亲　王　你快躲起来。

福斯塔夫上。

福斯塔夫　波因斯！波因斯，该死的！波因斯！

亲　王　别闹，你这胖汉！大惊小怪的吵些什么呀？

福斯塔夫　波因斯呢，哈尔？

亲　王　他到山顶上去了；我去找他。（伪作寻波因斯状，退至隐处。）

福斯塔夫　算我倒楣,结了这么一个贼伴儿;那坏蛋偷了我的马去,不知把它拴在什么地方了。我只要多走四步路,就会喘得透不过气来。好,我相信要是现在我把这恶贼杀了,万一幸逃法网,为了这一件功德,一定可以寿终正寝。这二十二年以来,我时时刻刻都想和他断绝来往,可是总是像着了鬼迷似的离不开这恶棍。我敢打赌这坏蛋一定给我吃了什么迷魂药,叫我不能不喜欢他;准是这个缘故;我已经吃了迷魂药了。波因斯!哈尔!瘟疫抓了你们两人去!巴道夫!皮多!我宁愿挨饿,再也不愿多走一步路,做他妈的什么鬼强盗了。从此以后,我要做个规规矩矩的好人,不再跟这些恶贼们在一起,这跟喝酒一样,是件好事。否则我就是有齿之伦中间一个最下贱的奴才。八码高低不平的路,对于我就像徒步走了七十英里的长途一般,这些铁石心肠的恶人们不是不知道的。做贼的人这样不顾义气,真该天诛地灭!(亲王及波因斯吹口哨)嗨!瘟疫把你们一起抓了去!把我的马给我,你们这些恶贼;把我的马给我,再去上吊吧。

亲　　王　(上前)别闹,胖家伙!躺下来,把你的耳朵靠在地上,听听有没有行路人的脚步声。

福斯塔夫　你叫我躺了下去,你有没有什么杠子可以重新把我抬起来?他妈的!即使把你父亲国库里的钱一起给我,我也发誓再不走这么多的路了。你们这不是无理欺人吗?

亲　　王　胡说,不是我们要"欺人",是你要"骑马"。

福斯塔夫　谢谢你,好哈尔亲王,帮帮忙把我的马牵了来吧,国王的好儿子!

亲　　王　呸,混账东西!我是你的马夫吗?

福斯塔夫　去,把你自己吊死在你那亲王爷的袜带上吧!要是我被官家捉去了,我一定要控诉你们欺人太甚。要是我不替你们编造一些歌谣,用下流的调子把它们唱起来,让一杯葡萄酒成为我的毒药吧。我顶恨那种开得太过分的玩笑,尤其可恶的是叫我提着两只脚走路!

    盖兹希尔上。

盖兹希尔　站住!

福斯塔夫　站住就站住,不愿意也没有办法。

波因斯　啊!这是我们的眼线;我听得出他的声音。

    巴道夫及皮多上。

巴道夫　打听到什么消息没有?

盖兹希尔　戴上你们的面具,戴上你们的面具;有一批国王的钱打这儿山下经过;它是要送到国王的金库里去的。

福斯塔夫　你说错了,你这混蛋;它是要送到国王的酒店里去的。

盖兹希尔　咱们抢到了这笔钱,大家可以发财了。

福斯塔夫　大家可以上绞架了。

亲　王　各位听着,你们四个人就在那条狭路上迎着他们;奈德·波因斯跟我两人在下边把守;要是他们从你们的手里逃走了,我们会把他们拦住的。

皮　多　他们一共有多少人?

盖兹希尔　大概八个十个的样子。

福斯塔夫　他妈的!咱们不会反倒给他们抢了吗?

亲　王　嘿!你胆怯了吗,大肚子约翰爵士?

福斯塔夫　虽然我不是你的祖父约翰·刚特,可是我还不是一个懦夫哩,哈尔。

亲　王　好,咱们等着瞧吧。

波因斯　杰克,你那马就在那篱笆的后面,你需要它的时候,可以到那里去找它。再见,不要退却。

福斯塔夫　如果我得上绞架,想揍他也揍不着了。

亲　　王　(向波因斯旁白)奈德,我们化装的物件在什么地方?

波因斯　就在那里;过来。(亲王及波因斯下。)

福斯塔夫　现在,弟兄们,大家试试各人的运气吧;每一个人都要出力。

　　　　　众旅客上。

旅客甲　来,伙计;叫那孩子把我们的马牵到山下去;我们步行一会儿,舒展舒展我们的腿骨。

众　盗　站住!

众旅客　耶稣保佑我们!

福斯塔夫　打!打倒他们!割断这些恶人们的咽喉!啊,婊子生的毛虫!大鱼肥肉吃得饱饱的家伙!他们恨的是我们年轻人。打倒他们!把他们的银钱抢下来!

众旅客　啊!我们从此完了!

福斯塔夫　哼,你们这些大肚子的恶汉,你们完了吗?不,你们这些胖胖的蠢货;我但愿你们的家当一起在这儿!来,肥猪们,来!嘿!混账东西,年轻人是要活命的。你们作威作福作够了,现在可掉在咱们的手里啦。(众盗劫旅客钱财,并缚其手足,同下。)

　　　　　亲王及波因斯重上。

亲　　王　强盗们已经把良善的人们缚起来了。你我要是能够从这批强盗的手里抢下他们的贼赃,快快活活地回到伦敦去,这件事情一定可以成为整整一个星期的话题,足足一个月的笑柄,而且永远是一场绝妙的玩笑。

波因斯　躲一躲；我听见他们来了。

　　　　众盗重上。

福斯塔夫　来，弟兄们；让我们各人分一份去，然后趁着天色还没有大亮，大家上马出发。亲王和波因斯倘不是两个大大的懦夫，这世上简直没有公道了。那波因斯是一只十足的没有胆量的野鸭。

亲　王　留下你们的钱来！

波因斯　混账东西！（众盗分赃时，亲王及波因斯突前袭击；盗党逃下；福斯塔夫稍一交手后亦遗弃赃银逃走。）

亲　王　全不费力地得到了。现在让我们高高兴兴地上马回去。这些强盗们已经四散逃走，吓得心惊胆战，看见自己的同伴，也会疑心他是警士。走吧，好奈德。福斯塔夫流着满身的臭汗，一路上浇肥了那瘦瘠的土地；倘不是瞧着他太可笑了，我一定会怜悯他的。

波因斯　听那恶棍叫得多么惨！（同下。）

第三场　华克渥斯。堡中一室

　　　　霍茨波上，读信。

霍茨波　"弟与君家世敦友谊，本当乐于从命。"既然乐于从命，为什么又变了卦？说什么世敦友谊；他是把他的堆房看得比我们的家更重的。让我再看下去。"惟阁下此举，未免过于危险——"嘿，那还用说吗？受寒、睡觉、喝酒，哪一件事情不是危险的？可是我告诉你吧，我的傻瓜老爷子，我们要从危险的荆棘里采下完全的花朵。"惟阁下此举，未免过于危险；尊函所称之各友人，大多未可深恃；目前又非适于行动之时机,全盘谋略可以'轻率'二字尽之,以当实力雄厚之劲敌,窃为阁下不取也。"你这样说吗?你这样说吗?我再对你说吧,你是一个浅薄怯懦的蠢材,你说谎!好一个没有头脑的东西!上帝在上,我们的计策是一个再好没有的计策,我们的朋友是忠心而可靠的;一个好计策,许多好朋友,希望充满着我们的前途;绝妙的计策,很好的朋友。好一个冷血的家伙!嘿,约克大主教也赞成我们的计策,同意我们的行动方针哩。他妈的!要是现在我就在这混蛋的身边,我只要拿起他太太的扇子来,就可以敲破他的脑袋。我的父亲,我的叔父,不是都跟我在一起吗?还有爱德蒙·摩提默伯爵、约克大主教、奥温·葛兰道厄?此外不是还有道格拉斯也在我们这边?他们不是都已经来信约定在下月九日跟我武装相会,有几个不是早已出发了吗?好一个不信神明的恶汉,一个异教徒!嘿!你们看他抱着满心的恐惧,就要到国王面前去告发我们的全部计划了。啊!我恨不得把我的身体一分为二,自己把自己痛打一顿,因为我瞎了眼睛,居然会劝诱这么一个渣滓废物参加我们的壮举。哼!让他去告诉国王吧;我们已经预备好了。我今晚就要出发。

　　潘西夫人上。

霍茨波　啊,凯蒂!在两小时以内,我就要和你分别了。
潘西夫人　啊,我的夫主!为什么您这样耽于孤独?我究竟犯了什么过失,这半个月来我的亨利没有跟我同衾共枕?告诉我,亲爱的主,什么事情使你废寝忘餐,失去了一切的兴致?为什么你的眼睛老是瞧着地上,一个人坐着的时候,常常突然惊跳起来?为什么你的脸上失去了鲜润的血色,不让我享受你的温情的抚爱,却去和两眼朦胧的沉思,怏怏不乐的忧郁做伴?在你小睡的时候,我曾经坐在你的旁边看守着你,听见你梦中的呓语,讲的都是关于战争方面的事情,有时你会向你奔跃的战马呼叱,"放出勇气来!上战场去!"你讲着进攻和退却,什么堑壕、营帐、栅栏、防线、土墙,还有各色各样的战炮、俘虏的赎金、阵亡的兵士以及一场血战中的种种情形。你的内心在进行着猛烈的交战,使你在睡梦之中不得安宁,你的额上满是一颗颗的汗珠,正像一道被激动的河流乱泛着泡沫一般;你的脸上现出奇异的动作,仿佛人们在接到了突如其来的非常的命令的时候屏住了他们呼吸的那种神情。啊!这些预兆着什么呢?我的主一定有些什么重要的事情要做,我必须知道它的究竟,否则他就是不爱我。

霍茨波　喂,来!

　　　　仆人上。

霍茨波　吉廉斯带着包裹走了没有?

仆　人　回大爷,他在一小时以前就走了。

霍茨波　勃特勒有没有从郡吏那里把那些马带来?

仆　人　大爷,他刚才带了一匹来。

霍茨波　一匹什么马?斑色的,短耳朵的,是不是?

仆　人　正是,大爷。

霍茨波　那匹斑马将要成为我的王座。好,我要立刻骑在它的背上;叫勃特勒把它牵到院子里来。(仆人下。)

潘西夫人　可是听我说,我的老爷。

霍茨波　你说什么,我的太太?

潘西夫人　您为什么这样紧张兴奋?

霍茨波　因为我的马在等着我,我的爱人。

潘西夫人　啐,你这疯猴子!谁也不像你这样刚愎任性。真的,亨利,我一定要知道你的事情。我怕我的哥哥摩提默想要争夺他的权力,是他叫你去帮助他起事的。不过要是你去的话——

霍茨波　要去得太远,我腿就要酸了,爱人。

潘西夫人　得啦,得啦,你这假作痴呆的人儿,直截痛快地回答我的问题吧。真的,亨利,要是你不把一切事情老老实实告诉我,我要把你的小手指头都拗断了。

霍茨波　走开,走开,你这无聊的东西!爱!我不爱你,我一点儿都不关心你,凯蒂。这不是一个容许我们戏弄玩偶、拥抱接吻的世界;我们必须让鼻子上挂彩,脑袋上开花,还要叫别人陪着我们流血。嗳哟!我的马呢?你怎么说,凯蒂?你要我怎么样?

潘西夫人　您不爱我吗?您真的不爱我吗?好,不爱就不爱;您既然不爱我,我也不愿爱我自己。您不爱我吗?哎,告诉我您说的是假话还是真话。

霍茨波　来,你要不要看我骑马?我一上了马,就会发誓我是无限地爱你的。可是听着,凯蒂,从此以后,我不准你问我到什么地方去,或是为了什么理由。我要到什么地方去就到什么地方去。总之一句话,今晚我必须离开你,温柔的凯蒂。我知道你是个聪明人,可是不论你怎样聪明,你总不过是亨利·潘西的妻子;我知道你是忠实的,可是你总是一个女人;没有别的女人比你更能保守秘密了,因为我相信你决不会泄漏你所不知道的事情,在这一个限度之内,我是可以完全信任你的,温柔的凯蒂。

潘西夫人　啊！您对我的信任仅限于此吗？

霍茨波　不能再过于此了。可是听着，凯蒂，我到什么地方去，你也要跟着我到什么地方去；今天我去了，明天就叫人来接你。这可以使你满意了吧，凯蒂？

潘西夫人　既然必须这样安排，我也只好认为满意了。（同下。）

第四场　依斯特溪泊。野猪头酒店中一室

亲王及波因斯上。

亲　王　奈特，请你从那间气闷的屋子里出来，帮助我笑一会儿吧。

波因斯　你到哪里去了，哈尔？

亲　王　我在七八十只酒桶之间，跟三四个蠢虫在一起。我已经极卑躬屈节的能事。小子，我跟那批酒保们认了把兄弟啦；我能够叫得出他们的小名，什么汤姆、狄克和弗兰西斯。他们已经凭着他们灵魂的得救起誓，说我虽然不过是一个威尔士亲王，却是世上最有礼貌的人。他们坦白地告诉我，我不是一个像福斯塔夫那样一味摆臭架子的家伙，却是一个文雅风流、有骨气的男儿，一个好孩子——上帝在上，他们是这样叫我的——要是我做了英国国王，依斯特溪泊所有的少年都会听从我的号令。他们把喝酒称为红一红面孔；灌下酒去的时候，要是你透了口气，他们就会嚷一声"哼！"叫你把杯子里的酒喝干了。总而言之，我在一刻钟之内，跟他们混得烂熟，现在我已经可以陪着无论哪一个修锅补镬的在一块儿喝酒，用他们自己的语言跟他们谈话了。我告诉你，奈德，你刚才不跟我在一起真是失去了一个得到

荣誉的好机会。可是,亲爱的奈德——为了让你这名字听上去格外甜蜜起见,我送给你这一块不值钱的糖,那是一个酒保刚才塞在我的手里的,他一生之中,除了"八先令六便士"、"您请进来",再加上这一句尖声的叫喊,"就来,就来,先生!七号房间一品脱西班牙甜酒记账"诸如此类的话以外,从来不曾说过一句别的话。可是,奈德,现在福斯塔夫还没有回来,为了消磨时间起见,请你到隔壁房间里站一会儿,我要问问我这个小酒保他送给我这块糖是什么意思;你却在一边不断地叫"弗兰西斯!"让他除了满口"就来,就来"以外,来不及回答我的问话。站在一旁,我要做给你瞧瞧。

波因斯　弗兰西斯!

亲　王　好极了。

波因斯　弗兰西斯!(下。)

　　　　弗兰西斯上。

弗兰西斯　就来,就来,先生。劳尔夫,下面"石榴"房间你去照料照料。

亲　王　过来,弗兰西斯。

弗兰西斯　殿下有什么吩咐?

亲　王　你在这儿干活,还得干多久呀,弗兰西斯?

弗兰西斯　不瞒您说,还得五个年头——

波因斯　(在内)弗兰西斯!

弗兰西斯　就来,就来,先生。

亲　王　五个年头!嗳哟,干这种提壶倒酒的活儿,这可是一段很长的时间哩。可是,弗兰西斯,难道你不会放大胆子,做一个破坏契约的懦夫,拔起一双脚逃走吗?

弗兰西斯　嗳哟,殿下!我可以凭着英国所有的《圣经》起誓,我心里恨不得——

波因斯　(在内)弗兰西斯!

弗兰西斯　就来,先生。

亲　王　你多大年纪啦,弗兰西斯?

弗兰西斯　让我想一想,——到下一个米迦勒节①,我就要——

波因斯　(在内)弗兰西斯!

弗兰西斯　就来,先生。殿下,请您等一等。

亲　王　不,你听着,弗兰西斯。你给我的那块糖,不是一便士买来的吗?

弗兰西斯　嗳哟,殿下!我希望它值两便士就好了。

亲　王　因为你给我糖,我要给你一千镑钱,你什么时候要,尽管来问我拿好了。

波因斯　(在内)弗兰西斯!

弗兰西斯　就来,就来。

亲　王　就来吗,弗兰西斯?不,弗兰西斯;还是明天来吧,弗兰西斯;或者,弗兰西斯,星期四也好;真的,你随便几时来好了。可是,弗兰西斯。

弗兰西斯　殿下?

亲　王　你愿意去偷那个身披皮马甲、衣缀水晶钮扣、剃着平头、手戴玛瑙戒指、足穿酱色长袜、吊着毛绒袜带、讲起话来软绵绵的、腰边挂着一只西班牙式的钱袋——

弗兰西斯　嗳哟,殿下,您说的是什么人呀?

亲　王　啊,那么你只好喝喝西班牙甜酒啦;因为你瞧,弗兰西

---

① 米迦勒节(Michaelmas),九月二十九日,纪念圣米迦勒之节日。

斯,你这白帆布紧身衣是很容易沾上污渍的。在巴巴里,朋友,那价钱可不会这样贵。

弗兰西斯　什么,殿下?

波因斯　(在内)弗兰西斯!

亲　王　去吧,你这混蛋!你没有听见他们叫吗?(二人同时呼叫,弗兰西斯不知所措。)

　　　　　酒店主上。

店　主　什么!你听见人家这样叫喊,却在这儿待着不动吗?到里边去看看客人们要些什么。(弗兰西斯下)殿下,老约翰爵士带着五六个人在门口,我要不要让他们进来?

亲　王　让他们等一会儿,再开门吧。(店主下)波因斯!

　　　　　波因斯上。

波因斯　就来,就来,先生。

亲　王　小子,福斯塔夫和那批贼党都在门口;我们要不要乐一乐?

波因斯　咱们要乐得像蟋蟀一般,我的孩子。可是我说,你对这酒保开这场玩笑,有没有什么巧妙的用意?来,告诉我。

亲　王　我现在充满了自从老祖宗亚当的时代以来直到目前夜半十二点钟为止所有各色各样的奇思异想。(弗兰西斯携酒自台前经过)几点钟了,弗兰西斯?

弗兰西斯　就来,就来,先生。(下。)

亲　王　这家伙会讲的话,还不及一只鹦鹉那么多,可是他居然也算是一个妇人的儿子!他的工作就是上楼下楼,他的口才就是算账报账。我还不能抱着像潘西,那北方的霍茨波那样的心理;他会在一顿早餐的时间杀了七八十个苏格兰人,洗了洗他的手,对他的妻子说,"这种生活太平静啦!

37

我要的是活动。""啊,我的亲爱的亨利,"她说,"你今天杀了多少人啦?""给我的斑马喝点儿水,"他说,"不过十四个人;"这样沉默了一小时,他又接着说,"不算数,不算数。"请你去叫福斯塔夫进来;我要扮演一下潘西,让那该死的肥猪权充他的妻子摩提默夫人。用醉鬼的话说:就是"酒来呀!"叫那些瘦肉肥肉一起进来。

<small>福斯塔夫、盖兹希尔、巴道夫、皮多及弗兰西斯上。</small>

波因斯　欢迎,杰克!你从什么地方来?

福斯塔夫　愿一切没胆的懦夫们都给我遭瘟,我说,让天雷劈死他们!嘿,阿门!替我倒一杯酒来,堂倌。日子要是像这样过下去,我要自己缝袜自己补袜自己上袜底哩。愿一切没胆的懦夫们都给我遭瘟!替我倒一杯酒来,混蛋!——世上难道没有勇士了吗?(饮酒。)

亲　王　你见过太阳和一盆牛油接吻没有?软心肠的牛油,一听见太阳的花言巧语,就溶化了?要是你见过,那么眼前就正是这个混合物。

福斯塔夫　混蛋,这酒里也搀着石灰水;坏人总不会干好事;可是一个懦夫却比一杯搀石灰水的酒更坏,一个刁恶的懦夫!走你自己的路吧,老杰克;愿意什么时候死,你就什么时候死吧。要是在这地面之上,还有人记得什么是男子汉的精神、什么是堂堂大丈夫的气概的话,我就是一条排了卵的鲱鱼。好人都上了绞架了,剩在英国的总共还不到三个,其中的一个已经发了胖,一天老似一天。上帝拯救世人!我说这是一个万恶的世界。我希望我是一个会唱歌的织工;我真想唱唱圣诗,或是干些这一类的事情。愿一切懦夫们都给我遭瘟!我还是这样说。

亲　　王　怎么,你这披毛戴发的脓包!你在咕噜些什么?

福斯塔夫　一个国王的儿子!要是我不用一柄木刀把你打出你的国境,像驱逐一群雁子一般把你的臣民一起赶散,我就不是一个须眉男子。你这威尔士亲王!

亲　　王　嗳哟,你这下流的胖汉,这是怎么一回事?

福斯塔夫　你不是一个懦夫吗?回答我这一个问题。还有这波因斯,他不也是一个懦夫吗?

波因斯　他妈的!你这胖皮囊,你再骂我懦夫,我就用刀子戳死你。

福斯塔夫　我骂你懦夫!我就是眼看着你掉下地狱,也不来骂你懦夫哩;可是我要是逃跑起来两条腿能像你一样快,那么我情愿出一千镑。你是肩直背挺的人,也不怕人家看见你的背;你以为那样便算是做你朋友的后援吗?算了吧,这种见鬼的后援!那些愿意跟我面对面的人,才是我的朋友。替我倒一杯酒来。我今天要是喝过一口酒,我就是个混蛋。

亲　　王　嗳哟,这家伙!你刚才喝过的酒,还在你的嘴唇上留着残沥,没有擦干哩。

福斯塔夫　那反正一样。(饮酒)愿一切懦夫们都给我遭瘟!我还是这么一句话。

亲　　王　这是怎么一回事?

福斯塔夫　怎么一回事?咱们四个人今天早上抢到了一千镑钱。

亲　　王　在哪儿,杰克?在哪儿?

福斯塔夫　在哪儿!又给人家抢去了;一百个人把我们四人团团围住。

亲　　王　什么,一百个人?

39

福斯塔夫　我一个人跟他们十二个人短兵相接,足足战了两个时辰,要是我说了假话,我就是个混蛋。我这条性命逃了出来,真算是一件奇迹哩。他们的刀剑八次穿透我的紧身衣,四次穿透我的裤子;我的盾牌上全是洞,我的剑口砍得像一柄手锯一样,瞧!我平生从来不曾打得这样有劲。愿一切懦夫们都给我遭瘟!叫他们说吧,要是他们说的话不符事实,他们就是恶人,魔鬼的儿子。

亲　　王　说吧,朋友们;是怎么一回事?

盖兹希尔　咱们四个人向差不多十二个人截击——

福斯塔夫　至少有十六个,我的殿下。

盖兹希尔　还把他们绑了起来。

皮　　多　不,不,咱们没有绑住他们。

福斯塔夫　你这混蛋,他们一个个都给咱们绑住的,否则我就是个犹太人,一个希伯来的犹太人。

盖兹希尔　咱们正在分赃的时候,又来了六七个人向咱们攻击——

福斯塔夫　他们替那几个人松了绑,接着又来了一批人。

亲　　王　什么,你们跟这许多人对敌吗?

福斯塔夫　这许多!我不知道什么叫做这许多。可是我要不曾一个人抵挡了他们五十个,我就是一捆萝卜;要是没有五十二三个人向可怜的老杰克同时攻击,我就不是两条腿的生物。

亲　　王　求求上帝,但愿你不曾杀死他们几个人。

福斯塔夫　哼,求告上帝已经来不及了。他们中间有两个人身受重伤;我相信有两个人已经在我手里送了性命,两个穿麻布衣服的恶汉。我告诉你吧,哈尔,要是我向你说了谎,你可以唾我的脸,骂我是马。你知道我的惯用的防势;我把身子伏在这儿,这样挺着我的剑。四个穿麻衣的恶汉向我冲了上来——

亲　王　什么,四个?你刚才说只有两个。

福斯塔夫　四个,哈尔,我对你说四个。

波因斯　嗯,嗯,他是说四个。

福斯塔夫　这四个人迎头跑来,向我全力进攻。我不费吹灰之力,把我的盾牌这么一挡,他们七个剑头便一齐钉住在盾牌上了。

亲　王　七个?咦,刚才还只有四个哩。

福斯塔夫　都是穿麻衣的。

波因斯　嗯,四个穿麻衣的人。

福斯塔夫　凭着这些剑柄起誓,他们一共有七个,否则我就是个坏人。

亲　王　让他去吧;等一会儿我们还要听到更多的人数哩。

福斯塔夫　你在听我吗,哈尔?

亲　王　嗯,杰克,我正在全神贯注,洗耳恭听。

福斯塔夫　很好,因为这是值得一听的。我刚才告诉你的这九个穿麻衣的人——

亲　王　好,又添了两个了。

福斯塔夫　他们的剑头已经折断——

波因斯　裤子就掉下来了。

福斯塔夫　开始向后退却;可是我紧紧跟着他们,拳脚交加,一下子这十一个人中间就有七个人倒在地上。

亲　王　嗳哟,奇事奇事!两个穿麻衣的人,摇身一变就变成十一个了。

福斯塔夫　可是偏偏魔鬼跟我捣蛋,三个穿草绿色衣服的杂种从我的背后跑了过来,向我举刀猛刺;那时候天是这样的黑,哈尔,简直瞧不见你自己的手。

亲　　王　这些荒唐怪诞的谎话,正像只手掩不住一座大山一样,谁也骗不了的。嘿,你这头脑里塞满泥土的胖家伙,你这糊涂的傻瓜,你这下流龌龊、脂油蒙住了心窍的东西——

福斯塔夫　什么,你疯了吗?你疯了吗?事实不就是事实吗?

亲　　王　嘿,既然天色黑得瞧不见你自己的手,你怎么知道这些人穿的衣服是草绿色的?来,告诉我们你的理由。你还有什么话说?

波因斯　来,你的理由,杰克,你的理由。

福斯塔夫　什么,这是可以强迫的吗?他妈的!即使你们把我双手反绑吊起来,或是用全世界所有的刑具拷问我,你们也不能从我的嘴里逼出一个理由来。强迫我给你们一个理由!即使理由多得像乌莓子一样,我也不愿在人家的强迫之下给他一个理由。

亲　　王　我不愿再负这蒙蔽事实的罪名了;这满脸红光的懦夫,这睡破床垫、坐断马背的家伙,这庞大的肉山——

福斯塔夫　他妈的!你这饿鬼,你这小妖精的皮,你这干牛舌,你这干了的公牛鸡巴,你这干瘪的腌鱼!啊!我简直说得气都喘不过来了;你这裁缝的码尺,你这刀鞘,你这弓袋,你这倒插的锈剑——

亲　　王　好,休息一会儿再说下去吧;等你搬完了这些下贱的比喻以后,听我说这么几句话。

波因斯　听着,杰克。

亲　　王　我们两人看见你们四人袭击四个旅客,看见你们把他们捆了,夺下他们的银钱。现在听着,几句简单的话,就可以把你驳倒。那时我们两人就向你们攻击,不消一声吆喝,你们早已吓得抛下了赃物,让我们把它拿去;原赃就在这屋子里,尽可当面验明。福斯塔夫,你抱着你的大肚子跑得才快呢,你还高呼饶命,边走边叫,听着就像一条小公牛似的。好一个不要脸的奴才,自己把剑砍了几个缺口,却说是跟人家激战砍坏了的!现在你还有什么鬼话,什么巧计,什么藏身的地窖,可以替你遮盖这场公开的羞辱吗?

波因斯　来,让我们听听吧,杰克;你现在还有什么鬼话?

福斯塔夫　上帝在上,我一眼就认出了你们。嗨,你们听着,列位朋友们,我是什么人,胆敢杀死当今的亲王?难道我可以向金枝玉叶的亲王行刺吗?嘿,你知道我是像赫剌克勒斯一般勇敢的;可是本能可以摧毁一个人的勇气;狮子无论怎样凶狠,也不敢碰伤一个堂堂的亲王。本能是一件很重要的东西,我是因为基于本能而成为一个懦夫的。我将要把这一回事情终身引为自豪,并且因此而格外看重你;我是一头勇敢的狮子,你是一位货真价实的王子。可是,上帝在上,孩子们,我很高兴钱在你们的手里。喂,老板娘,好生看守门户;今晚不要睡觉,明天一早祈祷。好人儿们,孩子们,哥儿们,心如金石的兄弟们,愿你们被人称誉为世间最有义气的朋友!怎样?咱们要不要乐一乐?要不要串演一出即景的戏剧?

亲　　王　很好,就把你的逃走作为主题吧。

福斯塔夫　啊!哈尔,要是你爱我的话,别提起那件事了!

　　　　　　快嘴桂嫂上。

桂　　嫂　耶稣啊!我的亲王爷!

亲　王　啊,我的店主太太! 你有什么话要对我说?

桂　嫂　呃,我的爷,有一位宫里来的老爷等在门口,要见您说话;他说是您的父王叫他来的。

亲　王　你就尊他一声老太爷,叫他回到我的娘亲那儿去吧。

福斯塔夫　他是个怎么样的人?

桂　嫂　一个老头儿。

福斯塔夫　老人家半夜里从床上爬起来干吗呢? 要不要我去回答他?

亲　王　谢谢你,杰克,你去吧。

福斯塔夫　我要叫他滚回去。(下。)

亲　王　列位,凭着圣母起誓,你们打得很好;你也打得不错,皮多;你也打得不错,巴道夫。你们全都是狮子,因为本能的冲动而逃走;你们是不愿意碰伤一位堂堂的王子的。呸! 呸!

巴道夫　不瞒您说,我因为看见别人逃走,所以也跟着逃走了。

亲　王　现在老实告诉我,福斯塔夫的剑怎么会有这许多缺口?

皮　多　他用他的刀子把它砍成这个样儿;他说他要发漫天的大誓,把真理撵出英国,非得让您相信它是在激战中砍坏了的不可;他还劝我们学他的样子哩。

巴道夫　是的,他又叫我们用尖叶草把我们的鼻子擦出血来,涂在我们的衣服上,发誓说那是勇士的热血。我已经七年没有干这种把戏了;听见他这套鬼花样,我的脸也红啦。

亲　王　啊,混蛋! 你在十八年前偷了一杯酒喝,被人当场捉住,从此以后,你的脸就一直是红的。你又有火性又有剑,可是你却临阵逃走,这是为了哪一种本能?

巴道夫　(指己脸)殿下,您看见这些流星似的火点儿吗?

亲　王　我看见。

巴道夫　您想它们表示着什么？

亲　王　热辣辣的情欲,冷冰冰的钱袋。

巴道夫　殿下,照理说来,它应该表示一副躁急的脾气。

亲　王　不,照理说来,它应该表示一条绞刑的绳索。

　　　　福斯塔夫重上。

亲　王　瘦得只剩一把骨头的杰克来了——啊,我的亲爱的法螺博士！杰克,你已经有多少时候看不见你自己的膝盖了？

福斯塔夫　我自己的膝盖！我在像你这样年纪的时候,哈尔,我的腰身还没有鹰爪那么粗;我可以钻进套在无论哪一个县佐的大拇指上的指环里去。都是那些该死的叹息忧伤,把一个人吹得像气泡似的膨胀起来！外边消息不大好;刚才来的是约翰·勃莱西爵士,奉着你父亲的命令,叫你明天早上进宫去。那北方的疯子潘西,还有那个曾经用手杖敲过亚迈蒙①的足胫、和路锡福的妻子通奸、凭着一柄弯斧叫魔鬼向他宣誓尽忠的威尔士人——该死的,你们叫他什么名字？

波因斯　奥温·葛兰道厄。

福斯塔夫　奥温,奥温,正是他;还有他的女婿摩提默和诺森伯兰那老头儿;还有那个能够骑马奔上悬崖、矫健的苏格兰英雄魁首道格拉斯。

亲　王　他能够在跃马疾奔的时候,用他的手枪打死一只飞着的麻雀。

福斯塔夫　你说得正是。

――――――――――

① 亚迈蒙(Amaimon),中古时代传说中的一个恶魔。

亲　　王　可是那麻雀并没有被他打中。

福斯塔夫　噢,那家伙有种;他不会见了敌人奔走。

亲　　王　咦,那么你为什么刚才还称赞他奔走的本领了不得呢?

福斯塔夫　我说的是他骑在马上的时候,你这呆鸟!可是下了马他就会站住了一步也不动。

亲　　王　不然,杰克,他也得看本能。

福斯塔夫　我承认:他也得看本能。好,他也在那里,还有一个叫做摩代克的和一千个其余的蓝帽骑士。华斯特已经在今晚溜走;你父亲听见这消息,急得胡须都白了。现在你可以收买土地,像买一条臭青鱼一般便宜。

亲　　王　啊,那么今年要是有一个炎热的六月,而且这场内战还要继续下去的话,看来我们可以把处女的贞操整百地收买过来,像人家买钉子一般了。

福斯塔夫　真的,孩子,你说得对;咱们在那方面倒可以做一笔很好的生意,可是告诉我,哈尔,你是不是怕得厉害呢?你是当今的亲王,这世上还能有像那煞神道格拉斯、恶鬼潘西和妖魔葛兰道厄那样的三个敌人吗?你是不是怕得厉害,听了这样的消息,你的全身的血都会跳动起来呢?

亲　　王　一点儿不,真的;我没有像你那样的本能。

福斯塔夫　好,你明儿见了你父亲,免不了要挨一顿臭骂;要是你爱我的话,还是练习练习怎样回答吧。

亲　　王　你就权充我的父亲,向我查问我的生活情形。

福斯塔夫　我充你的父亲?很好。这一张椅子算是我的宝座,这一把剑算是我的御杖,这一个垫子算是我的王冠。

亲　　王　你的宝座是一张折凳,你的黄金的御杖是一柄铅剑,你的富丽的王冠是一个寒伧的秃顶!

福斯塔夫　好,要是你还有几分天良的话,现在你将要被感动了。给我一杯酒,让我的眼睛红红的,人家看了会以为我流过眼泪;因为我讲话的时候必须充满情感。(饮酒)我就用《坎拜西斯王》的那种腔调。

亲　　王　好,我在这儿下跪了。(行礼。)

福斯塔夫　听我的话。各位贵爵,站在一旁。

桂　　嫂　耶稣啊!这才好玩呢!

福斯塔夫　不要哭,亲爱的王后,因为流泪是徒然的。

桂　　嫂　天父啊!瞧他一本正经的样子!

福斯塔夫　为了上帝的缘故,各位贤卿,请把我的悲哀的王后护送回宫,因为眼泪已经遮住她的眼睛的水门了。

桂　　嫂　耶稣啊!他扮演得活像那些走江湖的戏子。

福斯塔夫　别闹,好酒壶儿!别闹,老白干!哈利,我不知道你在什么地方消磨你的光阴,更不知道有些什么人跟你做伴。虽然紫菀草越被人践踏越长得快,可是青春越是浪费,越容易消失。你是我的儿子,这不但你的母亲这么说,我也这么相信;可是最重要的证据,却是你眼睛里有一股狡狯的神气,还有你那垂着下唇的那股傻样子。既然你是我的儿子,那么问题就来了:为什么你做了我的儿子,却要受人家这样指摘?天上光明的太阳会不会变成一个游手好闲之徒,吃起乌莓子来?这是一个不必问的问题。英格兰的亲王会不会做贼,偷起人家的钱袋来?这是一个值得问的问题。有一件东西,亨利,是你常常听到的,说起来大家都知道,它的名字叫做沥青;这沥青据古代著作家们说,一沾上身就会留下揩不掉的污点;你所来往的那帮朋友也是这样。亨利,现在我对你说话,不是喝醉了酒,而是流着眼泪;不是抱着快乐的情绪,而是怀着满腹的悲哀;不是口头的空言,而是内心的忧愁的流露。可是我常常注意到在你的伴侣之中,有一个很有德行的人,我不知道他的名字。

亲　王　请问陛下,他是怎样的一个人?

福斯塔夫　这人长得仪表堂堂,体格魁梧,是个胖胖的汉子;他有一副愉快的容貌,一双有趣的眼睛和一种非常高贵的神采;我想他的年纪约摸有五十来岁,或许快要近六十了;现在我记起来啦,他的名字叫做福斯塔夫。要是那个人也会干那些荒淫放荡的事,那除非是我看错了人,因为,亨利,我从他的脸上可以看出他是一个有德之人。是什么树就会结什么果子,我可以断然说一句,那福斯塔夫是有德行的,你应该跟他多多来往,不要再跟其余的人在一起胡闹。现在告诉我,你这不肖的奴才,告诉我,这一个月来你在什么地方?

亲　王　你说得像一个国王吗?现在你来代表我,让我扮演我的父亲吧。

福斯塔夫　你要把我废黜吗?要是你在言语之间,能够及得上我一半的庄重严肃,我愿意让你把我像一只兔子般倒挂起来。

亲　王　好,我在这儿坐下了。

福斯塔夫　我在这儿站着。各位,请你们评判评判。

亲　王　喂,亨利!你从什么地方来?

福斯塔夫　启禀父王,我从依斯特溪泊来。

亲　王　我听到许多人对你啧啧不满的怨言。

福斯塔夫　他妈的!陛下,他们都是胡说八道。嘿,我扮演年轻的亲王准保叫你拍手称好!

亲　　王　你开口就骂人吗,没有礼貌的孩子?从此以后,再也不要见我的面。你全然野得不成样子啦;一个魔鬼扮成一个胖老头儿的样子迷住了你;一只人形的大酒桶做了你的伴侣。为什么你要结交那个充满着怪癖的箱子,那个塞满着兽性的柜子,那个水肿的脓包,那个庞大的酒囊,那个堆叠着脏腑的衣袋,那头肚子里填着腊肠的烤牛,那个道貌岸然的恶徒,那个须发苍苍的罪人,那个无赖的老头儿,那个空口说白话的老家伙?他除了辨别酒味和喝酒以外,还有什么擅长的本领?除了用刀子割鸡、把它塞进嘴里去以外,还会干什么精明灵巧的事情?除了奸谋诡计以外,他有些什么聪明?除了为非作歹以外,他有些什么计谋?他干的哪一件不是坏事?哪一件会是好事?

福斯塔夫　我希望陛下让我知道您的意思;陛下说的是什么人?

亲　　王　那邪恶而可憎的诱惑青年的福斯塔夫,那白须的老撒旦。

福斯塔夫　陛下,这个人我认识。

亲　　王　我知道你认识。

福斯塔夫　可是要是说他比我自己有更多的坏处,那就不是我所知道的了。他老了,这是一件值得惋惜的事情,他的白发可以为他证明;可是恕我这么说,谁要是说他是个放荡的淫棍,那我是要全然否认的。如其喝几杯搀糖的甜酒算是一件过失,愿上帝拯救罪人!如其老年人寻欢作乐是一件罪恶,那么我所认识的许多老人家都要下地狱了;如其胖子是应该被人憎恶的,那么法老王的瘦牛才是应该被人喜爱的了。不,我的好陛下;撵走皮多,撵走巴道夫,撵走波因斯;可是讲到可爱的杰克·福斯塔夫,善良的杰克·福斯塔夫,忠实的杰克·福斯塔夫,勇敢的杰克·福斯塔夫,老当益壮的杰克·福斯塔夫,千万不要让他离开你的亨利的身边;撵走了肥胖的杰克,就是撵走了整个的世界。

亲　　王　我偏要撵走他。(敲门声。桂嫂、弗兰西斯、巴道夫同下。)
　　　　　巴道夫疾奔重上。

巴道夫　啊!殿下,殿下,郡吏带着一队恶狠狠的警士到了门口了。

福斯塔夫　滚出去,你这混蛋!把咱们的戏演下去;我还有许多替那福斯塔夫辩护的话要说哩。
　　　　　快嘴桂嫂重上。

桂　　嫂　耶稣啊!我的爷,我的爷!

亲　　王　嗨,嗨!魔鬼腾空而来。什么事情?

桂　　嫂　郡吏和全队警士都在门口,他们要到这屋子里来搜查。我要不要让他们进来?

福斯塔夫　你听见吗,哈尔?再不要把一块真金叫做赝物。你根本是个疯子,虽然外表上瞧不出来。

亲　　王　你就是没有本能,也是个天生的懦夫。

福斯塔夫　我否认你的论点。要是你愿意拒绝那郡吏,很好;不然的话,就让他进来吧。要是我坐在囚车里,比不上别人神气,那我就是白活了这一辈子。我希望早一点儿让一根绳子把我绞死,不要落在别人后面才好。

亲　　王　去,躲在那帏幕的背后;其余的人都到楼上去。现在,我的朋友们,装出一副正直的面孔和一颗无罪的良心来。

福斯塔夫　这两件东西我本来都有;可是它们现在已经寿终正寝了,所以我只好躲藏一下。(除亲王及皮多外均下。)

亲　　王　叫郡吏进来。

　　　　　郡吏及脚夫上。

亲　王　啊,郡吏先生,你有什么赐教?
郡　吏　殿下,我先要请您原谅。外边有一群人追捕逃犯,看见他们走进这家酒店。
亲　王　你们要捉些什么人?
郡　吏　回殿下的话,其中有一个人是大家熟悉的,一个大胖子。
脚　夫　肥得像一块牛油。
亲　王　我可以确实告诉你,这个人不在这儿,因为我自己刚才叫他干一件事情去了。郡吏先生,我愿意向你担保,明天午餐的时候,我一定叫他来见你或是无论什么人,答复人家控告他的罪名。现在我要请你离开这屋子。
郡　吏　是,殿下。有两位绅士在这件盗案里失去三百个马克。
亲　王　也许有这样的事。要是他果然抢劫了这些人的钱,当然要依法惩办的。再见。
郡　吏　晚安,殿下。
亲　王　我想现在已经是早上了,是不是?
郡　吏　真的,殿下,我想现在有两点钟了。(郡吏及脚夫下。)
亲　王　这老滑头就跟圣保罗大教堂一样,没有人不知道。去,叫他出来。
皮　多　福斯塔夫!嗳哟!他在帏幕后面睡熟了,像一匹马一般打着鼾呢。
亲　王　听,他的呼吸多么沉重。搜搜他衣袋里有些什么东西。(皮多搜福斯塔夫衣袋,得到若干纸片)你找到些什么?
皮　多　只有一些纸片,殿下。
亲　王　让我看看上面写些什么话。你读给我听。

51

皮　多	付阉鸡一只	二先令二便士
	付酱油	四便士
	付白葡萄酒二加仑	五先令八便士
	付晚餐后鱼、酒	二先令六便士
	付面包	半便士

亲　王　啊,该死！只有半便士的面包,却要灌下这许多的酒！其余的你替他保藏起来,我们有机会再读吧。让他就在那儿睡到天亮。我一早就要到宫里去。我们大家都要参加战争,你将要得到一个很光荣的地位。这胖家伙我要设法叫他带领一队步兵;我知道二百几十英里路程的行军,准会把他累死的。这笔钱将要加利归还原主。明天早一点儿来见我;现在再会吧,皮多。

皮　多　再会,我的好殿下。(各下。)

第 三 幕

第一场　班谷。副主教府中一室

霍茨波、华斯特、摩提默及葛兰道厄上。

摩提默　前途大可乐观,我们的同盟者都是可靠的,在这举事之初,就充满了成功的朕兆。

霍茨波　摩提默伯爵,葛兰道厄姻丈,你们都请坐下来;华斯特叔父,您也请坐。该死!我又忘记把地图带来了。

葛兰道厄　不,这儿有。请坐,潘西贤侄,请坐。兰开斯特每次提起您那霍茨波的雄名的时候,总是面无人色,长叹一声,希望您早早归天。

霍茨波　他每次听见人家说起奥温·葛兰道厄的时候,就希望您落下地狱。

葛兰道厄　这也怪不得他;在我诞生的时候,天空中充满了一团团的火块,像灯笼火把似的照耀得满天通红;我一下母胎,大地的庞大的基座就像懦夫似的战栗起来。

霍茨波　要是令堂的猫在那时候生产小猫,这现象也同样会发生的,即使世上从来不曾有您这样一个人。

葛兰道厄　我说在我诞生的时候,大地都战栗了。

霍茨波　要是您以为大地是因为惧怕您而战栗的,那么我就要说它的意见并不跟我一致。

葛兰道厄　满天烧着火,大地吓得发抖。

霍茨波　啊!那么大地是因为看见天上着了火而战栗的,不是因为害怕您的诞生。失去常态的大自然,往往会发生奇异的变化;有时怀孕的大地因为顽劣的风儿在她的腹内作怪,像疝痛一般转侧不宁;那风儿只顾自己的解放,把大地老母拼命摇撼,尖塔和高楼都在它的威力之下纷纷倒塌。在您诞生的时候,我们的老祖母大地多半正在害着这种怪病,所以痛苦得战栗起来。

葛兰道厄　贤侄,别人要是把我这样顶撞,我是万万不能容忍的。让我再告诉你一次,在我诞生的时候,天空中充满了一团团的火块,山羊从山上逃了下来,牛群发出奇异的叫声,争先恐后地向田野奔窜。这些异象都表明我是非常的人物;我的一生的经历也可以显出我不是一个碌碌的庸才。在那撞击着英格兰、苏格兰和威尔士海岸的怒涛的环抱之中,哪一个人曾经做过我的老师,教我念过一本书?我的神奇而艰深的法术,哪一个妇人的儿子能够追步我的后尘?

霍茨波　我想您的威尔士语讲得比谁都好。我要吃饭去了。

摩提默　得啦,潘西贤弟!不要激得他发起疯来。

葛兰道厄　我可以召唤地下的幽魂。

霍茨波　啊,这我也会,什么人都会;可是您召唤它们的时候,它们果然会应召而来吗?

葛兰道厄　嘿,老侄,我可以教你怎样驱役魔鬼哩。

霍茨波　老伯,我也可以教你怎样用真理来羞辱魔鬼的方法;魔鬼听见人家说真话,就会羞得无地自容。要是你有召唤魔鬼的法力,叫它到这儿来吧,我可以发誓我有本领把它羞走。啊！一个人活在世上,应该时时刻刻说真话羞辱魔鬼!

摩提默　得啦,得啦;不要再说这种无益的闲话吧。

葛兰道厄　亨利·波林勃洛克曾经三次调兵向我进攻,三次都被我从威伊河之旁和砂砾铺底的塞汶河上杀得他丢盔卸甲,顶着恶劣的天气狼狈而归。

霍茨波　丢盔卸甲,又赶上恶劣的天气！凭着魔鬼的名义,他怎么没冻得发疟疾呢？

葛兰道厄　来,这儿是地图;我们要不要按照我们各人的权利,把它一分为三？

摩提默　副主教已经把它很平均地分为三份。从特兰特河起直到这儿塞汶河为止,这东南一带的英格兰疆土都归属于我;由此向西,塞汶河岸以外的全部威尔士疆土,以及在那界限以内的所有沃壤,都是奥温·葛兰道厄所有;好兄弟,你所得到的是特兰特河以北的其余的土地。我们三方面的盟约已经写好,今晚就可以各人交换签印。明天,潘西贤弟,你、我,还有我的善良的华斯特伯爵,将要按照约定,动身到索鲁斯伯雷去迎接你的父亲和苏格兰派来的军队。我的岳父葛兰道厄还没有准备完成,我们在这十四天内,也无须他帮助。(向葛兰道厄)在这时间以内,也许您已经把您的佃户们、朋友们和邻近的绅士们征集起来了。

葛兰道厄　各位贵爵,不用那么多的时间,我就会来跟你们相会的;你们两位的夫人都可以由我负责护送,现在你们却必须从她们的身边悄悄溜走,不用向她们告别;因为你们夫妇相别,免不了又要淌一场淌不完的眼泪。

霍茨波　我想你们分给我的勃敦以北这一份土地,讲起大小来

55

是比不上你们那两份的;瞧这条河水打这儿弯了进来,硬生生从我的最好的土地上割去了半月形的一大块。我要把这道河流在这地方填塞起来,让澄澈明净的特兰特河更换一条平平正正的新的水道;我可不能容许它弯进得这么深,使我失去这么一块大好的膏腴之地。

葛兰道厄　不让它弯进去!这可不能由你做主。

摩提默　是的,可是你瞧它的水流的方向,在这一头它也使我遭到同样的损失;它割去了我同样大的一块土地,正像它在那一头割去你的土地一样。

华斯特　是的,可是我们只要稍微花些钱,就可以把河道搬到这儿来,腾出它北岸的这一角土地;然后它就可以顺流直下,不必迂回绕道了。

霍茨波　我一定要这么办;只要稍微花些钱就行了。

葛兰道厄　这件擅改河道的事,我是不能同意的。

霍茨波　你不同意吗?

葛兰道厄　我不同意,我不让你这样干。

霍茨波　谁敢向我说一个不字?

葛兰道厄　嘿,我就要向你说不。

霍茨波　那么不要让我听懂你的话;你用威尔士语说吧。

葛兰道厄　阁下,我的英语讲得跟你一样好,因为我是在英国宫廷里教养长大的;我在年轻的时候,就会把许多英国的小曲在竖琴上弹奏得十分悦耳,使我的歌喉得到一个美妙的衬托;这一种本领在你身上是找不到的。

霍茨波　呃,谢天谢地,我没有这种本领。我宁愿做一只小猫,向人发出喵喵的叫声;我可不愿做这种吟风弄月的卖唱者。我宁愿听一只干燥的车轮在轮轴上吱轧吱轧地磨擦;那些扭扭捏捏的诗歌,是比它更会使我的牙齿发痒的;它正像一匹小马踏着款段的细步一样装腔作势得可厌。

葛兰道厄　算啦,你就把特兰特河的河道变更一下好了。

霍茨波　我并不真的计较这些事情;我愿意把三倍多的土地送给无论哪一个真正值得我敬爱的朋友;可是你听着,要是真正斤斤较量起来的话,我是连一根头发的九分之一也不肯放松的。盟约已经写下了吗?我们就要出发了吗?

葛兰道厄　今晚月色很好,你们可以乘夜上路。我就去催催书记,叫他把盟书赶紧办好,同时把你们动身的消息通知你们的妻子;我怕我的女儿会发起疯来,她是那样钟情于她的摩提默。(下。)

摩提默　嗳哟,潘西兄弟!你把我的岳父顶撞得太过分啦!

霍茨波　我自己也做不了主。有时候他使我大大生气,跟我讲什么鼹鼠蚂蚁,那术士梅林和他的预言,还有什么龙,什么没有鳍的鱼,什么剪去翅膀的鹰喙怪兽,什么脱毛的乌鸦,什么蜷伏的狮子,什么咆哮的猫,以及诸如此类荒唐怪诞的胡说八道。我告诉你吧,昨晚他拉住我至少谈了九个钟头,向我列举一个个为他供奔走的魔鬼的名字。我只是嘴里"哼"呀"哈"地答应他,可是一个字也没有听进去。啊!他正像一匹疲乏的马、一个长舌的妻子一般令人厌倦,比一间烟熏的屋子还要闷人。我宁愿住在风磨里吃些干酪大蒜过活,也不愿在无论哪一所贵人的别墅里饱啖着美味的佳肴,听他刺刺不休的谈话。

摩提默　真的,他是一位很可尊敬的绅士,学问渊博,擅长异术,狮子一般勇敢,对人却又和蔼可亲;他的慷慨可以比得上印度的宝山。要不要我告诉你,兄弟?他非常看重你的高傲的性格,虽然你这样跟他闹别扭,他还是竭力忍住了他的天生的火性,不向你发作出来;真的,他对你是特别容忍的。我告诉你吧,要是别人也像你这样撩拨他,他早就大发雷霆,给他领略一些厉害了。可是让我请求你,不要老用这种态度对待他。

华斯特　真的,我的少爷,你太任性了;自从你到此以后,屡次在言语和举动上触犯他,已经到了使人家忍无可忍的地步。你必须设法改正这一种过失;虽然它有时可以表示勇气和魄力——那是人生最高贵的品质——可是往往它会给人粗暴、无礼、躁急、傲慢、顽固的印象;一个贵人如果有了一点点这样的缺点,就会失去人们的信心,在他其余一切美好的德性上留下一个污迹,遮掩了它们值得赞叹的特色。

霍茨波　好,我领教了;愿殷勤的礼貌帮助你们成功!我们的妻子来了,让我们向她们告别吧。

　　　　　葛兰道厄率摩提默夫人及潘西夫人重上。

摩提默　这是一件最使我恼恨的事,我的妻子不会说英语,我也不会说威尔士语。

葛兰道厄　我的女儿在哭了;她舍不得和你分别;她也要做一个军人,跟着你上战场去。

摩提默　好岳父,告诉她您不久就可以护送她跟我的姑母潘西夫人来和我们重聚的。(葛兰道厄用威尔士语向摩提默夫人谈话,后者亦以威尔士语作答。)

葛兰道厄　她简直在这儿发疯啦;好一个执拗使性的贱人,什么劝告对她都不能发生效力。(摩提默夫人以威尔士语向摩提默谈话。)

摩提默　我懂得你的眼光;从这一双泛滥的天体中倾注下来的

美妙的威尔士的语言,我能够完全懂得它的意思;倘不是为了怕人笑话,我也要用同样的言语回答你。(摩提默夫人又发言)我懂得你的吻,你也懂得我的吻,那是一场感情的辩论。可是爱人,我一定要做一个发愤的学生,直到我学会你的语言;因为你的妙舌使威尔士语仿佛就像一位美貌的女王在夏日的园亭里弹弄丝弦,用抑扬婉转的音调,歌唱着辞藻雅丽的小曲一般美妙动听。

葛兰道厄　不要这样,如果你也是柔情脉脉,她准得发疯了。
　　(摩提默夫人又发言。)
摩提默　啊!我全然不懂你说的话。
葛兰道厄　她叫你躺在软绵绵的茵荐上,把你温柔的头靠着她的膝,她要唱一支你所喜爱的歌曲,让睡眠爬上你的眼睑,用舒适的倦怠迷醉你的血液,使你陶然于醒睡之间,充满了朦胧的情调,正像当天马还没有从东方开始它的金色的行程以前那晨光熹微的时辰一样。
摩提默　我满心愿意坐下来听她唱歌。我想我们的盟书到那时候多半已经抄写好了。
葛兰道厄　你坐下吧;在几千英里外云游的空中的乐师,立刻就会到这儿来为你奏乐;坐下来听吧。
霍茨波　来,凯蒂,你睡下的姿势是最好看的;来,快些,快些,让我好把我的头靠在你的膝上。
潘西夫人　去,你这呆鹅!(葛兰道厄作威尔士语,乐声起。)
霍茨波　现在我才知道魔鬼是懂得威尔士语的;无怪他的脾气这么古怪。凭着圣母起誓,他是个很好的音乐家哩。
潘西夫人　那么你也应该精通音乐了,因为你的脾气是最变化莫测的。静静地躺着,你这贼,听那位夫人唱威尔士歌吧。

霍茨波　我宁愿听我的母狗用爱尔兰调子吠叫。

潘西夫人　你要我敲破你的头吗?

霍茨波　不。

潘西夫人　那么不要作声。

霍茨波　我也不愿;那是一个女人的缺点。

潘西夫人　好,上帝保佑你!

霍茨波　保佑我到那威尔士女人的床上去。

潘西夫人　什么话?

霍茨波　不要出声!她唱了。(摩提默夫人唱威尔士歌)来,凯蒂,我也要听你唱歌。

潘西夫人　我不会,真的不骗你。

霍茨波　你不会,"真的不骗你"!心肝!你从哪一个糖果商人的妻子学会了这些口头禅?你不会用"真的不骗你"、"死人才说谎"、"上帝在我的头上"、"天日为证",你总是用这些软绵绵的字句作为你所发的誓,好像你从来没有走过一步远路似的。凯蒂,你是一个堂堂的贵妇,就应该像一个贵妇的样子,发几个响响亮亮痛痛快快的誓;让那些穿着天鹅绒衬衣的人们和在星期日出风头的市民去说什么"真的"不"真的",以及这一类胡椒姜糖片似的辣不死人的言语吧。来,唱呀。

潘西夫人　我偏不唱。

霍茨波　其实你满可以做裁缝师傅或是知更鸟的教师。要是盟书已经写好,我在这两小时内就要出发,随你什么时候进来吧。(下。)

葛兰道厄　来,来,摩提默伯爵;烈性的潘西火急着要去,你却这样慢腾腾地不想动身。我们的盟书这时候总该写好了,我们只要签印以后，就可以立刻上马。

摩提默　那再好没有啦。（同下。）

第二场　伦敦。宫中一室

亨利王、亲王及众臣上。

亨利王　各位贤卿，请你们退下，亲王跟我要做一次私人的谈话；可是不要走远，因为我立刻就需要你们。（众臣下）我不知道这是不是上帝的意思，因为我干了些使他不快的事情，他才给我这种秘密的处分，使我用自己的血液培养我的痛苦的祸根；你的一生的行事，使我相信你是上天注定惩罚我的过失的灾殃。否则像这种放纵的下流的贪欲，这种卑鄙荒唐、恶劣不堪的行动，这种无聊的娱乐、粗俗的伴侣，怎么会跟你的伟大的血统结合起来，使你尊贵的心成为所有这一切的同侪呢？

亲　王　请陛下恕我，我希望我能够用明白的辩解解脱我的一切过失，可是我相信我能够替自己洗涤许多人家所加在我身上的罪名。让我向您请求这一个恩典：一方面唾斥那些笑脸的佞人和那些无中生有的人们所捏造的谣言，他们是惯爱在大人物的耳边搬弄是非的；一方面接受我的真诚的服罪，原宥我那些无可讳言的少年的错误。

亨利王　上帝宽恕你！可是我不懂，亨利，你的性情为什么和你的祖先们大不相同。你已经大意地失去了你在枢密院里的地位，那位置已经被你的兄弟取而代之了；整个宫廷和王族都把你视同路人；世人对你的希望和期待已经毁灭，每一个人的心里都在预测着你的倾覆。要是我也像你这样不知自爱,因为过度的招摇而引起人们的轻视;要是我也像你这样结交匪类,自贬身价,那帮助我得到这一顶王冠的舆论,一定至今拥戴着旧君,让我在默默无闻的放逐生涯中做一个庸庸碌碌毫无希望的人物。因为我在平时是深自隐藏的,所以不动则已,一有举动,就像一颗彗星一般,受到众人的惊愕;人们会指着我告诉他们的孩子,"这就是他,"还有的人会说,"在哪儿? 哪一个是波林勃洛克?"然后我就利用一切的礼貌,装出一副非常谦恭的态度,当着他们正式的国王的面前,我从人们的心头取得了他们的臣服,从人们的嘴里博到了他们的欢呼。我用这一种方法,使人们对我留下一个新鲜的印象;就像一件主教的道袍一般,我每一次露脸的时候,总是受尽人们的注目。这样我维持着自己的尊严,避免和众人做频繁的接触,只有在非常难得的机会,才一度显露我的华贵的仪态,使人们像置身于一席盛筵之中一般,感到由衷的满足。至于那举止轻浮的国王,他总是终日嬉游、无所事事,陪伴他的都是一些浅薄的弄臣和卖弄才情的妄人,他们的机智是像枯木一般易燃易灭的;他把他的君主的尊严作为赌注,自侪于那些嬉戏跳跃的愚人之列,不惜让他的伟大的名字被他们的嘲笑所亵渎,任何的戏谑都可以使他展颜大笑,每一种无聊的辱骂都可以加在他的头上;他常常在市街上游逛,使他自己为民众所狎习;人们的眼睛因为每天饱餍着他,就像吃了太多的蜂蜜一般,对任何的甜味都发生厌恶起来;世间的事情,往往失之毫厘,就会造成莫大的差异。所以当他有什么正式的大典接见臣民的时候,他就像六月里的杜鹃鸟一般,人家都对他抱着听而不闻的态度;他受到的只是一些漠然的眼光,不再像庄严的太阳一样为众目所瞻仰；人们因为厌倦于他的声音笑貌，不是当着他的面前闭目入睡，就是像看见敌人一般颦眉蹙额。哈利，你现在的情形正是这样；因为你自甘下流，已经失去你的王子的身份，谁见了你都生厌，只有我却希望多看见你几面；我的眼睛不由我自己做主，现在已经因为满含着痴心的热泪而昏花了。

亲　王　我的最仁慈的父王，从此以后，我一定痛改前非。

亨利王　如今的你，就像当我从法国出发在雷文斯泊登岸那时候的理查一样；那时的我，正就是现在的潘西。凭着我的御杖和我的灵魂起誓，他才有充分的跃登王座的资格，你的继承大位的希望，却怕只是一个幻影；因为他以一个毫无凭借的匹夫，使我们的国土之内充满了铁骑的驰骤，凭着一往无前的锐气，和张牙舞爪的雄狮为敌，虽然他的年纪和你一样轻，年老的贵族们和高龄的主教们都服从他的领导，参加杀人流血的战争。他和素著威名的道格拉斯的鏖战，使他获得了多大的不朽的荣誉！那道格拉斯的英勇的战绩和善斗的名声，在所有基督教国家中是被认为并世无敌的。这霍茨波，襁褓中的战神，这乳臭的骑士，却三次击败这伟大的道格拉斯，一次把他捉住了又释放，和他结为朋友，为了进一步表示他的强悍无忌，并且摇撼我的王座的和平与安全。你有什么话说？潘西、诺森伯兰、约克大主教、道格拉斯、摩提默，都联合起来反抗我了。可是我为什么要把这种消息告诉你呢？哈利，你才是我的最亲近最危险的敌人，我何必告诉你我有些什么敌人呢？也许你因为出于卑劣的恐惧、下贱的习性和一时意志的动摇，会去向潘西卖身投靠，帮助他和我作战，追随在他的背后，当他发怒的时候，忙不迭地打躬作揖,表示你已经堕落到怎样的地步。

亲　　王　不要这样想;您将会发现事实并不如此。上帝恕有那些煽惑陛下的圣听、离间我们父子感情的人们!我要在潘西身上赎回我所失去的一切,在一个光荣的日子结束的时候,我要勇敢地告诉您我是您的儿子;那时候我将要穿着一件染满了血的战袍,我的脸上涂着一重殷红的脸谱,当我洗清我的血迹的时候,我的耻辱将要随着它一起洗去;不论这一个日子是远是近,这光荣和名誉的宠儿,这英勇的霍茨波,这被众人所赞美的骑士,将要在这一天和您的被人看不起的亨利狭路相逢。但愿他的战盔上顶着无数的荣誉,但愿我的头上蒙着双倍的耻辱!总有这么一天,我要使这北方的少年用他的英名来和我的屈辱交换。我的好陛下,潘西不过是在替我挣取光荣的名声;我要和他算一次账,让他把生平的荣誉全部缴出,即使世人对他最轻微的钦佩也不在例外,否则我就要直接从他的心头挖取下来。凭着上帝的名义,我立愿做到这一件事情;要是天赐我这样的机会,请陛下恕免我这一向放浪形骸的过失;否则生命的终结可以打破一切的约束,我宁愿死十万次,也决不破坏这誓言中的最微细的一部分。

亨利王　你能够下这样的决心,十万个叛徒也将要因此而丧生。你将要独当一面,受我的充分的信任。

　　　　　　华特・勃伦特爵士上。

亨利王　啊,好勃伦特!你脸上充满了一股急迫的神色。

勃伦特　我现在要来说起的事情,也是同样的急迫。苏格兰的摩提默伯爵已经通知道格拉斯和英国的叛徒们本月十一日在索鲁斯伯雷会合,要是各方面都能够践约,这一支叛军的声势是非常雄壮而可怕的。

亨利王　威斯摩兰伯爵今天已经出发,我的儿子约翰·兰开斯特也跟着他同去了;因为我们在五天以前就得到这样的消息。亨利,下星期三应该轮到你出发;我自己将要在星期四御驾亲征;我们在勃力琪诺斯集合;哈利,你必须取道葛罗斯特郡进军,这样兼程行进,大概十二天以后,我们的大军便可以在勃力琪诺斯齐集了。我们现在还有许多事情要办;让我们去吧,因循迟延的结果,徒然替别人造成机会。(同下。)

第三场　依斯特溪泊。野猪头酒店中一室

福斯塔夫及巴道夫上。

福斯塔夫　巴道夫,自从最近干了那桩事以来,我的精力不是大不如前了吗?我不是一天一天消瘦,一天一天憔悴了吗?嘿,我的身上的皮肤宽得就像一件老太太的宽罩衫一样;我的全身皱缩得活像一只干瘪的熟苹果。好,我要忏悔,我要赶紧忏悔,趁着现在还有一些勇气的时候;等不多久,我就要心灰意懒,再也提不起精神来忏悔了。要是我还没有忘记教堂的内部是个什么样儿,我就是一粒胡椒、一匹制酒人的马;教堂的内部!都是那些朋友,那些坏朋友害了我!

巴道夫　约翰爵士,您动不动就发脾气,看来您是活不长久的了。

福斯塔夫　哎,对了。来,唱一支淫荡的歌儿给我听听,让我快活快活。我本来是一个规规矩矩的绅士:难得赌几次咒;一星期顶多也不过掷七回骰子;一年之中,也不过逛三四——

百回窑子；借了人家的钱，十次中间有三四次是还清的。那时候我过着很好很有规律的生活，现在却糟成这个样子，简直不成话了。

巴道夫　哎，约翰爵士，您长得这样胖，狭窄的规律怎么束缚得了您，约翰爵士。

福斯塔夫　你只要把你的脸修改修改，我也可以矫正我的生活。你是我们的海军旗舰，在舵楼上高举你的灯笼，可是那灯笼却在你的鼻子上；你是我们的"明灯骑士"。

巴道夫　哎，约翰爵士，我的脸可没有妨害您什么呀。

福斯塔夫　没有，我可以发誓；我常常利用它，正像人们利用骷髅警醒痴愚一样；我只要一看见你的脸，就会想起地狱里的烈火，还有那穿着紫袍的财主怎样在烈火中燃烧。假如你是一个好人，我一定会凭着你的脸发誓；我会这样说，"凭着这团火，那是上帝的天使；"可是你却是一个堕落透顶的人，除了你脸上的光亮以外，全然是黑暗的儿子。那一天晚上你奔到盖兹山上去替我捉马的时候，我真把你当做了一团鬼火。啊！你是一把凯旋游行中的不灭的火炬。你在夜里陪着我从这一家酒店走到那一家酒店的时候，曾经省去我一千多马克的灯火费；可是你在我这儿所喝的酒，算起价钱来，即使在全欧洲售价最贵的蜡烛店里，也可以买到几百捆蜡烛哩。这三十二年来，我每天用火喂饱你这一条火蛇，愿上帝褒赏我做的这一件善事！

巴道夫　他妈的！我倒愿意把我的脸放进您的肚子里去。

福斯塔夫　慈悲的上帝！那可要把我的心都烧坏了。

　　　　　快嘴桂嫂上。

福斯塔夫　啊，老母鸡太太！你调查了谁掏过我的衣袋没有？

桂　嫂　嗳哟,约翰爵士,您在想些什么呀,约翰爵士?您以为我的屋子里养着贼吗?我搜也搜过了,问也问过了;我的丈夫也帮着我把每一个人、每一个孩子、每一个仆人都仔细查问过。咱们屋子里是从来不曾失落过半根头发的。

福斯塔夫　你说谎,老板娘。巴道夫曾经在这儿剃过头,失去了好多的头发;而且我可以发誓我的衣袋的的确确给人掏过了。哼,你是个女流之辈,去吧!

桂　嫂　谁?我吗?不,我偏不走。天日在上,从来不曾有人在我自己的屋子里这样骂过我。

福斯塔夫　得啦,我知道你是个什么货色。

桂　嫂　不,约翰爵士;您不知道我,约翰爵士;我才知道您,约翰爵士。您欠了我的钱,约翰爵士,现在您又来跟我寻事吵架,想要借此赖债。我曾经给您买过一打衬衫。

福斯塔夫　谁要穿这种肮脏的粗麻布?我早已把它们送给烘面包的女人,让她们拿去筛粉用了。

桂　嫂　凭着我的良心起誓,那些都是八先令一码的上等荷兰麻布。您还欠着这儿的账,约翰爵士,饭钱、酒钱,连借给您的钱,一共是二十四镑。

福斯塔夫　他也有份的;叫他付好了。

桂　嫂　他!唉!他是个穷光蛋;他什么都没有。

福斯塔夫　怎么!穷光蛋?瞧瞧他的脸吧;哪一个有钱人比得上他这样满面红光?让他们拿他的鼻子、拿他的嘴巴去铸钱好啦!我是一个子儿也不付的。嘿!你们把我当做小孩子看待吗?难道我在自己的旅店里也不能舒舒服服地歇息一下,一定要让人家来掏我的衣袋吗?我已经失去一颗我祖父的图章戒指,估起价来要值四十马克哩。

桂　嫂　耶稣啊！我听见亲王不知对他说过多少次,那戒指是铜的。

福斯塔夫　什么话！亲王是个坏家伙鬼东西；他妈的！要是他在这儿向我说这句话,我要像打一条狗似的把他打个半死。

　　　　　亲王及波因斯作行军步伐上；福斯塔夫以木棍横举口旁作吹笛状迎接二人。

福斯塔夫　啊,孩子！风在那儿门里吹着吗？咱们大家都要开步走了吗？

巴道夫　是的,两个人一排,就像新门监狱里的囚犯的样子。

桂　嫂　亲王爷,请您听我说。

亲　王　你怎么说,桂嫂？你的丈夫好吗？我很喜欢他,他是个好人。

桂　嫂　我的好亲王爷,听我说。

福斯塔夫　不要理她,听我说。

亲　王　你怎么说,杰克？

福斯塔夫　前天晚上我在这儿帏幕后面睡着了,不料被人把我的口袋掏了一个空。这一家酒店已经变成窑子啦,他们都是扒手。

亲　王　你不见了什么东西,杰克？

福斯塔夫　你愿意相信我吗,哈尔？三四张钱票,每张票面都是四十镑,还有一颗我祖父的图章戒指。

亲　王　一件小小的玩意儿,八便士就可以买到。

桂　嫂　我也是这样告诉他,亲王爷；我说我听见您殿下说过这一句话；可是,亲王爷,他就满嘴胡言地骂起您来啦,他说他要把您打个半死。

亲　王　什么！他这样说吗？

桂　嫂　我要是说了谎,我就是个没有信心、没有良心、不守妇道的女人。

福斯塔夫　你要是有信心,一颗煮熟的梅子也会有信心了;你要是有良心,一头出洞的狐狸也会有良心了;你要是懂得妇道,玛利痕姑娘①也可以做起副典狱长的妻子来了。滚,你这东西,滚!

桂　嫂　说,什么东西?什么东西?

福斯塔夫　什么东西!嘿,一件可以感谢上帝的东西。

桂　嫂　我不是什么可以感谢上帝的东西,你得放明白点儿,我是一个正经人的妻子;把你的骑士身份搁在一边,你这样骂我,你就是个恶棍。

福斯塔夫　把你的女人身份搁在一边,你要是否认你是件下贱的东西,你就是一头畜生。

桂　嫂　说,什么畜生,你这恶棍?

福斯塔夫　什么畜生!嘿,你是一个水獭。

亲　王　水獭,约翰爵士!为什么是一个水獭?

福斯塔夫　为什么?因为她既不是鱼,又不是肉,是一件不可捉摸的东西。

桂　嫂　你这样说我,真太冤枉人啦。你们谁都知道我是个老老实实的女人,从来不会藏头盖脸的,你这恶棍!

亲　王　你说得不错,店主妇;他把你骂得太过分啦。

桂　嫂　他还造您的谣言哪,亲王爷;前天他说您欠他一千镑钱。

亲　王　喂!我欠你一千镑钱吗?

---

① 玛利痕姑娘(Maid Marian),是往时一种滑稽剧中由男人扮演的荡妇角色。

福斯塔夫　一千镑,哈尔！一百万镑；你的友谊是值一百万镑的；你欠我你的友谊哩。

桂　嫂　不,亲王爷,他骂您坏家伙,说要把您打个半死。

福斯塔夫　我说过这样的话吗,巴道夫？

巴道夫　真的,约翰爵士,您说过这样的话。

福斯塔夫　是的,我说要是他说我的戒指是铜的,我就打他。

亲　王　我说它是铜的；现在你有胆量实行你所说的话吗？

福斯塔夫　哎,哈尔,你知道,假如你不过是一个平常的人,我当然有这样的胆量；可是因为你是一位王子,我怕你就像怕一头乳狮的叫吼一般。

亲　王　为什么是乳狮？

福斯塔夫　国王本人才是应该像一头老狮子一般被人畏惧的；你想我会怕你像怕你的父亲一样吗？不,要是这样的话,求上帝让我的腰带断了吧！

亲　王　啊！要是它真的断了的话,你的肠子就要掉到你的膝盖下面去了。可是,家伙,在你这胸膛里面,是没有信义、忠诚和正直的地位的；它只是塞满了一腔子的脏腑和横膜。冤枉一个老实女人掏你的衣袋！嘿,你这下流无耻、痴肥臃肿的恶棍！你的衣袋里除了一些酒店的账单、妓院的条子以及一小块给你润喉用的值一便士的糖以外,要是还有什么别的东西,那么我就是个恶人。可是你却不肯甘休,你不愿受这样的委屈。你不害臊吗？

福斯塔夫　你愿意听我解释吗,哈尔？你知道在天真纯朴的太初,亚当也会犯罪堕落；那么在眼前这种人心不古的万恶的时代,可怜的杰克·福斯塔夫还有什么办法呢？你看我的肉体比无论哪一个人都要丰满得多,所以我的意志也比无论哪一个人都要薄弱一些。这样说来,你承认是你掏了我的衣袋吗?

亲　　王　照情节看起来,大概是的。

福斯塔夫　老板娘,我宽恕你。快去把早餐预备起来;敬爱你的丈夫,留心你的仆人,好好招待你的客人。我对任何一个正当理由总是心悦诚服的。你看我的气已经平下来了。不要作声!你去吧。(桂嫂下)现在,哈尔,让我们听听宫廷里的消息;关于那件盗案,孩子,是怎样解决的?

亲　　王　啊!我的美味的牛肉,我必须永远做你的保护神;那笔钱已经归还失主了。

福斯塔夫　啊!我不赞成还钱;那是双倍的徒劳。

亲　　王　我的父亲已经跟我和好了,什么事情我都可以办到。

福斯塔夫　我要你做的第一件事情,就是去抢劫国库,而且要明目张胆地干,别怕弄脏了你自己的手。

巴道夫　干它一下吧,殿下。

亲　　王　杰克,我已经替你谋到一个军职,让你带领一队步兵。

福斯塔夫　我希望是骑兵就好了。什么地方我可以找到一个有本领的偷儿呢?啊!一个二十一二岁左右的机灵的偷儿,那才是我所迫切需要的。好吧,感谢上帝赐给我们这一批叛徒;他们不过得罪了一些正人君子;我赞美他们,我佩服他们。

亲　　王　巴道夫!

巴道夫　殿下?

亲　　王　把这封信拿去送给约翰·兰开斯特殿下,我的兄弟约翰;这封信送给威斯摩兰伯爵。去,波因斯,上马,上马!你我在中午以前,还有三十英里路要赶哩。杰克,明天下午两点钟,你到圣堂的大厅里来会我;在那里你将要接受你的任命,并且领到配备武装的费用和训令。战火已经燃烧着全国;潘西的威风不可一世;不是我们,就是他们,总有一方面要从高处跌落下来。(亲王及波因斯、巴道夫同下。)

福斯塔夫　痛快的话语!壮烈的世界!老板娘,我的早餐呢?来!这个店要是我的战鼓,那够多好!(下。)

第四幕

第一场　索鲁斯伯雷附近叛军营地

　　　　霍茨波、华斯特及道格拉斯上。

霍茨波　说得好,高贵的苏格兰人。要是在这吹毛求疵的时代,说老实话不至于被人认为谄媚,那么在当今武人之中,这种称誉只有道格拉斯才可以受之无愧。上帝在上,我不会说恭维人的话;我顶反对那些阿谀献媚的家伙;可是您的确是我衷心敬爱的唯一的人物。请您盼咐我用事实证明我的诚意吧,将军。

道格拉斯　我也素仰你是个最重视荣誉的好汉。说句不逊的话,世上无论哪一个势力强大的人,我都敢当面捋他的虎须。

霍茨波　那才是英雄的举动。
　　　　一使者持书信上。

霍茨波　你拿着的是什么书信?(向道格拉斯)我对于您的好意只有感谢。

使　者　这封信是您老太爷写来的。

霍茨波　他写来的信!为什么他不自己来?

使　者　他不能来,将军;他病得很厉害。

霍茨波　他妈的!在这样的紧急关头,他怎么有工夫害起病来?那么他的军队归谁指挥?哪一个人带领他们到这儿来?

使　者　将军,他的意思都写在信里,我什么也不知道。

华斯特　请你告诉我,他现在不能起床吗?

使　者　是的,爵爷,在我出发以前,他已经四天不能起床了;当我从那里动身的时候,他的医生对他的病状非常焦虑。

华斯特　我希望我们把事情整个安排好了,然后他再害起病来才好;他的健康再也不会比现在更关紧要。

霍茨波　在现在这种时候害病!这一种病是会影响到我们这一番行动的活力的;我们的全军都要受到它的传染。他在这儿写着,他已经病入膏肓;并且说他一时不容易找到可以代替他负责的友人,他以为除了他自己以外,把这样重大而危险的任务委托给无论哪一个人,都不是最妥当的。可是他勇敢地勖勉我们联合我们少数的友军努力前进,试一试我们前途的命运;因为据他在信上所写的,现在已经没有退缩的可能,国王毫无疑问地已经完全知道我们的企图了。你们有什么意见?

华斯特　你父亲的病,对于我们是一个极大的打击。

霍茨波　一个危险的伤口,简直就像砍去我们一只手臂一样。可是话又要说回来了,我们现在虽然觉得缺少他的助力是一个巨大的损失,不久也许会发现这损失并不十分严重。把我们全部的实力孤注一掷,这可以算是得策吗?我们应该让这么一支雄厚的主力参加这一场胜负不可知的冒险吗?那不是好办法,因为那样一来,我们的希望和整个的命运就等于翻箱到底、和盘托出了。

道格拉斯　不错,我们现在可以预先留下一个挽回的余地,奋勇向前;万一一战而败,还可以重整旗鼓,把希望寄托于将来。

霍茨波　要是魔鬼和厄运对我们这一次初步的尝试横加压迫,我们多少还有一条退路,一个可以遁迹的巢穴。

华斯特　可是我还是希望你的父亲在我们这儿。我们这一次的壮举是不容许出现内部分裂的现象的。那些不明真相的人们看见他不来,多半会猜想这位伯爵的深谋远虑、他对于国王的忠心以及对于我们的行动所抱的反感,是阻止他参与我们阵线的原因。这一种观念也许会分化我们自己的军心,使他们对我们的目标发生怀疑;因为你们知道,站在攻势方面的我们,必须避免任何人对我们的批判;我们必须填塞每一个壁孔和隙缝,使理智的眼睛不能窥探我们;你的父亲不来,就等于拉开了一道帐幔,向无知的人们显示了一种他们以前所没有梦想到的可怕的事实。

霍茨波　您太过虑了。我却认为他的缺席倒可以给我们一个机会,使我们这一次伟大的壮举格外增加光彩,博得人们更大的称誉,显出我们更大的勇气;因为人们一定会这样想,要是我们没有他的助力,尚且能够进攻一个堂堂的王国,那么要是我们得到他的助力,一定可以把这王国根本推翻。现在一切都还进行得顺利,我们全身的骨节都还完好。

道格拉斯　我们还能抱什么奢望呢?在苏格兰是从来没有人提起恐惧这两个字的。

　　　　　　理查·凡农上。

霍茨波　我的表兄凡农!欢迎欢迎!

凡　农　但愿我的消息是值得欢迎的,将军。威斯摩兰伯爵带着七千人马,正向这儿进发;约翰王子也跟他在一起。

霍茨波　不要紧；还有什么消息？

凡　农　我又探听到国王已经亲自出马，就要到这儿来了，他的军力准备得非常雄厚。

霍茨波　我们也同样欢迎他来。他的儿子，那个善于奔走、狂野不羁的威尔士亲王和他的那班放浪形骸的同伴呢？

凡　农　一个个顶盔戴甲、全副武装，就像一群展翅风前羽毛鲜明的鸵鸟，又像一群新浴过后喂得饱饱的猎鹰；他们的战袍上闪耀着金光，就像一尊尊庄严的塑像；他们像五月天一般精神抖擞，像仲夏的太阳一般意态轩昂，像小山羊般放浪，像小公牛般狂荡。我看见年轻的哈利套着脸甲，他的腿甲遮住他的两股，全身披戴着壮丽的戎装，有如插翼的麦鸠利从地上升起，悠然地跃登马背，仿佛一个从云中下降的天使，驯伏一头倔强的天马，用他超人的骑术眩惑世人的眼目一般。

霍茨波　别说下去了，别说下去了；你这段赞美的话，比三月的太阳更容易引起疟疾。让他们来吧；他们来得就像一批装饰得整整齐齐的献祭的牺牲，我们要叫他们浑身流血，热气腾腾地把他们奉献给战争的火眼女神，戎装的马斯将要高坐在他的祭坛之上，没头没脑地浸在血里。我听见这样重大的战利品近在眼前，却还是可望而不可即，真把我急得像在火上似的。来，让我试一试我的马儿，它将要载着我像一个霹雳一般打进那威尔士亲王的胸头；亨利和亨利将要两骑交战，非等两人中的一人坠马殒命，决不中途分手。啊！要是葛兰道厄来了就好了。

凡　农　消息还有呢。当我骑马经过华斯特郡的时候，我听说他在这十四天之内，还不能把他的军队征集起来。

道格拉斯　那是我听到的最坏的消息。

华斯特　嗯,凭着我的良心发誓,这消息听上去很刺心。

霍茨波　国王一共有多少军力?

凡　农　三万。

霍茨波　四万也不怕他。我的父亲和葛兰道厄既然都不能来,我们现有的军力尽够应付这一场伟大的决战。来,让我们赶快集合队伍。末日已经近了,大家快快乐乐地同归于尽吧。

道格拉斯　不要说这种丧气的话;我在这半年里头是不怕死神的照顾的。(同下。)

第二场　科文特里附近公路

福斯塔夫及巴道夫上。

福斯塔夫　巴道夫,你先到科文特里去,替我装满一瓶酒。咱们的军队要从那儿开过,今天晚上要到塞登·考菲尔。

巴道夫　您肯不肯给我几个钱,队长?

福斯塔夫　尽管用公款吧,用公款吧。

巴道夫　这么一瓶酒足值一个金币。

福斯塔夫　要是它值这么多钱,就把那钱赏给你吧;要是它值二十个金币,你也可以一起拿了去,那造币的费用都记在我账上好了。叫我的副官皮多在市梢头会我。

巴道夫　是,队长;再见。(下。)

福斯塔夫　要是我见了我的兵士不觉得惭愧,我就是一条干瘪的腌鱼。我把官家的征兵命令任意滥用。我已经把一百五十个兵士换到了三百多镑钱。我在征兵的时候,一味拣那些有身家的人们,小地主的儿子们;到处探问那些已经两次预告结婚的订了婚的单身汉子们;诸如此类的贪生怕死的奴才,他们宁愿听见魔鬼叫,也不愿听战鼓的声音;枪声一响,就会把他们吓得像一只打伤了的野鸭。我一味拣这些吃惯牛油涂面包的家伙,他们的胆子装在他们的肚子里,只有针尖那么大;他们为了避免兵役的缘故,一个个拿出钱来给我。现在我的队伍里净是些军曹、伍长、副官、小队长之流,衣衫褴褛得活像那些被狗儿舐着疮口的叫花子;他们的的确确从来没有当过兵,无非是些被主人辞歇的不老实的仆人、小兄弟的小儿子、捣乱的酒保、失业的马夫,这一类太平时世的蠹虫病菌。我把这些东西搜罗下来,代替那些出钱免役的人们,人家一定会奇怪我不知从哪儿找来了这一百五十个衣服破碎无家可归的浪子,准以为他们新近还在替人看猪,吃些渣滓皮壳过活。一个疯汉在路上碰见我,对我说我已经把绞架上的死人一起放下来,叫他们当了兵了。谁也没有瞧见过瘦得这么可怜的家伙。我不愿带着他们列队经过科文特里,那是不用说的;他们开步走的时候,两腿左右分开,仿佛戴着脚镣一般,因为说句老实话,他们中间倒有一大半是我从监牢里访寻得来的。在我的整个队伍之中,只有一件半衬衫;那半件是用两块毛巾缝了起来,披在肩上,就像一件没有袖口的传令官的制服;讲到那整件的衬衫,说句老实话,是我从圣奥尔本的那位店主,也许是台文特里的那个红鼻子的旅店老板手里偷来的。可是那没有关系,他们在每一家人家的篱笆里,都可以趁便拿些衣服来穿穿。

亲王及威斯摩兰上。

亲　　王　啊,膨胀的杰克!你好,肉棉絮被子?

福斯塔夫　嘿,哈尔!怎么,疯孩子!见鬼的,你到华列克郡来干吗?我的好威斯摩兰伯爵,恕我失礼了;我以为尊驾已经到索鲁斯伯雷去啦。

威斯摩兰　真的,约翰爵士,我早就应该在那里,您也一样;可是我的军队已经到了那里了。我可以告诉您,王上在盼着我们呢;我们必须连夜出发。

福斯塔夫　咄,您不用担心我;我是像一头偷乳酪的猫儿一般警醒的。

亲　　王　你偷的果然是乳酪,因为你的偷窃已经使你变成一堆牛油啦。可是告诉我,杰克,这些跟随在你后面的家伙都是谁的人?

福斯塔夫　我的,哈尔,我的。

亲　　王　我从来没有见过这样可怜相的流氓。

福斯塔夫　咄,咄!供枪挑,像这样的人也就行了;都是些炮灰,都是些炮灰;叫他们填填地坑,倒是再好没的。咄,朋友,人都是要死的,人都是要死的。

威斯摩兰　嗯,可是,约翰爵士,我想他们穷得太不成样子啦,衣服也没有一件好的,可真够受。

福斯塔夫　凭良心说,讲到他们的贫穷,我不知道他们是从什么地方得来的;讲到他们真够"瘦",那我可以确定他们并没有学我的榜样。

亲　　王　一点儿也不错,我敢发誓,除非肋骨上带着三指厚的肥肉也可以算"瘦"。不过,你这家伙,赶紧点儿吧;潘西已经在战场上了。

福斯塔夫　嘿,国王已经安下营了吗?

威斯摩兰　是的,约翰爵士;我怕我们耽搁得太久了。

福斯塔夫　好,一场战斗的残局,一席盛筵的开始,对于一个懒惰的战士和一个贪馋的宾客是再合适不过的。(同下。)

第三场　索鲁斯伯雷附近叛军营地

霍茨波、华斯特、道格拉斯及凡农上。

霍茨波　我们今天晚上就要跟他交战。

华斯特　那不行。

道格拉斯　这样你们就要给他一个机会了。

凡　农　一点儿不。

霍茨波　你们为什么这样说?他不是在等待援军吗?

凡　农　我们也是一样。

霍茨波　他的援军是靠得住的,我们的确毫无把握。

华斯特　贤侄,听我的话吧,今晚不要行动。

凡　农　不要行动,将军。

道格拉斯　你们出的不是好主意;你们因为胆怯害怕,所以才这样说的。

凡　农　不要侮辱我,道格拉斯;凭着我的生命起誓,并且我也敢拿我的生命证实:只要是经过缜密的考虑,荣誉吩咐我上前,我也会像您将军或是无论哪一个活着的苏格兰人一样不把怯弱的恐惧放在心上的。让明天的战争证明我们中间哪一个人胆怯吧。

道格拉斯　好,或者就在今晚。

凡　农　好。

霍茨波　我说是今晚。

凡　农　得啦,得啦,这是不可能的。我不懂像你们两位这样伟大的领袖人物,怎么会看不到有些什么阻碍在牵制着我们的行动。我的一个族兄的几匹马还没有到来;您的叔父华斯特的马今天才到,它们疲乏的精力还没有恢复,因为多赶了路程,它们的勇气再也振作不起来,没有一匹马及得上它平日四分之一的壮健。

霍茨波　敌人的马大部分也是这样的,因为路上辛苦而精神疲弱;我们的马多数已经充分休息过来了。

华斯特　国王的军队人数超过我们;为了上帝的缘故,侄儿,还是等我们的人马到齐了再说吧。(喇叭吹谈判信号。)

　　　　华特·勃伦特上。

勃伦特　要是你们愿意静听我的话,我要向你们宣布王上对你们提出的宽大的条件。

霍茨波　欢迎,华特·勃伦特爵士;但愿上帝使您站在我们这一方面!我们中间很有人对您抱着好感;即使那些因为您跟我们意见不合、站在敌对的地位而嫉妒您的伟大的才能和美好的名声的人,也不能不敬爱您的为人。

勃伦特　你们要是逾越你们的名分,反抗上天所膏沐的君王,愿上帝保佑我决不改变我的立场!可是让我传达我的使命吧。王上叫我来请问你们有些什么怨恨,为什么你们要兴起这一场大胆的敌对行为,破坏国内的和平,在他的奉公守法的国土上留下一个狂悖残酷的榜样。王上承认你们对国家有极大的功劳,要是他在什么地方辜负了你们,他吩咐你们把你们的怨恨明白申诉,他就会立刻加倍满足你们的愿望,你自己和这些被你导入歧途的人们都可以得到无条件的赦免。

霍茨波　王上果然非常仁慈;我们知道他会在什么时候向人许愿,什么时候履行他的诺言。我的父亲、我的叔父跟我自己合力造成了他现在这一种尊严的地位。当时他的随从还不满二十六个人,他自己受尽世人的冷眼,困苦失意,全然是个被人遗忘的亡命之徒;那时候他偷偷地溜回国内,我的父亲是第一个欢迎他上岸的人;他口口声声向上帝发誓,说他回来的目的,不过是要承袭兰开斯特公爵的勋位,要求归还他的财产,并且准许他平安地留在国内;他一边流着纯真的眼泪,一边吐露热诚的字句,我的父亲心肠一软,受到他的感动,就宣誓尽力帮助他,并且实行了他的誓言。国内的大臣贵爵们看见诺森伯兰倾心于他,三三两两地都来向他呈献殷勤;他们在市镇、城市和乡村里迎接他,在桥上侍候他,站在小路的旁边等待他的驾临,用礼物陈列在他的面前,向他宣誓效忠,把他们的嗣子送给他做侍童,插身在群众的中间,紧紧地跟随他的背后。他知道自己的地位已经今非昔比,立刻就跨上了一步,不再遵守他失意时在雷文斯泊的岸边向我父亲所做的誓言;他堂而皇之地以改革那些压迫民众的苛法峻令自任,大声疾呼地反对乱政,装出一副为他的祖国所受的屈辱而痛哭流涕的样子;凭着这一副面目,这一副正义公道的假面具,果然被他赢得了他所兢兢求取的全国的人心。于是他更进一步,乘着国王因为亲征爱尔兰而去国的当儿,把他留在国内的那些宠臣一个个捉来杀头。

勃伦特　咄,我不是来听这种话的。

霍茨波　那么,我就说到要点上来。不久以后,他把国王废黜了,接着就谋害了他的性命;等不多时,他就把全国置于他的虐政之下。尤其不应该的,他让他的亲戚马契伯爵出征威尔士,当他战败被俘以后,也不肯出赎金赎他回来;要是每一个人都能够享有合法的主权的话,那么这位马契伯爵照名分说起来应该是他的君王。我好容易打了光荣的胜仗,非但不蒙褒赏,反而受到他的斥辱;他还要设计陷害我,把我的叔父骂了一顿逐出了枢密院,在一场盛怒之中,把我的父亲叱退宫廷。他这样的重重毁誓,层层侮辱,使我们迫不得已,只好采取这种自谋安全的行动;而且他这非分的王位,也已经霸占得太久了,应该腾出来让给人家才是。

勃伦特　我就用这样的回答禀复王上吗?

霍茨波　不,华特爵士;我们还要退下去商议一会儿。您先回去见你们的王上,请他给我们一个人质,作为放我们的使节安全回营的保证,明天一早我的叔父就会来向他说明我们的意思。再会吧。

勃伦特　我希望你们能够接受王上的好意。

霍茨波　也许我们会的。

勃伦特　求上帝,但愿如此!(各下。)

第四场　约克。大主教府中一室

约克大主教及迈克尔道长上。

约　克　快去,好迈克尔道长;飞快地把这密封的短简送给司礼大臣;这一封给我的族弟斯克鲁普,其余的都照信面上所写的名字送去。要是你知道它们的性质是多么重要,你一定会赶快把它们送去的。

迈克尔　大主教,我猜得到它们的内容。

约　克　你多半可以猜想得到。明天,好迈克尔道长,是一万个人的命运将要遭受试验的日子；因为，道长，照我所确实听到的消息，国王带着他的迅速征集的强大的军队，将要在索鲁斯伯雷和哈利将军相会。我担心的是，迈克尔道长，诺森伯兰既然因病不能前往——他的军队比较起来是实力最为雄厚的——同样被他们认为重要的中坚分子的奥温·葛兰道厄又因为惑于预言，迟迟不发，我怕潘西的军力太薄弱了，抵挡不了王军的优势。

迈克尔　哎，大主教，您不用担心；道格拉斯和摩提默伯爵都在一起哩。

约　　克　不，摩提默没有在。

迈克尔　可是还有摩代克、凡农、亨利·潘西将军，还有华斯特伯爵和一群勇武的英雄，高贵的绅士。

约　　克　是的，可是国王却已经调集了全国卓越的人物；威尔士亲王、约翰·兰开斯特王子、尊贵的威斯摩兰和善战的勃伦特，还有许多声名卓著、武艺超群的战士。

迈克尔　您放心吧，大主教，他们一定会遭逢劲敌的。

约　　克　我也这样希望，可是却不能不担着几分心事；为了预防万一起见，迈克尔道长，请你赶快就去。要是这一次潘西将军失败了，国王在遣散他的军队以前，一定会来声讨我的罪名，因为他已经知道我们都是同谋；为了策划自身的安全，我们必须加强反对他的实力，所以你赶快去吧。我必须再写几封信给别的朋友们。再见，迈克尔道长。（各下。）

第 五 幕

第一场　索鲁斯伯雷附近国王营地

　　亨利王、亲王、约翰·兰开斯特、华特·勃伦特及约翰·福斯塔夫上。

亨利王　太阳开始从那边树木蓊郁的山上升起,露出多么血红的脸色!白昼因为他的愤怒而吓得面如死灰。

亲　王　南风做了宣告他的意志的号角,他在树叶间吹起了空洞的啸声,预报着暴风雨的降临和严寒的日子。

亨利王　那么让它向失败者表示同情吧,因为在胜利者的眼中,一切都是可喜的。(喇叭声。)

　　华斯特及凡农上。

亨利王　啊,华斯特伯爵!你我今天在这样的情形之下相遇,真是一件不幸的事。你已经辜负了我的信任,使我脱下了太平时候的轻衫缓带,在我这衰老的筋骨之上披起了笨重的铁甲。这真是不大好,伯爵;这真是不大好。你怎么说?你愿意重新解开这可憎的战祸的纽结,归返臣子的正道,做一颗拱卫主曜的列宿,射放你温和而自然的光辉,不再做一颗出了轨道的流星,使世人见了你惴惴不安,忧惧着临头的大祸吗?

华斯特　陛下请听我说。以我自己而论,我是很愿意让我的生命的余年在安静的光阴中间消度过去的;我声明这一次发生这种双方交恶的现象,绝对不是我的本意。

亨利王　不是你的本意!那么它怎么会发生的?

福斯塔夫　叛乱躺在他的路上,给他找到了。

亲　王　别说话,乌鸦,别说话!

华斯特　陛下不愿意用眷宠的眼光看顾我和我们一家的人,这是陛下自己的事;可是我必须提醒陛下,我们是您最初的最亲密的朋友。在理查的时候,我为了您的缘故,折弃我的官杖,昼夜兼程地前去迎接您,向您吻手致敬,那时我的地位和势力还比您强得多哩。是我自己、我的兄弟和他的儿子三人拥护您回国,大胆地不顾当时的危险。您向我们发誓,在唐开斯特您做了那一个誓言,说是您没有危害邦国的图谋,您所要求的只是您的新享的权利,刚特所遗下的兰开斯特公爵的爵位和采地。对于您这一个目的,我们是宣誓尽力给您援助的。可是在短短的时间之内,幸运像阵雨一般降临在您的头上,无限的尊荣集于您的一身,一方面靠着我们的助力,一方面趁着国王不在的机会,另一方面为了一个荒淫的时代所留下的疮痍,您自己所遭受的那些表面上的屈辱,以及那一阵把国王久羁在他的不幸的爱尔兰战争中的逆风,使全英国的人民传说他已经死去。您利用这许多大好的机会,把大权一手抓住,忘记您在唐开斯特向我们所发的誓;受了我们的培植,您却像那凶恶的杜鹃的雏鸟对待抚养它的麻雀一般对待我们。您霸占了我们的窠,您的身体被我们哺养得这样大,我们虽然怀着一片爱心,也不敢走近您的面前,因为深恐被您一口吞噬;为了自身的安全,我们只好被迫驾起我们敏捷的翅膀高飞远遁,兴起这一支自卫的军队。是您自己的冷酷寡恩、阴险刻毒,不顾信义地毁弃一切当初您向我们所发的誓言,激起了我们迫不得已的反抗。

亨利王　你们曾经在市集上、在教堂里,振振有词地用这一类的话煽动群众,假借一些美妙的色彩涂染叛逆的外衣,取悦那些心性无常的轻薄小儿和不满现状的失意分子,他们一听见发生了骚乱的变动,就会瞪眼结舌,擦肘相视。叛乱总不会缺少这一类渲染它的宗旨的水彩颜料,也总不会缺少唯恐天下不乱的无赖贱民为它推波助澜。

亲　　王　在我们双方的军队里,有不少人将要在这次交战之中付下重大的代价,要是他们一度参加了这场比赛。请您转告令侄,威尔士亲王钦佩亨利·潘西,正像所有的世人一样;凭着我的希望起誓,如果这一场叛乱不算在他头上,我想在这世上再没有一个比他更勇敢、更矫健、更大胆而豪放的少年壮士,用高贵的行为装点这衰微的末世。讲到我自己,我必须惭愧地承认,我在骑士之中曾经是一个不长进的败类;我听说他也认为我是这样一个人,可是当着我的父王陛下的面前,我要这样告诉他:为了他的伟大的声名,我甘愿自居下风,和他举行一次单独的决战,一试我们的命运,同时也替彼此双方保全一些人力。

亨利王　威尔士亲王,虽然种种重大的顾虑反对你的冒险,可是我敢让你做这一次尝试。不,善良的华斯特,不,我是深爱我的人民的;即使那些误入歧途、帮同你的侄儿作乱的人们,我也同样爱着他们;只要他们愿意接受我的宽大的条件,他、他们、你以及每一个人,都可以重新成为我的朋友,同样我也将要成为他的朋友。这样回去告诉你的侄儿,他决定了行止以后,再给我一个回音;可是假如他不肯投降的话,谴责和可怕的惩罚将要为我履行它们的任务。好,去吧;现在我不要再听什么答复,我对你们已经仁至义尽,不要再执迷不悟吧。(华斯特、凡农同下。)

亲　　王　凭着我的生命发誓,他们一定不会接受我们的条件。道格拉斯和霍茨波两人在一起,是会深信全世界没有人可以和他们为敌的。

亨利王　所以每一个将领快去把他的队伍部署起来吧;我们一得到他们的答复,就立刻向他们进攻;上帝卫护我们,因为我们是为正义而战!(亨利王、勃伦特及约翰·兰开斯特下。)

福斯塔夫　哈尔,要是你看见我在战场上负伤倒地,为了保护我,跨在我身上,苦战不舍,那就没得说的了,论朋友交情本该如此。

亲　　王　只有脚跨海港的大石像才能对你尽那么一份交情。念你的祷告去,再会吧。

福斯塔夫　我希望现在是上床睡觉的时间,哈尔,一切平安无事,那就好了。

亲　　王　哎,只有一死你才好向上帝还账哩。(下。)

福斯塔夫　这笔账现在还没有到期;我可不愿意在期限未满以前还给他。他既然没有叫到我,我何必那么着急?好,那没有关系,是荣誉鼓励着我上前的。嗯,可是假如当我上前的时候,荣誉把我报销了呢?那便怎么样?荣誉能够替我重装一条腿吗?不。重装一条手臂吗?不。解除一个伤口的痛楚吗?不。那么荣誉一点儿不懂得外科的医术吗?不懂。什么是荣誉？两个字。那两个字荣誉又是什么？一阵空气。好聪明的算计！谁得到荣誉？星期三死去的人。他感觉到荣誉没有？不。他听见荣誉没有？不。那么荣誉是不能感觉的吗？嗯，对于死人是不能感觉的。可是它不会和活着的人生存在一起吗？不。为什么？讥笑和毁谤不会容许它的存在。这样说来，我不要什么荣誉；荣誉不过是一块铭旌；我的自问自答，也就这样结束了。（下。）

第二场　索鲁斯伯雷附近叛军营地

华斯特及凡农上。

华斯特　啊，不！理查爵士，我们不能让我的侄儿知道国王这一种宽大温和的条件。

凡　农　最好还是让他知道。

华斯特　那么我们都要一起完了。国王不会守他的约善待我们，那是不可能的事；他要永远怀疑我们，找到了机会，就会借别的过失来惩罚我们这一次的罪咎。我们将要终身被怀疑的眼光所眈眈注视；因为对于叛逆的人，人家是像对待狐狸一般不能加以信任的，无论它怎样驯良，怎样习于豢养，怎样关锁在笼子里，总不免留着几分祖传的野性。我们脸上无论流露着悲哀的或是快乐的神情，都会被人家所曲解；我们将要像豢养在棚里的牛一样，越是喂得肥胖，越是接近死亡。我的侄儿的过失也许可以被人忘记，因为人家会原谅他的年轻气盛；而且他素来是出名鲁莽的霍茨波，一切都是任性而行，凭着这一种特权，人家也不会和他过分计较。他的一切过失都要归在我的头上和他父亲的头上，因为他的行动是受了我们的教唆；他既然是被我们诱导坏了的，所以我们是罪魁祸首，应该负一切的责任。所以，贤侄，无论如何不要让亨利知道国王的条件吧。

凡　农　随您怎样说，我都照您的话说就是了。您的侄儿来啦。

　　　　霍茨波及道格拉斯上；军官兵士等随后。

霍茨波　我的叔父回来了；把威斯摩兰伯爵放了。叔父，什么消息？

华斯特　国王要和你立刻开战。

道格拉斯　叫威斯摩兰伯爵回去替我们下战书吧。

霍茨波　道格拉斯将军，就请您去这样告诉他。

道格拉斯　很好，我就去对他说。（下。）

华斯特　国王简直连一点儿表面上的慈悲都没有。

霍茨波　您向他要求慈悲吗？上帝不容许这样的事！

华斯特　我温和地告诉他我们的怨愤不平和他的毁誓背信，他却一味狡赖；他骂我们叛徒奸贼，说是要用盛大的武力痛惩我们这一个可恨的姓氏。

　　　　道格拉斯重上。

道格拉斯　拿起武器来，朋友们！拿起武器来！因为我已经向亨利王做了一次大胆的挑战，抵押在我们这儿的威斯摩兰已经把它带去了；他接到我们的挑战，一定很快就会来向我们进攻的。

华斯特　侄儿，那威尔士亲王曾经站在国王的面前，要求和你举行一次单独的决战。

霍茨波　啊！但愿这一场争执是我们两人的事，今天除了我跟哈利·蒙穆斯以外，谁都是壁上旁观的人。告诉我，告诉我，他挑战时候的态度怎样？是不是带着轻蔑的神气？

凡　农　不,凭着我的灵魂起誓;像这样谦恭的挑战,我生平还是第一次听见,除非那是一个弟弟要求他的哥哥举行一次观摩的比武。他像一个堂堂男子似的向您表示竭诚的敬佩,用他尊贵的舌头把您揄扬备至,反复称道您的过人的才艺,说是任何的赞美都不能充分表现您的价值;尤其难得的,他含着羞愧自认他的缺点,那样坦白而直率地咎责他自己的少年放荡,好像他的一身中具备着双重的精神,一方面是一个疾恶如仇的严师,一方面是一个从善如流的学生。此外他没有再说什么话。可是让我告诉世人,要是他能够在这次战争中安然无恙,他就是英国历代以来一个最美妙的希望,同时也是因为他的放浪而受到世人最大的误解的一位少年王子。

霍茨波　老兄,我想你是对他的荒唐着了迷啦;我从来没有听见过哪一个王子像他这样放荡胡闹。可是不管他是怎样一个人,在日暮之前,我要用一个军人的手臂拥抱他,让他在我的礼貌之下消缩枯萎。举起武器来,举起武器来,赶快!同胞们,兵士们,朋友们,我是个没有口才的人,不能用动人的言语鼓起你们的热血,你们还是自己考虑一下你们所应该做的事吧。

　　　　一使者上。

使　者　将军,这封信是给您的。

霍茨波　我现在没有工夫读它们。啊,朋友们!生命的时间是短促的;但是即使生命随着时钟的指针飞驰,到了一小时就要宣告结束,要卑贱地消磨这段短时间却也嫌太长。要是我们活着,我们就该活着把世上的君王们放在我们足下践踏;要是死了,也要让王子们陪着我们一起死去,那才是勇敢的死!我们举着我们的武器,自问良心,只要我们的目的是正当的,不怕我们的武器不犀利。

    另一使者上。

使 者 将军,预备起来;国王的军队马上就要攻过来了。

霍茨波 我谢谢他打断了我的话头,因为我声明过我不会说话。只有这一句话:大家各自尽力。这儿我拔出这一柄剑,准备让它染上今天这一场恶战里我所能遇到的最高贵的血液。好,潘西!前进吧。把所有的军乐大声吹奏起来,在乐声之中,让我们大家拥抱,因为上天下地,我们中间有些人将要永远不再有第二次表示这样亲热的机会了。(喇叭齐鸣;众人拥抱,同下。)

第三场　两军营地之间

    双方冲突接战;吹战斗信号;道格拉斯及华特·勃伦特上,相遇。

勃伦特 你叫什么名字,胆敢在战场上这样拦住我的去路?你想要在我的头上追寻一些什么荣誉?

道格拉斯 告诉你吧,我就叫道格拉斯;我这样在战场上把你追随不舍,因为有人对我说你是一个国王。

勃伦特 他们对你说得一点儿不错。

道格拉斯 史泰福勋爵因为模样和你仿佛,今天已经付了重大的代价;因为,亨利王,这一柄剑没有杀死你,却已经把他结果了。你也难免死在我的剑下,除非你束手投降,做我的俘虏。

勃伦特 我不是一个天生下来向人屈服的人,你这骄傲的苏格兰人,你瞧着吧,一个国王将要为史泰福勋爵的死复仇。

(二人交战,勃伦特中剑死。)

霍茨波上。

霍茨波　啊,道格拉斯!要是你在霍美敦也打得这般凶狠,我再也不会战胜一个苏格兰人的。

道格拉斯　什么事都没有了,我们已经大获全胜;国王就在这儿毫无气息地躺着。

霍茨波　在哪儿?

道格拉斯　这儿。

霍茨波　这一个,道格拉斯!不;我很熟悉这一张脸;他是一个勇敢的骑士,他的名字是勃伦特,外貌上装扮得像国王本人一样。

道格拉斯　让愚蠢到处追随着你的灵魂!你已经用太大的代价买到了一个借来的名号;为什么你要对我说你是一个国王呢?

霍茨波　国王手下有许多人都穿着他的衣服临阵应战。

道格拉斯　凭着我的宝剑发誓,我要杀尽他的衣服,杀得他的御衣橱里一件不留,直到我遇见那个国王。

霍茨波　起来,去吧!我们的兵士今天打仗非常出力。(同下。)

号角声。福斯塔夫上。

福斯塔夫　虽然我在伦敦喝酒从来不付账,这儿打起仗来可和付账不一样,每一笔都是往你的脑袋上记。且慢!你是谁?华特·勃伦特爵士!您有了荣誉啦!这可不是虚荣!我热得像在炉里熔化的铅块一般,我的身体也像铅块一般重;求上帝不要让铅块打进我的胸膛里!我自己的肚子已经够重了。我带着我这一群叫花兵上阵,一个个都给枪弹打了下来；一百五十个人中间，留着活命的不满三个，他们这一辈子是要在街头乞食过活的了。可是谁来啦？

　　亲王上。

亲　　王　　什么！你在这儿待着吗？把你的剑借我。多少贵人在骄敌的铁蹄之下捐躯，还没有人为他们复仇。请把你的剑借我。

福斯塔夫　　啊，哈尔！我求求你，让我喘一口气吧。谁也没有立过像我今天这样的赫赫战功。我已经教训过潘西，送他归了天啦。

亲　　王　　果真；他没有杀你，还不想就死呢。请把你的剑借我吧。

福斯塔夫　　不，上帝在上，哈尔，要是潘西还没有死，你就不能拿我的剑去；要是你愿意的话，把我的手枪拿去吧。

亲　　王　　把它给我。嘿！它是在盒子里吗？

福斯塔夫　　嗯，哈尔；热得很，热得很；它可以扫荡一座城市哩。

　　（亲王取出一个酒瓶。）

亲　　王　　嘿！现在是开玩笑的时候吗？（掷酒瓶于福斯塔夫前，下。）

福斯塔夫　　好，要是潘西还没有死，我要一剑刺中他的心窝。要是他碰到了我，很好；要是他碰不到我，可是我偏偏自己送上门去，就让他把我剁成一堆肉酱吧。我不喜欢华特爵士这一种咧着嘴的荣誉。给我生命吧。要是我能够保全生命，很好；要不然的话，荣誉不期而至，那也就算了。（下。）

第四场　战场上的另一部分

　　　　　号角声；两军冲突。亨利王、亲王、约翰·兰开斯特及威斯摩兰上。

亨利王　亨利，你退下去吧；你流血太多了。约翰·兰开斯特，你陪着他去吧。

兰开斯特　我不去，陛下，除非我也流着同样多的血。

亲　王　请陛下快上前线去，不要让您的朋友们看见您的退却而惊惶。

亨利王　我这就去。威斯摩兰伯爵，你带他回营去吧。

威斯摩兰　来，殿下，让我带着您回到您的营帐里去。

亲　王　带我回去，伯爵？我用不着您的帮助；血污的贵人躺在地上受人践踏，叛徒的武器正在肆行屠杀，上帝不容许因为一点儿小小的擦伤就把威尔士亲王逐出战场！

兰开斯特　我们休息得太长久了。来，威斯摩兰贤卿，这儿是我们应该走的路；为了上帝的缘故，来吧。（约翰·兰开斯特及威斯摩兰下。）

亲　王　上帝在上，兰开斯特，我一向错看了你了；想不到你竟有这样的肝胆。以前我因为你是我的兄弟而爱你，约翰，现在我却把你当做我的灵魂一般敬重你了。

亨利王　虽然他只是一个羽毛未丰的战士，可是我看见他和潘西将军奋勇相持，那种坚强的毅力远超过我的预料。

亲　王　啊！这孩子增添了我们每一个人的勇气。（下。）

　　　　　号角声；道格拉斯上。

道格拉斯　又是一个国王！他们就像千首蛇的头一般生生不绝。我就是道格拉斯，穿着你身上这一种装束的人，谁都要死在我的手里。你是什么人,假扮着国王的样子?

亨利王　我就是国王本人;我从心底抱歉,道格拉斯,你遇见了这许多国王的影子,却还没有和真正的国王会过一面。我有两个孩子,正在战场上到处寻访潘西和你的踪迹;可是你既然凑巧遇到了我,我就和你交手一番吧,你可得好好防卫你自己。

道格拉斯　我怕你又是一个冒牌的;可是说老实话,你的神气倒像是一个国王;不管你是谁,你总是我手里的人,瞧我怎样战胜你吧。(二人交战;亨利王陷于险境,亲王重上。)

亲　王　抬起你的头来,万恶的苏格兰人,否则你要从此抬不起头了!勇敢的萨立、史泰福和勃伦特的英灵都依附在我的两臂之上;在你面前的是威尔士亲王,他对人答应了的事总是要做到了才算的。(二人交战;道格拉斯逃走)鼓起勇气来,陛下;您安好吗?尼古拉斯·高绥爵士已经派人来求援了,克里福顿也派了人来求援。我马上援助克里福顿去。

亨利王　且慢,休息一会儿。你已经赎回了你失去的名誉,这次你救我脱险,足见你对我的生命还是有几分关切的。

亲　王　上帝啊!那些说我盼望您死的人们真是太欺人啦。要是果然有这样的事,我就该听任道格拉斯的毒手把您伤害,他会很快结果您的生命,就像世上所有的毒药一样,也可以免得您的儿子亲自干那种叛逆的行为。

亨利王　快到克里福顿那儿去;我就去和尼古拉斯·高绥爵士相会。(下。)

　　　　　　　霍茨波上。

霍茨波　要是我没有认错的话,你就是哈利·蒙穆斯。

亲　　王　你说得仿佛我会否认自己的名字似的。

霍茨波　我的名字是亨利·潘西。

亲　　王　啊,那么我看见一个名叫亨利·潘西的非常英勇的叛徒了。我是威尔士亲王;潘西,你不要再想平分我的光荣了吧:一个轨道上不能有两颗星球同时行动;一个英格兰也不能容纳亨利·潘西和威尔士亲王并峙称雄。

霍茨波　不会有这样的事,亨利;因为我们两人中间有一个人的末日已经到了;但愿你现在也有像我这样伟大的威名!

亲　　王　在我离开你以前,我要使我的威名比你更大;我要从你的头顶上剪下荣誉的花葩,替我自己编一个胜利的荣冠。

霍茨波　我再也忍受不住你的狂妄的夸口了。(二人交战。)

　　　　　福斯塔夫上。

福斯塔夫　说得好,哈尔!出力,哈尔!哎,这儿可没有儿戏的事情哪,我可以告诉你们。

　　　　　道格拉斯重上,与福斯塔夫交战,福斯塔夫倒地佯死,道格拉斯下。霍茨波受伤倒地。

霍茨波　啊,哈利!你已经夺去我的青春了。我宁愿失去这脆弱易碎的生命,却不能容忍你从我手里赢得了不可一世的声名;它伤害我的思想,甚于你的剑伤害我的肉体。可是思想是生命的奴隶,生命是时间的弄人;俯瞰全世界的时间,总会有它的停顿。啊!倘不是死亡的阴寒的手已经压住我的舌头,我可以预言——不,潘西,你现在是泥土了,你是——(死。)

亲　　王　蛆虫的食粮,勇敢的潘西。再会吧,伟大的心灵!谬误的野心,你现在显得多么渺小!当这个躯体包藏着一颗灵魂的时候,一个王国对于它还是太小的领域;可是现在几尺污秽的泥土就足够做它的容身之地。在这载着你的尸体的大地之上,再也找不到一个比你更刚强的壮士。要是你还能感觉到别人对你所施的敬礼,我一定不会这样热烈地吐露我的情怀;可是让我用一点儿纪念品遮住你的血污的双颊吧,同时我也代表你感谢我自己,能够向你表示这样温情的敬意。再会,带着你的美誉到天上去吧!你的耻辱陪着你长眠在坟墓里,却不会铭刻在你的墓碑之上!(见福斯塔夫卧于地上)呀!老朋友!在这一大堆肉体之中,却不能保留一丝小小的生命吗?可怜的杰克,再会吧!死了一个比你更好的人,也不会像死了你一样使我老大不忍。啊!假如我真是那么一个耽于游乐的浪子,你的死对于我将是怎样重大的损失!死神在今天的血战中,虽然杀死了许多优秀的战士,却不曾射中一头比你更肥胖的牡鹿。你的脏腑不久将要被鸟兽掏空;现在你且陪着高贵的潘西躺在血泊里吧。(下。)

福斯塔夫　(起立)掏空我的脏腑!要是你今天掏空我的脏腑,明天我还要让你把我腌起来吃下去哩。他妈的!幸亏我假扮得好,不然那杀气腾腾的苏格兰恶汉早就把我的生命一笔勾销啦。假扮吗?我说谎,我没有假扮;死了才是假扮,因为他虽然样子像个人,却没有人的生命;活人扮死人却不算是假扮,因为他的的确确是生命的真实而完全的形体。智虑是勇敢的最大要素,凭着它我才保全了我的生命。他妈的!这火药般的潘西虽然死了,我见了他还是有些害怕;万一他也是诈死,突然立起身来呢?凭良心说,我怕在我们这两个装死的人中间,他要比我强得多呢。所以我还是再戳他一剑,免生意外;对了,我要发誓说他是被我杀死的。

为什么他不会像我一般站起来呢？只有亲眼瞧见的人，才可以驳斥我的虚伪，好在这儿一个人也没有；所以，小子，(刺霍茨波)让我在你的大腿上添加一个新的伤口，跟着我来吧。(负霍茨波于背。)

亲王及约翰·兰开斯特重上。

亲　　王　来，约翰老弟；你初次出战，已经充分表现了你的勇敢。

兰开斯特　可是且慢！这是什么人？您不是告诉我这胖子已经死了吗？

亲　　王　是的，我看见他死了，气息全无，流着血躺在地上。你是活人吗？还是跟我们的眼睛作怪的一个幻象？请你说句话；我们必须听见你的声音，才可以相信我们的眼睛。你不是我们所看见的那样一个东西。

福斯塔夫　那还用说吗？我不是一个两头四臂的人哩；可是我倘然不是杰克·福斯塔夫，我就是一个混小子。潘西就在这儿；(将尸体掷下)要是你的父亲愿意给我一些什么封赏，很好；不然的话，请他以后碰到第二个潘西的时候，自己去把他杀死吧。老实告诉你们，我希望我这一回不是晋封伯爵，就是晋封公爵哩。

亲　　王　怎么，潘西是我自己杀死的，我也亲眼看见你死了。

福斯塔夫　真的吗？主啊，主啊！世人都是怎样善于说谎！我承认我倒在地上喘不过气来，他也是一样；可是后来我们两人同时立起，恶战了足足一个钟头。要是你们相信我的话，很好；不然的话，让那些论功行赏的人们担负他们自己的罪恶吧。我到死都要说，他这大腿上的伤口是我给他的；要是他活了过来否认这一句话，他妈的！我一定要叫他把我的剑吃下去。

兰开斯特　这是我所听到过的最奇怪的故事。

亲　　王　这是一个最奇怪的家伙,约翰兄弟。来,把你那件东西勇敢地负在你的背上吧;拿我自己来说,要是一句谎话可以使你得到荣誉,我是很愿意用最巧妙的字句替你装点门面的。(吹归营号)喇叭在吹归营号;胜利已经属于我们。来,兄弟,让我们到战场上最高的地方去,看看我们的朋友哪几个还活着,哪几个已经死了。(亲王及约翰·兰开斯特同下。)

福斯塔夫　我也要跟上去,正像人家说的,为的是要讨一些封赏。给我重赏的人,愿上帝也重赏他!要是我做起大人物来,我一定要把身体长得瘦一点儿;因为我要痛改前非,不再喝酒,像一个贵人一般过着清清白白的生活。(下。)

第五场　战场上的另一部分

　　喇叭齐鸣。亨利王、亲王、约翰·兰开斯特、威斯摩兰及余人等上;华斯特及凡农被俘随上。

亨利王　叛逆总是这样受到它的惩罚。居心不良的华斯特!我不是向你们全体提出仁慈的条件,很慷慨地允许赦免你们的过失吗?你怎么敢伪传我的旨意,虚词谎报,辜负你侄儿对你的信任?我们这方面今天阵亡了三个骑士、一位尊贵的伯爵,还有许多卫国的健儿;要是你像一个基督徒似的早早沟通了我们双方的真意,他们现在还会好好地活着的。

华斯特　我所干的事,都是为我自己的安全打算;我安然忍受这一种命运,因为它已无可避免地临到我的头上。

亨利王　把华斯特和凡农两人带出去杀了;其余的罪犯待我斟酌定罪。(卫士押华斯特、凡农下)战场上情形怎样?

亲　　王　　那高贵的苏格兰人道格拉斯因为看见战局不利,英勇的潘西已经殒命,他手下的兵士一个个无心恋战,只好跟着其余的人一起逃走;谁料一个失足,从一座山顶上跌了下来,身受重伤,被追兵擒住了。道格拉斯现在就在我的帐内,请陛下准许我把他随意处置。

亨利王　　可以可以。

亲　　王　　那么,约翰·兰开斯特兄弟,你去执行这一个光荣的慷慨的使命吧。去把道格拉斯释放了,不要什么赎金;他今天对我们所表现的勇气,已经教训我们即使从我们的敌人那里,像这样英武的精神也是值得我们钦佩的。

兰开斯特　　感谢殿下给我这一个荣幸,我就去执行您的意志。

亨利王　　那么我们剩下来的工作,就是要分开我们的军队。你,约翰我儿,跟威斯摩兰贤卿火速到约克去,讨伐诺森伯兰和那主教斯克鲁普,照我们所听到的消息,他们正在那儿积极备战。我自己和你,亨利我儿,就到威尔士去,向葛兰道厄和马契伯爵作战。叛逆只要再遇到像今天这样一次重大的打击,就会在这国土上失掉它的声势;让我们乘着战胜的威风,一鼓作气,继续取得我们全部的胜利。(同下。)

亨利四世下篇

朱生豪 译
吴兴华 校

KING HENRY IV
PART II.

Act IV. Sc. 4.

剧 中 人 物

谣言　在楔子中登场
亨利四世
亨利　威尔士亲王，即位后称亨利五世 ⎫
托马斯　克莱伦斯公爵　　　　　　　⎬　亨利王之子
约翰·兰开斯特　　　　　　　　　　⎪
亨弗雷　葛罗斯特公爵　　　　　　　⎭
华列克伯爵 ⎫
威斯摩兰伯爵 ⎪
萨立伯爵　　⎬　保王党
高　　厄　　⎪
哈　科　特 ⎪
勃　伦　特 ⎭
王家法庭大法官
大法官的仆人

诺森伯兰伯爵
理查·斯克鲁普　约克大主教
毛勃雷勋爵
海司丁斯勋爵　　　　　　　} 反王党
巴道夫勋爵
约翰·科尔维尔爵士

特拉佛斯
毛　　顿　　　} 诺森伯兰的从仆

约翰·福斯塔夫爵士

福斯塔夫的侍童

巴道夫

毕斯托尔

波因斯

皮多

夏　禄
赛伦斯　} 乡村法官

台维　夏禄之仆

霉老儿
影　子
肉　瘤　} 福斯塔夫招募的兵士
弱　汉
小公牛

爪牙
罗网　} 捕役

司阍

跳舞者　致收场白者

诺森伯兰夫人

潘西夫人

快嘴桂嫂　野猪头酒店女店主

桃儿·贴席

群臣、侍从、军官、兵士、使者、司阍、酒保、差役、内侍等

地　　点

英国

楔子　华克渥斯。诺森伯兰城堡前

谣言上,脸绘多舌。

谣　言　张开你们的耳朵;当谣言高声讲话的时候,你们有谁肯掩住自己的耳朵呢?我从东方到西方,借着天风做我的驿马,到处宣扬这地球上所发生的种种事情;我的舌头永远为诽谤所驾驭,我用每一种语言把它向世间公布,使每个人的耳朵里充满着虚伪的消息。当隐藏的敌意佯装着安全的笑容,在暗中伤害这世界的时候,我却在高谈和平;当人心惶惶的多事之秋、大家恐惧着战祸临头、实际却并没有这么一回事的时候,除了谣言,除了我,还有谁在那儿煽动他们招兵买马,设防备战?谣言是一支凭着推测、猜疑和臆度吹响的笛子,它是那样容易上口,即使那长着无数头颅的鲁莽的怪物,那永不一致的动摇的群众,也可以把它信口吹奏。可是我何必这样向自家人分析我自己呢?谣言为什么来到这里?我的目的是要趁亨利王的捷报没有传到以前,先弄一些玄虚。他在索鲁斯伯雷附近的一个血流遍野的战场上,已经打败了年轻的霍茨波和他的军队,用叛徒的血浇熄了叛逆的火焰。可是我为什么一开始就说真话呢?我的使命是要向世人散播这样的消息:哈利·蒙穆斯已经在尊贵的霍茨波的宝剑的雄威之下殒命,国王当着道格拉斯的盛怒之前,也已经俯下他的受过膏沐的头,和死亡长眠在一起了。我从索鲁斯伯雷的战场上一路行来,已经把这样的谣言传遍了每一个乡村;现在来到这一座古老的顽石的城堡之前,正就是霍茨波的父亲老诺森伯兰诈病不出的所在。那些报信的使者,一个个拖着疲乏的脚步,他们的消息都是从我这儿探听到的。他们从谣言的嘴里带来了虚伪的喜讯,它将要比真实的噩耗给人更大的不幸。(下。)

第 一 幕

第一场　华克渥斯。诺森伯兰城堡前

　　　　巴道夫上。

巴道夫　看门的是哪一个？喂！（司阍开门）伯爵呢？

司　阍　请问您是什么人？

巴道夫　你去通报伯爵，说巴道夫勋爵在这儿恭候他。

司　阍　爵爷到花园里散步去了；请大人敲那边的园门，他自己会来开门的。

　　　　诺森伯兰上。

巴道夫　伯爵来了。（司阍下。）

诺森伯兰　什么消息，巴道夫大人？现在每一分钟都会产生流血的事件。时局这样混乱，斗争就像一匹喂得饱饱的脱缰的怒马，碰见什么都要把它冲倒。

巴道夫　尊贵的伯爵，我报告您一些从索鲁斯伯雷传来的消息。

诺森伯兰　但愿是好消息！

巴道夫　再好没有。国王受伤濒死；令郎马到功成，已经把亨利亲王杀了；两个勃伦特都死在道格拉斯的手里；小王子约翰和威斯摩兰、史泰福，全逃得不知去向；哈利·蒙穆斯的伙

伴,那胖子约翰爵士,做了令郎的俘虏。啊!自从恺撒以来,像这样可以为我们这时代生色的壮烈伟大的胜利,简直还不曾有过。

诺森伯兰　这消息是怎么得到的?您看见战场上的情形吗?您是从索鲁斯伯雷来的吗?

巴道夫　伯爵,我跟一个刚从那里来的人谈过话;他是一个很有教养名誉很好的绅士,爽直地告诉了我这些消息,说是完全确实的。

诺森伯兰　我的仆人特拉佛斯回来了,他是我在星期二差去探听消息的。

巴道夫　伯爵,我的马比他的跑得快,在路上追过了他;他除了从我嘴里偶然听到的一鳞半爪以外,并没有探到什么确实的消息。

　　　特拉佛斯上。

诺森伯兰　啊,特拉佛斯,你带了些什么好消息来啦?

特拉佛斯　爵爷,我在路上碰见约翰·恩弗莱维尔爵士,他告诉我可喜的消息,我听见了就拨转马头回来;因为他的马比我的好,所以他比我先过去了。接着又有一位绅士加鞭策马而来,因为急于赶路的缘故,显得疲乏不堪;他在我的身旁停了下来,休息休息他那满身浴血的马;他问我到彻斯特去的路,我也问他索鲁斯伯雷那方面的消息。他告诉我叛军已经失利,年轻的亨利·潘西的热血冷了。说了这一句话,等不及我追问下去,他就把缰绳一抖,俯下身去用马刺使劲踢他那匹可怜的马喘息未定的腹部,直到轮齿都陷进皮肉里去了,就这样一溜烟飞奔而去。

诺森伯兰　嘿!再说一遍。他说年轻的亨利·潘西的热血冷了吗？霍茨波死了吗？他说叛军已经失利了吗？

巴道夫　伯爵,我告诉您吧:要是您的公子没有得到胜利,凭着我的荣誉发誓,我愿意把我的爵位交换一个丝线的带穗。那些话理它作甚！

诺森伯兰　那么特拉佛斯在路上遇见的那个骑马的绅士为什么要说那样丧气的话？

巴道夫　谁,他吗？他一定是个什么下贱的家伙,他所骑的那匹马准是偷来的;凭着我的生命发誓,他的话全是信口胡说。瞧,又有人带消息来了。

　　　　毛顿上。

诺森伯兰　嗯,这个人的脸色就像一本书籍的标题页,预示着它的悲惨的内容;当蛮横的潮水从岸边退去,留下一片侵凌过的痕迹的时候,那种凄凉的景况,正和他脸上的神情相仿。说,毛顿,你是从索鲁斯伯雷来的吗？

毛　顿　启禀爵爷,我是从索鲁斯伯雷一路奔来的;可恶的死神戴上他的最狰狞的面具,正在那里向我们的军队大肆淫威。

诺森伯兰　我的儿子和弟弟怎么样了？你在发抖,你脸上惨白的颜色,已经代替你的舌头说明了你的来意。正是这样一个人,这样没精打采,这样垂头丧气,这样脸如死灰,这样满心忧伤,在沉寂的深宵揭开普里阿摩斯的帐子,想要告诉他他的半个特洛亚已经烧去;可是他还没有开口,普里阿摩斯已经看见火光了;你还没有告诉我你的消息,我已经知道我的潘西死了。你将要这样说,"您的儿子干了这样这样的事;您的弟弟干了这样这样的事;英武的道格拉斯打得怎样怎样勇敢,"用他们壮烈的行为充塞我的贪婪的耳朵;可是到了最后,你却要用一声叹息吹去这些赞美,给我的耳朵一下致命的打击,说,"弟弟、儿子和一切的人,全都死了"。

毛　　顿　道格拉斯活着,您的弟弟也没有死;可是公子爷——

诺森伯兰　啊,他死了。瞧,猜疑有一条多么敏捷的舌头!谁只要一担心到他所不愿意知道的事情,就会本能地从别人的眼睛里知道他所忧虑的已经实现。可是说吧,毛顿,告诉你的伯爵说他的猜测是错误的,我一定乐于引咎,并且因为你指斥我的错误而给你重赏。

毛　　顿　我是一个太卑微的人,怎么敢指斥您的错误;您的预感太真实了,您的忧虑已经是太确定的事实。

诺森伯兰　可是,虽然如此,你不要说潘西死了。我看见你眼睛里流露出一种异常的神色,供认你所不敢供认的事情;你摇着头,害怕把真话说出,也许你以为那是罪恶。要是他果然死了,老实说吧;报告他的死讯的舌头是无罪的。用虚伪的谰言加在死者的身上才是一件罪恶,说已死的人不在人世,却不是什么过失。可是第一个把不受人欢迎的消息带了来的人,不过干了一件劳而无功的工作;他的舌头将要永远像一具悲哀的丧钟,人家一听见它的声音,就会记得它曾经报告过一个逝世的友人的噩耗。

巴道夫　伯爵,我不能想象令郎会这样死了。

毛　　顿　我很抱歉我必须强迫您相信我的眼睛所不愿意看见的事情;可是我亲眼看见他血淋淋地在哈利·蒙穆斯之前力竭身亡,他的敌人的闪电般的威力,打倒了纵横无敌的潘西,从此他魂归泉壤,再也不会挺身而起了。总之,他的烈火般的精神,曾经燃烧起他的军中最冥顽的村夫的心灵,现在他的死讯一经传布,最勇锐的战士也立刻消失了他们的火焰和热力;因为他的军队是借着他的钢铁般的意志团结起来的,一旦失去主脑,就像一块块钝重的顽铅似的,大家各自为政;笨重的东西在巨大的压力之下,会用最大的速度飞射出去,我们的兵士失去霍茨波的指挥,他们的恐惧使他们的腿上生了翅膀,飞行的箭还不及他们从战场上逃得快。接着尊贵的华斯特又被捉了去;那勇猛的苏格兰人,嗜血的道格拉斯,他的所向披靡的宝剑曾经接连杀死了三个假扮国王的将士,这时他的勇气也渐渐不支,跟着其余的人一起转背逃走,在惊惶之中不慎失足,也被敌人捉去了。总结一句话,国王已经得胜,而且,爵爷,他已经派遣一支军队,在少年的兰开斯特和威斯摩兰的统率之下,迅速地要来向您进攻了。这就是我所知道的全部消息。

诺森伯兰　我将要有充分的时间为这些消息而悲恸。毒药有时也能治病;在我健康的时候,这些消息也许会使我害起病来;可是因为我现在有病,它们却已经把我的病治愈了几分。正像一个害热病的人,他的衰弱无力的筋骨已经像是破落的门枢,勉强撑持着生命的重担,但是在寒热发作的时候,也会像一阵火一般冲出他的看护者的手臂,我的肢体也是因忧伤而衰弱的,现在却因为被忧伤所激怒,平添了三倍的力气。所以,去吧,你纤细的拐杖!现在我的手上必须套起钢甲的臂鞲;去吧,你病人的小帽!你是个太轻薄的卫士,不能保护我的头颅,使它避免那些乘着战胜之威的王子们的锋刃。现在让钢铁包住我的额角,让这敌意的时代所能带给我的最恶劣的时辰向愤激的诺森伯兰怒目而视吧!让苍天和大地接吻!让造化的巨手放任洪水泛滥!让秩序归于毁灭!让这世界不要再成为一个相持不下的战场!让该隐的精神统治着全人类的心,使每个人成为嗜血的凶徒,这样也许可以提早结束这残暴的戏剧！让黑暗埋葬了死亡！

特拉佛斯　爵爷,这种过度的悲愤会伤害您的身体的。

巴道夫　好伯爵,不要让智慧离开您的荣誉。

毛　顿　您的一切亲爱的同伴们的生命,都依赖着您的健康;要是您在狂暴的感情冲动之下牺牲了您的健康,他们的生命也将不免于毁灭。我的尊贵的爵爷,您在说"让我们前进吧"以前,曾经考虑过战争的结果和一切可能的意外。您早就预料到公子爷也许会在无情的刀剑之下丧生;您知道他是在一道充满着危险的悬崖的边上行走,多半会在中途失足;您明白他的肉体是会受伤流血的,他的一往直前的精神会驱策他去冒出生入死的危险;可是您还是说,"上去!"这一切有力的顾虑,都不能阻止你们坚决的行动。这以后所发生的种种变化,这次大胆的冒险所招致的结果,哪一桩不是在您的意料之中?

巴道夫　我们准备接受这种损失的人全都知道我们是在危险的海上航行,我们的生命只有十分之一的把握;可是我们仍然冒险前进,因为想望中的利益使我们不再顾虑可能的祸害;虽然失败了,还是要再接再厉。来,让我们把身体财产一起捐献出来,重振我们的声威吧。

毛　顿　这是刻不容缓的了。我的最尊贵的爵爷,我听到千真万确的消息,善良的约克大主教已经征集了一支优秀的军队,开始行动;他是一个能够用双重的保证约束他的部下的人。在公子爷手下作战的兵士,不过是一些行尸走肉、有影无形的家伙,因为叛逆这两个字横亘在他们的心头,就可以使他们的精神和肉体在行动上不能一致;他们勉勉强强上了战阵,就像人们在服药的时候一般做出苦脸,他们的武器不过是为我们虚张声势的幌子,可是他们的精神和灵魂却像池里的游鱼一般,被这"叛逆"二字冻结了。可是现在这位大主教却把叛乱变成了宗教的正义;他的虔诚圣洁为众人所公认,谁都用整个的身心服从他的驱策;他从邦弗雷特的石块上刮下理查王的血,加强他的起兵的理由;说他的行动是奉着上天的旨意;他告诉他们,他要尽力拯救这一个正在强大的波林勃洛克的压力之下奄奄垂毙的流血的国土;这样一来,已有不少人归附他。

诺森伯兰　这我早就知道了;可是不瞒你们说,当前的悲哀已经把它从我的脑中扫去。跟我进来,大家商量一个最妥当的自卫的计划和复仇的方策。备好几匹快马,赶快写信,尽量罗致我们的友人;现在是我们最感到孤立、也最需要援助的时候。(同下。)

第二场　伦敦。街道

约翰·福斯塔夫上,其侍童持剑荷盾后随。

福斯塔夫　喂,你这大汉,医生看了我的尿怎么说?

侍　童　他说,爵爷,这尿的本身是很好很健康的尿;可是撒这样尿的人,也许有比他所知道的更多的病症。

福斯塔夫　各式各样的人都把嘲笑我当做一件得意的事情;这一个愚蠢的泥块——人类——虽然长着一颗脑袋,除了我所制造的笑料和在我身上制造的笑料以外,却再也想不出什么别的笑话来;我不但自己聪明,并且还把我的聪明借给别人。这儿我走在你的前面,就像一头胖大的老母猪,把她整窠的小猪一起压死了,只剩一个在她的背后伸头探脑。那亲王叫你来侍候我,倘不是有意把你跟我做一个对比,就算我是个不会料事的人。你这婊子生的人参果,让你跟在我的背后,还不如把你插在我的帽子上。我活了这么大年纪,现在却让一颗玛瑙坠子做起我的跟班来;可是我却不愿意用金银把你镶嵌,我要叫你穿了一身污旧的破衣,把你当做一颗珠宝似的送还给你的主人,那个下巴上还没有生毛的小孩子,你那亲王爷。我的手掌里长出一根胡子来,也比他的脸上长出一根须快一些;可是他偏要说什么他的脸是一副君王之相;上帝也许会把它修改修改,现在它还没有失掉一根毛哩;他可以永远保存这一副君王之相,因为理发匠再也不会从它上面赚六个便士去;可是他却自鸣得意,仿佛他的父亲还是一个单身汉的时候他就是一个汉子了。他可以顾影自怜,可是他已经差不多完全失去我的好感了,我可以老实告诉他。唐勃尔顿对于我做短外套和套裤要用的缎子怎么说?

侍　　童　他说,爵爷,您应该找一个比巴道夫更靠得住的保人;他不愿意接受你们两人所立的借据;他不满意这一种担保。

福斯塔夫　让他落在饿鬼地狱里!愿他的舌头比饿鬼的舌头还要烫人!一个婊子生的魔鬼!一个嘴里喊着是呀是的恶奴!一个绅士照顾他的生意,他却要什么担保不担保。这种婊子生的油头滑脑的家伙现在都穿起高底靴来,腰带上挂着一串钥匙;谁要是凭信用向他们赊账,他们就向你要担保。与其让他们用担保堵住我的舌头,我宁愿他们把毒耗子的药塞在我的嘴里。凭着我的骑士的人格,我叫他送来二十二码缎子,他却用担保"二字"答复我。好,让他安安稳稳地睡在担保里吧;因为谁也不能担保他的妻子不偷汉子,头上出了角,自己还不知道哩。巴道夫呢?

侍　　童　他到史密斯菲尔去给您老人家买马去了。

福斯塔夫　我从圣保罗教堂那里把他买来,他又要替我在史密斯菲尔买一匹马;要是我能够在窑子里再买一个老婆,那么我就跟班、马儿、老婆什么都有了。

　　　　　大法官及仆人上。

侍　　童　爵爷,这儿来的这位贵人,就是把亲王监禁起来的那家伙,因为亲王为了袒护巴道夫而打了他。

福斯塔夫　你别走开;我不要见他。

大法官　走到那里去的是什么人?

仆　　人　回大人,他就是福斯塔夫。

大法官　就是犯过盗案嫌疑的那个人吗?

仆　　人　正是他,大人;可是后来他在索鲁斯伯雷立了军功,听人家说,现在正要带一支军队到约翰·兰开斯特公爵那儿去。

大法官　什么,到约克去吗?叫他回来。

仆　　人　约翰·福斯塔夫爵士!

福斯塔夫　孩子,对他说我是个聋子。

侍　　童　您必须大点儿声说,我的主人是个聋子。

大法官　我相信他是个聋子,他的耳朵是从来不听好话的。去,揪他袖子一把,我必须跟他说话。

仆　　人　约翰爵士!

福斯塔夫　什么!一个年轻的小子,却做起叫花来了吗?外边不是在打仗吗?难道你找不到一点儿事情做?国王不是缺少着子民吗?叛徒们不是需要着兵士吗?虽然跟着人家造反是一件丢脸的事,可是做叫花比造反还要丢脸得多哩。

仆　　人　爵士,您看错人了。

福斯塔夫　啊,难道我说你是个规规矩矩的好人吗?把我的骑士的身份和军人的资格搁在一旁,要是我果然说过这样的话,我就是撒了个大大的谎。

仆　　人　那么,爵士,就请您把您的骑士身份和军人资格搁在一旁,允许我对您说您撒了个大大的谎,要是您说我不是一个规规矩矩的好人。

福斯塔夫　我允许你对我说这样的话!我把我的天生的人格搁在一旁!哼,就是绞死我,也不会允许你。你要想得到我的允许,还是自己去挨绞吧!你这认错了方向的家伙,去!滚开!

仆　　人　爵士,我家大人要跟您说话。

大法官　约翰·福斯塔夫爵士,让我跟您说句话。

福斯塔夫　我的好大人!上帝祝福您老人家!我很高兴看见您老人家到外边来走走;我听说您老人家有病;我希望您老人家是听从医生的劝告才到外面来走动走动的。您老人家虽说还没有完全度过青春时代,可是总也算上了点儿年纪了,有那么点儿老气横秋的味道。我要恭恭敬敬地劝告您老人家务必多多注意您的健康。

大法官　约翰爵士,在您出发到索鲁斯伯雷去以前,我曾经差人来请过您。

福斯塔夫　不瞒您老人家说,我听说王上陛下这次从威尔士回来,有点儿不大舒服。

大法官　我不跟您讲王上陛下的事。上次我叫人来请您的时候,您不愿意来见我。

福斯塔夫　而且我还听说王上陛下害的正是那种可恶的中风病。

大法官　好,上帝保佑他早早痊愈!请您让我跟您说句话。

福斯塔夫　不瞒大人说,这一种中风病,照我所知道的,是昏睡病的一种,是一种血液麻痹和刺痛的病症。

大法官　您告诉我这些话做什么呢?它是什么病,就让它是什么病吧。

福斯塔夫　它的原因,是过度的忧伤和劳心,头脑方面受到太大的刺激。我曾经从医书上读到他的病源;害这种病的人,他的耳朵也会变聋。

大法官　我想您也害这种病了,因为您听不见我对您说的话。

福斯塔夫　很好,大人,很好。不瞒大人说,我害的是一种听而不闻的病。

大法官　给您的脚跟套上脚镣,就可以把您的耳病治好;我倒很愿意做一次您的医生。

福斯塔夫　我是像约伯①一样穷的,大人,可是却不像他那样好耐性。您老人家因为看我是个穷光蛋,也许可以开下您的药方,把我监禁起来;可是我愿不愿意做一个受您诊视的病人,却是一个值得聪明人考虑一下的问题。

大法官　我因为您犯着按律应处死刑的罪案嫌疑,所以叫您来跟我谈谈。

福斯塔夫　那时候我因为听从我的有学问的陆军法律顾问的劝告,所以没有来见您。

大法官　好,说一句老实话,约翰爵士,您的名誉已经扫地啦。

---

① 约伯(Job),以忍耐贫穷著称的圣徒,见《圣经·约伯记》。

福斯塔夫　我看我长得这样胖,倒是肚子快扫地啦。

大法官　您的收入虽然微薄,您的花费倒可观。

福斯塔夫　我希望倒转过来就好了。我希望我的收入很肥,我的腰细一点儿。

大法官　您把那位年轻的亲王导入歧途。

福斯塔夫　不,是那位年轻的亲王把我导入歧途。我就是那个大肚子的家伙,他是我的狗。

大法官　好,我不愿意重新挑拨一个新愈的痛疮;您在索鲁斯伯雷白天所立的军功,总算把您在盖兹山前黑夜所干的坏事遮盖过去了。您应该感谢这动乱的时世,让您轻轻地逃过了这场官司。

福斯塔夫　大人!

大法官　可是现在既然一切无事,您也安分点儿吧;留心不要惊醒一头睡着的狼。

福斯塔夫　惊醒一头狼跟闻到一头狐狸是同样糟糕的事。

大法官　嘿!您就像一支蜡烛,大部分已经烧去了。

福斯塔夫　我是一支狂欢之夜的长明烛,大人,全是脂油做成的。——我说"脂油"一点儿也不假,我这股胖劲儿就可以证明。

大法官　您头上每一根白发都应该提醒您做一个老成持重的人。

福斯塔夫　它提醒我生命无常,应该多吃吃喝喝。

大法官　您到处跟随那少年的亲王,就像他的恶神一般。

福斯塔夫　您错了,大人;恶神是个轻薄小儿,我希望人家见了我,不用磅秤也可以看出我有多么重。可是我也承认在某些方面我不大吃得开,我也不知道是怎么回事。在这市侩得志的时代,美德是到处受人冷眼的。真正的勇士都变成了管熊的役夫;智慧的才人屈身为酒店的侍者,把他的聪明消耗在算账报账之中;一切属于男子的天赋的才能,都在世人的嫉视之下成为不值分文。你们这些年老的人是不会替我们这辈年轻人着想的;你们凭着你们冷酷的性格,评量我们热烈的情欲;我必须承认,我们这些站在青春最前列的人,也都是天生的荡子哩。

大法官　您的身上已经写满了老年的字样,您还要把您的名字登记在少年人的名单里吗?您不是有一双昏花的眼、一对干瘪的手、一张焦黄的脸、一把斑白的胡须、两条瘦下去的腿、一个胖起来的肚子吗?您的声音不是已经嘎哑,您的呼吸不是已经短促,您的下巴上不是多了一层肉,您的智慧不是一天一天空虚,您的全身每一部分不是都在老朽腐化,您却还要自命为青年吗?啐,啐,啐,约翰爵士!

福斯塔夫　大人,我是在下午三点钟左右出世的,一生下来就有一头白发和一个圆圆的肚子。我的喉咙是因为高声嚷叫和歌唱圣诗而嘎哑的。我不愿再用其他的事实证明我的年轻;说句老实话,只有在识见和智力方面,我才是个老成练达的人。谁要是愿意拿出一千马克来跟我赛跳舞,让他把那笔钱借给我,我一定奉陪。讲到那亲王给您的那记耳光,他打得固然像一个野蛮的王子,您挨他的打,却也不失为一个贤明的大臣。关于那回事情,我已经责备过他了,这头小狮儿也自知后悔;呃,不过他并不穿麻涂灰,却是用新鲜的绸衣和陈年的好酒表示他的忏悔。

大法官　好,愿上帝赐给亲王一个好一点儿的伴侣!

福斯塔夫　愿上帝赐给那伴侣一个好一点儿的亲王!我简直没

有法子把他甩开。

大法官　好,王上已经把您和哈尔亲王两下分开了。我听说您正要跟随约翰·兰开斯特公爵去讨伐那大主教和诺森伯兰伯爵。

福斯塔夫　嗯,我谢谢您出这好聪明的主意。可是你们这些坐在家里安享和平的人们,你们应该祷告上天,不要让我们两军在大热的天气交战,因为凭着上帝起誓,我只带了两件衬衫出来,我是不预备流太多的汗的;要是碰着大热的天气,我手里挥舞的不是一个酒瓶,但愿我从此以后再不口吐白沫。只要有什么危险的行动胆敢探出头来,总是把我推上前去。好,我不是能够长生不死的。可是咱们英国人有一种怪脾气,要是他们有了一件好东西,总要使它变得平淡无奇。假如你们一定要说我是个老头子,你们就该让我休息。我但求上帝不要使我的名字在敌人的耳中像现在这样可怕;我宁愿我的筋骨在懒散中生锈而死去,不愿让不断的劳动磨空了我的身体。

大法官　好,做一个规规矩矩的好人;上帝祝福您出征胜利!

福斯塔夫　您老人家肯不肯借我一千镑钱,壮壮我的行色?

大法官　一个子儿也没有,一个子儿也没有。再见;请向我的表兄威斯摩兰代言致意。(大法官及仆人下。)

福斯塔夫　要是我会替你代言致意,让三个汉子用大槌把我捣烂吧。老年人总是和贪心分不开的,正像年轻人个个都是色鬼一样;可是一个因为痛风病而愁眉苦脸,一个因为杨梅疮而遍身痛楚,所以我也不用诅咒他们了。孩子!

侍　　童　爵爷!

福斯塔夫　我钱袋里还有多少钱?

侍　　童　七格罗①二便士。

福斯塔夫　我这钱袋的消瘦病简直无药可医；向人告借，不过使它苟延残喘，那病是再也没有起色的了。把这封信送给兰开斯特公爵；这一封送给亲王；这一封送给威斯摩兰伯爵；这一封送给欧苏拉老太太，自从我发现我的下巴上的第一根白须以后，我就每星期发誓要跟她结婚。去吧，你知道什么地方可以找到我。(侍童下)这该死的痛风！这该死的梅毒！不是痛风，就是梅毒，在我的大拇脚趾上作怪。好，我就跛着走也罢；战争可以作为我的掩饰，我拿那笔奖金理由也可以显得格外充足。聪明人善于利用一切；我害了这一身病，非得靠它发一注利市不可。(下。)

第三场　约克。大主教府中一室

　　　　　约克大主教、海司丁斯、毛勃雷及巴道夫上。

约　　克　我们这一次起事的原因，你们各位都已经听见了；我们有多少的人力物力，你们也都已知道了；现在，我的最尊贵的朋友们，请你们坦白地发表你们对于我们这次行动前途的意见。第一，司礼大人，您怎么说？

毛勃雷　我承认我们这次起兵的理由非常正大；可是我很希望您给我一个明白的指示：凭着我们这一点实力，我们怎么可以大胆而无畏地挺身迎击国王的声势浩大的军队。

海司丁斯　我们目前已经征集了两万五千名优秀的士卒；我们的后援大部分依靠着尊贵的诺森伯兰，他的胸中正在燃烧

---

①　格罗(Groat)，英国古银币名，合四便士。

着仇恨的怒火。

巴道夫　问题是这样的,海司丁斯勋爵:我们现有的两万五千名兵士,要是没有诺森伯兰的援助,能不能支持作战?

海司丁斯　有他做我们的后援,我们当然可以支持作战。

巴道夫　嗯,对了,关键就在这里。可是假如没有他的援助,我们的实力就会觉得过于微弱的话,那么,照我的意思看来,在他的援助没有到达以前,我们还是不要操之过急的好;因为像这样有关生死存亡的大事,是不能容许对于不确定的援助抱着过分乐观的推测和期待的。

约　　克　您说得很对,巴道夫勋爵;因为年轻的霍茨波在索鲁斯伯雷犯的就是这一种错误。

巴道夫　正是,大主教;他用希望增强他自己的勇气,用援助的空言作为他的食粮,想望着一支虚无缥缈的军队,作为他的精神上的安慰;这样,他凭着只有疯人才会有的广大的想象力,把他的军队引到死亡的路上,闭着眼睛跳下了毁灭的深渊。

海司丁斯　可是,恕我这样说,把可能的希望列入估计,总不见得会有什么害处。

巴道夫　要是我们把这次战争的命运完全寄托在希望上,那希望对于我们却是无益而有害的,正像我们在早春时候所见的初生的蓓蕾一般,希望不能保证它们开花结实,无情的寒霜却早已摧残了它们的生机。当我们准备建筑房屋的时候,我们第一要测量地基,然后设计图样;打好图样以后,我们还要估计建筑的费用,要是那费用超过我们的财力,就必须把图样重新改绘,设法减省一些人工,或是根本放弃这一项建筑计划。现在我们所进行的这件伟大的工作,简直是推翻一个旧的王国,重新建立一个新的王国,所以我们尤其应该熟察环境,详定方针,确立一个稳固的基础,询问测量师,明了我们自身的力量,是不是能够从事这样的工作,对抗敌人的压迫;否则要是我们徒然在纸上谈兵,把战士的名单代替了实际上阵的战士,那就像一个人打了一幅他的力量所不能建筑的房屋的图样,造了一半就中途停工,丢下那未完成的屋架子,让它去受凄风苦雨的吹淋。

海司丁斯　我们的希望现在还是很大的,即使它果然成为泡影,即使我们现有的人数已经是我们所能期待的最大限度的军力,我想凭着这一点儿力量,也尽可和国王的军队互相匹敌。

巴道夫　什么!国王也只有两万五千个兵士吗?

海司丁斯　来和我们交战的军力不过如此;也许还不满此数哩,巴道夫勋爵。为了应付乱局,他的军队已经分散在三处:一支攻打法国,一支讨伐葛兰道厄,那第三支不用说是对付我们的。这地位动摇的国王必须三面应敌,他的国库也已经罗掘俱空了。

约　克　他决不会集合他的分散的军力,向我们全力进攻,这一点我们是尽可放心的。

海司丁斯　要是他出此一策,他的背后毫无防御,法国人和威尔士人就会乘虚进袭;那是不用担心的。

巴道夫　看来他会派什么人带领他的军队到这儿来?

海司丁斯　兰开斯特公爵和威斯摩兰;他自己和哈利·蒙穆斯去打威尔士;可是我还没有得到确实的消息,不知道进攻法国的军队归哪一个人带领。

约　克　让我们前进,把我们起兵的理由公开宣布。民众已经厌倦于他们自己所选择的君王；他们过度的热情已经感到逾量的饱足。在群众的好感上建立自己的地位，那基础是易于动摇而不能巩固的。啊，你痴愚的群众！当波林勃洛克还不曾得到你所希望于他的今日这一种地位以前，你曾经用怎样的高声喝彩震撼天空，为他祝福；现在你的愿望已经满足，你那饕餮的肠胃里却又容不下他，要把他呕吐出来了。你这下贱的狗，你正是这样把尊贵的理查吐出你的馋腹，现在你又想吞食你呕下的东西，因为找不到它而狺狺吠叫了。在这种覆雨翻云的时世，还有什么信义？那些在理查活着的时候但愿他死去的人们，现在却对他的坟墓迷恋起来；当他跟随着为众人所爱慕的波林勃洛克的背后，长吁短叹地经过繁华的伦敦的时候，你曾经把泥土丢掷在他的庄严的头上，现在你却在高呼，"大地啊！把那个国王还给我们，把这一个拿去吧！"啊，可诅咒的人们的思想！过去和未来都是好的，现在的一切却为他们所憎恶。

毛勃雷　我们要不要就去把军队集合起来，准备出发？

海司丁斯　我们是受时间支配的，时间命令我们立刻前去。

（同下。）

第 二 幕

第一场　伦敦。街道

　　快嘴桂嫂率爪牙带一童儿上，罗网随后。

桂　嫂　爪牙大爷，您把状纸递上去没有？

爪　牙　递上去了。

桂　嫂　您那伙计呢？他是不是一个强壮的汉子？他不会给人吓退吗？

爪　牙　喂，罗网呢？

桂　嫂　主啊，嗷！好罗网大爷！

罗　网　有，有。

爪　牙　罗网，咱们必须把约翰·福斯塔夫爵士逮捕起来。

桂　嫂　是，好罗网大爷；我已经把他和他的同党们一起告下啦。

罗　网　说不定咱们有人要送了性命，因为他会拔出剑来刺人的。

桂　嫂　嗳哟！你们可得千万小心；他在我自己屋子里也会拔出剑来刺我，全然像一头畜生似的不讲道理。不瞒两位说，他只要一拔出他的剑，什么事情他都干得出来；他会像恶鬼一般逢人乱刺,无论男人、女人、孩子,他都会不留情的。

爪　　牙　　要是我能够和他交手,我就不怕他的剑有多么厉害。

桂　　嫂　　我也不怕;我可以在一旁帮您的忙。

爪　　牙　　我只要能揪住他,把他一把抓住——

桂　　嫂　　他这一去我就完啦;不瞒两位说,他欠我的账是算也算不清的。好爪牙大爷,把他牢牢抓住;好罗网大爷,别让他逃走。不瞒两位说,他常常到派亚街去买马鞍;那绸缎铺子里的史密斯大爷今天请他在伦勃特街的野猪头酒店里吃饭。我的状纸既然已经递上去,这件官司闹得大家都知道了,千万求求两位把他送官究办。一百个马克对于一个孤零零的苦女人是一笔太大的数目,欠了不还,叫人怎么过日子?我已经忍了又忍,忍了又忍;他却今天推明天,明天推后天,一味胡赖,简直不要脸。这个人一点儿良心都没有;女人又不是驴子,又不是畜生,可以给随便哪一个混蛋欺负的。那边来的就是他;那个酒糟鼻子的恶棍巴道夫也跟他在一起。干你们的公事吧,干你们的公事吧,爪牙大爷和罗网大爷;替我,替我,替我干你们的公事吧。

　　　　约翰·福斯塔夫、侍童及巴道夫上。

福斯塔夫　　啊!谁家的母马死了?什么事?

爪　　牙　　约翰爵士,快嘴桂嫂把您告了,我要把您逮捕起来。

福斯塔夫　　滚开,奴才!拔出剑来,巴道夫,替我割下那混蛋的头;把这泼妇扔在水沟里。

桂　　嫂　　把我扔在水沟里!我才要把你扔在水沟里呢。你敢?你敢?你这不要脸的光棍!杀人啦!杀人啦!啊,你这采花蜂!你要杀死上帝和王上的公差吗?啊,你这害人的混蛋!你专会害人,你要男人的命,也要女人的命。

福斯塔夫　别让他们走近,巴道夫。

爪　牙　劫犯人啦!劫犯人啦!

桂　嫂　好人,快劫几个犯人来吧①!你敢?你敢?你敢?你敢?好,好,你这流氓!好,你这杀人犯!

福斯塔夫　滚开,你这贱婆娘!你这烂污货!你这臭花娘!我非得掏你后门不可!

　　　　　大法官率侍从上。

大法官　什么事?喂,不要吵闹!

桂　嫂　我的好老爷,照顾照顾我!我求求您,帮我讲句公道话儿!

大法官　啊,约翰爵士!怎么!凭您这样的身份、年纪、职位,却在这儿吵架吗?您早就应该到约克去了。站开,家伙;你为什么拉住他?

桂　嫂　啊,我的大老爷,启禀老爷,我是依斯特溪泊的一个穷苦的寡妇,我已经告了他一状,他们两位是来把他捉到官里去的。

大法官　他欠你多少钱?

桂　嫂　钱倒还是小事,老爷;我的一份家业都给他吃光啦。他把我的全部家私一起装进他那胖肚子里去;可是我一定要问你要回一些来,不然我会像噩梦一般缠住你不放的。

福斯塔夫　要是叫我占了上风,我还得缠住你呢。

大法官　怎么会有这样的事,约翰爵士?哼!哪一个好性子的人受得住这样的叫骂?您把一个可怜的寡妇逼得走投无

---

① 桂嫂听不懂"劫犯人"这一法律用语,误以为是"找帮手",所以说"快劫几个犯人来吧"。

路,不觉得惭愧吗?

福斯塔夫　我一共欠你多少钱?

桂　嫂　呃,你要是有良心的话,你不但欠我钱,连你自己也是我的。在圣灵降临节①后的星期三那天,你在我的房间里靠着煤炉,坐在那张圆桌子的一旁,曾经凭着一盏金边的酒杯向我起誓;那时候你因为当着亲王的面前说他的父亲像一个在温莎卖唱的人,被他打破了头,我正在替你揩洗伤口,你就向我发誓,说要跟我结婚,叫我做你的夫人。你还赖得了吗?那时候那个屠夫的妻子胖奶奶不是跑了进来,喊我快嘴桂嫂吗?她来问我要点儿醋,说她已经煮好了一盆美味的龙虾;你听了就想分一点儿尝尝,我就告诉你刚受了伤,这些东西还是忌嘴的好;你还记得吗?她下楼以后,你不是叫我不要跟这种下等人这样亲热,说是不久她们就要尊我一声太太吗?你不是搂住我亲了个嘴,叫我拿三十个先令给你吗?现在我要叫你按着《圣经》发誓,看你还能抵赖不能。

福斯塔夫　大人,这是一个可怜的疯婆子;她在市上到处告诉人家,说您像她的大儿子。她本来是个有头有脑的人,不瞒您说,是贫穷把她逼疯啦。至于这两个愚笨的公差,我要请您把他们重重惩处。

大法官　约翰爵士,约翰爵士,您这种颠倒是非的手段,我是素来领教的。一副若无其事的神气,一串厚颜无耻的谎话,都不能使我改变我的公正的立场。照我看来,是您用诡计欺骗了这个容易受骗的女人,一方面拐了她的钱,一方面奸占

---

① 圣灵降临节(Wheeson week),复活节后第七个星期。

了她的身体。

桂　嫂　是的，一点儿不错，老爷。

大法官　你不要说话——把您欠她的钱还给她，痛痛忏悔您对她所犯的罪恶。

福斯塔夫　大人，我不能默忍这样的辱骂。您把堂堂的直言叫做厚颜无耻；要是有人除了打躬作揖以外，一言不发，那才是一个正直的好人。不，大人，我知道我自己的身份，不敢向您有什么渎请；可是我现在王命在身，急如星火，请您千万叫这两个公差把我放了。

大法官　听您说来，好像您有干坏事的特权似的；可是为了您的名誉起见，还是替这可怜的女人想想办法吧。

福斯塔夫　过来，老板娘。（拉桂嫂至一旁。）

高厄上。

大法官　啊，高厄先生！什么消息？

高　厄　大人，王上和亨利亲王就要到来了；其余的话都写在这纸上。（以信授大法官。）

福斯塔夫　凭着我的绅士的身份——

桂　嫂　哎，这些话您都早已说过了。

福斯塔夫　好了，那种事情咱们不用再提啦。

桂　嫂　凭着我脚底下踹着的这块天堂一般的土地起誓，我可非得把我的盘子跟我那餐室里的织锦挂帷一起当掉不可啦。

福斯塔夫　留下几只杯子喝喝酒，也就够了。你的墙壁上要是需要一些点缀，那么一幅水彩的滑稽画，或是浪子回家的故事，或是德国人出猎的图画，尽可以抵得上一千幅这种破床帘和给虫咬过的挂帷。你有本领就去当十镑钱吧。来，倘

133

不是你的脾气太坏,全英国都找不到一个比你更好的娘儿们。去把你的脸洗洗,把你的状纸撤回来吧。来,你不能对我发这样的脾气;你还不知道我吗?来,来,我知道你这回一定是受了人家的撺掇。

桂　嫂　约翰爵士,您还是拿二十个诺勃尔①去吧。不瞒您说,我真舍不得当掉我的盘子呢,上帝保佑我!

福斯塔夫　让它去吧;我会向别处设法的。你到底还是一个傻子。

桂　嫂　好,我一定如数给您,即使我必须当掉我的罩衫。我希望您会到我家里来吃晚饭。您会一起还给我吗?

福斯塔夫　我不是死人,会骗你吗?(向巴道夫)跟她去,跟她去;钉紧了,钉紧了。

桂　嫂　晚餐的时候您要不要叫桃儿·贴席来会会您?

福斯塔夫　不必多说;叫她来吧。(桂嫂、巴道夫、捕役及侍童下。)

大法官　消息可不大好。

福斯塔夫　什么消息,我的好大人?

大法官　王上昨晚驻跸在什么地方?

高　厄　在巴辛斯多克,大人。

福斯塔夫　大人,我希望一切顺利;您听到什么消息?

大法官　他的军队全部回来了吗?

高　厄　不,一千五百个步兵,还有五百骑兵,已经调到兰开斯特公爵那里,帮着打诺森伯兰和那大主教去了。

福斯塔夫　王上从威尔士回来了吗,我的尊贵的大人?

大法官　我不久就把信写好给您。来,陪着我去吧,好高

---

① 诺勃尔(Noble),英国古金币名。

厄先生。

福斯塔夫 大人!

大法官 什么事?

福斯塔夫 高厄先生,我可以请您赏光陪我用一次晚餐吗?

高　厄 我已经跟这位大人有约在先了;谢谢您,好约翰爵士。

大法官 约翰爵士,您在这儿逗留得太久了,您是要带领军队出征去的。

福斯塔夫 您愿意陪我吃一顿晚饭吗,高厄先生?

大法官 约翰爵士,哪一个傻瓜老师教给您这些礼貌?

福斯塔夫 高厄先生,要是这些礼貌不合我的身份,那么教我这些礼貌的人一定是个傻瓜。(向大法官)比起剑来就是这个劲儿,大人,一下还一下,谁也不吃亏。

大法官 愿上帝开导你的愚蒙!你是个大大的傻瓜。(各下。)

第二场　同前。另一街道

　　　　亲王及波因斯上。

亲　王 当着上帝的面前起誓,我真是疲乏极了。

波因斯 会有那样的事吗?我还以为疲乏是不敢侵犯像您这样一位血统高贵的人的。

亲　王 真,它侵犯到我的身上了,虽然承认这一件事是会损害我的尊严的。要是我现在想喝一点儿淡啤酒,算不算有失身份?

波因斯 一个王子不应该这样自习下流,想起这种淡而无味的贱物。

亲　王 那么多半我有一副下贱的口味,因为凭良心说,我现在的确想起这贱东西淡啤酒。可是这种卑贱的思想，真的已经使我厌倦于我的高贵的地位了。记住你的名字，或是到明天还认识你的脸，这对于我是多么丢脸的事！还要记着你有几双丝袜：一双是你现在穿的，还有一双本来是桃红色的；或者你有几件衬衫：哪一件是穿着出风头的，哪一件是家常穿的！可是那网球场的看守人比我还要明白你的底细，因为你不去打球的日子，他就知道你正在闹着衬衫的恐慌；你的荷兰麻布衬衫已经遭到瓜分的惨祸，所以你也好久不上网球场去了。天晓得那些裹着你的破衬衫当尿布的小家伙们会不会继承王国；但是接生婆都说不是孩子的过错，这样一来世界人口自然不免增多，子弟们的势力也就越来越大了。

波因斯　您在干了那样辛苦的工作以后，却讲起这些无聊的废话来，真太不伦不类啦！告诉我，您的父亲现在病得这样厉害，有几个孝顺的少年王子会在这种时候像您一样跟人家闲聊天？

亲　王　我要不要告诉你一件事情，波因斯？

波因斯　您说吧，我希望它是一件很好的事情。

亲　王　对你这样低级的头脑来说，就得算不错了。

波因斯　得了，你要讲的不过一句话，我总还招架得住。

亲　王　好，我告诉你，现在我的父亲有病，我是不应该悲哀的；虽然我可以告诉你——因为没有更好的人，我只好把你当做朋友——我不是不会悲哀，而且的的确确是真心的悲哀。

波因斯　为了这样一个题目而悲哀，恐怕未必见得。

亲　王　哼，你以为我也跟你和福斯塔夫一样，立意为非，不知悔改，已经在魔鬼的簿上挂了名，再也没有得救的希望了；

让结果评定一个人的真正价值吧。告诉你吧,我的心因为我的父亲害着这样的重病,正在悲伤泣血;可是当着你这种下流的伙伴的面前,我只好收起一切悲哀的外貌。

波因斯　请问您的理由?

亲　王　要是我流着眼泪,你会觉得我是一个何等之人?

波因斯　我要说您是一个最高贵的伪君子。

亲　王　每一个人都会这样想,你是一个有福的人,能够和众人思想一致;世上再没有人比你更善于随波逐流了。真的谁都要说我是个伪君子。什么理由使你的最可敬的思想中发生这一种意见呢?

波因斯　因为您素来的行为是那么放荡,老是跟福斯塔夫那种家伙在一起。

亲　王　还有你。

波因斯　天日在上,人家对于我的批评倒是很好的,我自己的耳朵还听得见呢;他们所能指出的我的最大的弱点,也不过说我是我的父亲的第二个儿子,而且我是一个能干的汉子;这两点我承认都是我无能为力的。啊,巴道夫来了。

　　　　　巴道夫及侍童上。

亲　王　还有我送给福斯塔夫的那个童儿;我把他送去的时候,他还是个基督徒,现在瞧,那胖贼不是把他变成一头小猴子了吗?

巴道夫　上帝保佑殿下!

亲　王　上帝保佑你,最尊贵的巴道夫。

巴道夫　(向侍童)来,你这善良的驴子,你这害羞的傻瓜,干吗又要脸红了?有什么难为情的?你全然变成了个大姑娘般的骑士啦!喝了一口半口酒儿又有什么关系?

侍　　童　殿下,他从一扇红格子窗里叫我,我望着窗口,怎么也瞧不清他的脸;好容易才被我发现了他的眼睛,我还以为他在卖酒婆子新做的红裙上剪了两个窟窿,他的眼睛就在那窟窿里张望着呢。

亲　　王　这孩子不是进步了吗?

巴道夫　去你的,你这婊子养的两只腿站着的兔子,去你的。

侍　　童　去你的,你这不成材的阿尔西亚的梦,去你的。

亲　　王　给我们说说,孩子;什么梦,孩子?

侍　　童　殿下,阿尔西亚不是梦见自己生下一个火把吗?所以我叫他阿尔西亚的梦。

亲　　王　因为你说得好,赏你这一个克郎;拿去,孩子。(以钱给侍童。)

波因斯　啊!但愿这朵鲜花不要给毛虫蛀了。好,我也给你六便士。

巴道夫　你们总要叫他有一天陪着你们一起上绞架的。

亲　　王　你的主人好吗,巴道夫?

巴道夫　很好,殿下。他听说殿下回来了,有一封信给您。

波因斯　这封信送得很有礼貌。你的肥猪主人好吗?

巴道夫　他的身体很健康,先生。

波因斯　呃,他的灵魂需要一个医生;可是他对于这一点却不以为意,灵魂即使有病也不会死的。

亲　　王　这一块大肉瘤跟我亲热得就像他是我的狗儿一般;他不忘记他自己的身份,你瞧他怎样写着。

波因斯　"骑士约翰·福斯塔夫"——他一有机会,就向每一个人卖弄他这一个头衔;正像那些和国王有同宗之谊的人们一样,每一次刺伤了手指,就要说,"又流了一些国王的血了"。你要是假装不懂他的意思,问他为什么,他就会立刻回答你,正像人们要向别人借钱的时候连忙脱帽子一样爽快,"我是王上的不肖的侄子,先生。"

亲　王　可不是吗?那帮人专门要和我们攀亲戚,哪怕得一直往上数到老祖宗雅弗。算了,读信吧。

波因斯　"骑士约翰·福斯塔夫爵士敬问皇太子威尔士亲王亨利安好。"哎哟,这简直是一张证明书。

亲　王　别插嘴!

波因斯　"我要效法罗马人的简洁":——他的意思准是指说话接不上气,不是文章简洁——"我问候您,我赞美您,我向您告别。不要太和波因斯亲热,因为他自恃恩宠,到处向人发誓说您要跟他的妹妹耐儿结婚。有空请自己忏悔忏悔,再会了。您的朋友或者不是您的朋友,那要看您怎样对待他而定,杰克·福斯塔夫——这是我的知交们对我的称呼;约翰——我的兄弟姊妹是这样叫我的;约翰爵士——全欧洲都知道这是我的名号。"殿下,我要把这封信浸在酒里叫他吃下去。

亲　王　他是食言而肥的好手,吃几个字儿是算不了什么的。可是奈德,你也这样对待我吗?我必须跟你的妹妹结婚吗?

波因斯　但愿上帝赐给那丫头这么好的福气!可是我从来没有说过这句话。

亲　王　好,我们不要再像呆子一般尽在这儿浪费时间了,智慧的天使还坐在云端嘲笑我们呢。你的主人就在伦敦吗?

巴道夫　是,殿下。

亲　王　他在什么地方吃晚饭?那老野猪还是钻在他那原来的猪圈里吗?

巴道夫　还在老地方,殿下,依斯特溪泊。

亲　王　有些什么人跟他做伴?

侍　童　几个信仰旧教的酒肉朋友,殿下。

亲　王　有没有什么女人陪他吃饭?

侍　童　没有别人,殿下,只有桂大妈和桃儿·贴席姑娘。

亲　王　那是个什么娼妇?

侍　童　一个良家女子,殿下,她是我的主人的亲戚。

亲　王　正像教区的小母牛跟镇上的老公牛同样的关系。奈德,我们要不要趁他吃晚饭的时候偷偷地跑到他们那里去?

波因斯　我是您的影子,殿下;您到哪儿我就跟到哪儿。

亲　王　喂,孩子,巴道夫,不要对你们主人说我已经到了城里;这是赏给你们的闭口钱。(以钱给巴道夫及侍童。)

巴道夫　我是个哑巴,殿下。

侍　童　我管住我的舌头就是了,殿下。

亲　王　再见,去吧。(巴道夫及侍童下)这桃儿·贴席准是个婊子。

波因斯　不瞒您说,她正像圣奥尔本到伦敦之间的公路一般,什么人都跟她有来往的。

亲　王　我们今晚怎样可以看看福斯塔夫的本来面目,而不让他看见我们呢?

波因斯　各人穿一件皮马甲,披一条围裙,我们可以权充酒保,在他的桌子上侍候。

亲　王　朱庇特曾经以天神之尊化为公牛,一个重大的堕落!我现在从王子降为侍者,一个卑微的变化!这正是所谓但问目的,不择手段。跟我来,奈德。(同下。)

第三场　华克渥斯。诺森伯兰城堡前

　　诺森伯兰、诺森伯兰夫人及潘西夫人上。

诺森伯兰　亲爱的妻子,贤惠的儿媳,请你们安安静静地让我去进行我的危险的任务;不要在你们的脸上反映这时代的骚乱,使我的繁杂的心绪受到更大的搅扰。

诺森伯兰夫人　我已经灰了心,不愿再说什么了。照您的意思干吧;让您的智慧指导您的行动。

诺森伯兰　唉!亲爱的妻子,我的荣誉已经发生动摇,只有奋身前去,才可以把它挽救回来。

潘西夫人　啊!可是为了上帝的缘故,不要去参加这种战争吧。公公,您曾经毁弃过对您自己更有切身关系的诺言;您的亲生的潘西,我那心爱的亨利,曾经好多次引颈北望,盼他的父亲带着援兵到来,可是他终于望了个空。那时候是谁劝您不要出兵的?两重的荣誉已经丧失了,您自己的荣誉和您儿子的荣誉。讲到您自己的荣誉,愿上帝扫清它的雾障吧!他的荣誉却是和他不可分的,正像太阳永远高悬在苍苍的天宇之上一样;全英国的骑士都在他的光辉鼓舞之下,表现了他们英雄的身手。他的确是高贵的青年们的一面立身的明镜;谁不曾学会他的步行的姿态,等于白生了两条腿;说话急速不清本来是他天生的缺点,现在却成为勇士们应有的语调,那些能够用低声而迂缓的调子讲话的人,都宁愿放弃他们自己的特长,模拟他这一种缺点;这样无论在语音上,在步态上,在饮食娱乐上,在性情气质上,在治军作战上,他的一言一动,都是他人效法的规范。然而他,啊,天神一般的他！啊,人类中的奇男子！这盖世无双的他,却得不到您的援助;你竟忍心让他在不利的形势中,面对着狰狞可怖的战神;让他孤军苦战,除了霍茨波的英名之外,再也没有可以抵御敌人的武力;您是这样离弃了他！千万不要,啊！千万不要再给他的亡魂这样的侮辱,把您对于别人的信誉看得比您对于他的信誉更重;让他们去吧。那司礼大臣和那大主教的实力是很强大的;要是我那亲爱的亨利有他们一半的军力,今天也许我可以攀住霍茨波的颈项,听他谈起蒙穆斯的死了。

诺森伯兰　嗳哟,贤媳！你用这样悲痛的申诉重新揭发我的往日的过失,使我的心都寸寸碎裂了。可是我必须到那里去和危险面面相对,否则危险将要在更不利的形势之下找到我。

诺森伯兰夫人　啊！逃到苏格兰去,且待这些贵族和武装的民众们一度试验过他们的军力以后,再决定您的行止吧。

潘西夫人　要是他们能够占到国王的上风,您就可以加入他们的阵线,使他们的实力因为得到您这一支铁军的支持而格外坚强;可是为了我们对您的爱心,先让他们自己去试一下吧。您的儿子就是因为轻于尝试而惨遭牺牲,我也因此而成为寡妇;我将要尽我一生的岁月,用我的眼泪浇灌他的遗念,使它发芽怒长,高插云霄,替我那英勇的丈夫永远留下一个记忆。

诺森伯兰　来,来,跟我进去吧。我的心正像涨到顶点的高潮一般,因为极度的冲激,反而形成静止的状态,决不定行动的方向。我渴想着去和那大主教相会,可是几千种理由阻止我前往。我还是决定到苏格兰去吧;在那里权且栖身,等有利的形势向我招手的时候再作道理。(同下。)

第四场　依斯特溪泊。野猪头酒店中一室

　　二酒保上。

酒保甲　见鬼的,你拿了些什么来呀?干苹果吗?你知道约翰爵士见了干苹果就会生气的。

酒保乙　嗳哟,你说得对。有一次亲王把一盘干苹果放在他面前,对他说又添了五位约翰爵士;他又把帽子脱下,说:"现在我要向你们这六位圆圆的干瘪的老骑士告别了。"他听了这话好不生气;可是现在他也把这回事情忘了。

酒保甲　好,那么铺上桌布,把那些干苹果放下来。你再去找找斯尼克的乐队;桃儿姑娘是要听一些音乐的。赶快;他们吃饭的房间太热啦,他们马上就要来的。

酒保乙　喂,亲王和波因斯大爷也就要到这儿来啦;他们要借咱们两件皮马甲和围裙穿在身上,可是不能让约翰爵士知道,巴道夫已经这样吩咐过了。

酒保甲　嘿,咱们又有热闹看啦;这准是一场有趣的恶作剧。

酒保乙　我去瞧瞧能不能把斯尼克找到。(下。)

　　快嘴桂嫂及桃儿·贴席上。

桂　嫂　真的,心肝,我看你现在身体很好;你的脉搏跳得再称心没有了;你的脸色红得就像一朵玫瑰花;真的,我不骗你!可是我要说句老实话,你还是少喝一点儿卡那利酒的好,那是一种刺激性极强的葡萄酒,你还来不及嚷一声"什么",它早已通到你全身的血管里去了。你现在好吗?

桃　儿　比从前好一点儿了;呃哼!

桂　嫂　啊,那很好;一颗好心抵得过黄金。瞧!约翰爵士来啦。

　　　　　　福斯塔夫唱歌上。

福斯塔夫　(唱)"亚瑟登位坐龙廷,"——去把夜壶倒了。(酒保甲下)——"圣明天子治凡民。"啊,桃儿姑娘!

桂　嫂　她闲着没事做,快要闷出病来啦,真的不骗您。

福斯塔夫　她们都是这样;只要一安静下来,就会害病的。

桃　儿　你这肮脏的坏家伙,这就是你给我的安慰吗?

福斯塔夫　咱们这种坏家伙都是被你们弄胖了的,桃儿姑娘。

桃　儿　我把你们弄胖了!谁叫你们自己贪嘴,又不知打哪儿染上了一身恶病,弄成这么一副又胖又肿的怪样子;干我什么事!

福斯塔夫　我的馋嘴是给厨子害的,我的病是给你害的,桃儿;这病是你传的,我的可怜的名门闺秀,这你可不能否认。

桃　儿　不错,把我的链子首饰全传给你了。

福斯塔夫　(唱)"浑身珠宝遍身疮,"——你也知道交战要凶,走道就得瘸着腿;在关口冲杀得起劲,长枪就弯了;完了还得若无其事地去找医生,吃点儿苦头——

桃　儿　你去上吊吧,你这肮脏的老滑头,你去上吊吧!

桂　嫂　嗳哟,你们老是这样子,一见面就要吵;真的,你们两人的火性躁得就像两片烘干的面包,谁也容不得谁。这算什么呀!正像人家说的,女人是一件柔弱中空的器皿,你应该容忍他几分才是。

桃　儿　一件柔弱中空的器皿容得下这么一只满满的大酒桶吗?他那肚子里的波尔多酒可以装满一艘商船;无论哪一间船舱里都比不上他那样装得结结实实。来,杰克,我愿意跟你做个朋友；你就要打仗去了，咱们以后还有没有见面的日子，那是谁也不会关心的。

　　酒保甲重上。

酒保甲　爵爷，毕斯托尔旗官在下边，他要见您说话。

桃　儿　该死的装腔作势的家伙！别让他进来；他是全英国最会说坏话的恶棍。

桂　嫂　要是他装腔作势，别让他到这儿来；不，凭着我的良心发誓，我必须跟我的邻居们住在一起，我不能让装腔作势的人走进我的屋子，破坏我的清白的名声。把门关上；什么装腔作势的人都别让他进来。我活了这么大岁数，现在却要让人家在我的面前装腔作势吗？请你把门关了。

福斯塔夫　你听我说，老板娘。

桂　嫂　您不要吵，约翰爵士；装腔作势的人是不能走进这间屋子里来的。

福斯塔夫　你听我说啊；他是我的旗官哩。

桂　嫂　啐，啐！约翰爵士，您不用说话，您那装腔作势的旗官是不能走进我的屋子里来的。前天我碰见典狱长铁锡克大爷，他对我说——那句话说来不远，就在上星期三——"桂大嫂子，"他说；——咱们的牧师邓勃先生那时也在一旁；——"桂大嫂子，"他说，"你招待客人的时候，要拣那些文雅点儿的，因为，"他说，"你现在的名气不大好；"他说这句话，我知道是为了什么缘故；"因为，"他说，"你是一个规规矩矩的女人，大家都很看重你；所以你要留心你所招待的是些什么客人；不要，"他说，"不要让那种装腔作势的家伙走进你的屋子。"我不能让那种家伙到这儿来——听了他的话，才叫人佩服哩。不，我不能让装腔作势的家伙进来。

福斯塔夫　他不是个装腔作势的人,老板娘;凭良心说,他是个不中用的骗子,你可以轻轻地抚拍他,就像他是一个小狗一般。要是一只巴巴里母鸡竖起羽毛,表示反抗的样子,他也不会向它装腔作势。叫他上来,酒保。(酒保甲下。)

桂　嫂　您说他是个骗子吗?好人,骗子,我这儿一概来者不拒;可是不瞒你们说,我顶恨的是装腔作势;人家一说起装腔作势来我就受不了。列位瞧吧,我全身都在发抖,真的不骗你们。

桃　儿　你真的在发抖哩,店主太太。

桂　嫂　真的吗?是呀,我的的确确在发抖,像一片白杨树叶似的;我一听见装腔作势就受不了。

　　　　毕斯托尔、巴道夫及侍童上。

毕斯托尔　上帝保佑您,约翰爵士!

福斯塔夫　欢迎,毕斯托尔旗官。来,毕斯托尔,这儿我倒下一杯酒,你去劝我那店主太太喝了。

毕斯托尔　我要请她吃两颗子弹哩,约翰爵士。

福斯塔夫　她是不怕子弹的,伙计。她决不会在乎。

桂　嫂　哼,我也不要吃子弹,也不要喝酒;我爱喝就喝,不爱喝就不喝,完全听我自己的便。

毕斯托尔　那么你来,桃儿姑娘;我就向你进攻。

桃　儿　向我进攻!我瞧不起你,你这下流的家伙!嘿!你这穷鬼、贱奴、骗子,没有衬衫的光棍!滚开,你这倒楣的无赖!滚开!我是你主人嘴里的肉,你不要发昏吧。

毕斯托尔　我认识你就是啦,桃儿姑娘。

桃　儿　滚开,你这扒手!你这龌龊的小贼,滚开!凭着这一杯酒发誓,要是你敢对我放肆无礼,我要把我的刀子插进你那倒楣的嘴巴里去。滚开,你这酒鬼!你这耍刀弄剑的老江湖骗子,你!从什么时候起你学会这么威风的,大爷?天晓得,肩膀上又添了两根带子了,真了不起!

毕斯托尔　我不撕碎你的绉领,上帝不让我活命!

福斯塔夫　别闹了,毕斯托尔,我不准你在这儿闹事。离开我们,毕斯托尔。

桂　嫂　不,好毕斯托尔队长;不要在这儿闹事,好队长。

桃　儿　队长!你这可恶的该死的骗子!你好意思听人家叫你队长吗?队长们要是都和我一样的心,他们一定会用军棍把你打出队伍,因为你胆敢冒用他们的称呼。你是个队长,你这奴才!你立下什么功劳,做起队长来啦?因为你在酒店里扯碎一个可怜的妓女的绉领吗?他是个队长!哼,恶棍!他是靠着发霉的煮熟梅子和干面饽饽过活的。一个队长!天哪,这些坏人们是会把队长两个字变成和"干事"一样难听。"干事"原来也是正正经经的话,后来全让人给用臭了。队长们可得留意点儿才是。

巴道夫　请你下去吧,好旗官。

福斯塔夫　你过来听我说,桃儿姑娘。

毕斯托尔　我不下去;我告诉你吧,巴道夫伍长,我可以把她撕成片片。我一定要向她复仇。

侍　童　请你下去吧。

毕斯托尔　我要先看她掉下地狱里去,到那阴司的寒冰湖里,叫她尝尝各种毒刑的味道。抓紧鱼钩和线,我说。下去吧,下去吧,畜生们;下去吧,命运。希琳不在这儿吗?

桂　嫂　好毕斯托尔队长,不要闹;天色已经很晚啦,真的。请您消一消您的怒气吧。

毕斯托尔　好大的脾气,哼！日行三十英里的下乘驽马,都要自命为恺撒、坎尼保①和特洛亚的希腊人了吗？还是让看守地狱的三头恶狗把它们咬死了吧。我们必须为了那些无聊的东西而动武吗？

桂　嫂　真的,队长,您太言重啦。

巴道夫　去吧,好旗官；这样下去准会闹出一场乱子来的。

毕斯托尔　让人们像狗一般死去！让王冠像别针一般可以随便送人！希琳不在这儿吗？

桂　嫂　不瞒您说,队长,这儿实在没有这么一个人。真是呢！您想我会不放她进来吗？看在上帝的面上,静一静吧！

毕斯托尔　那么吃吃喝喝,把你自己养得胖胖的,我的好人儿。来,给我点儿酒。"人生不得意,借酒且浇愁。"怕什么排阵的大炮？不,让魔鬼向我们开火吧。给我点儿酒；心肝宝剑,你躺在这儿吧。(将剑放下)事情就这样完了,没有下文吗？

福斯塔夫　毕斯托尔,我看你还是安静点儿吧。

毕斯托尔　亲爱的骑士,我吻你的拳头。嘿！咱们是见过北斗七星的呢。

桃　儿　为了上帝的缘故,把他丢到楼底下去吧！我受不了这种说大话的恶棍。

毕斯托尔　"把他丢到楼底下去！"这小马好大的威风！

福斯塔夫　巴道夫,像滚铜子儿一般把他推下去吧。哼,要是他一味胡说八道,咱们这儿可容不得他。

---

① 毕斯托尔误将罗马大将汉尼拔(Hannibal)说成坎尼保(cannibal),意思变成了"吃人者"。

巴道夫　来,下去下去。

毕斯托尔　什么!咱们非动武不可吗?非流血不可吗?(将剑攫入手中)那么愿死神摇着我安眠,缩短我的悲哀的生命吧!让伤心惨目的创伤解脱命运女神的束缚!来吧,阿特洛波斯①!

桂　嫂　事情闹得越来越大啦!

福斯塔夫　把我的剑给我,孩子。

桃　儿　我求求你,杰克,我求求你,不要拔出剑来。

福斯塔夫　给我滚下去。(拔剑。)

桂　嫂　好大的一场乱子!我从此以后,再不开什么酒店啦,这样的惊吓我可受不了。这一回准要弄出人命来。唉!唉!收起你们的家伙,收起你们的家伙吧!(巴道夫、毕斯托尔下。)

桃　儿　我求求你,杰克,安静下来吧;那坏东西已经去了。啊!你这婊子生的勇敢的小杂种,你!

桂　嫂　您那大腿弯儿里有没有受伤?我好像看见他向您的肚子下面戳了一剑。

　　　　巴道夫重上。

福斯塔夫　你把他撵到门外去没有?

巴道夫　是,爵爷;那家伙喝醉了。您伤了他的肩部,爵爷。

福斯塔夫　混账东西,当着我面前撒起野来!

桃　儿　啊,你这可爱的小流氓,你!唉,可怜的猴子,你流多少汗哪!来,让我替你擦干了脸;来呀,你这婊子生的。啊,坏东西!真的,我爱你。你就像特洛亚的赫克托尔一般勇敢,

---

① 阿特洛波斯(Atropos),希腊神话中三命运女神之一。

抵得上五个阿伽门农,比九大伟人还要胜过十倍。啊,坏东西!

福斯塔夫　混账的奴才!我要把他裹在毯子里抛出去。

桃　儿　好的,要是你有这样的胆量;你要是把他裹在毯子里抛出去,我就把你裹在被子里卷起来。

　　　　乐队上。

侍　童　乐队来了,爵爷。

福斯塔夫　叫他们奏起来。列位,奏起来吧。坐在我的膝盖上,桃儿。好一个说大话的混账奴才!这恶贼见了我逃得就像水银一般快。

桃　儿　真的,你追赶他却像一座教堂一般动都不动。你这婊子生的漂亮的小野猪,什么时候你才白天不吵架,晚上不使剑,收拾起你的老皮囊来归天去呢?

　　　　亲王及波因斯乔装酒保自后上。

福斯塔夫　闭嘴,好桃儿!不要讲这种丧气话,不要向我提醒我的结局。

桃　儿　喂,那亲王是怎么一副脾气?

福斯塔夫　一个浅薄无聊的好小子;叫他在伙食房里当当差倒很不错,他一定会把面包切得好好的。

桃　儿　他们说波因斯有很好的才情。

福斯塔夫　他有很好的才情!哼,这猴子!他的才情有一粒芥末子那么大呢。要是他会思想,一根木棒也会思想了。

桃　儿　那么亲王为什么这样喜欢他呢?

福斯塔夫　因为他们两人的腿长得一般粗细;他掷得一手好铁环儿;他爱吃鳗鱼和茴香;他会玩吞火龙的戏法;他会跟孩子们踏跷跷板;他会跳凳子;他会发漂亮的誓;他的靴子擦

得很亮,好像替他的腿做招牌似的;讲起那些不雅的故事来,他总是津津不倦;诸如此类的玩意儿,都是他的看家本领,它们表现着一颗孱弱的心灵和一副强壮的身手,因为亲王也正是这样一个人,所以才把他引为同调。把他们两人放在天平上称起来,正是一个半斤,一个八两。

亲　　王　这家伙想要叫人家割掉他的耳朵吗?

波因斯　咱们当着他那婊子的面前揍他一顿吧。

亲　　王　瞧这老头儿心痒难熬,把他的头发都搔得像鹦鹉头上的羽毛似的根根直竖了。

波因斯　一个已经多年不行此道的人,情欲还这样旺盛,这不是很奇怪的事吗?

福斯塔夫　吻我,桃儿。

亲　　王　今年土星和金星①双星聚会!历书上怎么说?

波因斯　你看,侍候他的那个火光腾腾的红鼻子的第三颗行星也在跟主人的心腹、记事本和老鸨子说知心话呢。

福斯塔夫　你这样吻我,真使我受宠若惊了。

桃　　儿　凭着我的良心发誓,我是用一颗不变的真心吻你的。

福斯塔夫　我老了,我老了。

桃　　儿　我爱你胜过无论哪一个没出息的毛头小子。

福斯塔夫　你要用什么料子做裙子?我星期四就可以拿到钱,明天就给你买一顶帽子。唱一支快乐的歌儿!来,天已经很晚,咱们可以上床了。我走了以后,你会忘记我的。

桃　　儿　凭着我的良心发誓,你要是说这样的话,我可要哭啦。在你没有回来以前,你瞧我会不会打扮得整整齐齐的。好,

---

① 古人认为是相距最远的两颗行星。

咱们日久见人心。

福斯塔夫　拿点儿酒来,弗兰西斯!

亲　　王
波因斯　（上前）就来,就来,先生。

福斯塔夫　嘿!一个当今王上的私生子?你不是波因斯的兄弟吗?

亲　　王　哼,你这满载着罪恶的地球!你在过着什么样的一种生活呀!

福斯塔夫　比你好一点儿;我是个绅士,你是个酒保。

亲　　王　好一个绅士!我要揪住你的耳朵拉你出去。

桂　　嫂　啊!上帝保佑殿下!凭着我的良心发誓,欢迎你回到伦敦来。上帝祝福你那可爱的小脸儿!耶稣啊!您是从威尔士来的吗?

福斯塔夫　你这下流的疯王子,凭着这一块轻狂淫污的血肉,（指桃儿）我欢迎你。

桃　　儿　怎么,你这胖傻瓜!你是什么东西?

波因斯　殿下,要是您不趁此教训他一顿,他会用一副嬉皮笑脸把您的火气消下去,把一切变成一场玩笑的。

亲　　王　你这下流的烛油矿,你,你胆敢当着这一位贞洁贤淑、温柔文雅的姑娘面前把我信口滥骂!

桂　　嫂　祝福您的好心肠!凭着我的良心发誓,她真的是一位好姑娘哩。

福斯塔夫　我的话都给你听见了吗?

亲　　王　是的,而且正像你在盖兹山下逃走的时候一样,你明明知道我在你的背后,却故意用这种话惹我生气。

福斯塔夫　不,不,不,不是这样;我没想到你会听见我的话。

亲　　王　那么我要叫你承认存心把我侮辱,我知道怎样处置你。

福斯塔夫　凭着我的荣誉起誓,哈尔,一点儿没有侮辱的意思,一点儿没有侮辱的意思。

亲　　王　用不堪入耳的话诽谤我,说我是个伙食房里的听差,切面包的侍者,以及诸如此类的漫骂,这还不算侮辱吗?

福斯塔夫　不是侮辱,哈尔。

波因斯　不是侮辱!

福斯塔夫　不是侮辱,奈德;一点儿也没有侮辱的意思,好奈德。我当着恶人的面前诽谤他,为的是不让那些恶人爱上他,这是尽我一个关切的朋友和忠心的臣下的本分,你的父亲应该因此而感谢我的。不是侮辱,哈尔;不是侮辱,奈德,一点儿没有侮辱的意思;不,真的,孩子们,一点儿也没有侮辱的意思。

亲　　王　瞧,恐惧和怯懦不是使你为了取得我们谅解的缘故,竟把这位贤淑的姑娘都任意侮蔑起来了吗?难道她也是个恶人吗?难道你这位店主太太也是个恶人吗?你的童儿也是个恶人吗?正直的巴道夫,他的一片赤心在他的鼻子上发着红光,难道他也是个恶人吗?

波因斯　回答吧,你这枯树,回答吧。

福斯塔夫　魔鬼已经选中巴道夫,再也没法挽回了;他的脸是路锡福的私厨,他专爱在那儿烤酒鬼吃。讲到那童儿,他的身边是有一个善良的天使,可是魔鬼也已经出高价把他收买去了。

亲　　王　那么这两个女人呢?

福斯塔夫　一个已经在地狱里了,用她的孽火燃烧可怜的灵魂。还有一个我欠着她钱,不知道她会不会因此下地狱。

桂　嫂　不,您放心吧。

福斯塔夫　不,我想你不会的;我想你干了这件好事,一定可以超登天堂。呃,可是你还有一个罪名,就是违法犯禁,让人家在你屋子里吃肉;为了这一件罪恶,我想你还是免不了要在地狱里号啕痛哭。

桂　嫂　哪一家酒店菜馆不卖肉?四旬斋的时候吃一两片羊肉,又有什么关系?

亲　王　你,姑娘——

桃　儿　殿下怎么说?

福斯塔夫　这位殿下嘴里所说的话,都是跟他肉体上的冲动相反的。(内敲门声。)

桂　嫂　谁在那儿把门打得这么响?到门口瞧瞧去,弗兰西斯。

　　　　皮多上。

亲　王　皮多,怎么啦!什么消息?

皮　多　您的父王在威司敏斯特;那边有二十个精疲力竭的急使刚从北方到来;我一路走来的时候,碰见十来个军官光着头,满脸流汗,敲着一家家酒店的门,逢人打听约翰·福斯塔夫的所在。

亲　王　天哪,波因斯,骚乱的狂飙像一阵南方的恶风似的挟着黑雾而来,已经开始降下在我们毫无防御的头上了,我真不该这样无聊地浪费着宝贵的时间。把我的剑和外套给我。福斯塔夫,晚安!(亲王、波因斯、皮多及巴道夫同下。)

福斯塔夫　现在正是一夜中间最可爱的一段时光,我们却必须辜负这大好的千金一刻。(内敲门声)又有人打门啦!

　　　　巴道夫重上。

福斯塔夫　啊!什么事?

巴道夫　爵爷,您必须赶快上宫里去;十几个军官在门口等着您哩。

福斯塔夫　(向侍童)小子,把乐工们的赏钱发了。再会,老板娘;再会,桃儿!你们瞧,我的好姑娘们,一个有本领的人是怎样的被人所求;庸庸碌碌的家伙可以安心睡觉,干事业的人却连打瞌睡的工夫也没有。再会,好姑娘们。要是他们不叫我马上出发,我在动身以前还会来瞧你们一次的。

桃　儿　我话都说不出来啦;要是我的心不会立刻碎裂——好,亲爱的杰克,你自己保重吧。

福斯塔夫　再会,再会!(福斯塔夫及巴道夫下。)

桂　嫂　好,再会吧;到了今年豌豆生荚的时候,我跟你算来也认识了二十九个年头啦;可是比你更老实,更真心的汉子——好,再会吧!

巴道夫　(在内)桃儿姑娘!

桂　嫂　什么事?

巴道夫　(在内)叫桃儿姑娘出来见我的主人。

桂　嫂　啊!快跑,桃儿,快跑;快跑,好桃儿。(各下。)

第 三 幕

第一场　威司敏斯特。宫中一室

亨利王披寝衣率侍童上。

亨利王　你去叫萨立伯爵和华列克伯爵来；在他们未来以前，先叫他们把这封信读一读，仔细考虑一下。快去。（侍童下）我的几千个最贫贱的人民正在这时候酣然熟睡！睡眠啊！柔和的睡眠啊！大自然的温情的保姆，我怎样惊吓了你，你才不愿再替我闭上我的眼皮，把我的感觉沉浸在忘河之中？为什么，睡眠，你宁愿栖身在烟熏的茅屋里，在不舒适的草荐上伸展你的肢体，让嗡嗡作声的蚊虫催着你入梦，却不愿偃息在香雾氤氲的王侯的深宫之中，在华贵的宝帐之下，让最甜美的乐声把你陶醉？啊，你冥漠的神灵！为什么你在污秽的床上和下贱的愚民同寝，却让国王的卧榻变成一个表盒子或是告变的警钟？在巍峨高耸惊心炫目的桅杆上，你不是会使年轻的水手闭住他的眼睛吗？当天风海浪做他的摇篮，那巨大的浪头被风卷上高高的云端，发出震耳欲聋的喧声，即使死神也会被它从睡梦中惊醒的时候。啊，偏心的睡眠！你能够在那样惊险的时候，把你的安息给予一个风吹浪打的水手,可是在最宁静安谧的晚间,最温暖舒适的环境之中,你却不让一个国王享受你的厚惠吗?那么,幸福的卑贱者啊,安睡吧!戴王冠的头是不能安于他的枕席的。

　　　　华列克及萨立上。

华列克　陛下早安!

亨利王　现在是早上了吗,两位贤卿?

华列克　已经敲过一点钟了。

亨利王　啊,那么早安,两位贤卿。你们读过我给你们的信没有?

华列克　我们读过了,陛下。

亨利王　那么你们已经知道我们国内的情形是多么恶劣;这一个王国正在害着多么危险的疾病,那毒气已经逼近它的心脏了。

华列克　它正像一个有病之身,只要遵从医生的劝告,调养得宜,略进药饵,就可以恢复原来的康健。诺森伯兰伯爵虽然参加逆谋,可是他的热度不久就会冷下来的。

亨利王　上帝啊!要是一个人可以展读命运的秘籍,预知时序的变迁将会使高山夷为平地,使大陆化为沧海!要是他知道时间同样会使环绕大洋的沙滩成为一条太宽的带子,束不紧海神消瘦的腰身!要是他知道机会将要怎样把人玩弄,生命之杯里满注着多少不同的酒液!啊!要是这一切能够预先见到,当他遍阅他自己的一生经历,知道他过去有过什么艰险,将来又要遭遇什么挫折,一个最幸福的青年也会阖上这一本书卷,坐下来安心等死的。不满十年以前,理查和诺森伯兰还是一对很好的朋友,常常在一起饮宴,两年以后,他们就以兵戎相见;仅仅八年之前,这潘西是我的最亲密的心腹,像一个兄弟一般为我尽瘁效劳,把他的忠爱和生命呈献在我的足下,为了我的缘故,甚至于当着理查的面前向他公然反抗。可是那时候你们两人中间哪一个在场?(向华列克)你,纳维尔贤卿,我记得是你。理查受到诺森伯兰的责骂以后,他含着满眶的眼泪,曾经说过这样的话,现在他的预言已经证实了:"诺森伯兰,"他说,"你是一道阶梯,我的族弟波林勃洛克凭着你升上我的王座;"虽然那时候上帝知道,我实在没有那样的存心,可是形势上的必要使我不得不接受这一个尊荣的地位。"总有一天,"他接着说,"总有一天卑劣的罪恶将会化脓而溃烂。"这样他继续说下去,预言着今天的局面和我们两人友谊的破裂。

华列克　各人的生命中都有一段历史,观察他以往的行为的性质,便可以用近似的猜测,预断他此后的变化,那变化的萌芽虽然尚未显露,却已经潜伏在它的胚胎之中。凭着这一种观察的方式,理查王也许可以做一个完全正确的推测,因为诺森伯兰既然在那时不忠于他,那奸诈的种子也许会长成更大的奸诈,而您就是他移植他的奸诈的一块仅有的地面。

亨利王　那么这些事实都是必然的吗?让我们就用无畏的态度面对这些必然的事实吧。他们说那主教和诺森伯兰一共有五万军力。

华列克　不会有的事,陛下!谣言会把人们所恐惧的敌方军力增加一倍,正像回声会把一句话化成两句一样。请陛下还是去安睡一会儿吧。凭着我的灵魂起誓,陛下,您已经派出去的军队,一定可以不费力地克奏朕功。我再报告陛下一个好消息,我已经得到确讯,葛兰道厄死了。陛下这两星期来御体违和,这样深夜不睡,对于您的病体是很有妨害的。

亨利王　我愿意听从你的劝告。要是这些内战能够平定下来,两位贤卿,我们就可以远征圣地了。(同下。)

第二场　葛罗斯特郡。夏禄法官住宅前庭院

　　　　夏禄及赛伦斯自相对方向上;霉老儿、影子、肉瘤、弱汉、小公牛及众仆等随后。

夏　禄　来,来,来,兄弟;把您的手给我,兄弟,把您的手给我,兄弟。凭着十字架起誓,您起来得真早!我的赛伦斯贤弟,近来好吗?

赛伦斯　早安,夏禄老兄。

夏　禄　我那位贤弟妇,您的尊阃好吗?您那位漂亮的令嫒也就是我的干女儿爱伦好吗?

赛伦斯　唉!一只小鸟雀儿,夏禄老兄!

夏　禄　一定的,兄弟,我敢说我的威廉侄儿是个很有学问的人啦。他还是在牛津,不是吗?

赛伦斯　正是,老哥,我在他身上花的钱可不少哪。

夏　禄　那么他一定快要进法学院了。我从前是在克里门学院的,我想他们现在还在那边讲起疯狂的夏禄呢。

赛伦斯　那时候他们是叫您"浪子夏禄"的,老哥。

夏　禄　老实说,我什么绰号都被他们叫过;真的,我哪一件事情不会干,而且要干就要干得痛快。那时候一个是我,一个是史泰福郡的小约翰·杜易特,一个是黑乔治·巴恩斯,一个是弗兰西斯·匹克蓬,还有一个是考兹华德的威尔·斯奎尔,你在所有的法学院里再也找不出这四个胡闹的朋

友来。我可以告诉你,我们知道什么地方有花姑娘,顶好的几个都是给我们包定了的。现在已经成为约翰爵士的杰克·福斯塔夫,那时候还只是一个孩子,在诺福克公爵托马斯·毛勃雷的身边当一名侍童。

赛伦斯　这一位约翰爵士,老哥,就是要到这儿来接洽招兵事情的那个人吗?

夏　禄　正是这个约翰爵士,正是他。我看见他在学院门前打破了史谷根的头,那时候他还是个不满这么高的小顽皮鬼哩;就在那一天,我在葛雷学院的后门跟一个卖水果的参孙·斯多克菲希打架。耶稣!耶稣!我从前过的是多么疯狂的日子!多少的老朋友我亲眼看见他们一个个地死了啦!

赛伦斯　我们大家都要跟上去的,老哥。

夏　禄　正是,一点儿不错;对得很,对得很。正像写诗篇的人说的,人生不免一死;大家都要死的。两头好公牛在斯丹福市集上可以卖多少钱?

赛伦斯　不骗您,老哥,我没有到那儿去。

夏　禄　死是免不了的。你们贵镇上的老德勃尔现在还活着吗?

赛伦斯　死了,老哥。

夏　禄　耶稣!耶稣!死了!他拉得一手好弓;死了!他射得一手好箭。约翰·刚特非常喜欢他,曾经在他头上下过不少赌注。死了!他会在二百四十步以外射中红心,瞧着才叫人佩服哩。二十头母羊现在要卖多少钱?

赛伦斯　要看情形而定,二十头好母羊也许可以值十镑钱。

夏　禄　老德勃尔死了吗?

赛伦斯　这儿来了两个人,我想是约翰·福斯塔夫爵士差来的。

　　　　　　巴道夫及另一人上。

巴道夫　早安,两位正直的绅士;请问哪一位是夏禄法官?

夏　禄　我就是罗伯特·夏禄,本郡的一个卑微的乡绅,忝任治安法官之职;尊驾有什么见教?

巴道夫　先生,咱们队长向您致意;咱们队长约翰·福斯塔夫爵士,凭着上天起誓,是个善战的绅士,最勇敢的领袖。

夏　禄　有劳他的下问。我知道他是一位用哨棒的好手。这位好骑士安好吗?我可以问问他的夫人安好吗?

巴道夫　先生,请您原谅,军人志不在家室。

夏　禄　您说得很好,真的,说得很好。"志不在家室!"好得很;真的,那很好;名言佳句,总是值得赞美的。"志不在家室,"这是有出典的,称得起是一句名言。

巴道夫　恕我直言,先生。我这话也是听来的。您管它叫"名言"吗?老实讲,我不懂得什么名言;可是我要凭我的剑证明那是合乎军人身份的话,是很正确的指挥号令的话。"家室"——这就是说,一个人有了家室,或者不妨认为他有了家室,反正怎么都挺好。

夏　禄　说得很对。

　　　　　　福斯塔夫上。

夏　禄　瞧,好约翰爵士来啦。把您的尊手给我,把您的尊手给我。不说假话,您的脸色很好,一点儿不显得苍老。欢迎,好约翰爵士。

福斯塔夫　我很高兴看见您安好,好罗伯特·夏禄先生。这一位是修尔卡德先生吧?

夏　禄　不,约翰爵士;他是我的表弟赛伦斯,也是我的同僚。

福斯塔夫　好赛伦斯先生,失敬失敬,您做治安工作再好没有。

赛伦斯　贵人光降,欢迎得很。

福斯塔夫　嗳呀!这天气好热,两位先生。你们替我找到五六个壮丁没有?

夏　　禄　呃,找到了,爵士。您请坐吧。

福斯塔夫　请您让我瞧瞧他们。

夏　　禄　名单呢?名单呢?名单呢?让我看,让我看,让我看。唔,唔,唔,唔,唔,唔,唔;好。霉老儿劳夫!我叫到谁的名字谁就出来,叫到谁的名字谁就出来。让我看,霉老儿在哪里?

霉老儿　有,老爷。

夏　　禄　您看怎么样,约翰爵士?一个手脚粗健的汉子;年轻力壮,他的亲友都很靠得住。

福斯塔夫　你的名字就叫霉老儿吗?

霉老儿　正是,回老爷。

福斯塔夫　那么你应该多让人家用用才是。

夏　　禄　哈哈哈!好极了!真的!不常用的东西容易发霉;妙不可言。您说得真妙,约翰爵士;说得好极了。

福斯塔夫　取了他。

霉老儿　我已经当过几次兵了,您开开恩,放了我吧。我一去之后,再没有人替我的老娘当家干活了,叫她怎么过日子?您不用取我;比我更掮得起枪杆的人多着呢。

福斯塔夫　得啦,吵些什么,霉老儿!你必须去。也该叫你伸伸腿了。

霉老儿　伸伸腿?

夏　　禄　别闹,家伙,别闹!站在一旁。你知道你在什么地方吗?还有几个,约翰爵士,让我看。影子西蒙!

福斯塔夫　好,他可以让我坐着避避太阳。只怕他当起兵来也是冷冰冰的。

夏　禄　影子在哪里?

影　子　有,老爷。

福斯塔夫　影子,你是什么人的儿子?

影　子　我的母亲的儿子,老爷。

福斯塔夫　你的母亲的儿子!那倒还是事实,而且你是你父亲的影子;女人的儿子是男人的影子,实在的情形往往是这样的,儿子不过是一个影子,在他身上找不出他父亲的本质。

夏　禄　您喜欢他吗,约翰爵士?

福斯塔夫　影子在夏天很有用处;取了他,因为在我们的兵员册子上,有不少影子充着数哩。

夏　禄　肉瘤托马斯!

福斯塔夫　他在哪儿?

肉　瘤　有,老爷。

福斯塔夫　你的名字叫肉瘤吗?

肉　瘤　是,老爷。

福斯塔夫　你是一个很难看的肉瘤。

夏　禄　要不要取他,约翰爵士?

福斯塔夫　不用;队伍里放着像他这样的人,是会有损军容的。

夏　禄　哈哈哈!您说得很好,爵士;您说得很好,佩服,佩服。弱汉弗兰西斯!

弱　汉　有,老爷。

福斯塔夫　你是做什么生意的,弱汉?

弱　汉　女服裁缝,老爷。

夏　禄　要不要取他,爵士?

福斯塔夫　也好。可是他要是个男装裁缝,早就自动找上门来了。你会不会在敌人的身上戳满窟窿,正像你在一条女裙上所刺的针孔那么多?

弱　汉　我愿意尽我的力,老爷。

福斯塔夫　说得好,好女服裁缝!说得好,勇敢的弱汉!你将要像暴怒的鸽子或是最雄伟的小鼠一般勇猛。把这女服裁缝取了;好,夏禄先生。把他务必取上,夏禄先生。

弱　汉　老爷,我希望您也让肉瘤去吧。

福斯塔夫　我希望你是一个男人的裁缝,可以把他修改得像样点儿。现在他带着臭虫的队伍已经上千上万了,哪里还能派作普通兵士呢?就这样算了吧,勇气勃勃的弱汉!

弱　汉　好吧,算了,老爷!

福斯塔夫　我领情了,可敬的弱汉。底下该谁了?

夏　禄　小公牛彼得!

福斯塔夫　好,让我们瞧瞧小公牛。

小公牛　有,老爷。

福斯塔夫　凭着上帝起誓,好一个汉子!来,把小公牛取了,瞧他会不会叫起来。

小公牛　主啊!我的好队长爷爷——

福斯塔夫　什么!我们还没有牵着你走,你就叫起来了吗?

小公牛　嗳哟,老爷!我是一个有病的人。

福斯塔夫　你有什么病?

小公牛　一场倒楣的伤风,老爷,还带着咳嗽。就是在国王加冕那天我去打钟的时候得的,老爷。

福斯塔夫　来,你上战场的时候披上一件袍子就得了;我们一定会把你的伤风赶走。我可以想办法叫你的朋友们给你打钟。全都齐了吗？

夏　　禄　这儿已经比您所需要的数目多两个人了,在我们这儿您只要取四个人就够啦,爵士;所以请您跟我进去用餐吧。

福斯塔夫　来,我愿意进去陪您喝杯酒儿,可是我没有时间等候用餐。我很高兴看见您,真的,夏禄先生。

夏　　禄　啊,约翰爵士,您还记得我们睡在圣乔治乡下的风车里那一晚吗？

福斯塔夫　别提起那句话了,好夏禄先生,别提起那句话了。

夏　　禄　哈！那真是一个有趣的晚上。那个琴·耐特渥克姑娘还活着吗？

福斯塔夫　她还活着,夏禄先生。

夏　　禄　她总是想撵我走,可就是办不到。

福斯塔夫　噢,噢,她老是说她受不了夏禄先生的轻薄。

夏　　禄　真的,我会逗得她发起怒来。那时候她是一个花姑娘。现在怎么样啦？

福斯塔夫　老了,老了,夏禄先生。

夏　　禄　噢,她一定老了；她不能不老,她当然要老的；她跟她的前夫生下罗宾的时候,我还没有进克里门学院哩。

赛伦斯　那是五十五年以前的事了。

夏　　禄　哈！赛伦斯兄弟,你才想不到这位骑士跟我当时所经历过的种种事情哩。哈！约翰爵士,我说得对吗？

福斯塔夫　我们曾经听过半夜的钟声,夏禄先生。

夏　　禄　正是,正是,正是；真的,约翰爵士,我们曾经听过半夜的钟声。我们的口号是"哼,孩子们！"来,我们用餐去吧；来,我们用餐去吧。耶稣,我们从前过的是些什么日子！

来,来。(福斯塔夫、夏禄、赛伦斯同下。)

小公牛　好巴道夫伍长大爷,帮帮忙,我送您这四个十先令的法国克郎。不瞒您说,大爷,我宁愿给人吊死,大爷,也不愿去当兵;虽然拿我自己来说,大爷,我倒是满不在乎的;可是因为想着总有些不大愿意,而且拿我自己来说,我也很想跟我的亲友们住在一块儿;要不然的话,大爷,拿我自己来说,我倒是不大在乎的。

巴道夫　好,站在一旁。

霉老儿　好伍长爷爷,看在我那老娘的面上,帮帮忙吧;我一去以后,再也没有人替她做事了;她年纪这么老,一个人怎么过得了日子?我也送给您四十先令,大爷。

巴道夫　好,站在一旁。

弱　汉　凭良心说,我倒并不在乎;死了一次不死第二次,我们谁都欠着上帝一条命。我决不存那种卑劣的心思;死也好,活也好,一切都是命中注定。为王上效劳是每一个人的天职;无论如何,今年死了明年总不会再死。

巴道夫　说得好;你是个好汉子。

弱　汉　真的,我可不存那种卑劣的心思。

　　　　　福斯塔夫及二法官重上。

福斯塔夫　来,先生,我应该带哪几个人去?

夏　禄　四个,您可以随意选择。

巴道夫　(向福斯塔夫)爵爷,跟您说句话。我已经从霉老儿和小公牛那里拿到三镑钱,他们希望您把他们放走。

福斯塔夫　(向巴道夫)好的。

夏　禄　来,约翰爵士,您要哪四个人?

福斯塔夫　您替我选吧。

夏　禄　好,那么,霉老儿,小公牛,弱汉,影子。

福斯塔夫　霉老儿,小公牛,你们两人听着:你,霉老儿,好好住在家里,等过了兵役年龄再说吧;你,小公牛,等你长大起来,够得上兵役年龄的时候再来吧;我不要你们。

夏　禄　约翰爵士,约翰爵士,您别弄错了;他们是您的最适当的兵丁,我希望您手下都是些最好的汉子。

福斯塔夫　夏禄先生,您要告诉我怎样选择一个兵士吗?我会注意那些粗壮的手脚、结实的肌肉、高大的身材、雄伟的躯干和一副庞然巨物的外表吗?我要的是精神,夏禄先生。这儿是肉瘤,您瞧他的样子多么寒伧;可是他向你攻击起来,就会像锡镴匠的锤子一般敏捷,一来一往,比辘轳上的吊桶还快许多。还有这个阴阳怪气的家伙,影子,我要的正是这样的人;他不会被敌人认作目标,敌人再也瞄不准他,正像他们瞄不准一柄裁纸刀的锋口一般。要是在退却的时候,那么这女服裁缝弱汉逃走起来一定是多么迅速!啊!给我那些瘦弱的人,我不要高大的汉子。拿一杆枪给肉瘤,巴道夫。

巴道夫　拿着,肉瘤,冲上去;这样,这样,这样。

福斯塔夫　来,把你的枪拿好了。嗯,很好,很好,好得很。啊,给我一个瘦小苍老、皱皮秃发的射手,这才是我所需要的。说得好,真的,肉瘤;你是个好家伙,拿着,这是赏给你的六便士。

夏　禄　他不懂得拿枪的技术,他的姿势完全不对。我记得我在克里门学院的时候,在迈伦德草场上——那时我在亚瑟王的戏剧里扮演着窦谷纳特爵士——有一个小巧活泼的家伙,他会这样举起他的枪,走到这儿,走到那儿;他会这样冲过去,冲过去,嘴里嚷着"啦嗒嗒,砰!砰!"一下子他又去了,一下子他又来了;我再也看不到像他这样一个家伙。

福斯塔夫　这几个人很不错,夏禄先生。上帝保佑您,赛伦斯先生,我知道您不爱说话,所以也不跟您多说了。再会,两位绅士;我谢谢你们;今晚我还要赶十二英里路呢。巴道夫,把军衣发给这几个兵士。

夏　　禄　约翰爵士,上帝祝福您,帮助您得胜荣归!上帝赐给我们和平!您回来的时候,请到我们家里来玩玩,重温我们旧日的交情;也许我会跟着您一起上一趟宫廷哩。

福斯塔夫　但愿如此,夏禄先生。

夏　　禄　好,那么一言为定。上帝保佑您!

福斯塔夫　再会,善良的绅士们!(夏禄、赛伦斯下)巴道夫,带着这些兵士们前进。(巴道夫及新兵等同下)我回来的时候,一定要把这两个法官收拾一下;我已经看透了这个夏禄法官。主啊,主啊!我们有年纪的人多么容易犯这种说谎的罪恶。这个干瘦的法官一味向我夸称他年轻时候的放荡,每三个字里头就有一个是谎,送到人耳朵里比给土耳其苏丹纳贡还要快。我记得他在克里门学院的时候,他的样子活像一个晚餐以后用干酪削成的人形;要是脱光了衣服,他简直是一根有桠权的萝卜,上面安着一颗用刀子刻的稀奇古怪的头颅。他瘦弱得那样厉害,眼睛近视的人简直瞧不见他的形状。他简直是个饿鬼,可是却像猴子一般贪淫。在时髦的事情上他样样落伍;他把从车夫们嘴里学来的歌曲唱给那些老吃鞭子的婆婆奶奶们听,发誓说那是他所中意的曲子。现在这一柄小丑手里的短剑却做起乡绅来了,他提起约翰·刚特,亲密得好像是他的把兄弟一般;我可以发誓说他只在比武场上见过约翰·刚特一次,而且那时候他因为在司礼官的卫士身边挤来挤去,还被他们打破了头哩。我亲眼看见的,还和约翰·刚特说他尽管瘦也还是赶不上夏禄,因为你可以把他连衣服带身体一起塞进一条鳗鲡皮里;一管高音笛的套子对于他就是一所大厦,一座宫殿;现在他居然有田有地,牛羊成群了。好,要是我万一回来,我要跟他结识结识;我要叫他成为我的点金石。既然大鱼可以吞食小鱼,按照自然界的法则,我想不出为什么我不应该抽他几分油水。让时间安排一切吧,我就言止于此。(下。)

第四幕

第一场　约克郡—森林

　　　　　约克大主教、毛勃雷、海司丁斯及余人等上。

约　　克　这座森林叫什么名字？

海司丁斯　这是高尔特里森林，大主教。

约　　克　各位贵爵，让我们就在这儿站住，打发几个探子去探听我们敌人的数目。

海司丁斯　我们早已叫人探听去了。

约　　克　那很好。我的共襄大举的朋友和同志们，我必须告诉你们我已经接到诺森伯兰新近寄出的信，那语气十分冷淡，大意是这样说的：他希望他能够征集一支实力强大的军队，亲自带领到我们这儿来；可是这目的并不能达到，所以他已经退避到苏格兰去，在那里待机而动；最后他诚心祈祷我们能够突破一切危险和敌人的可怕的阻力，实现我们的企图。

毛勃雷　这样说来，我们寄托在他身上的希望，已经堕地而化为粉碎了。

　　　　　一使者上。

海司丁斯　现在你有什么消息？

使　　者　在这森林之西不满一英里路以外,军容严整的敌人正在向前推进;根据他们全军所占有的地面计算,我推测他们的人数在三万左右。

毛勃雷　那正是我们所估计的数目。让我们迅速前进,和他们在战场上相见。

　　　　　威斯摩兰上。

约　　克　哪一位高贵的使臣访问我们来了?

毛勃雷　我想那是威斯摩兰伯爵。

威斯摩兰　我们的主帅兰开斯特公爵约翰王子敬问你们各位安好。

约　　克　威斯摩兰伯爵,请您和平地告诉我们您的来意。

威斯摩兰　那么,大主教,我要把您作为我的发言的主要的对象。要是叛乱不脱它的本色,不过是一群乌合之众的暴动,在少数嗜杀好乱的少年领导之下,获得那些无赖贱民的拥护;要是它果然以这一种适合于它的本性的面目出现,那么您,可尊敬的神父,以及这几位尊贵的勋爵,决不会厕身于他们的行列,用你们的荣誉替卑劣残暴的叛徒丑类张目。您,大主教,您的职位是借着国内的和平而确立的,您的须髯曾经为和平所吹拂,您的学问文章都是受着和平的甄陶,您的白袍象征着纯洁、圣灵与和平的精神,为什么您现在停止您的优美的和平的宣讲,高呼着粗暴喧嚣的战争的口号,把经典换了甲胄,把墨水换了鲜血,把短笔换了长枪,把神圣的辩舌化成了战场上的号角?

约　　克　为什么我要采取这样的行动?这是您对我所发的疑问。我的简单的答案是这样的:我们都是害着重病的人;过度的宴乐和荒淫已经使我们遍身像火烧一般发热,我们必须因此而流血;我们的前王理查就是因为染上这一种疾病而不治身亡的。可是,我的最尊贵的威斯摩兰伯爵,我并不以一个医生自任,虽然我现在置身在这些战士们的中间,我并不愿做一个和平的敌人;我的意思不过是暂时借可怖的战争为手段,强迫被无度的纵乐所糜烂的身心得到一些合理的节制,对那开始遏止我们生命活力的障碍做一番彻底的扫除。再听我说得明白一些:我曾经仔细衡量过我们的武力所能造成的损害和我们自己所身受的损害,发现我们的怨愤比我们的过失更重。我们看见时势的潮流奔赴着哪一个方向,在环境的强力的挟持之下,我们不得不适应大势,离开我们平静安谧的本位。我们已经把我们的不满列为条款;在适当的时间,我们将要把它们公开宣布。这些条款在很久以前,我们曾想呈递给国王,但多方祈求仍不能邀蒙接受。当我们受到侮辱损害,准备申诉我们的怨苦的时候,我们总不能得到面谒国王的机会,而那些阻止我们看见他的人,也正就是给我们最大的侮辱与损害的人。新近过去的危机——它的用血写成的记忆还留着鲜明的印象——以及当前每一分钟所呈现的险象,使我们穿起了这些不合身的武装;我们不是要破坏和平,而是要确立一个名实相符的真正和平。

威斯摩兰　你们的请求什么时候曾经遭到拒绝?王上有什么对不起你们的地方?哪一个贵族曾经把你们排挤倾轧,使你们不得不用神圣的钤印,盖在这一本非法流血的叛逆的书册上,把暴动的残酷的锋刃当做了伸张正义的工具?

约　　克　我要解除我的同胞民众在他们自己家国之内所忍受的痛苦与迫害。

威斯摩兰　这一种拯救是不需要的,而且那也不是您的责任。

毛勃雷　这是他,也是我们大家的责任,因为我们都是亲身感觉到往日的创伤,而现今的局面又在用高压的手段剥夺我们每个人的荣誉。

威斯摩兰　啊!我的好毛勃雷勋爵,您只要把这时代中所发生的种种不幸解释为事实上不可避免的结果,您就会说,您所受到的伤害,都是时势所造成,不是国王给予您的。可是照我看来,无论对于王上或是对于当前的时势,您个人都没有任何可以抱怨的理由。您的高贵而遗念尚新的令尊诺福克公爵的采地,不是已经全部归还您了吗?

毛勃雷　我的父亲从来不曾丧失过他的尊荣,有什么必须在我身上恢复的?当初先王对他十分爱重,可是为了不得已的原因把他放逐;那时亨利·波林勃洛克和他都已经跃马横枪,顶盔披甲,他们的眼睛里放射着火光,高声吹响的喇叭催召他们交锋,什么都不能阻止我的父亲把枪尖刺进波林勃洛克的胸中;啊!就在那时候,先王掷下了他的御杖,他自己的生命也就在这一掷之中轻轻断送;他不但抛掷了自己的生命,无数的生命也相继在波林勃洛克的暴力之下成为牺牲。

威斯摩兰　毛勃雷勋爵,您现在都不知道自己在说些什么了。海瑞福德公爵当时在英国是被认为最勇敢的骑士的,谁知道那时候命运会向什么人微笑?可是即使令尊在那次决斗中得到胜利,他也决不能把他的胜利带出科文特里以外去;因为全国人民都要一致向他怒斥,他们虔诚的祈祷和爱戴的忠诚,完全倾注在海瑞福德的身上,他受到人民的崇拜和祝福远过于那时的国王。可是这些都是题外闲文,和我此来的使命无涉。我奉我们高贵的主帅之命,到这儿来询问你们有什么愤懑不平;他叫我告诉你们,他准备当面接见你们,要是你们的要求在他看来是正当的,他愿意给你们满足,一切敌意的芥蒂都可以置之不问。

毛勃雷　这是他被迫向我们提出的建议,只是出于一时的权谋,并没有真实的诚意。

威斯摩兰　毛勃雷,你抱着这样的见解,未免太过于自负了。这一个建议是出于慈悲的仁心,并不是因为恐惧而提出的,瞧! 你们一眼望去,就可以看见我们的大军,凭着我的荣誉发誓,他们都抱着无限的自信,决不会让一丝恐惧的念头进入他们的心中。我们的队伍里拥有着比你们更多的知名人物,我们的兵士受过比你们更完善的训练,我们的甲胄和你们同样坚固,我们的名义是堂堂正正的,那么为什么我们的勇气会不及你们呢? 不要说我们是因被迫而向你们提出这样的建议。

毛勃雷　好,我们拒绝谈判,这是我的意思。

威斯摩兰　那不过表明你们罪恶昭彰,因为理屈词穷,才会这样一意孤行。

海司丁斯　约翰王子是不是有充分的权力,可以代表他的父亲对我们所提的条件做完全的决定?

威斯摩兰　凭着主将的身份,他当然有这样的权力。我奇怪您竟会发出这样琐细的问题。

约　克　那么,威斯摩兰伯爵,就烦您把这张单子带去,那上面载明着我们全体的怨愤。照着我们在这儿所提出的每一个条款,给我们适当的补偿;凡是参加我们这次行动的全体人员,不论以往现在,必须用确切可靠的形式,赦免他们的罪名；把我们的愿望立刻付之实行，我们就会重新归返臣下恭顺的本位，集合我们的力量，确保永久的和平。

威斯摩兰　我就把这单子拿去给主将看。请各位大人当着我们两军的阵前跟我们相会；但愿上帝帮助我们缔结和平，否则我们必须用武力解决彼此的争端。

约　　克　伯爵，我们一定出场就是了。（威斯摩兰下。）

毛勃雷　我的心头有一种感觉告诉我，我们的和平条件是不能成立的。

海司丁斯　那您不用担心；要是我们能够在我们所坚持的那种范围广大的条件上缔结和平，并且努力坚持它们的实现，我们的和平一定可以像山岩一般坚固。

毛勃雷　是的，可是我们决不会得到信任；今后一切无聊的挑拨和借端寻衅的指控都会使国王回忆起这次事件。即使我们是为王室而殉身的忠臣义士，在暴风的簸扬之下，我们的谷粒和糠粃将要不分轻重，善恶将要混淆无别。

约　　克　不，不，大人。注意这一点：国王已经厌倦于这种吹毛求疵的责难，他发现杀死一个他所疑虑的人，反而在活人中间树立了两个更大的敌人；所以他要扫除一切芥蒂，免得不快的记忆揭起他失败的创伤；因为他充分明白他不能凭着一时的猜疑，把国内的敌对势力根除净尽；他的敌人和他的友人是固结而不可分的，拔去一个敌人，也就是使一个友人离心。正像一个被他的凶悍的妻子所激怒的丈夫一样，当他正要动手打她的时候，她却把他的婴孩高高举起，使他不能不存着投鼠忌器的戒心。

海司丁斯　而且，国王最近因为诛锄异己，耗尽了他所有的力量，现在已经连惩罚的工具都没有了；正像一头失去爪牙的雄狮,不再有扑人的能力。

约　克　您说得很对;所以放心吧,我的好司礼大人,要是我们现在能够取得我们满意的补偿,我们的和平一定会像一条重新接合的断肢折臂,因为经过一度的折断而长得格外坚韧。

毛勃雷　但愿如此。威斯摩兰伯爵回来了。

　　　　威斯摩兰重上。

威斯摩兰　王子就在附近专候大驾,请大主教在两军阵地之间和他会面。

毛勃雷　那么凭着上帝的名义,约克大主教,您就去吧。

约　克　请阁下先生去向王子殿下致意,我们就来了。(各下。)

第二场　森林的另一部分

　　　　毛勃雷、约克大主教、海司丁斯及余人等自一方上;约翰·兰开斯特、威斯摩兰、将校及侍从等自另一方上。

兰开斯特　久违了,毛勃雷贤卿;你好,善良的大主教?你好,海司丁斯勋爵?祝各位日安!约克大主教,当你的信徒们听见钟声的呼召,围绕在你的周围,虔诚地倾听你宣讲经文的时候,谁不敬仰你是一个道高德重的圣徒?现在你却在这儿变成一个武装的战士,用鼓声激励一群乌合的叛徒,把《圣经》换了宝剑,把生命换了死亡,这和你的身份未免太不相称了。那高坐在一个君王的心灵深处,仰沐着他的眷宠的阳光的人,要是一旦和他的君王翻脸为仇,唉!凭借他那种尊荣的地位,他会造成多大的祸乱。对于你,大主教,情形正是这样。谁不曾听人说起你是多么深通上帝的经典？对于我们,你就是上帝的发言人,是用天堂的神圣庄严开启我们愚蒙的导师。啊！谁能相信你竟会误用你的崇高的地位,像一个奸伪的宠人僭窃他君王的名义一般,把上天的意旨作为非法横行的借口？你凭着一副假装对于上帝的热烈的信心,已经煽动了上帝的代理人——我的父亲——的臣民,驱使他们到这儿来破坏上帝和他们的君王的和平。

约　克　我的好兰开斯特公爵,我不是到这儿来破坏你父亲的和平；可是我已经对威斯摩兰伯爵说过了,这一种颠倒混乱的时势,使我们为了图谋自身的安全起见,不得不集合群力,采取这种非常的行动。我已经把我们的种种不满,也就是酿成这次战事的原因,开列条款,送给殿下看过了,它们都是曾经被朝廷所蔑视不顾的；要是我们正当的要求能够邀蒙接受,这一场战祸就可以消弭于无形,我们将要回复我们臣下的常道,克尽我们忠诚服从的天职。

毛勃雷　要不然的话,我们准备一试我们的命运,不惜牺牲到最后一人。

海司丁斯　即使我们这一次失败了,我们的后继者将要为了贯彻我们的初衷而再接再厉；他们失败了,他们的后继者仍然会追踪他们而崛起；英国民族一天存在,这一场祸乱一天不会终止,我们的子子孙孙将要继续为我们的权利而力争。

兰开斯特　你这种见解太浅薄了,海司丁斯,未来的演变决不像你所想象的那样。

威斯摩兰　请殿下直接答复他们,您对于他们的条件有什么意见。

兰开斯特　它们都很使我满意；凭着我的血统的荣誉起誓,我的父亲是受人误会了的,他的左右滥窃威权,曲解上意,才会

> 造成这样不幸的后果。大主教,你们的不满将要立刻设法补偿;凭着我的荣誉起誓,它们一定会得到补偿。要是这可以使你们认为满意,就请把你们的士卒各自遣还乡里,我们也准备采取同样的措置;在这儿两军之间,让我们杯酒言欢,互相拥抱,使他们每个人的眼睛里留下我们复归和好的印象,高高兴兴地回到他们的家里去。

约　　克　我信任殿下向我们提出的尊贵的诺言。

兰开斯特　我已经答应了你们,决不食言。这一杯酒敬祝阁下健康!

海司丁斯　(向一将佐)去,队长,把这和平的消息传告全军;让他们领到饷银,各自回家;我知道他们听见了一定非常高兴。快去,队长。(将佐下。)

约　　克　这一杯酒祝尊贵的威斯摩兰伯爵健康!

威斯摩兰　我还敬阁下这一杯;要是您知道我曾经受了多少辛苦,造成这一次和平,您一定会放怀痛饮;可是我对于您的倾慕之诚,今后可以不用掩饰地向您表白出来了。

约　　克　我诚心感佩您的厚意。

威斯摩兰　辱蒙见信,欣愧交并。我的善良的表弟毛勃雷勋爵,祝您健康!

毛勃雷　您现在祝我健康,真是适当其时;因为我忽然觉得有点儿不舒服起来。

约　　克　人们在遭逢厄运以前,总是兴高采烈;喜事临头的时候,反而感觉到郁郁不快。

威斯摩兰　所以高兴起来吧,老弟;因为突然而至的悲哀,正是喜事临头的预兆。

约　　克　相信我,我的精神上非常愉快。

毛勃雷　照您自己的话说来,这就是不祥之兆了。(内欢呼声。)

兰开斯特　和平的消息已经宣布;听,他们多么热烈地欢呼着!

毛勃雷　在胜利以后,这样的呼声才是快乐的。

约　克　和平本身就是一种胜利,因为双方都是光荣的屈服者,可是谁也不曾失败。

兰开斯特　去,贵爵,把我们的军队也遣散了。(威斯摩兰下)大主教,如果你同意,我想叫双方军队从这里开过,我们也好看一看贵军的阵容。

约　克　去,好海司丁斯勋爵,在他们没有解散以前,叫他们排齐队伍,巡行一周。(海司丁斯下。)

兰开斯特　各位大人,我相信我们今晚可以在一处安顿了。

　　　　　威斯摩兰重上。

兰开斯特　贤卿,为什么我们的军队站住不动?

威斯摩兰　那些军官们因为奉殿下的命令坚守阵地,必须听到殿下亲口宣谕,才敢离开。

兰开斯特　他们知道他们的本分。

　　　　　海司丁斯重上。

海司丁斯　大主教,我们的军队早已解散了;像一群松了轭的小牛,他们向东西南北四散奔走;又像一队放了学的儿童,回家的回家去了,玩耍的玩耍去了,走得一个也不剩。

威斯摩兰　好消息,海司丁斯勋爵;为了你叛国的重罪,反贼,我逮捕你;还有你,大主教阁下,你,毛勃雷勋爵,你们都是叛逆要犯,我把你们两人一起逮捕。

毛勃雷　这是正大光明的手段吗?

威斯摩兰　你们这一伙人的集合是正大光明的吗?

约　克　你愿意这样毁弃你的信义吗?

兰开斯特　我没有用我的信义向你担保。我答应你们设法补偿你们所申诉的种种不满,凭着我的荣誉起誓,我一定尽力办到;可是你们这一群罪在不赦的叛徒,却必须受到你们应得的处分。你们愚蠢地遣散你们自己的军队,这正是你们轻举妄动的下场。敲起我们的鼓来!驱逐那些散乱的逃兵;今天并不是我们,而是上帝奠定了这次胜利。来人,把这几个反贼押上刑场,那是叛逆者最后归宿的眠床。(同下。)

第三场　森林的另一部分

　　　　号角声;两军冲突。福斯塔夫及科尔维尔上,相遇。

福斯塔夫　尊驾叫什么名字?请问你是个何等之人?出身何处?

科尔维尔　我是个骑士,将军;我的名字叫科尔维尔,出身山谷之间。

福斯塔夫　好,那么科尔维尔是你的名字,骑士是你的品级,你的出身的所在是山谷之间;科尔维尔将要继续做你的名字,叛徒是你新添的头衔,牢狱是你安身的所在,它是像山谷一般幽深的,所以你仍然是山谷里的科尔维尔。

科尔维尔　您不是约翰·福斯塔夫爵士吗?

福斯塔夫　不管我是谁,我是跟他同样的一条好汉。你愿意投降呢,还是一定要我为你而流汗?要是我流起汗来,那是你亲友们的眼泪,悲泣着你的死亡。所以提起你的恐惧来,向我战栗求命吧。

科尔维尔　我想您是约翰·福斯塔夫爵士,所以我向您投降。

福斯塔夫　我这肚子上长着几百条舌头,每一条舌头都在通报我的名字。要是我有一个平平常常的肚子,我就是全欧洲最活动的人物;都是我这肚子,我这肚子,我这肚子害了我。咱们的主将来啦。

　　约翰·兰开斯特、威斯摩兰、勃伦特及余人等上。

兰开斯特　激战已经过去,现在不用再追赶他们了。威斯摩兰贤卿,你去传令各军归队。(威斯摩兰下)福斯塔夫,你这些时候躲在什么地方?等到事情完结,于是你就来了。像你这样玩忽军情,总有一天会有一座绞架被你压坏的。

福斯塔夫　对您说的这番话,殿下,我早就有心理准备;我知道谴责和非难永远是勇敢的报酬。您以为我是一只燕子、一支箭或是一颗弹丸吗?像我这样行动不便的老头子,也会像思想一般飞奔吗?我已经用尽我所有的能力赶到这儿来;我已经坐翻了一二百匹驿马;经历了这样的征途劳苦,我还居然凭着我的纯洁无瑕的勇气,一手擒获了约翰·科尔维尔爵士,一个最凶猛的骑士和勇敢的敌人。可是那算得了什么?他一看见我就吓得投降了;我正可以像那个罗马的鹰钩鼻的家伙一般说着这样的豪语,"我来,我看见,我征服"。

兰开斯特　那多半是他给你的面子,未必是你自己的力量。

福斯塔夫　我不知道。这儿就是他本人,我把他交给您了;请殿下把这件事情写在今天的记功簿上;否则上帝在上,我要把它编成一首歌谣,封面上印着我自己的肖像,科尔维尔跪着吻我的脚。要是我被迫采取这一种办法,你们大家在相形之下,都要变成不值钱的镀金赝币,我要在荣誉的晴空之中用我的光芒掩盖你们,正像一轮满月使众星黯然无光一样;否则你们再不用相信一个高贵的人所说的话。所以让我享受我的应得的权利,让有功的人高步青云吧。

兰开斯特　你的身子太重了,我看你爬不上去。

福斯塔夫　那么让我的功劳大放光明吧。

兰开斯特　你的皮太厚了,透不出光明来。

福斯塔夫　无论如何,我的好殿下,让我因此而得到一些好处吧。

兰开斯特　你的名字就叫科尔维尔吗?

科尔维尔　正是,殿下。

兰开斯特　你是一个有名的叛徒,科尔维尔。

福斯塔夫　一个有名的忠臣把他捉住了。

科尔维尔　殿下,我的行动是受比我地位更高的人所支配的;要是他们听从我的指挥,你们这一次未必就会这么容易得到胜利。

福斯塔夫　我不知道他们是怎样出卖了自己的;可是你却像一个好心的汉子一般,把你自己白送给了我,我真要谢谢你的厚赐哩。

　　　　　　威斯摩兰重上。

兰开斯特　你已经吩咐他们停止追逐了吗?

威斯摩兰　将士们已经各自归队,囚犯们等候着处决。

兰开斯特　把科尔维尔和他的同党一起送到约克去,立刻处死。勃伦特,你把他带走,留心别让他逃了。(勃伦特及余人等押科尔维尔下)现在,各位大人,我们必须赶快到宫廷里去;我听说我的父王病得很重;我们的消息必须在我们未到以前传进他的耳中,贤卿,(向威斯摩兰)烦你先走一步,把这喜讯带去安慰安慰他,我们跟着就可以从从容容地奏凯归朝。

福斯塔夫　殿下,请您准许我取道葛罗斯特郡回去;您一到了宫里,我的好殿下,千万求您替我说两句好话。

兰开斯特　再会,福斯塔夫;我在我的地位上,将要给你超过你所应得的揄扬。(除福斯塔夫外均下。)

福斯塔夫　我希望你有一点儿才情;那是比你公爵的地位好得多的。说老实话,这个年轻冷静的孩子对我并没有好感;谁也不能逗他发笑,不过那也不足为奇,因为他是不喝酒的。这种不苟言笑的孩子们从来不会有什么出息;因为淡而无味的饮料冷却了他们的血液,他们平常吃的无非是些鱼类,所以他们都害着一种贫血症;要是他们结起婚来,也只会生下一些女孩子。他们大多是愚人和懦夫;倘不是因为有什么东西燃烧我们的血液,我们中间有些人也免不了要跟他们一样。一杯上好的白葡萄酒有两重的作用。它升上头脑,把包围在头脑四周的一切愚蠢沉闷混浊的乌烟瘴气一起驱散,使它变得敏悟机灵,才思奋发,充满了活泼热烈而有趣的意象,把这种意象形之唇舌,便是绝妙的辞锋。好白葡萄酒的第二重作用,就是使血液温暖;一个人的血液本来是冰冷而静止的,他的肝脏显着苍白的颜色,那正是孱弱和怯懦的标记;可是白葡萄酒会使血液发生热力,使它从内部畅流到全身各处。它会叫一个人的脸上发出光来,那就像一把烽火一样,通知他全身这一个小小的王国里的所有人民武装起来;那时候分散在各部分的群众,无论是适处要冲的或者是深居内地的细民、贱隶,都会集合在他们的主帅心灵的麾下,那主帅拥有这样雄厚的军力,立刻精神百倍,什么勇敢的事情都做得出来;而这一种勇气却是从白葡萄酒得来的。所以武艺要是没有酒,就不算一回事,因为它是靠着酒力才会发挥它的威风的;学问不过是一堆被魔鬼看守着的黄金,只有好酒才可以给它学位,把它拿出来公之人世。所以亨利亲王是勇敢的;因为他从父亲身上遗传来的天生的冷血,像一块瘦瘠不毛的土地一般,已经被他用极大的努力,喝下很好很多的白葡萄酒,作为灌溉的肥料,把它耕垦过了,所以他才会变得热烈而勇敢。要是我有一千个儿子,我所要教训他们的第一条合乎人情的原则,就是戒绝一切没有味道的淡酒,把白葡萄酒作为他们终身的嗜好。

　　巴道夫上。

福斯塔夫　怎么啦,巴道夫?

巴道夫　军队已经解散,全体回去了。

福斯塔夫　让他们去吧。我要经过葛罗斯特郡,拜访拜访那位罗伯特·夏禄先生;我已经可以把他放在我的指掌之间随意搓弄,只消略费工夫,准叫他落进我的圈套。来。(同下。)

第四场　威司敏斯特。耶路撒冷寝宫

　　亨利王、克莱伦斯、葛罗斯特、华列克及余人等上。

亨利王　各位贤卿,要是上帝使这一场在我们的门前流着热血的争执得到一个圆满的结果,我一定要领导我们的青年踏上更崇高的战场,让我们的刀剑只为护持圣教而高挥。我们的战舰整装待发,我们的军队集合待命,我去国以后的摄政人选也已经确定,一切都符合我的意愿。现在我只需要一点儿身体上的健康,同时还要等待这些作乱的叛徒们束手就缚的消息。

华列克　我们深信陛下在这两方面不久都可以如愿以偿。

亨利王　亨弗雷我儿,你的亲王哥哥呢?

葛罗斯特　陛下,我想他到温莎打猎去了。

亨利王　哪几个人陪伴着他?

葛罗斯特　我不知道,陛下。

亨利王　他的兄弟托马斯·克莱伦斯不跟他在一起吗?

葛罗斯特　不,陛下;他在这儿。

克莱伦斯　父王有什么吩咐?

亨利王　没有什么,我只希望你好,托马斯·克莱伦斯。你怎么不跟你的亲王哥哥在一起?他爱你,你却这样疏远他,克莱伦斯。你在你的兄弟们中间是他最喜欢的一个,你应该珍重他对你的这番心意,我的孩子,也许我死了以后,你可以在他的尊荣的地位和你的其余的兄弟们之间尽你调和沟通的责任;所以不要疏远他,不要冷淡了他对你的好感,也不要故意漠视他的意志,他的恩眷是不可失去的。只要他的意志被人尊重,他就是一个宽仁慈爱的人,他有为怜悯而流的眼泪,也有济弱扶困的慷慨的手;可是谁要是激怒了他,他就会变成一块燧石,像严冬一般阴沉,像春朝的冰雪一般翻脸无情。所以你必须留心看准他的脾气。当他心里高兴的时候,你可以用诚恳的态度指斥他的过失;可是在他心情恶劣的时候,你就该让他逞意而行,直到他的怒气发泄完毕,正像一条离水的鲸鱼在狂跳怒跃以后,终于颓然倒卧一样。听我的话,托马斯,你将要成为你的友人的庇护者、一道结合你的兄弟们的金箍,这样尽管将来不免会有恶毒的谗言倾注进去,和火药或者乌头草一样猛烈,你们骨肉的血液也可以永远汇合在一起,毫无渗漏。

克莱伦斯　我一定尽心尽力尊敬他就是。

亨利王　你为什么不跟他一起到温莎去,托马斯?

克莱伦斯　他今天不在那里;他要在伦敦用午餐。

亨利王　什么人和他做伴?你知道吗?

克莱伦斯　还是波因斯和他那批寸步不离的随从们。

亨利王　最肥沃的土壤上最容易生长莠草;他,我的青春的高贵的影子,是被莠草所掩覆了;所以我不能不为我的身后而忧虑。当我想象到我永离人世、和列祖同眠以后,你们将要遇到一些什么混乱荒唐的日子,我的心就不禁悲伤而泣血。因为他的任性的胡闹要是不知检束,一味逞着他的热情和血气,一旦大权在握,可以为所欲为,啊!那时候他将要怎样的张开翅膀,向迎面而来的危险和灭亡飞扑过去。

华列克　陛下,您太过虑了。亲王跟那些人在一起,不过是要观察观察他们的性格行为,正像研究一种外国话一样,为了精通博谙起见,即使最秽亵的字眼儿也要寻求出它的意义,可是一朝通晓以后,就会把它深恶痛绝,不再需用它,这点陛下当然明白。正像一些粗俗的名词那样,亲王到了适当的时候,一定会摈弃他手下的那些人们;他们的记忆将要成为一种活的标准和量尺,凭着它他可以评断世人的优劣,把以往的过失作为有益的借镜。

亨利王　蜜蜂把蜂房建造在腐朽的死尸躯体里,恐怕是不会飞开的。

　　　　　威斯摩兰上。

亨利王　这是谁?威斯摩兰!

威斯摩兰　敬祝吾王健康,当我把我的喜讯报告陛下以后,愿新的喜事接踵而至!约翰王子敬吻陛下御手。毛勃雷、斯克鲁普主教、海司丁斯和他们的党徒已经全体受到陛下法律的惩治。现在不再有一柄叛徒的剑拔出鞘外,和平女神已经把她的橄榄枝遍插各处。这一次讨乱的经过情形,都详详细细写在这一本奏章上,恭呈御览。

亨利王　啊,威斯摩兰!你是一只报春的候鸟,总是在冬残寒尽的时候,歌唱着阳春的消息。

　　　　哈科特上。

亨利王　瞧!又有消息来了。

哈科特　上天保佑陛下不受仇敌的侵凌;当他们向您反抗的时候,愿他们遭到覆亡的命运,正像我所要告诉您的那些人们一样!诺森伯兰伯爵和巴道夫勋爵带着一支英国人和苏格兰人的大军,图谋不轨,却被约克郡的郡吏一举击败。战争的经过情形,都写明在这本奏章上,请陛下御览。

亨利王　为什么这些好消息却使我不舒服呢?难道命运总不会两手挟着幸福而来,她的喜讯总是用最恶劣的字句写成的吗?她有时给人很好的胃口,却不给他食物,这是她对健康的穷人们所施的恩惠;有时给人美味的盛筵,却使他食欲不振,这是富人们的情形,有了充分的福泽不能享受。我现在应该为这些快乐的消息而高兴,可是我的眼前一片模糊,我的头脑摇摇欲晕。嗳哟!你们过来,我可支持不住了。

葛罗斯特　陛下宽心!

克莱伦斯　啊,我的父王!

威斯摩兰　陛下,提起您的精神,抬起您的头来!

华列克　安心吧,各位王子;你们知道这是陛下常有的病象。站开一些,给他一些空气,他一会儿就会好的。

克莱伦斯　不,不,他不能把这种痛苦长久支持下去;不断的忧虑和操心把他心灵的护墙打击得这样脆弱,他的生命将要突围而出了。

葛罗斯特　民间的流言使我惊心,他们已经看到自然界反常可怖的现象。季候起了突变,仿佛一下子跳过了几个月似的。

克莱伦斯　河水三次涨潮,中间并没有退落;那些饱阅沧桑的老年人都说在我们的曾祖父爱德华得病去世以前,也发生过这种现象。

华列克　说话轻一些,王子们,王上醒过来了。

葛罗斯特　这一次中风病准会送了他的性命。

亨利王　请你们扶我起来,把我搀到另外一个房间里去。轻轻地。(同下。)

第五场　另一寝宫

亨利王卧床上;克莱伦斯、葛罗斯特、华列克及余人等侍立。

亨利王　不要有什么声音,我的好朋友们;除非有人愿意为我的疲乏的精神轻轻奏一些音乐。

华列克　叫乐工们在隔室奏乐。

亨利王　替我把王冠放在我的枕上。

克莱伦斯　他的眼睛凹陷,他大大变了样了。

华列克　轻点儿声!轻点儿声!

亲王上。

亲　王　谁看见克莱伦斯公爵吗?

克莱伦斯　我在这儿,哥哥,心里充满着悲哀。

亲　王　怎么!外边好好的天气,屋里倒下起雨来了?王上怎么样啦?

葛罗斯特　病势非常险恶。

亲　　王　他听到好消息没有？告诉他。

葛罗斯特　他听到捷报,人就变了样子。

亲　　王　要是他因为乐极而病,一定可以不药而愈。

华列克　不要这样高声谈话,各位王子们。好殿下,说话轻点儿声;您的父王想睡一会儿。

克莱伦斯　让我们退到隔室里去吧。

华列克　殿下也愿意陪我们同去吗？

亲　　王　不,我要坐在王上身边看护他。(除亲王外均下)这一顶王冠为什么放在他的枕上,扰乱他魂梦的安宁？啊,光亮的烦恼！金色的忧虑！你曾经在多少觉醒的夜里,打开了睡眠的门户！现在却和它同枕而卧！可是那些戴着粗劣的睡帽酣睡通宵的人们,他们的睡眠是要酣畅甜蜜得多了。啊,君主的威严！你是一身富丽的甲胄,在骄阳的逼射之下,灼痛了那披戴你的主人。在他的嘴边有一根轻柔的绒毛,静静地躺着不动;要是他还有呼吸,这绒毛一定会被他的气息所吹动。我的仁慈的主！我的父亲！他真的睡熟了;这一种酣睡曾经使多少的英国国王离弃这一顶金冠。我所要报答你的,啊,亲爱的父亲！是发自天性至情和一片孺爱之心的大量的热泪和沉重的悲哀。你所要交付我的,就是这一顶王冠;因为我是你的最亲近的骨肉,这是我当然的权利。瞧！它戴在我的头上,(以冠戴于头上)上天将要呵护它；即使把全世界所有的力量集合在一支雄伟的巨臂之上,它也不能从我头上夺去这一件世袭的荣誉。你把它传给我,我也要同样把它传给我的子孙。(下。)

亨利王　(醒)华列克！葛罗斯特！克莱伦斯！

　　　　华列克、葛罗斯特、克莱伦斯及余人等重上。

克莱伦斯　王上在叫吗？

华列克　陛下有什么吩咐？您安好吗？

亨利王　你们为什么丢下我一个人在这儿？

克莱伦斯　我们出去的时候，陛下，我的亲王哥哥答应在这儿坐着看护您。

亨利王　亲王！他在哪儿？让我见见他。他不在这儿。

华列克　这扇门开着；他是打这儿出去的。

葛罗斯特　他没有经过我们所在的那个房间。

亨利王　王冠呢？谁把它从我的枕上拿去了？

华列克　我们出去的时候，陛下，它还好好地放在这儿。

亨利王　一定是亲王把它拿去了；快去找他来。难道他这样性急，看见我睡着，就以为我死了吗？找他去，华列克贤卿；把他骂回来。（华列克下）我害着不治的重病，他还要这样气我，这明明是催我快死。瞧，孩子们，你们都是些什么东西！亮晃晃的黄金放在眼前，天性就会很快地变成悖逆了！那些痴心溺爱的父亲们魂思梦想，绞尽脑汁，费尽气力，积蓄下大笔肮脏的家财，供给孩子们读书学武，最后不过落得这样一个下场；正像采蜜的工蜂一样，它们辛辛苦苦地采集百花的精髓，等到满载而归，它们的蜜却给别人享用，它们自己也因此而丧了性命。

　　　　华列克重上。

亨利王　啊，那个等不及让疾病把我磨死的家伙在什么地方？

华列克　陛下，我看见亲王在隔壁房间里，非常沉痛而悲哀地用他真诚的眼泪浴洗他的善良的面颊，即使杀人不眨眼的暴君，看了他那种样子，也会让温情的泪滴沾上他的刀子的。他就来了。

亨利王　可是他为什么把王冠拿去呢？

　　　　亲王重上。

亨利王　瞧，他来了。到我身边来，亨利。你们都出去，让我们两人在这儿谈谈。（华列克及余人等下。）

亲　王　我再也想不到还会听见您说话。

亨利王　你因为存着那样的愿望，亨利，所以才会发生那样的思想；我耽搁得太长久，害你等得厌倦了。难道你是那样贪爱着我的空位，所以在时机还没有成熟以前，就要攫取我的尊荣吗？啊，傻孩子！你所追求的尊荣，是会把你压倒的。略微再等一会儿；因为我的尊严就像一片乌云，只有一丝微风把它托住，一下子就会降落下来；我的白昼已经昏暗了。你所偷去的东西，再过几小时就可以名正言顺地归你所有；可是你却在我临死的时候，充分证实了我对你的想法。你的平生行事，都可以表明你没有一点儿爱父之心，现在我离死不远了，你还要向我证实你的不孝。你把一千柄利刃藏在你的思想之中，把它们在你那石块一般的心上磨得雪亮锋快，要来谋刺我的只剩半小时的生命。嘿！难道你不能容忍我再活半小时吗？那么你就去亲手掘下我的坟墓吧；叫那快乐的钟声响起来，报知你加冕的喜讯，而不是我死亡的噩耗。让那应该洒在我的灵柩上的所有的眼泪，都变成涂抹你的头顶的圣油；让我和被遗忘的泥土混合在一起，把那给你生命的人丢给蛆虫吧。贬斥我的官吏，废止我的法令，因为一个无法无天的新时代已经到来了。亨利五世已经加冕为王！起来吧，浮华的淫乐！没落吧，君主的威严！你们一切深谋远虑的老臣，都给我滚开！现在要让四方各处游手好闲之徒聚集在英国的宫廷里了！邻邦啊，把你们的莠民败类淘汰出来吧；你们有没有什么酗酒谩骂、通宵作乐、杀人越货、无所不为的流氓恶棍？放心吧，他不会再来烦扰你们了；英国将要给他不次的光荣，使他官居要职，爵登显秩，手握大权，因为第五代的亨利将要松开奢淫这条野犬的羁勒，让它向每一个无辜的人张牙舞爪了。啊，我的疮痍未复的可怜的王国！我用尽心力，还不能戡定你的祸乱；在朝纲败坏、法纪荡然的时候，你又将怎样呢？啊！你将要重新变成一片荒野，豺狼将要归返它们的故居。

亲　王　啊！恕我，陛下；倘不是因为我的眼泪使我哽咽得说不出话来，我决不会默然倾听您这番沉痛的严训而不加分辩的。这儿是您的王冠；但愿永生的上帝保佑您长久享有它！要是我对它怀着私心，并不只是因为它是您的尊荣的标记而珍重它，让我跪在地上，永远站不起来。上帝为我作证，当我进来的时候，看见陛下的嘴里没有一丝气息，我是怎样的感到寒心！要是我的悲哀是虚伪的，啊！让我就在我现在这一种荒唐的行为中死去，再没有机会给世人看看我将要怎样洗心革面，做一个堂堂的人物。我因为进来探望您，看见您仿佛死了的样子，我自己，主上，也几乎因悲痛而死去，当时我就用这样的话责骂这顶王冠，就像它是有知觉的一般，我说："追随着你的烦恼已经把我的父亲杀害了；所以你这最好的黄金却是最坏的黄金：别的黄金虽然在质地上不如你，却可以炼成祛病延年的药水，比你贵重得多了；可是你这最纯粹的，最受人尊敬重视的，却把你的主人吞噬下去。"我一面这样责骂它，陛下，一面就把它试戴在我的头上，认为它是当着我的面前杀死我的父亲的仇敌，我作为忠诚的继承者应该要和它算账。可是假如它使我的血液中感染着欢乐,或是使我的精神上充满着骄傲,假如我的悖逆虚荣的心灵对它抱着丝毫爱悦的情绪,愿上帝永远不让它加在我头上,使我像一个最微贱的奴隶一般向着它战栗下跪!

亨利王　啊,我儿!上帝让你把它拿了去,好叫你用这样贤明的辩解,格外博取你父亲的欢心。过来,亨利,坐在我的床边,听我这垂死之人的最后的遗命。上帝知道,我儿,我是用怎样诡诈的手段取得这一顶王冠;我自己也十分明白,它戴在我的头上,给了我多大的烦恼;可是你将要更安静更确定地占有它,不像我这样遭人嫉视,因为一切篡窃攘夺的污点,都将随着我一起埋葬。它在人们的心目之中,不过是我用暴力攫取的尊荣;那些帮助我得到它的人都在指斥我的罪状,他们的怨望每天都在酿成斗争和流血,破坏这粉饰的和平。你也看见我曾经冒着怎样的危险,应付这些大胆的威胁,我做了这么多年的国王,不过在反复串演着这一场争杀的武戏。现在我一死之后,情形就可以改变过来了,因为在我是用非法手段获得的,在你却是合法继承的权利。可是你的地位虽然可以比我稳定一些,然而人心未服,余憾尚新,你的基础还没有十分巩固。那些拥护我的人们,也就是你所必须认为朋友的,他们的锐牙利刺还不过新近拔去;他们用奸险的手段把我扶上高位,我不能不对他们怀着疑虑,怕他们会用同样的手段把我推翻;为了避免这一种危机,我才多方剪除他们的势力,并且正在准备把许多人带领到圣地作战,免得他们在国内闲居无事,又要发生觊觎王座的图谋。所以,我的亨利,你的政策应该是多多利用对外的战争,使那些心性轻浮的人们有了向外活动的机会,不至于在国内为非作乱,旧日的不快的回忆也可以因此而消失。我还有许多话要对你说,可是我的肺力不济,再也说不下去了。上帝啊!恕宥我用不正当的手段取得这一顶王冠;愿你能够平平安安享有它!

亲　王　陛下,您好容易挣来这一顶王冠,好容易把它保持下来,现在您把它给了我,我当然对它有合法的所有权;我一定要用超乎一切的努力,不让它从我的手里失去。

　　　　约翰·兰开斯特上。

亨利王　瞧,瞧,我的约翰儿来了。

兰开斯特　祝我的父王健康,平安和快乐!

亨利王　你带来了快乐和平安,我儿约翰;可是健康,唉,它已经振起青春的羽翼,从我这枯萎的衰躯里飞出去了。现在我看见了你,我在这世上的事情也可以告一段落。华列克伯爵呢?

亲　王　华列克伯爵!

　　　　华列克及余人等重上。

亨利王　我刚才晕眩过去的那间屋子叫什么名字?

华列克　那是耶路撒冷寝宫,陛下。

亨利王　赞美上帝!我必须还在那边等候死亡。多年以前,有人向我预言我将要死在耶路撒冷,我的愚妄的猜想还以为他说的是圣地。可是抬我到那间屋子里去睡吧,亨利必须在耶路撒冷终结他的生命。(同下。)

第 五 幕

第一场　葛罗斯特郡。夏禄家中厅堂

　　　　夏禄、福斯塔夫、巴道夫及侍童上。

夏　　禄　凭着鸡肉和面饼起誓,爵士,今晚一定不放您去。喂!台维!

福斯塔夫　您必须原谅我,罗伯特·夏禄先生。

夏　　禄　我不能原谅您;您不能得到我的原谅,什么原谅的话我都不要听;一切原谅的话都是白说;您不能得到我的原谅。喂,台维!

　　　　台维上。

台　　维　有,老爷。

夏　　禄　台维,台维,台维,台维,让我想一想,台维;让我想一想。啊,对了,你去把那厨子威廉叫来。约翰爵士,您不能得到我的原谅。

台　　维　呃,老爷,那几张传票无法送达;还有,老爷,我们要不要在田边的空地上种些小麦?

夏　　禄　种些赤小麦吧,台维。可是问一声厨子威廉,小鸽子还有没有?

台　维　是,老爷。这儿是铁匠送来的装马蹄铁和打犁头的账单。

夏　禄　算算多少钱,付给他。约翰爵士,您不能得到我的原谅。

台　维　老爷,吊桶上要换一节新的链子;还有,老爷,威廉前天在辛克雷市场上失掉一个口袋,您要不要扣减他的工钱?

夏　禄　那是一定要他赔的。台维,告诉厨子威廉,叫他预备几只鸽子、一对矮脚母鸡、一大块羊肉,再做几样无论什么可口一点儿的菜。

台　维　那位军爷要在这儿过夜吗,老爷?

夏　禄　是的,台维。我要好好招待他。宫廷里的朋友胜过口袋里的金钱。不要怠慢了他的跟班,台维,因为他们都是惹不得的坏人,他们会在背后骂人的。

台　维　老爷,我看还是叫他们看看自己的背上吧,他们的衬衫都脏得不成样子哩。

夏　禄　说得好,台维。干你的事情去吧,台维。

台　维　老爷,关于温科特村的威廉·维泽和山上的克里门·珀克斯涉讼的案件,请您对维泽多多照应。

夏　禄　我已经接到很多控诉这维泽的呈文,台维;照我所知道的,这维泽是个大大的坏人。

台　维　老爷说得不错,他是个坏人;可是老爷,一个坏人要是有朋友替他说情,是应该得到贵人的照应的。一个好人,老爷,可以为他自己辩护,坏人可不能。我已经忠心侍候您老爷八年了;要是在两三个月里帮一个坏人一两次忙都做不到,那您老爷真太信不过我啦。这坏人是我的好朋友,老爷,所以请老爷千万照应照应他。

夏　　禄　得啦,我一定不冤屈他就是了。你到各处照料照料。(台维下)您在哪儿,约翰爵士?来,来,来;脱下您的靴子。把你的手给我,巴道夫朋友。

巴道夫　我很高兴看见您老人家。

夏　　禄　多谢多谢,好巴道夫朋友。(向侍童)欢迎,我的高大的汉子。来,约翰爵士。

福斯塔夫　我就来,好罗伯特·夏禄先生。(夏禄下)巴道夫,照料照料我们的马儿。(巴道夫及侍童下)要是把我的身体一条一条锯解下来,也可以锯成四五十根像这位夏禄先生一般的叫花棒儿。奇怪的是他的仆人们的性格简直跟他一模一样;他们因为看惯他的日常的举动,所以都沾上了几分愚蠢的法官的神气;他因为每天跟他们谈话,受了他们的同化,也已经变成了法官似的奴才。他们在彼此互相感应之下,他们的精神完全若合符节,正像一群雁子一般,一只飞到东,大家都跟着飞到东,一只飞到西,大家都跟着飞到西。要是我有什么事情请托夏禄先生,我只要奉承奉承他的仆人,说他们是他的亲信;要是我要烦劳他的仆人们替我做事,我只要恭维恭维夏禄先生,说谁也不及他那样御下有方。正像瘟疫一般,智慧的外表和愚鲁的神情都是会互相传染的,所以人们必须留心他们的伴侣。我要从这夏禄的身上想出许多新鲜的把戏,让亨利亲王笑个不停,一直笑到流行的时尚换过了六种花样,——这也就是说等于法院开庭的四个季度,或者两场官司的时间——并且笑起来要中间没有间断。啊!用一句无足重轻的誓撒下的谎,或是一个板起了面孔讲的笑话,对于一个从来不曾害过腰酸背痛的人,多么容易逗得他捧腹大笑。啊!他一定会笑得满脸淌着眼泪,就像一件皱成一团的湿淋淋的外套一般。

夏　　禄　　(在内)约翰爵士!

福斯塔夫　我来了,夏禄先生;我来了,夏禄先生。(下。)

第二场　威司敏斯特。宫中一室

　　　　　华列克及大法官上。

华列克　啊,法官大人!您到哪儿去?

大法官　王上怎么样啦?

华列克　很好,他的烦恼现在已经全都消灭了。

大法官　我希望他还没有死吧?

华列克　他已经踏上了人生必经之路;在我们看来,他已经不再生存了。

大法官　我希望王上临死的时候招呼我一声,好让我跟着他同去;我在他生前尽忠服务,得罪了多少人,现在谁都可以加害于我了。

华列克　真的,我想新王对您很是不满。

大法官　我知道他不满意我,我已经准备迎接这一种新的环境了,它总不会比我所想象的更为可怕。

　　　　　兰开斯特、克莱伦斯、葛罗斯特、威斯摩兰及余人等上。

华列克　这儿来了已故的亨利的悲哀的后裔;啊!但愿现存的亨利有这三位王子中间脾气最坏的一位王子的性格,那么多少的贵族将要保全他们的位置,不至于向卑贱的人们俯首听命!

大法官　上帝啊!我怕一切都要推翻了。

兰开斯特　早安,华列克贤卿,早安。

葛罗斯特
克莱伦斯　早安,华列克。

兰开斯特　我们面面相对,就像一班忘记了说话的人们一样。

华列克　我们并没有忘记;可是我们的话题太伤心了,使我们不忍多言。

兰开斯特　好,愿那使我们伤心的人魂魄平安!

大法官　愿平安也和我们同在,不要使我们遭逢更大的悲哀!

葛罗斯特　啊!我的好大人,您真的失去一位朋友了;我敢发誓您这满脸的悲哀确实是您真情的流露,不是假装出来的。

兰开斯特　虽然谁也不能确定他自己将要得到怎样的恩眷,您的希望是十分冷淡的。我很为您抱憾,但愿事实不是如此。

克莱伦斯　好,您现在必须奉承奉承约翰·福斯塔夫爵士,这和您的性格当然是格格不入的。

大法官　亲爱的王子们,我所干的事,都是一秉至公,受我的良心的驱使;你们决不会看见我向人觍颜求怜。要是忠直不能见容,我宁愿追随先王于地下,告诉他是谁驱我前来。

华列克　亲王来了。

　　　　　亨利五世率侍从上。

大法官　早安,上帝保佑陛下!

亨利五世　这一件富丽的新衣,国王的尊号,我穿着并不像你们所想象的那样舒服。兄弟们,你们在悲哀之中夹杂着几分恐惧;这是英国,不是土耳其的宫廷,不是阿木拉继承另一个阿木拉[1],而是亨利继承亨利。可是悲哀吧,好兄弟们,因为说老实话,那是很适合你们的身份的;你们所表现的崇

---

[1]　阿木拉(Amurath),土耳其皇帝,一五九五年登位时,数兄弟被绞死。

高的悲感,使我深受感动,我将要在心头陪着你们哀悼。所以悲哀吧,好兄弟们;可是你们应该把这一种悲哀认为我们大家共同的负担,不要独自悲哀过分。凭着上天起誓,我要你们相信我将要同时做你们的父亲和长兄;让我享有你们的爱,我愿意为你们任劳任怨。为亨利的死而痛哭吧,我也要一挥我的热泪;可是活着的亨利将要把每一滴眼泪变成一个幸福的时辰。

兰开斯特　这正是我们所希望于陛下的。

亨利五世　你们大家都用异样的神情望着我;(向大法官)尤其是你,我想你一定以为我对你很为不满。

大法官　要是我能得到公正评断,陛下是没有理由恨我的。

亨利五世　没有!像我这样以堂堂亲王之尊,受到你那样重大的侮辱,难道是可以轻易忘记的吗?嘿!你把我申斥辱骂不算,竟敢把英国的储君送下监狱!这是一件小事,可以用忘河之水把它洗涤掉的吗?

大法官　那时候我是运用着您父王所赋予我的权力,代表您父王本人;陛下在我秉公执法的时候,忘记我所处的地位,公然蔑视法律的尊严和公道的力量,凌辱朝廷的命官,在我的审判的公座上把我殴打;我因为陛下犯了对您父王大不敬的重罪,所以大胆执行我的权力,把您监禁起来。要是我在这一件事情上做错了,那么请陛下想一想,陛下现在继登大位,假如陛下也有一个儿子,把陛下的律令视若弁髦,把陛下的法官拖下公座,违法乱纪,破坏治安,蔑视陛下神圣的威权,陛下能不能对他默然容忍?请陛下设身处地,假定您自己是有这样一个儿子的父亲,听见您自己的尊严受到这样的亵渎,看见您神圣的法律受到这样的轻蔑,您自己的儿子公然对您这样侮慢,然后再请陛下想象我为了尽忠于陛下的缘故,运用您的权力,给您儿子的暴行以温和的制裁;在这样冷静的思考以后,请给我一个公正的判决,凭着您的君王的身份,告诉我我在什么地方犯了渎职欺君的罪恶。

亨利五世　你说得有理,法官;你能够衡量国法私情的轻重,所以继续执行你的秉持公道、挫折强梁的职务吧;但愿你的荣誉日增月进,直到有一天你看见我的一个儿子因为冒犯了你而向你服罪,正像我对你一样。那时候我也可以像我父亲一样说:"我何幸而有这样勇敢的一个臣子,敢把我的亲生的儿子依法定罪;我又何幸而有这样一个儿子,甘于放弃他的尊贵和身份,服从法律的制裁。"因为你曾经把我下狱监禁,所以我仍旧把你一向佩带着的无瑕的宝剑交在你的手里,愿你继续保持你的勇敢公正而无私的精神,正像你过去对待我一样。这儿是我的手;你将要成为我的青春的严父,我愿意依照你的提示发号施令,我愿意诚恳服从你的贤明的指导。各位王弟们,请你们相信我,我的狂放的感情已经随着我的父亲同时下葬,他的不死的精神却继续存留在我的身上,我要一反世人的期待,推翻一切的预料,把人们凭着我的外表所加于我的诽谤扫荡一空。今日以前,我的热血的浪潮是轻浮而躁进的;现在它已经退归大海,和浩浩的巨浸合流,从此以后,它的动荡起伏,都要按着正大庄严的节奏。现在我们要召集最高议会,让我们选择几个老成谋国的枢辅,使我们这伟大的国家可以和并世朝政清明的列邦媲美,无论战时平时,都可以应付裕如;你,老人家,将要受到我最大的倚重。加冕典礼举行过了以后,我就要大集臣僚,临朝视政;愿上帝鉴察我的诚意,不让一个王裔贵族找到任何理由,诅咒亨利早离人世。(同下。)

第三场　葛罗斯特郡。夏禄家中的花园

　　　　　福斯塔夫、夏禄、赛伦斯、巴道夫、侍童及台维上。

夏　　禄　不,您必须瞧瞧我的园子,我们可以在那儿的一座凉亭里吃几个我去年手种的苹果,另外再随便吃些香菜子之类的东西;来吧,赛伦斯兄弟;然后再去睡觉。

福斯塔夫　上帝在上,您有一所很富丽的屋子哩。

夏　　禄　简陋得很,简陋得很,简陋得很;我们都是穷人,我们都是穷人,约翰爵士。啊,多好的空气!铺起桌子来,台维;铺起桌子来,台维。好,台维。

福斯塔夫　这个台维对您很有用处;他是您的仆人,也给您照管田地。

夏　　禄　一个好仆人,一个好仆人,一个很好的仆人,约翰爵士。真的,我在晚餐的时候酒喝得太多啦;一个好仆人。现在请坐,请坐。来,兄弟。

赛伦斯　啊,好小子!我们要(唱)

　　　一天到晚吃喝玩笑,
　　　感谢上帝,无愁无恼;
　　　佳人难得,美肴易求,
　　　青春年少随处嬉游。
　　　快乐吧,
　　　永远地快乐吧。

福斯塔夫　好一个快乐的人!好赛伦斯先生,等会儿我一定要敬您一杯哩。

夏　　禄　台维,给巴道夫大哥倒一些酒。

台　　维　好大哥,请坐;我去一下就来;最亲爱的大哥,请坐。小兄弟,好兄弟,您也请坐。请！请！虽然没有美肴,酒是尽你们喝的;请你们莫嫌怠慢,接受我的一片诚心。(下。)

夏　　禄　快乐吧,巴道夫大哥;还有我那位小军人,你也快乐吧。

赛伦斯　(唱)

　　家有悍妻,且寻快活;

　　哪个女人不是长舌！

　　良友相逢,摇头摆脑,

　　满室生春,一堂欢笑。

　　快乐吧,

　　快乐吧,快乐吧。

福斯塔夫　我想不到赛伦斯先生也会有这样的豪情逸兴。

赛伦斯　谁,我吗？我以前也曾快乐过一两次哩。

　　台维重上。

台　　维　请您尝尝这一盆粗皮苹果。(以盆置巴道夫前。)

夏　　禄　台维！

台　　维　老爷！——我一会儿就来奉陪。——您要一杯酒吗,老爷？

赛伦斯　(唱)

　　一杯好酒浓烈清香,

　　奉祝情人永驻韶光;

　　何以长年？大笑千场。

福斯塔夫　说得好,赛伦斯先生。

赛伦斯　现在正是良宵美景,我们应该痛痛快快乐一番。

福斯塔夫　祝您长生健康,赛伦斯先生！

赛伦斯 （唱）

　　　　斟满酒杯递过来，
　　　　让我喝个满开怀。

夏　禄　好巴道夫，欢迎！你要是需要什么东西，尽管开口好了。（向侍童）欢迎，我的小贼，欢迎欢迎！我要向巴道夫大哥和一切伦敦的好汉们奉敬一杯。

台　维　我希望在未死之前见一见伦敦。

巴道夫　也许咱们可以在伦敦会面，台维——

夏　禄　啊，你们一定会在一块儿痛饮一场的；哈！不是吗，巴道夫大哥？

巴道夫　是呀，老爷，我们要用大杯子喝个痛快哩。

夏　禄　那好极了。这家伙一定会一步也不离开你，那是我可以向你保证的；他不会丢弃他的朋友，他的心肠是很忠实的。

巴道夫　我也不愿离开他，老爷。

夏　禄　啊，那真像是一个国王说的话。随便请用吧，不要客气。（内敲门声）瞧瞧谁在门口。喂！谁打门呀？（台维下。）

福斯塔夫　（向赛伦斯）好，真有你的，这才喝得痛快。

赛伦斯 （唱）

　　　　愿得醉乡封骑士，
　　　　不羡他人万户侯。

　　　　您说可不是吗？

福斯塔夫　正是。

赛伦斯　是吗？那么您可以说，我这老头儿还不肯示弱哩。

　　　　台维重上。

台　维　禀老爷，有一个叫做毕斯托尔的，从宫廷里带了消息来了。

福斯塔夫　从宫廷里来！让他进来。

　　　　毕斯托尔上。

福斯塔夫　啊,毕斯托尔!

毕斯托尔　约翰爵士,上帝保佑您!

福斯塔夫　什么风把你吹到这儿来了,毕斯托尔?

毕斯托尔　不是拔山倒树的狂风,也不是伤人害畜的瘴风。亲爱的骑士,你现在是国内最伟大的一个人物了。

赛伦斯　凭着圣母起誓,我想除了庄稼汉泼夫,他的确可以算最肥大的。

毕斯托尔　泼夫！呸,你这卑怯的下贱的懦夫！约翰爵士,我是你的毕斯托尔,你的朋友,我急急忙忙地骑马而来,带给你非常的消息、幸运的欢乐、黄金的时代和无价的喜讯。

福斯塔夫　请你用世人通用的语言把它们说出来吧。

毕斯托尔　哼,我才瞧不起下贱的世人哩!我说的是非洲的宝山和黄金的欢乐。

福斯塔夫　啊,下贱的亚述骑士,有什么消息?请对考菲秋国王细讲一番。

赛伦斯　(唱)

　　　　罗宾汉、约翰和红衣。

毕斯托尔　粪堆上的野狗敢和诗神赌赛吗?传达好消息要受到扰乱吗?好,毕斯托尔,该你发火的时候了。

夏　禄　老兄,我不知道您的来历。

毕斯托尔　那该你自怨命蹇。

夏　禄　对不起,您这位大哥,要是您从宫廷里带了消息来,那么照我的愚见,您只有两个办法,不是把消息宣布出来,就是把它隐瞒起来。不瞒您说,我在王上手下也是有几分权力的。

毕斯托尔　在哪一个王上手下,老奴?说出来,不然就叫你死。

夏　　禄　在亨利王手下。

毕斯托尔　亨利四世还是亨利五世?

夏　　禄　亨利四世。

毕斯托尔　呸,谁稀罕你这过时的官儿!约翰爵士,你那小羔羊儿现在做了国王啦;亨利五世是当今的王上。我说的是真话;要是毕斯托尔撒了谎,你们把我当做吹牛的西班牙人一般取笑吧。

福斯塔夫　什么!老王死了吗?

毕斯托尔　死得直挺挺的,就像门上的钉子一般;我说的话都是真的。

福斯塔夫　去,巴道夫!把我的马儿备好。罗伯特·夏禄先生,拣选你自己的官职吧,一切包在我身上。毕斯托尔,我要给你双倍的尊荣。

巴道夫　啊,快活的日子!我才不高兴做一个起码的骑士哩。

毕斯托尔　嘿!我带来的不是好消息吗?

福斯塔夫　把赛伦斯先生搀到床上去。夏禄先生,我的夏禄大人,你可以随心所欲,命运女神请我做她的管家去了。穿上你的靴子;咱们要骑着马赶整夜的路呢。啊,亲爱的毕斯托尔!去,巴道夫!(巴道夫下)来,毕斯托尔,告诉我更多的事情;仔细想一想你自己希望得到些什么好处。穿起靴子来,穿起靴子来,夏禄先生;我知道那小王正在想我想得好苦呢。不管是谁的马,咱们骑了就走;英国的法律都在我的支配之下。那些跟我要好的人有福了,咱们那位大法官老爷这回却要大倒其霉!

毕斯托尔　让饿鹰把他的肺抓了去吧!人家说,"我以往所过的那种生活呢?"喏,它就在这儿。欢迎这些快乐的日子!

（同下。）

第四场　伦敦。街道

差役等拉快嘴桂嫂及桃儿·贴席上。

桂　嫂　不,你这恶人;我但愿自己死了,好让你抵我的命;你把我的肩胛骨都拉断了。

差役甲　巡官们把她交给了我,她少不了要挨一顿鞭子,最近有一两个人为她送了命呢。

桃　儿　差人,差人,你说谎!来,我告诉你吧,你这该死的丑鬼,要是我这肚里的孩子小产下来,那可比打你自己的母亲还要罪孽深重哩,你这纸糊面孔的坏人!

桂　嫂　主啊!但愿约翰爵士来了就好了;他今天要是在场,一定会叫什么人流血的。但愿上帝能让她肚里的孩子小产下来。

差役甲　要是小产下来,你就又得揣起一打枕头了,这会儿才不过揣着十一个。来,我命令你们两人跟着我去;因为被你们和毕斯托尔殴打的那个人已经死了。

桃　儿　我告诉你吧,你这刻在香炉脚下的枯瘦的人像,我一定会让你知道点儿厉害,叫你挨一顿痛打的,你这青衣的恶汉!你这饿鬼般的肮脏的刽子手!要是你逃得过这一顿打,我也从此以后不穿短裙了。

差役甲　来,来,你这雌儿骑士,来。

桂　嫂　啊！公理竟会压倒强权吗？好，做人总要吃些苦，才会有舒服的日子过。

桃　儿　来，你这恶汉，来；带我去见官吧。

桂　嫂　嗯，来吧，你这凶恶的饿狗！

桃　儿　死鬼！枯骨！

桂　嫂　你这没有皮肉的尸骸，你！

桃　儿　来，你这瘦东西；来，你这坏人！

差役甲　很好。（同下。）

第五场　威司敏斯特寺附近广场

　　　　二内侍上，以蔺草铺地。

内侍甲　再拿些蔺草来，再拿些蔺草来。

内侍乙　喇叭已经吹过两次了。

内侍甲　等他们加冕典礼完毕以后出来，总要过两点钟了。赶快，赶快。（同下。）

　　　　福斯塔夫、夏禄、毕斯托尔、巴道夫及侍童上。

福斯塔夫　站在我的一旁，罗伯特·夏禄先生；我要叫王上赐给您大大的恩宠。当他走近的时候，我要向他使一个眼色；留心看他会给我怎样一副面孔。

毕斯托尔　上帝祝福你，好骑士！

福斯塔夫　过来，毕斯托尔，站在我的背后。啊！要是我有时间做几套新的制服，我一定会把您借给我的一千镑钱花在衣服上面的。可是那没有关系；还是这样好，衣服虽然破旧，更可以显出我急于看见他的一片热忱。

夏　禄　正是。

福斯塔夫　那可以表现我的爱慕的诚意。

夏　　禄　正是。

福斯塔夫　我的忠心。

夏　　禄　正是,正是,正是。

福斯塔夫　为了瞻望他的颜色,不分昼夜地策马驰驱,不曾想到,不曾记起,也根本没有余暇更换我的装束。

夏　　禄　一点儿不错。

福斯塔夫　征尘污面、汗流遍体的我,站在这儿一心一意地恭候着他,把世间万事一齐置于脑后,仿佛除了瞻望他以外,再没有什么应该做的事情。

毕斯托尔　正所谓念兹在兹,不知其他;那便是一切的一切。

夏　　禄　正是,正是。

毕斯托尔　我的骑士,我要煽起你的高贵的肝火,使你勃然大怒。你的桃儿,你那高贵的心灵中的美人,被他们监禁在污秽恶臭的牢狱里了;最下贱而龌龊的手把她抓了去。从幽暗的洞府里唤醒那手持毒蛇的复仇女神吧,因为桃儿被他们抓去了。毕斯托尔说的完全是真话。

福斯塔夫　我会叫他们释放她出来。(内欢呼及喇叭声。)

毕斯托尔　海水在那儿咆哮,喇叭吹奏出嘹亮的声音。

　　　　　亨利五世率扈从上,大法官亦在其内。

福斯塔夫　上帝保佑陛下,哈尔吾王！我的庄严的哈尔！

毕斯托尔　上天呵护你照顾你,最尊荣高贵的小子！

福斯塔夫　上帝保佑你,我的好孩子！

亨利五世　大法官,你去对那狂妄的家伙说话。

大法官　你疯了吗？你知道你自己在说些什么话？

福斯塔夫　我的王上！我的天神！我在对你说话,我的心肝！

亨利五世　我不认识你,老头儿。跪下来向上天祈祷吧;苍苍的白发罩在一个弄人小丑的头上,是多么不称它的庄严!我长久梦见这样一个人,这样肠肥脑满,这样年老而邪恶;可是现在觉醒过来,我就憎恶我自己所做的梦。从此以后,不要尽让你的身体肥胖,多多勤修你的德行吧;不要贪图口腹之欲,你要知道坟墓张着三倍大的阔口在等候着你。现在你也不要用无聊的谐谑回答我;不要以为我还跟从前一样,因为上帝知道,世人也将要明白,我已经丢弃了过去的我,我也要同样丢弃过去跟我在一起的那些伴侣。当你听见我重新回复了我原来的本色的时候,你再来见我吧,你将要仍旧和从前一样,成为我的放荡行为的教师和向导;在那一天没有到来以前,你必须像其他引导我为非作歹的人们一样,接受我的放逐的宣判,凡是距离我所在的地方十英里之内,不准你停留驻足,倘敢妄越一步,一经发觉,就要把你处死。我可以供给你相当限度的生活费用,以免手头没钱驱使你们去为非作歹。要是我听见你果然悔过自新,我也可以按照你的能力和资格,把你特加拔擢。贤卿,就请你负责执行我的命令。去吧!(亨利五世及扈从下。)

福斯塔夫　夏禄先生,我欠您一千镑钱。

夏　　禄　嗯,正是,约翰爵士;请您现在还给我,让我带回去吧。

福斯塔夫　那可办不到,夏禄先生。您不用因此懊恼;他就会暗地里叫我去见他的。您瞧,他必须故意装出这一副样子,遮掩世人的耳目。您的升官晋爵是不成问题的;我一定可以叫您做一个大人物。

夏　　禄　我不知道我怎么大得起来,除非您把您那件紧身衣借给我穿上,再用些稻草塞在里面。约翰爵士,请您在我那一千镑之中先还我五百吧。

福斯塔夫　老兄,我的话不会有错;您刚才所听见的话,不过是一种烟幕。

夏　禄　我怕您会死在这种烟幕里面,约翰爵士。

福斯塔夫　不用害怕烟幕;陪我吃饭去吧。来,毕斯托尔副官;来,巴道夫。今晚我一定就会被召进宫。

    约翰·兰开斯特及大法官重上,警吏等随上。

大法官　来,把约翰·福斯塔夫爵士送到弗利特监狱里去;把他同伙的那班人也一起抓起来。

福斯塔夫　大人,大人!

大法官　现在我不能跟你说话;等会儿再听你说吧。把他们带下去。

毕斯托尔　人生不得意,借酒且浇愁。(福斯塔夫、夏禄、毕斯托尔、巴道夫、侍童及警吏等同下。)

兰开斯特　我很满意王上这一次贤明的处置。他本来的意思是要使他的旧日的同伴们个个得到充分的赡养;可是现在他决定把他们一起放逐,直到他们一反过去的言行,自知检束为止。

大法官　正是这样。

兰开斯特　王上已经召集议会了,大人。

大法官　正是。

兰开斯特　我可以打赌,在这一年终结以前,我们将要把国内的刀剑和民族的战火带到法国去。我听见一只小鸟这样歌唱,它的歌声仿佛使王上听了十分快乐。来,请吧。(同下。)

收 场 白

—跳舞者登场致辞。

第一,我的忧虑;第二,我的敬礼;最后,我的致辞。我的忧虑是怕各位看过了这出戏会生气;我的敬礼是我的应尽的礼貌;我的致词是要请各位原谅。要是你们现在等着听一段漂亮的话,那可难为了我啦;因为我所要说的话,都是我自己杜撰出来的,我怕它会叫我遭到一场大大的没趣。可是闲话少说,我就冒这么一次险吧。奉告各位——虽然是明人不必细说——我在不久之前赶上了一出枯燥无味的戏剧的结局,当时我请求各位多多包涵,还答应你们再编一出好一点儿的给你们看。我的原意是就用这出戏抵账了。如果这笔买卖也赔钱了,我当然是破产了,你们,我的好心肠的债主们,也要大失所望。可是我既然答应在这儿露面,所以我在这儿愿意把我这一身悉听各位的处置;要是你们慈悲为怀,肯对我略加宽贷,那么我也可以打个折扣偿还你们,并且像大多数的借债人一样,给你们无穷无尽的允诺。

要是我的舌头不能请求你们宽贷我,那么你们肯不肯命令我用我的双腿向你们乞恕?虽然跳一下舞就可以把债务轻轻跳去,世上没有这样容易的事,可是只要在良心上并不亏负人家,什么事情都是可以通融的,我也就这么办吧。这儿在座的各位夫人小姐都已经宽恕我了；要是在座的各位先生不肯饶我，那么各位先生就是和各位夫人小姐意见不合，在这样的嘉宾盛会之中，这一种怪事是未之前闻的。

我还要请各位耐心听我说一句话。要是你们的胃口还没有对肥肉生厌，我们的卑微的著者将要把本剧的故事继续搬演下去，让约翰爵士继续登场，还要贡献你们一位有趣的角色，法国的美貌的凯瑟琳公主。照我所知道的，福斯塔夫将要出汗而死，除非你们无情的批判早已把他杀死；因为欧尔卡苏①是为宗教而殉身的，我们演的不是他。我的舌头已经疲乏了；等我的腿儿也跳得不能动弹的时候，我要敬祝各位晚安。现在我就长跪在你们的面前，为我们的女王陛下祈祷康宁。

---

① 欧尔卡苏（Oldcastle），十五世纪英国罗拉教派的领袖，亨利五世早年的伴侣，福斯塔夫的性格据说是依据他塑造的。

温莎的风流娘儿们

朱生豪 译
方　　平 校

MERRY WIVES OF WINDSOR.

Act I. Sc. 1.

剧 中 人 物

约翰·福斯塔夫爵士

范顿　少年绅士

夏禄　乡村法官

斯兰德　夏禄的侄儿

福德 ⎫
　　　⎬ 温莎的两个绅士
培琪 ⎭

威廉·培琪　培琪的幼子

休·爱文斯师傅　威尔士籍牧师

卡厄斯医生　法国籍医生

嘉德饭店的店主

巴道夫 ⎫
毕斯托尔⎬ 福斯塔夫的从仆
尼　姆 ⎭

罗宾　福斯塔夫的侍童

辛普儿　斯兰德的仆人

勒格比　卡厄斯医生的仆人

福德大娘

培琪大娘

安·培琪　培琪的女儿,与范顿相恋

快嘴桂嫂　卡厄斯医生的女仆

培琪、福德两家的仆人及其他

地　　点

温莎及其附近

第 一 幕

第一场　温莎。培琪家门前

　　夏禄、斯兰德及爱文斯上。

夏　禄　休师傅,别劝我,我一定要告到御前法庭去;就算他是二十个约翰·福斯塔夫爵士,他也不能欺侮夏禄老爷。

斯兰德　夏禄老爷是葛罗斯特郡的治安法官,而且还是个探子呢。

夏　禄　对了,侄儿,还是个"推事"呢。

斯兰德　对了,还是个"瘫子"呢;牧师先生,我告诉您吧,他出身就是个绅士,签起名来,总是要加上"大人"两个字,无论什么公文、笔据、账单、契约,写起来总是"夏禄大人"。

夏　禄　对了,这三百年来,一直都是这样。

斯兰德　他的子孙在他以前就是这样写了,他的祖宗在他以后也可以这样写;他们家里那件绣着十二条白梭子鱼的外套可以作为证明。

夏　禄　那是一件古老的外套。

爱文斯　一件古老的外套上有着十二条白虱子,那真是相得益彰了;白虱是人类的老朋友,也是亲爱的象征。

夏　禄　不是白虱子,是淡水河里的"白梭子"鱼,我那古老的外套上,古老的纹章上,都有十二条白梭子鱼。

斯兰德　这十二条鱼我都可以"借光",叔叔。

夏　禄　你可以,你结了婚之后可以借你妻家的光。①

爱文斯　家里的钱财都让人借个光,这可坏事了。

夏　禄　没有的事儿。

爱文斯　可坏事呢,圣母娘娘。要是你有四条裙子,让人"借光"了,那你就一条也不剩了。可是闲话少说,要是福斯塔夫爵士有什么地方得罪了您,我是个出家人,方便为怀,很愿意尽力替你们两位和解和解。

夏　禄　我要把这事情告到枢密院去,这简直是暴动。

爱文斯　不要把暴动的事情告诉枢密院,暴动是不敬上帝的行为。枢密院希望听见人民个个敬畏上帝,不喜欢听见有什么暴动;您还是考虑考虑吧。

夏　禄　嘿!他妈的!要是我再年轻点儿,一定用刀子跟他解决。

爱文斯　冤家宜解不宜结,还是大家和和气气的好。我脑子里还有一个计划,要是能够成功,倒是一件美事。培琪大爷有一位女儿叫安,她是一个标致的姑娘。

斯兰德　安小姐吗?她有一头棕色的头发,说起话来细声细气,像个娘儿们似的。

爱文斯　正是这位小姐,没有错的,这样的人儿你找不出第二个来。她的爷爷临死的时候——上帝接引他上天堂享

---

① "借光",原文"quarter",是纹章学中的术语。欧洲封建贵族都各有代表族系的纹章;把妻家纹章中的图形移入自己的纹章,称为"quarter"。

福！——留给她七百镑钱，还有金子银子，等她满了十七岁，这笔财产就可以到她手里。我们现在还是把那些吵吵闹闹的事情搁在一旁，想法子替斯兰德少爷和安·培琪小姐作个媒吧。

夏　　禄　她的爷爷留给她七百镑钱吗？

爱文斯　是的，还有她父亲给她的钱。

夏　　禄　这姑娘我也认识，她的人品倒不错。

爱文斯　七百镑钱还有其他的妆奁，那还会错吗？

夏　　禄　好，让我们去瞧瞧培琪大爷吧。福斯塔夫也在里边吗？

爱文斯　我能向您说谎吗？我顶讨厌的就是说谎的人，正像我讨厌说假话的人或是不老实的人一样。约翰爵士是在里边，请您看在大家朋友分上，忍着点儿吧。让我去打门。（敲门）喂！有人吗？上帝祝福你们这一家！

培　　琪　（在内）谁呀？

爱文斯　上帝祝福你们，是您的朋友，还有夏禄法官和斯兰德少爷，我们要跟您谈些事情，也许您听了会高兴的。

　　　　培琪上。

培　　琪　我很高兴看见你们各位的气色都这样好。夏禄老爷，我还要谢谢您的鹿肉呢！

夏　　禄　培琪大爷，我很高兴看见您；您心肠好，福气一定也好！这鹿是给人乱刀杀死的，所以鹿肉弄得实在不成样子，您别见笑。嫂夫人好吗？——我从心坎里谢谢您！

培　　琪　我才要谢谢您哪。

夏　　禄　我才要谢谢您；干脆一句话，我谢谢您。

培　　琪　斯兰德少爷，我很高兴看见您。

斯兰德　培琪大叔，您那头黄毛的猎狗怎么样啦？听说它在最近的赛狗会上跑不过人家,有这回事吗?

培　琪　那可不能这么说。

斯兰德　您还不肯承认,您还不肯承认。

夏　禄　他当然不肯承认的;这倒是很可惜的事,这倒是很可惜的事。那是一头好狗哩。

培　琪　是一头不中用的畜生。

夏　禄　不,它是一头好狗,很漂亮的狗;那还用说吗?它又好又漂亮。福斯塔夫爵士在里边吗?

培　琪　他在里边;我很愿意给你们两位彼此消消气。

爱文斯　真是一个好基督徒说的话。

夏　禄　培琪大爷,他侮辱了我。

培　琪　是的,他自己也有几分认错。

夏　禄　认了错不能就算完事呀,培琪大爷,您说是不是?他侮辱了我;真的,他侮辱了我;一句话,他侮辱了我;你们听着,夏禄老爷说,他被人家侮辱了。

培　琪　约翰爵士来啦。

　　　　福斯塔夫、巴道夫、尼姆、毕斯托尔上。

福斯塔夫　喂,夏禄老爷,您要到王上面前去告我吗?

夏　禄　爵士,你打了我的用人,杀了我的鹿,闯进我的屋子里。

福斯塔夫　可是没有吻过你家看门人女儿的脸吧?

夏　禄　他妈的,什么话!我一定要跟你算账。

福斯塔夫　明人不作暗事,这一切事都是我干的。现在我回答了你啦。

夏　禄　我要告到枢密院去。

福斯塔夫　我看你还是告到后门口去吧,也免得人家笑话你。

爱文斯　少说几句吧,约翰爵士;大家好言好语不好吗?

福斯塔夫　好言好语！我倒喜欢好酒好肉呢。斯兰德,我要捶碎你的头;你也想跟我算账吗?

斯兰德　呃,爵士,我也想跟您还有您那几位专欺兔崽子的流氓跟班,巴道夫、尼姆和毕斯托尔,算一算账呢。他们带我到酒店里去,把我灌了个醉,偷了我的钱袋。

巴道夫　你这又酸又臭的干酪!

斯兰德　好,随你说吧。

毕斯托尔　喂,枯骨鬼!

斯兰德　好,随你说吧。

尼　姆　喂,风干肉片!这别号我给你取得好不好?

斯兰德　我的跟班辛普儿呢?叔叔,您知道吗?

爱文斯　请你们大家别闹,让我们来看:关于这一场争执,我知道已经有了三位公证人,第一位是培琪大爷,第二位是我自己,第三位也就是最后一位,是嘉德饭店的老板。

培　琪　咱们三个人要听一听两方面的曲直,替他们调停出一个结果来。

爱文斯　很好,让我先在笔记簿上把要点记下来,然后我们可以仔细研究出一个方案来。

福斯塔夫　毕斯托尔!

毕斯托尔　他用耳朵听见了。

爱文斯　见他妈的鬼!这算什么话,"他用耳朵听见了"?嘿,这简直是矫揉造作。

福斯塔夫　毕斯托尔,你有没有偷过斯兰德少爷的钱袋?

斯兰德　凭着我这双手套起誓,他偷了我七个六便士的锯边银币,还有两个爱德华时代的银币,我用每个两先令两便士的价钱换来的。倘然我冤枉了他,我就不叫斯兰德。

福斯塔夫　毕斯托尔,这是真事吗?

爱文斯　不,扒人家的口袋是见不得人的事。

毕斯托尔　嘿,你这个威尔士山地的生番!——我的主人约翰爵士,我要跟这把锈了的"小刀子"拚命。你这两片嘴唇说的全是假话!全是假话!你这不中用的人渣,你在说谎!

斯兰德　那么我赌咒一定是他。

尼　姆　说话留点儿神吧,朋友,大家客客气气。你要是想在太岁头上动土,咱老子可也不是好惹的。我要说的话就是这几句。

斯兰德　凭着这顶帽子起誓,那么一定是那个红脸的家伙偷的。我虽然不记得我给你们灌醉以后做了些什么事,可是我还不是一头十足的驴子哩。

福斯塔夫　你怎么说,红脸儿?

巴道夫　我说,这位先生一定是喝酒喝昏了胆子啦。

爱文斯　应该是喝酒喝昏了"头";呸,可见得真是无知!

巴道夫　他喝得昏昏沉沉,于是就像人家所说的,"破了财",结果倒怪到我头上来了。

斯兰德　那天你还说着拉丁文呢;好,随你们怎么说吧,我这回受了骗,以后再不喝醉了;我要是喝酒,一定跟规规矩矩敬重上帝的人在一起喝,决不再跟这种坏东西在一起喝了。

爱文斯　好一句有志气的话!

福斯塔夫　各位先生,你们听他什么都否认了,你们听。

　　　　　安·培琪持酒具,及福德大娘、培琪大娘同上。

培　琪　不,女儿,你把酒拿进去,我们就在里面喝酒。(安·培琪下。)

斯兰德　天啊!这就是安小姐。

培　琪　您好,福德嫂子!

福斯塔夫　福德大娘,我今天能够碰见您,真是三生有幸;恕我冒昧,好嫂子。(吻福德大娘。)

培　琪　娘子,请你招待招待各位客人。来,我们今天烧好一盘滚热的鹿肉馒头,要请诸位尝尝新。来,各位朋友,我希望大家一杯在手,旧怨全忘。(除夏禄、斯兰德、爱文斯外皆下。)

斯兰德　我宁愿要一本诗歌和十四行集,即使现在有人给我四十个先令。

　　　　辛普儿上。

斯兰德　啊,辛普儿,你到哪儿去了?难道我必须自己服侍自己吗?你有没有把那本猜谜的书带来?

辛普儿　猜谜的书!怎么,您不是在上一次万圣节时候,米迦勒节的前两个星期,把它借给矮饽饽艾丽丝了吗?

夏　禄　来,侄儿;来,侄儿,我们等着你呢。侄儿,我有句话要对你说,是这样的,侄儿,刚才休师傅曾经隐约提起过这么一个意思;你懂得我的意思吗?

斯兰德　嗯,叔叔,我是个好说话的人;只要是合理的事,我总是愿意的。

夏　禄　不,你听我说。

斯兰德　我在听着您哪,叔叔。

爱文斯　斯兰德少爷,听清他的意思;您要是愿意的话,我可以把这件事情向您解释。

斯兰德　不,我的夏禄叔叔叫我怎么做,我就怎么做。请您原谅,他是个治安法官,谁人不知,哪个不晓?

爱文斯　不是这个意思,我们现在所要谈的,是关于您的婚姻问题。

夏　禄　对了，就是这一回事。

爱文斯　就是这一回事，我们要给您跟培琪小姐作个媒。

斯兰德　噢，原来是这么一回事，只要条件合理，我总可以答应娶她的。

爱文斯　可是您能不能喜欢这一位姑娘呢？我们必须从您自己嘴里——或者从您自己的嘴唇里——有些哲学家认为嘴唇就是嘴的一部分——知道您的意思，所以请您明明白白地回答我们，您能不能对这位姑娘发生好感呢？

夏　禄　斯兰德贤侄，你能够爱她吗？

斯兰德　叔叔，我希望我总是照着道理去做。

爱文斯　嗳哟，天上的爷爷奶奶们！您一定要讲得明白点儿，您想不想要她？

夏　禄　你一定要明明白白地讲。要是她有很丰盛的妆奁，你愿意娶她吗？

斯兰德　叔叔，您叫我做的事，只要是合理的，比这更重大的事我也会答应下来。

夏　禄　不，你得明白我的意思，好侄儿；我所做的事，完全是为了你的幸福。你能够爱这姑娘吗？

斯兰德　叔叔，您叫我娶她，我就娶她；也许在起头的时候彼此之间没有多大的爱情，可是结过了婚以后，大家慢慢地互相熟悉起来，日久生厌，也许爱情会自然而然地一天不如一天。可是只要您说一声"跟她结婚"，我就跟她结婚，这是我的反复无常的决心。

爱文斯　这是一个很明理的回答，虽然措辞有点不妥，应该说"不可动摇"才对。他的意思是很好的。

夏　禄　嗯，我的侄儿的意思是很好的。

斯兰德　要不然的话,我就是个该死的畜生了!

夏　禄　安小姐来了。

    安·培琪重上。

夏　禄　安小姐,为了您的缘故,我但愿自己再年轻起来。

安　　酒菜已经预备好了,家父叫我来请各位进去。

夏　禄　我愿意奉陪,好安小姐。

爱文斯　嗳哟!念起餐前祈祷来,我可不能缺席哩。(夏禄、爱文斯下。)

安　　斯兰德世兄,您也请进吧。

斯兰德　不,谢谢您,真的,托福托福。

安　　大家都在等着您哪。

斯兰德　我不饿,我真的谢谢您。喂,你虽然是我的跟班,还是进去侍候我的夏禄叔叔吧。(辛普儿下)一个治安法官有时候也要仰仗他的朋友,借他的跟班来伺候自己。现在家母还没有死,我随身只有三个跟班一个童儿,可是这算得上什么呢?我的生活还是过得一点也不舒服。

安　　您要是不进去,那么我也不能进去了;他们都要等您到了才坐下来呢。

斯兰德　真的,我不要吃什么东西;可是我多谢您的好意。

安　　世兄,请您进去吧。

斯兰德　我还是在这儿走走的好,我谢谢您。我前天跟一个击剑教师比赛刀剑,三个回合赌一碟蒸熟的梅子,结果把我的胫骨也弄伤了;不瞒您说,从此以后,我闻到烧热的肉的味道就受不了。您家的狗为什么叫得这样厉害?城里有熊吗?

安　　我想是有的,我听见人家说过。

斯兰德　逗着熊玩儿是很有意思的,不过我也像别的英国人一样反对这玩意儿。您要是看见关在笼子里的熊逃了出来,您怕不怕?

安　　　我怕。

斯兰德　我现在可把它当作家常便饭一样,不觉得什么希罕了。我曾经看见花园里那头著名的萨克逊大熊逃出来二十次,我还亲手拉住它的链条。可是我告诉您吧,那些女人们一看见了,就哭呀叫呀地闹得天翻地覆;实在说起来,也难怪她们受不了,那些畜生都是又难看又粗暴的家伙。

　　　　培琪重上。

培　琪　来,斯兰德少爷,来吧,我们等着您呢。

斯兰德　我不要吃什么东西,我谢谢您。

培　琪　这怎么可以呢?您不吃也得吃,来,来。

斯兰德　那么您先请吧。

培　琪　您先请。

斯兰德　安小姐,还是您先请。

安　　　不,您别客气了。

斯兰德　真的,我不能走在你们前面;真的,那不是太无礼了吗?

安　　　您何必这样客气呢?

斯兰德　既然这样,与其让你们讨厌,还是失礼的好。你们可不能怪我放肆呀。(同下。)

第二场　同　前

　　　　爱文斯及辛普儿上。

爱文斯　你去打听打听,有一个卡厄斯大夫住在哪儿;他的家里有一个叫做快嘴桂嫂的,是他的看护,或者是他的保姆,或者是他的厨娘,或者是帮他洗洗衣服的女人。

辛普儿　好的,师傅。

爱文斯　慢着,还有更要紧的话哩。你把这封信交给她,因为她跟培琪家小姐是很熟悉的,这封信里的意思,就是要请她代你的主人向培琪家小姐传达他的爱慕之忱。请你快点儿去吧,我饭还没有吃完,还有一道苹果跟干酪在后头呢。(各下。)

第三场　嘉德饭店中一室

福斯塔夫、店主、巴道夫、尼姆、毕斯托尔及罗宾上。

福斯塔夫　店主东!

店　主　怎么说,我的老狐狸?要说得像有学问的人、像个聪明人。

福斯塔夫　不瞒你说,我要辞掉一两个跟班啦。

店　主　好,我的巨人,叫他们滚蛋,滚蛋!滚蛋!

福斯塔夫　尽是坐着吃饭,我一个星期也要花上十镑钱。

店　主　当然啰,你就像个皇帝,像个凯撒,像个土耳其宰相。我可以把巴道夫收留下来,让他做个酒保,你看好不好,我的大英雄?

福斯塔夫　老板,那好极啦。

店　主　那么就这么办,叫他跟我来吧。(向巴道夫)让我看到你会把酸酒当做好酒卖。我不多说了;跟我来吧。(下。)

福斯塔夫　巴道夫,跟他去。酒保也是一种很好的行业。旧外套可以改做新褂子;一个不中用的跟班,也可以变成一个出色的酒保。去吧,再见。

巴道夫　这种生活我正是求之不得,我一定会从此交运。

毕斯托尔　哼,没出息的东西!你要去开酒桶吗?(巴道夫下。)

尼　姆　这个糊涂爷娘生下来的窝囊废!我这随口而出的话妙不妙?

福斯塔夫　我很高兴把这火种这样打发走了;他的偷窃太公开啦,他在偷偷摸摸的时候,就像一个不会唱歌的人一样,一点不懂得轻重快慢。

尼　姆　做贼的唯一妙诀,是看准下手的时刻。

毕斯托尔　聪明的人把它叫做"不告而取"。"做贼"!呸!好难听的话儿!

福斯塔夫　孩子们,我快要穷得鞋子都没有后跟啦。

毕斯托尔　好,那么就让你的脚跟上长起老大的冻疮来吧。

福斯塔夫　没有法子,我必须想个办法,捞一些钱来。

毕斯托尔　小乌鸦们不吃东西也是不行的呀。

福斯塔夫　你们有谁知道本地有一个叫福德的家伙?

毕斯托尔　我知道那家伙,他很有几个钱。

福斯塔夫　我的好孩子们,现在我要把我肚子里的计划怎么长怎么短都告诉你们。

毕斯托尔　你这肚子两码都不止吧。

福斯塔夫　休得取笑,毕斯托尔!我这腰身的确在两码左右,可是谁跟你谈我的大腰身来着,我倒是想谈谈人家的小腰身呢——这一回,我谈的是进账,不是出账。说得干脆些,我想去吊福德老婆的膀子。我觉得她对我很有几分意思;她跟我讲话的那种口气,她向我卖弄风情的那种姿势,还有她那一瞟一瞟的脉脉含情的眼光,都好像在说,"我的心是福斯塔夫爵士的。"

毕斯托尔　你果然把她的心理研究得非常透彻,居然把它一个字一个字地解释出来啦。

尼　姆　抛锚抛得好深啊;我这随口而出的话好不好?

福斯塔夫　听说她丈夫的钱都是她一手经管的;他有数不清的钱藏在家里。

毕斯托尔　财多招鬼忌,咱们应该去给他消消灾;我说,向她进攻吧!

尼　姆　我的劲头儿上来了;很好,快拿金钱来给我消消灾吧。

福斯塔夫　我已经写下一封信在这儿预备寄给她;这儿还有一封,是写给培琪老婆的,她刚才也向我眉目传情,她那双水汪汪的眼睛一霎不霎地望着我身上的各部分,一会儿瞧瞧我的脚,一会儿瞧瞧我的大肚子。

毕斯托尔　正好比太阳照在粪堆上。

尼　姆　这个譬喻打得好极了!

福斯塔夫　啊!她用贪馋的神气把我从上身望到下身,她的眼睛里简直要喷出火来炙我。这一封信是给她的。她也经管着钱财,她就像是一座取之不竭的金矿。我要去接管她们两人的全部富源,她们两人便是我的两个国库;她们一个是东印度,一个是西印度,我就在这两地之间开辟我的生财大道。你给我去把这信送给培琪大娘;你给我去把这信送给福德大娘。孩子们,咱们从此可以有舒服日子过啦!

毕斯托尔　我身边佩着钢刀,是个军人,你倒要我给你拉皮条吗?鬼才干这种事!

尼　姆　这种龌龊的事情我也不干;把这封宝贝信拿回去吧。我的名誉要紧。

福斯塔夫　（向罗宾）来，小鬼，你给我把这两封信送去，小心别丢了。你就像我的一艘快船一样，赶快开到这两座金山的脚下去吧。（罗宾下）你们这两个混蛋，一起给我滚吧！再不要让我看见你们的影子！像狗一样爬得远远的，我这里容不了你们。滚！这年头儿大家都要讲究个紧缩，福斯塔夫也要学学法国人的算计，留着一个随身的童儿，也就够了。（下。）

毕斯托尔　让饿老鹰把你的心肝五脏一起抓了去！你用假骰子到处诈骗人家，看你作孽到几时！等你有一天穷得袋里一个子儿都没有的时候，再瞧瞧老子是不是一定要靠着你才得活命，这万恶不赦的老贼！

尼　姆　我心里正在转着一个念头，我要复仇。

毕斯托尔　你要复仇吗？

尼　姆　天日在上，此仇非报不可！

毕斯托尔　用计策还是用武力？

尼　姆　两样都要用；我先去向培琪报告，有人正在勾搭他的老婆。

毕斯托尔　我就去叫福德加倍留神，

　　　　　说福斯塔夫，那混账东西，

　　　　　想把他的财产一口侵吞，

　　　　　还要占夺他的美貌娇妻。

尼　姆　我的脾气是想到就做，我要去煽动培琪，让他心里充满了醋意，叫他用毒药毒死这家伙。谁要是对我不起，让他知道咱老子也不是好惹的；这就是我生来的脾气。

毕斯托尔　你就是个天煞星，我愿意跟你合作，走吧。（同下。）

第四场　卡厄斯医生家中一室

快嘴桂嫂及辛普儿上。

桂　嫂　喂,勒格比!

勒格比上。

桂　嫂　请你到窗口去瞧瞧看,咱们这位东家来了没有;要是他来了,看见屋子里有人,一定又要给他用蹩脚的伦敦官话,把我昏天黑地骂一顿。

勒格比　好,我去看看。

桂　嫂　去吧,今天晚上等我们烘罢了火,我请你喝杯酒。(勒格比下)他是一个老实的听话的和善的家伙,你找不到第二个像他这样的仆人;他又不会说长道短,也不会搬弄是非;他的唯一的缺点,就是太喜欢祷告了,他祷告起来,简直像个呆子,可是谁都有几分错处,那也不用说它了。你说你的名字叫辛普儿吗?

辛普儿　是,人家就这样叫我。

桂　嫂　斯兰德少爷就是你的主人吗?

辛普儿　正是。

桂　嫂　他不是留着一大把胡须,像手套商的削皮刀吗?

辛普儿　不,他只有一张小小的、白白的脸,略微有几根黄胡子。

桂　嫂　他是一个很文弱的人,是不是?

辛普儿　是的,可是在那个地段里,真要比起力气来,他也不怕人家;他曾经跟看守猎苑的人打过架呢。

桂　嫂　你怎么说?——啊,我记起来啦!他不是走起路来大摇大摆,把头抬得高高的吗?

233

辛普儿　对了,一点不错,他正是这样子。

桂　嫂　好,天老爷保佑培琪小姐嫁到这样一位好郎君吧!你回去对休牧师先生说,我一定愿意尽力帮你家少爷的忙。安是个好孩子,我但愿——

　　　　　勒格比重上。

勒格比　不好了,快出去,我们老爷来啦!

桂　嫂　咱们大家都要挨一顿臭骂了。这儿来,好兄弟,赶快钻到这个壁橱里去。(将辛普儿关在壁橱内)他一会儿就要出去的。喂,勒格比!喂,你在哪里?勒格比,你去瞧瞧老爷去,他现在还不回来,不知道人好不好。(勒格比下,桂嫂唱歌)

　　　　　得儿郎当,得儿郎当……
　　　　　卡厄斯上。

卡厄斯　你在唱些什么?我讨厌这种玩意儿。请你快给我到壁橱里去,把一只匣子,一只绿的匣子,给我拿来;听见我的话吗?一只绿的匣子。

桂　嫂　好,好,我就去给您拿来。(旁白)谢天谢地他没有自己去拿,要是给他看见了壁橱里有一个小伙子,他一定要暴跳如雷了。

卡厄斯　快点,快点!天气热得很哪。我有要紧的事,就要到宫廷里去。

桂　嫂　是这一个吗,老爷?

卡厄斯　对了,给我放在口袋里,快点。勒格比那个混蛋呢?

桂　嫂　喂,勒格比!勒格比!

　　　　　勒格比重上。

勒格比　有,老爷。

卡厄斯　勒格比,把剑拿来,跟我到宫廷里去。

勒格比　剑已经放在门口了,老爷。

卡厄斯　我已经耽搁得太久了。——该死!我又忘了!壁橱里还有点儿药草,一定要带去。

桂　嫂　(旁白)糟了!他看见了那个小子,一定要发疯哩。

卡厄斯　见鬼!见鬼!什么东西在我的壁橱里?——混蛋!狗贼!(将辛普儿拖出)勒格比,把我的剑拿来!

桂　嫂　好老爷,请您息怒吧!

卡厄斯　我为什么要息怒?嘿!

桂　嫂　这个年轻人是个好人。

卡厄斯　是好人躲在我的壁橱里干什么?躲在我的壁橱里,就不是好人。

桂　嫂　请您别发这么大的脾气。老实告诉您吧,是休牧师叫他来找我的。

卡厄斯　好。

辛普儿　正是,休牧师叫我来请这位大娘——

桂　嫂　你不要说话。

卡厄斯　闭住你的嘴!——你说吧。

辛普儿　请这位大娘替我家少爷去向培琪家小姐说亲。

桂　嫂　真的,只是这么一回事。可是我才不愿多管这种闲事,把手指头伸到火里去呢;跟我又没有什么相干。

卡厄斯　是休牧师叫你来的吗?——勒格比,拿张纸来。你再等一会儿。(写信。)

桂　嫂　我很高兴他今天这么安静,要是他真的动起怒来,那才会吵得日月无光呢。可是别管他,我一定尽力帮你家少爷的忙;不瞒你说,这个法国医生,我的主人——我可以叫他做我的主人,因为你瞧,我替他管屋子,还给他洗衣服、酿酒、烘面包、扫地擦桌、烧肉烹茶、铺床叠被,什么都是我一个人做的——

辛普儿　一个人做这么多事,真太辛苦啦。

桂　嫂　你替我想想,真把人都累死了,天一亮就起身,老晚才睡觉;可是这些话也不用说了,让我悄悄地告诉你,你可不许对人家说,我那个东家他自己也爱着培琪家小姐;可是安的心思我是知道的,她的心既不在这儿也不在那儿。

卡厄斯　猴崽子,你去把这封信交给休牧师,这是一封挑战书,我要在林苑里割断他的喉咙;我要教训教训这个猴崽子的牧师,问他以后还多管闲事不管。你去吧,你留在这儿没有好处。哼,我要把他那两颗睾丸一起割下来,连一颗也不剩。(辛普儿下。)

桂　嫂　唉!他也不过帮他朋友说句话罢了。

卡厄斯　我可不管;你不是对我说安·培琪一定会嫁给我的吗?哼,我要是不把那个狗牧师杀掉,我就不是个人;我要叫嘉德饭店的老板替我们做公证人。哼,我要是不娶安·培琪为妻,我就不是个人。

桂　嫂　老爷,那姑娘喜欢您哩,包您万事如意。大家高兴嚼嘴嚼舌,就让他们去嚼吧。真是哩!

卡厄斯　勒格比,跟我到宫廷去。哼,要是我娶不到安·培琪为妻,我不把你赶出门,我就不是个人。跟我来,勒格比。(卡厄斯、勒格比下。)

桂　嫂　呸!做你的梦!安的心思我是知道的;在温莎地方,谁也没有像我一样明白安的心思了;谢天谢地,她也只肯听我的话,别人的话她才不理呢。

范　顿　(在内)里面有人吗?喂!

桂　嫂　谁呀？进来吧。

　　　　　范顿上。

范　顿　啊，大娘，你好哇？

桂　嫂　多承大爷问起，托福托福。

范　顿　有什么消息？安小姐近来好吗？

桂　嫂　凭良心说，大爷，她真是一位又标致、又端庄、又温柔的好姑娘；范顿大爷，我告诉您吧，她很佩服您哩，谢天谢地。

范　顿　你看起来我有几分希望吗？我的求婚不会失败吗？

桂　嫂　真的，大爷，什么事情都是天老爷注定了的；可是，范顿大爷，我可以发誓她是爱您的。您的眼皮上不是长着一颗小疙瘩吗？

范　顿　是有颗疙瘩，那便怎样呢？

桂　嫂　噢，这上面就有一段话呢。真的，我们这位小安就像换了个人似的，我们讲那颗疙瘩足足讲了一个钟点。人家讲的笑话一点不好笑，那姑娘讲的笑话才叫人打心窝里笑出来呢。可是我可以跟无论什么人打赌，她是个顶规矩的姑娘。她近来也实在太喜欢一个人发呆了，老像在想着什么心事似的。至于讲到您——那您尽管放心吧。

范　顿　好，我今天要去看她。这几个钱请你收下，多多拜托你帮我说句好话。要是你比我先看见她，请你替我向她致意。

桂　嫂　那还用说吗？下次要是有机会，我还要给您讲起那个疙瘩哩；我也可以告诉您还有些什么人在转她的念头。

范　顿　好，回头见；我现在还有要事，不多谈了。

桂　嫂　回头见，范顿大爷。（范顿下）这人是个规规矩矩的绅士，可是安并不爱他，谁也不及我更明白安的心思了。该死！我又忘了什么啦？（下。）

第 二 幕

第一场　培琪家门前

培琪大娘持书信上。

培琪大娘　什么！我在年轻貌美的时候，都不曾收到过什么情书，现在倒有人写起情书来给我了吗？让我来看："不要问我为什么我爱你；因为爱情虽然会用理智来作疗治相思的药饵，它却是从来不听理智的劝告的。你并不年轻，我也是一样；好吧，咱们同病相怜。你爱好风流，我也是一样；哈哈，那尤其是同病相怜。你喜欢喝酒，我也是一样；咱们俩岂不是天生的一对？要是一个军人的爱可以使你满足，那么培琪大娘，你也可以心满意足了，因为我已经把你爱上了。我不愿意说，可怜我吧，因为那不是一个军人所应该说的话；可是我说，爱我吧。愿意为你赴汤蹈火的，你的忠心的骑士，约翰·福斯塔夫上。"好一个胆大妄为的狗贼！嗳哟，万恶的万恶的世界！一个快要老死了的家伙，还要自命风流！真是见鬼！这个酒鬼究竟从我的谈话里抓到了什么出言不检的地方，竟敢用这种话来试探我？我还没有见过他三次面呢！我应该怎样对他说呢？那个时候，上帝饶恕我!我也只是说说笑笑罢了。哼,我要到议会里去上一个条陈,请他们把那班男人一概格杀勿论。我应该怎样报复他呢?我这一口气非出不可,这是不用问的,就像他的肠子都是用布丁做的一样。

    福德大娘上。

福德大娘 培琪嫂子!我正要到您府上来呢。

培琪大娘 我也正要到您家里去呢。您脸色可不大好看呀。

福德大娘 那我可不信,我应该满面红光才是呢。

培琪大娘 说真的,我觉得您脸色可不大好看。

福德大娘 好吧,就算不大好看吧;可是我得说,我本来可以让您看到满面红光的。啊,培琪嫂子!您给我出个主意吧。

培琪大娘 什么事,大姊?

福德大娘 啊,大姊,我倘不是因为觉得这种事情太不好意思,我就可以富贵起来啦!

培琪大娘 大姊,管他什么好意思不好意思,富贵起来不好吗?是怎么一回事?——别理会什么不好意思;是怎么一回事?

福德大娘 我只要高兴下地狱走一趟,我就可以封爵啦。

培琪大娘 什么?你在胡说。爱丽·福德爵士!现在这种爵士满街都是,你还是不用改变你的头衔吧。

福德大娘 废话少说,你读一读这封信;你瞧了以后,就可以知道我怎样可以封起爵来。从此以后,只要我长着眼睛,还看得清男人的模样儿,我要永远瞧不起那些胖子。可是他当着我们的面,居然不曾咒天骂地,居然赞美贞洁的女人,居然装出那么正经的样子,自称从此再也不干那种种荒唐的事了;我还真想替他发誓,他说这话是真心诚意的;谁知他说的跟他做的根本碰不到一块儿,就像圣洁的赞美诗和下流的小曲儿那样天差地别。是哪一阵暴风把这条肚子里装着许多吨油的鲸鱼吹到了温莎的海岸上来？我应该怎样报复他呢？我想最好的办法是假意敷衍他，却永远不让他达到目的，直等罪恶的孽火把他熔化在他自己的脂油里。你有没有听见过这样的事情？

培琪大娘　你有一封信，我也有一封信，就是换了个名字！你不用只管揣摩，怎么会让人家把自己看得这样轻贱；请你大大地放心，瞧吧，这是你那封信的孪生兄弟——不过还是让你那封信做老大，我的信做老二好了，我决不来抢你的地位。我敢说，他已经写好了一千封这样的信，只要在空白的地方填下了姓名，就可以寄给人家；也许还不止一千封，咱们的已经是再版的了。他一定会把这种信刻成版子印起来的，因为他会把咱们两人的名字都放上去，可见他无论刻下了些什么乱七八糟的东西，都会一样不在乎。我要是跟他在一起睡觉，还是让一座山把我压死了吧。嘿，你可以找到二十只贪淫的乌龟，却不容易找到一个规规矩矩的男人。

福德大娘　嗳哟，这两封信简直是一个印版里印出来的，同样的笔迹，同样的字句。他到底把我们看做什么人啦？

培琪大娘　那我可不知道；我看见了这样的信，真有点自己不相信自己起来了。以后我一定得留心察看自己的行动，因为他要是不在我身上看出了一点我自己也不知道的不大规矩的地方，一定不会毫无忌惮到这个样子。

福德大娘　你说他毫无忌惮？哼，我一定要叫他知道厉害。

培琪大娘　我也是这个主意。要是我让他欺到我头上来，我从此不做人了。我们一定要向他报复。让我们约他一个日子相会，把他哄骗得心花怒放，然后我们采取长期诱敌的计策,只让他闻到鱼儿的腥气,不让他尝到鱼儿的味道,逗得他馋涎欲滴,饿火雷鸣,吃尽当光,把他的马儿都变卖给嘉德饭店的老板为止。

福德大娘　好,为了作弄这个坏东西,我什么恶毒的事情都愿意干,只要对我自己的名誉没有损害。啊,要是我的男人见了这封信,那还了得!他那股醋劲儿才大呢。

培琪大娘　嗳哟,你瞧,他来啦,我的那个也来啦;他是从来不吃醋的,我也从来不给他一点可以使他吃醋的理由;我希望他永远不吃醋才好。

福德大娘　那你的运气比我好得多啦。

培琪大娘　我们再商量商量怎样对付这个好色的骑士吧。过来。(二人退后。)

　　　　福德、毕斯托尔、培琪、尼姆同上。

福　　德　我希望不会有这样的事。

毕斯托尔　希望在有些事情上是靠不住的。福斯塔夫在转你老婆的念头哩。

福　　德　我的妻子年纪也不小了。

毕斯托尔　他玩起女人来,不论贵贱贫富老少,在他都是一样;只要是女人都配他的胃口。福德,你可留点神吧。

福　　德　爱上我的妻子!

毕斯托尔　他心里火一样的热呢。你要是不赶快防备,只怕将来你头上会长什么东西出来,你会得到一个不雅的头衔。

福　　德　什么头衔?

毕斯托尔　头上出角的忘八哪。再见。偷儿总是乘着黑夜行事的,千万留心门户;否则只怕夏天还没到,郭公就在枝头对你叫了。走吧,尼姆伍长!培琪,他说的都是真话,你不可不信。（下。）

福　德　（旁白）我必须忍耐一下，把这事情调查明白。

尼　姆　（向培琪）这是真的，我不喜欢撒谎。他在许多地方对不起我。他本来叫我把那鬼信送给她，可是我就是真没有饭吃，也可以靠我的剑过日子。总而言之一句话，他爱你的老婆。我的名字叫做尼姆伍长，我说的话全是真的；我的名字叫尼姆，福斯塔夫爱你的老婆。天天让我吃那份儿面包干酪，我才没有那么好的胃口呢；我有什么胃口说什么话。再见。（下。）

培　琪　（旁白）"有什么胃口说什么话"，这家伙夹七夹八的，不知在讲些什么东西！

福　德　我要去找那福斯塔夫。

培　琪　我从来没有听见过这样一个噜里噜苏、装腔作势的家伙。

福　德　要是给我发觉了，哼。

培　琪　我就不相信这种狗东西的话，虽然城里的牧师还说他是个好人。

福　德　他的话说得倒很有理，哼。

培　琪　啊，娘子！

培琪大娘　官人，你到哪儿去？——我对你说。

福德大娘　嗳哟，我的爷！你有了什么心事啦？

福　德　我有什么心事！我有什么心事？你回家去吧，去吧。

福德大娘　真的，你一定又在转着些什么古怪的念头。培琪嫂子，咱们去吧。

培琪大娘　好，你先请。官人，你今天回来吃饭吗？（向福德大娘旁白）瞧，那边来的是什么人？咱们可以叫她去带信给那个下流的骑士。

福德大娘　我刚才还想起了她,叫她去是再好没有了。

　　　　快嘴桂嫂上。

培琪大娘　你是来瞧我的女儿安的吗?

桂　嫂　正是呀,请问我们那位好安小姐好吗?

培琪大娘　你跟我们一块儿进去瞧瞧她吧;我们还有很多话要跟你讲哩。(培琪大娘、福德大娘及桂嫂同下。)

培　琪　福德大爷,您怎么啦?

福　德　你听见那家伙告诉我的话没有?

培　琪　我听见了;还有那个家伙告诉我的话,你听见了没有?

福　德　你想他们说的话靠得住靠不住?

培　琪　理他呢,这些狗东西!那个骑士固然不是好人,可是这两个说他意图勾引你、我妻子的人,都是他的革退的跟班,现在没有事做了,什么坏话都会说得出来的。

福　德　他们都是他的跟班吗?

培　琪　是的。

福　德　那倒很好。他住在嘉德饭店里吗?

培　琪　正是。他要是真想勾搭我的妻子,我可以假作痴聋,给他一个下手的机会,看他除了一顿臭骂之外,还会从她身上得到什么好处。

福　德　我并不疑心我的妻子,可是我也不放心让她跟别个男人在一起。一个男人太相信他的妻子,也是危险的。我不愿戴头巾,这事情倒不能就这样一笑置之。

培　琪　瞧,咱们那位爱吵闹的嘉德饭店的老板来了。他瞧上去这样高兴,倘不是喝醉了酒,一定是袋里有了几个钱——

　　　　店主及夏禄上。

培　琪　老板,您好?

店　主　啊,老狐狸!你是个好人。喂,法官先生!

夏　禄　我在这儿,老板,我在这儿。晚安,培琪大爷!培琪大爷,您跟我们一块儿去好吗?我们有新鲜的玩意儿看呢。

店　主　告诉他,法官先生;告诉他,老狐狸。

夏　禄　那个威尔士牧师休·爱文斯跟那个法国医生卡厄斯要有一场决斗。

福　德　老板,我跟您讲句话儿。

店　主　你怎么说,我的老狐狸?(二人退立一旁。)

夏　禄　(向培琪)您愿意跟我们一块儿瞧瞧去吗?我们这位淘气的店主已经替他们把剑较量过了,而且我相信已经跟他们约好了两个不同的地方,因为我听人家说那个牧师是个非常认真的家伙。来,我告诉您,我们将要有怎样一场玩意儿。(二人退立一旁。)

店　主　客人先生,你不是跟我的骑士有点儿过不去吗?

福　德　不,绝对没有。我愿意送给您一瓶烧酒,请您让我去见见他,对他说我的名字是白罗克,那不过是跟他开开玩笑而已。

店　主　很好,我的好汉;你可以自由出入,你说好不好?你的名字就叫白罗克。他是个淘气的骑士哩。诸位,咱们走吧。

夏　禄　好,老板,请你带路。

培　琪　我听人家说,这个法国人的剑术很不错。

夏　禄　这算得了什么!我在年轻时候,也着实来得一手呢。从前这种讲究剑法的,一个站在这边,一个站在那边,你这么一刺,我这么一挥,还有各式各样的名目,我记也记不清楚;可是培琪大爷,顶要紧的毕竟还要看自己有没有勇气。

不瞒您说,我从前凭着一把长剑,就可以叫四个高大的汉子抱头鼠窜哩。

店　主　喂,孩子们,来!咱们该走了!

培　琪　好,你先请吧。我倒不喜欢看他们真的打起来,宁愿听他们吵一场嘴。(店主、夏禄、培琪同下。)

福　德　培琪是个胆大的傻瓜,他以为他的老婆一定不会背着他偷汉子,可是我却不能把事情看得这样大意。我的女人在培琪家的时候,他也在那儿,他们两人捣过什么鬼我也不知道。好,我还要仔细调查一下;我要先假扮了去试探试探福斯塔夫。要是侦察的结果,她并没有做过不规矩的事情,那我也可以放下心来;不然的话,也可以不至于给这一对男女蒙在鼓里。(下。)

第二场　嘉德饭店中一室

福斯塔夫及毕斯托尔上。

福斯塔夫　我一个子儿也不借给你。

毕斯托尔　那么我要凭着我的宝剑,去打出一条生路来了。你要是答应借给我,我将来一定如数奉还,决不拖欠。

福斯塔夫　一个子儿也没有。我让你把我的面子丢尽,从来不曾跟你计较过;我曾经不顾人家的讨厌,替你和你那个同伙尼姆一次两次三次向人家求情说项,否则你们早已像一对大猩猩一样,给他们抓起来关在铁笼子里了。我不惜违背良心,向我那些有身份的朋友们发誓说你们都是很好的军人,堂堂的男子;白律治太太丢了她的扇柄,我还用我的名誉替你辩护,说你没有把它偷走。

毕斯托尔　你不是也分到好处吗？我不是给你十五便士吗？

福斯塔夫　混蛋,一个人总要讲理呀；我难道白白地出卖良心吗？一句话,别尽缠我了,我又不是你的绞刑架,吊在我身边干什么？去吧；一把小刀一堆人！① 快给我滚回你的贼窠里去吧！你不肯替我送信,你这混蛋！你的名誉要紧！哼,你这死不要脸的东西！连我要保牢我的名誉也谈何容易！就说我自己吧,有时为了没有办法,也只好昧了良心,把我的名誉置之不顾,去干一些偷偷摸摸的勾当；可是像你这样一个衣衫褴褛、野猫一样的面孔,满嘴醉话,动不动赌咒骂人的家伙,却也要讲起什么名誉来了！你不肯替我送信,好,你这混蛋！

毕斯托尔　我现在认错了,难道还不够吗？

　　　　　罗宾上。

罗　宾　爵爷,外面有一个妇人要见您说话。

福斯塔夫　叫她进来。

　　　　　快嘴桂嫂上。

桂　嫂　爵爷,您好？

福斯塔夫　你好,大嫂。

桂　嫂　请爵爷别这么称呼我。

福斯塔夫　那么称呼你大姑娘。

桂　嫂　我可以给你发誓,当初我刚出娘胎倒是个姑娘——在这一点上我不愧是我妈妈的女儿。

福斯塔夫　人家发了誓,我还有什么不信的。你有什么事见我？

桂　嫂　我可以跟爵爷讲一两句话吗？

———————

① 意即钻到人堆里去做扒手的勾当。

福斯塔夫　好女人,你就是跟我讲两千句话,我也愿意听。

桂　嫂　爵爷,有一位福德娘子,——请您再过来点儿;我自己是住在卡厄斯大夫家里的。

福斯塔夫　好,你说下去吧,你说那位福德娘子——

桂　嫂　爵爷说得一点不错——请您再过来点儿。

福斯塔夫　你放心吧。这儿没有外人,都是自家人,都是自家人。

桂　嫂　真的吗?上帝保佑他们,收留他们做他的仆人!

福斯塔夫　好,你说吧,那位福德娘子——

桂　嫂　嗳哟,爵爷,她真是个好人儿。天哪,天哪!您爵爷是个风流的人儿!但愿天老爷饶恕您,也饶恕我们众人吧!

福斯塔夫　福德娘子,说呀,福德娘子——

桂　嫂　好,干脆一句话,她一见了您,说来也叫人不相信,简直就给您迷住啦;就是女王驾幸温莎的时候,那些头儿脑儿顶儿尖儿的官儿们,也没有您这样中她的意。不瞒您说,那些乘着大马车的骑士们、老爷子们、数一数二的绅士们,去了一辆马车来了一辆马车,一封接一封的信,一件接一件的礼物,他们的身上都用麝香熏得香喷喷的,穿着用金线绣花的绸缎衣服,满口都是文绉绉的话儿,还有顶好的酒、顶好的糖,无论哪个女人都会给他们迷醉的,可是天地良心,她向他们眼睛也不曾眨过一眨。不瞒您说,今天早上人家还想塞给我二十块钱哩,可是我不要这种人家所说的不明不白的钱。说句老实话,就是叫他们中间坐第一把交椅的人来,也休想叫她陪他喝一口酒;可是尽有那些伯爵们呀,女王身边的随从们呀,一个一个在转她的念头;可是天地良心,她一点不把他们放在眼里。

福斯塔夫　可是她对我说些什么话?说简单一点儿,我的好牵线人。

桂　　嫂　她要我对您说,您的信她接到啦,她非常感激您的好意;她叫我通知您,她的丈夫在十点到十一点钟之间不在家。

福斯塔夫　十点到十一点钟之间?

桂　　嫂　对啦,一点不错;她说,您可以在那个时候来瞧瞧您所知道的那幅画像,她的男人不会在家里的。唉!说起她的那位福德大爷来,也真叫人气恨,一位好好的娘子,跟着他才真是倒楣;他是个妒心很重的男人,老是无缘无故跟她寻事。

福斯塔夫　十点到十一点钟之间。大嫂,请你替我向她致意,我一定不失约。

桂　　嫂　嗳哟,您说得真好。可是我还有一个信要带给您,培琪娘子也叫我问候您。让我悄悄地告诉您吧,在这儿温莎地方,她也好算得是一位贤惠端庄的好娘子,清早晚上从来不忘记祈祷。她要我对您说,她的丈夫在家的日子多,不在家的日子少,可是她希望总会找到一个机会。我从来不曾看见过一个女人会这么喜欢一个男人;我想您一定有迷人的魔力,真的。

福斯塔夫　哪儿的话,我不过略有一些讨人喜欢的地方而已,怎么会有什么迷人的魔力?

桂　　嫂　您真是太客气啦。

福斯塔夫　可是我还要问你一句话,福德家的和培琪家的两位娘子有没有让彼此知道她们两个人都爱着我一个人?

桂　　嫂　那真是笑话了!她们怎么会这样不害羞把这种事情告诉人呢?要是真有那样的事,才笑死人哩!可是培琪娘子要请您把您那个小童儿送给她,因为她的丈夫很喜欢那个小厮;天地良心,培琪大爷是个好人。在温莎地方,谁也不及培琪大娘那样享福啦;她爱做什么,就做什么,爱说什么,就说什么,要什么有什么,不愁吃,不愁穿,高兴睡就睡,高兴起来就起来,什么都称她的心;可是天地良心,也是她自己做人好,才会有这样的好福气,在温莎地方,她是位心肠再好不过的娘子了。您千万要把您那童儿送给她,谁都不能不依她。

福斯塔夫　好,那一定可以。

桂　嫂　一定这样办吧,您看,他可以在你们两人之间来来去去传递消息;要是有不便明言的事情,你们可以自己商量好了一个暗号,只有你们两人自己心里明白,不必让那孩子懂得,因为小孩子们是不应该知道这些坏事情的,不比上了年纪的人,懂得世事,识得是非,那就不要紧了。

福斯塔夫　再见,请你替我向她们两位多多致意。这几个钱你先拿去,我以后还要重谢你哩。——孩子,跟这位大娘去吧。(桂嫂、罗宾同下)这消息倒害得我心乱如麻。

毕斯托尔　这雌儿是爱神手下的传书鸽,待我追上前去,拉满弓弦,把她一箭射下,岂不有趣!(下。)

福斯塔夫　老家伙,你说竟会有这等事吗?真有你的!从此以后,我要格外喜欢你这副老皮囊了。人家真的还会看中你吗?你花费了这许多本钱以后,现在才发起利市来了吗?好皮囊,谢谢你。人家嫌你长得太胖,只要胖得有样子,再胖些又有什么关系!

　　　　巴道夫持酒杯上。

巴道夫　爵爷,下面有一位白罗克大爷要见您说话,他说很想跟您交个朋友,特意送了一瓶白葡萄酒来给您解解渴。

福斯塔夫　他的名字叫白罗克吗?

巴道夫　是,爵爷。

福斯塔夫　叫他进来。(巴道夫下)只要有酒喝,管他什么白罗克不白罗克,我都一样欢迎。哈哈!福德大娘,培琪大娘,你们果然给我钓上了吗?很好!很好!

    巴道夫偕福德化装重上。

福　德　您好,爵爷!

福斯塔夫　您好,先生!您有什么话要对我说吗?

福　德　素昧平生,就这样前来打搅您,实在冒昧得很。

福斯塔夫　不必客气。请问有何见教?——酒保,你去吧。(巴道夫下。)

福　德　爵爷,贱名是白罗克,我是一个素来喜欢随便花钱的绅士。

福斯塔夫　久仰久仰!白罗克大爷,我很希望咱们以后常常来往。

福　德　倘蒙爵爷不弃下交,真是三生有幸;可我决不敢要您破费什么。不瞒爵爷说,我现在总算身边还有几个钱,您要是需要的话,随时问我拿好了。人家说的,有钱路路通,否则我也不敢大胆惊动您啦。

福斯塔夫　不错,金钱是个好兵士,有了它就可以使人勇气百倍。

福　德　不瞒您说,我现在带着一袋钱在这儿,因为嫌它拿着太累赘了,想请您帮帮忙,不论是分一半去也好,完全拿去也好,好让我走路也轻松一点。

福斯塔夫　白罗克大爷,我怎么可以无功受禄呢?

福　德　您要是不嫌烦琐,请您耐心听我说下去,就可以知道我还要多多仰仗大力哩。

福斯塔夫　说吧,白罗克大爷,凡有可以效劳之处,我一定愿意为您出力。

福　德　爵爷,我一向听说您是一位博学明理的人,今天一见之下,果然名不虚传,我也不必向您多说废话了。我现在所要对您说的事,提起来很是惭愧,因为那等于宣布了我自己的弱点;可是爵爷,当您一面听着我供认我的愚蠢的时候,一面也要请您反躬自省一下,那时您就可以知道一个人是多么容易犯这种过失,也就不会过分责备我了。

福斯塔夫　很好,请您说下去吧。

福　德　本地有一个良家妇女,她的丈夫名叫福德。

福斯塔夫　嗯。

福　德　我已经爱得她很久了,不瞒您说,在她身上我也花过不少钱;我用一片痴心追求着她,千方百计找机会想见她一面;不但买了许多礼物送给她,并且到处花钱打听她喜欢人家送给她什么东西。总而言之,我追逐她就像爱情追逐我一样,一刻都不肯放松;可是费了这许多心思力气的结果,一点不曾得到什么报酬,偌大的代价,只换到了一段痛苦的经验,正所谓"痴人求爱,如形捕影,瞻之在前,即之已冥"。

福斯塔夫　她从来不曾有过什么答应您的表示吗?

福　德　从来没有。

福斯塔夫　您也从来不曾缠住她要她有一个答应的表示吗?

福　德　从来没有。

福斯塔夫　那么您的爱究竟是怎样一种爱呢?

福　德　就像是建筑在别人地面上的一座华厦,因为看错了地位方向,使我的一场辛苦完全白费。

福斯塔夫　您把这些话告诉我,是什么用意呢?

福　德　请您再听我说下去,您就可以完全明白我今天的来意了。有人说,她虽然在我面前装模作样,好像是十分规矩,可是在别的地方,她却是非常放荡,已经引起不少人的闲话了。爵爷,我的用意是这样的:我知道您是一位教养优良、谈吐风雅、交游广阔的绅士,无论在地位上人品上都是超人一等,您的武艺、您的礼貌、您的学问,尤其是谁都佩服的。

福斯塔夫　您太过奖啦!

福　德　您知道我说的都是真话。我这儿有的是钱,您尽管用吧,把我的钱全用完了都可以,只要请您分出一部分时间来,去把这个福德家的女人弄上了手,尽量发挥您的风流解数,把她征服下来。这件事情请您去办,一定比谁都要便当得多。

福斯塔夫　您把您心爱的人让给我去享用,那不会使您心里难过吗?我觉得老兄这样的主意,未免太不近情理啦。

福　德　啊,请您明白我的意思。她靠着她的冰清玉洁的名誉做掩护,我虽有一片痴心,却不敢妄行非礼;她的光彩过于耀目了,使我不敢向她抬头仰望。可是假如我能够抓住她的一个把柄,知道她并不是神圣不可侵犯的,我就可以放大胆子,去实现我的愿望了;什么贞操、名誉、有夫之妇以及诸如此类的她的一千种振振有词的借口,到了那个时候便可以完全推翻了。爵爷,您看怎么样?

福斯塔夫　白罗克大爷,第一,我要老实不客气收下您的钱;第二,让我握您的手;第三,我要用我自己的身份向您担保,只要您下定决心,不怕福德的老婆不到您的手里。

福　　德　　嗳哟,您真是太好了!

福斯塔夫　我说她一定会到您手里的。

福　　德　　不要担心没有钱用,爵爷,一切都在我身上。

福斯塔夫　不要担心福德大娘会拒绝您,白罗克大爷,一切都在我身上。不瞒您说,刚才她还差了个人来约我跟她相会呢;就在您进来的时候,替她送信的人刚刚出去。十点到十一点钟之间,我就要看她去,因为在那个时候,她那吃醋的混蛋男人不在家里。您今晚再来看我吧,我可以让您知道我进行得顺利不顺利。

福　　德　　能够跟您结识,真是幸运万分。您认不认识福德?

福斯塔夫　哼,这个没造化的死乌龟!谁跟这种东西认识?可是我说他"没造化",真是委屈了他,人家说这个爱吃醋的忘八倒很有钱呢,所以我才高兴去勾搭他的老婆;我可以用她做钥匙,去打开这个忘八的钱箱,这才是我的真正的目的。

福　　德　　我很希望您认识那个福德,因为您要是认识他,看见他的时候也可以躲避躲避。

福斯塔夫　哼,这个靠手艺吃饭、卖咸黄油的混蛋!我只要向他瞪一瞪眼,就会把他吓坏了。我要用棍子降伏他,并且把我的棍子挂在他的绿帽子上作为他的克星。白罗克大爷,您放心吧,这种家伙不在我的眼里,您一定可以跟他的老婆睡觉。天一晚您就来。福德是个混蛋,可是白罗克大爷,您瞧着我吧,我会给他加上一重头衔,混蛋而兼忘八,他就是个混账忘八蛋了。今夜您早点来吧。(下。)

福　　德　　好一个万恶不赦的淫贼!我的肚子都几乎给他气破了。谁说这是我的瞎疑心?我的老婆已经寄信给他,约好钟点和他相会了。谁想得到会有这种事情？娶了一个不贞的妻子，真是倒楣！我的床要给他们弄脏了，我的钱要给他们偷了，还要让别人在背后讥笑我；这样害苦我不算，还要听那奸夫当着我的面辱骂我！骂我别的名字倒也罢了，魔鬼夜叉，都没有什么关系，偏偏口口声声的乌龟忘八！乌龟！忘八！这种名字就是魔鬼听了也要摇头的。培琪是个呆子，是个粗心的呆子，他居然会相信他的妻子，他不吃醋！哼，我可以相信猫儿不会偷荤，我可以相信我们那位威尔士牧师休师傅不爱吃干酪，我可以把我的烧酒瓶交给一个爱尔兰人，我可以让一个小偷把我的马儿拖走，可是我不能放心让我的妻子一个人待在家里；让她一个人在家里，她就会千方百计地耍起花样来，她们一想到要做什么事，简直可以什么都不顾，非把它做到了决不罢休。感谢上帝赐给我这一副爱吃醋的脾气！他们约定在十一点钟会面，我要去打破他们的好事，侦察我的妻子的行动，向福斯塔夫出出我胸头这一口冤气，还要把培琪取笑一番。我马上就去，宁可早三点钟，不可迟一分钟。哼！哼！乌龟！忘八！（下。）

第三场　温莎附近的野地

卡厄斯及勒格比上。

卡厄斯　勒格比！

勒格比　有，老爷。

卡厄斯　勒格比，现在几点钟了？

勒格比　老爷，休师傅约好的时间已经过去了。

卡厄斯　哼，他不来，便宜了他的狗命；他在念《圣经》做祷告，所以他不来。哼,勒格比,他要是来了,早已一命呜呼了。

勒格比　老爷,这是他的聪明,他知道他要是来了,一定会给您杀死的。

卡厄斯　哼,我要是不把他杀死,我就不是个人。勒格比,拔出你的剑来,我要告诉你我怎样杀死他。

勒格比　嗳哟,老爷!我可不会使剑呢。

卡厄斯　狗才,拔出你的剑来。

勒格比　慢慢,有人来啦。

　　　　店主、夏禄、斯兰德及培琪上。

店　主　你好,老头儿!

夏　禄　卡厄斯大夫,您好!

培　琪　您好,大夫!

斯兰德　早安,大夫!

卡厄斯　你们一个、两个、三个、四个,来干什么?

店　主　瞧你斗剑,瞧你招架,瞧你回手;瞧你这边一跳,瞧你那边一闪;瞧你仰冲俯刺,旁敲侧击,进攻退守。他死了吗,我的黑家伙?他死了吗,我的法国人?哈,好家伙!怎么说,我的罗马医神?我的希腊大医师?我的老交情?哈,他死了吗,我的冤大头?他死了吗?

卡厄斯　哼,他是个没有种的狗牧师;他不敢到这儿来露脸。

店　主　你是粪缸里的元帅,希腊的大英雄,好家伙!

卡厄斯　你们大家给我证明,我已经等了他六七个钟头、两个钟头、三个钟头,他还是没有来。

夏　禄　大夫,这是他的有见识之处;他给人家医治灵魂,您给人家医治肉体,要是你们打起架来,那不是违反了你们行当的宗旨了吗?培琪大爷,您说我这话对不对?

255

培　琪　夏禄老爷,您现在喜欢替人家排难解纷,从前却也是一名打架的好手哩。

夏　禄　可不是吗?培琪大爷,我现在虽然老了,人也变得好说话了,可是看见人家拔出刀剑来,我的手指还是觉得痒痒的。培琪大爷,我们虽然做了法官,做了医生,做了教士,总还有几分年轻人的血气;我们都是女人生下来的呢,培琪大爷。

培　琪　正是正是,夏禄老爷。

夏　禄　培琪大爷,您看吧,我的话是不会错的。卡厄斯大夫,我想来送您回家去。我是一向主张什么事情都可以和平解决的。您是一个明白道理的好医生,休师傅是一个明白道理很有涵养的好教士,大家何必伤了和气。卡厄斯大夫,您还是跟我一起回去吧。

店　主　对不起,法官先生。——跟你说句话,尿先生。①

卡厄斯　刁!这是什么玩意儿?

店　主　"尿",在我们英国话中就是"有种"的意思,好人儿。

卡厄斯　老天,这么说,我跟随便哪一个英国人比起来也一样的"刁"——发臭的狗牧师!老天,我要割掉他的耳朵。

店　主　他要把你揍个扁呢,好人儿。

卡厄斯　"揍个扁"!这是什么意思?

店　主　这是说,他要给你赔不是。

卡厄斯　老天,我看他不把我"揍个扁"也不成哪;老天,我就要他把我揍个扁。

店　主　我要"挑拨"他一番,叫他这么办,否则让他走!

---

① 当时医生治病,先验病人小便,所以店主用"尿"讥笑卡厄斯医生。

卡厄斯　费心了,我谢谢你。

店　主　再说,好人儿——(向夏禄等旁白)你跟培琪大爷和斯兰德少爷从大路走,先到弗劳莫去。

培　琪　休师傅就在那里吗?

店　主　是的,你们去看看他在那里发些什么牢骚,我再领着这个医生从小路也到那里。你们看这样好不好?

夏　禄　很好。

培　琪

夏　禄　卡厄斯大夫,我们先走一步,回头见。(下。)

斯兰德

卡厄斯　哼,我要是不杀死这个牧师,我就不是个人;谁叫他多事,替一个猴崽子向安·培琪说亲。

店　主　这种人让他死了也好。来,把你的怒气平一平,跟我在田野里走走,我带你到弗劳莫去,安·培琪小姐正在那里一家乡下人家吃酒,你可以当面向她求婚。你说我这主意好不好?

卡厄斯　谢谢你,谢谢你,你是我的好朋友。我一定要介绍许多好主顾给你,那些阔佬大官,我都看过他们的病。

店　主　你这样帮我忙,我一定"阻挠"你娶到安·培琪。我说得好不好?

卡厄斯　很好很好,好得很。

店　主　那么咱们走吧。

卡厄斯　跟我来,勒格比。(同下。)

第 三 幕

第一场　弗劳莫附近的野地

　　爱文斯及辛普儿上。

爱文斯　斯兰德少爷的尊价,辛普儿我的朋友,我叫你去看看那个自称为医生的卡厄斯大夫究竟来不来,请问你是到哪一条路上去看他的?

辛普儿　师傅,我每一条路上都去看过了,就是那条通到城里去的路上没有去看过。

爱文斯　千万请你再到那一条路上去看一看。

辛普儿　好的,师傅。(下。)

爱文斯　祝福我的灵魂!我气得心里在发抖。我倒希望他欺骗我。真的气死我也!我恨不得把他的便壶摔在他那狗头上。祝福我的灵魂!(唱)

　　　众鸟嘤鸣其相和兮,

　　　　临清流之潺湲,

　　　展蔷薇之芳茵兮,

　　　　缀百花以为环。

　　上帝可怜我!我真的要哭出来啦。(唱)

> 众鸟嘤鸣其相和兮,
>
> 余独处乎巴比伦,
>
> 缀百花以为环兮,
>
> 临清流——

  辛普儿重上。

辛普儿 他就要来了,在这一边,休师傅。

爱文斯 他来得正好。(唱)

> 临清流之潺湲——
>
> 上帝保佑好人!——他拿着什么家伙?

辛普儿 他没有带什么家伙,师傅。我家少爷,还有夏禄老爷和另外一位大爷,也跨过梯磴,从那边一条路上来了。

爱文斯 请你把我的道袍给我;不,还是你给我拿在手里吧。(读书。)

  培琪、夏禄及斯兰德上。

夏 禄 啊,牧师先生,您好?又在用功了吗?真的是赌鬼手里的骰子,学士手里的书本,夺也夺不下来的。

斯兰德 (旁白)啊,可爱的安·培琪!

培 琪 您好,休师傅!

爱文斯 上帝祝福你们!

夏 禄 啊,怎么,一手宝剑,一手经典!牧师先生,难道您竟然是才兼文武吗?

培 琪 在这样阴寒的天气,您这样短衣长袜,外套也不穿一件,精神倒着实不比年轻人坏哩!

爱文斯 这都是有缘故的。

培 琪 牧师先生,我们是来给您做一件好事的。

爱文斯 很好,是什么事?

259

培　琪　我们刚才碰见一位很有名望的绅士,大概是受了什么人的委屈,在那儿大发脾气。

夏　禄　我活了八十多岁了,从来不曾听见过一个像他这样有地位、有学问、有气派的人,会这样忘记自己的身份。

爱文斯　他是谁?

培　琪　我想您也一定认识他的,就是那位著名的法国医生卡厄斯大夫。

爱文斯　嗳哟,气死我也!你们向我提起他的名字,还不如向我提起一块烂浆糊。

培　琪　为什么?

爱文斯　他懂得什么医经药典!他是个坏蛋,一个十足没有种的坏蛋!

培　琪　您跟他打起架来,才知道他厉害呢。

斯兰德　(旁白)啊,可爱的安·培琪!

夏　禄　看样子也是这样,他手里拿着武器呢。卡厄斯大夫来了,别让他们碰在一起。

　　　　　店主、卡厄斯及勒格比上。

培　琪　不,好牧师先生,把您的剑收起来吧。

夏　禄　卡厄斯大夫,您也收起来吧。

店　主　把他们的剑夺下来,由着他们对骂一场;让他们保全了皮肉,只管把英国话撕个粉碎吧。

卡厄斯　请你让我在你的耳边问你一句话,你为什么失约不来?

爱文斯　(向卡厄斯旁白)不要生气,有话慢慢讲。

卡厄斯　哼,你是个懦夫,你是个狗东西猴崽子!

爱文斯　(向卡厄斯旁白)别人在寻我们的开心,我们不要上他们的当,伤了各人的和气,我愿意和你交个朋友,我以后补报你好啦。(高声)我要把你的便壶摔在你的狗头上,谁叫你约了人家自己不来!

卡厄斯　他妈的!勒格比——老板,我没有等他来送命吗?我不是在约定的地方等了他好久吗?

爱文斯　我是个相信耶稣基督的人,我不会说假话,这儿才是你约定的地方,我们这位老板可以替我证明。

店　主　我说,你这位法国大夫,你这位威尔士牧师,一个替人医治身体,一个替人医治灵魂,你也不要吵,我也不要闹,大家算了吧!

卡厄斯　嗯,那倒是很好,好极了!

店　主　我说,大家静下来,听我店主说话。你们看我的手段巧不巧?主意高不高?计策妙不妙?咱们少得了这位医生吗?少不了,他要给我开方服药。咱们少得了这位牧师,这位休师傅吗?少不了,他要给我念经讲道。来,一位在家人,一位出家人,大家跟我握握手。好,老实告诉你们吧,你们两个人都给我骗啦,我叫你们一个人到这儿,一个人到那儿,大家扑了个空。现在我们已经知道你们两位都是好汉,谁的身上也不曾伤了一根毛,落得喝杯酒,大家讲和了吧。来,把他们的剑拿去当了。来,孩子们,大家跟我来。

夏　禄　真是一个疯老板!——各位,大家跟着他去吧。

斯兰德　(旁白)啊,可爱的安·培琪!(夏禄、斯兰德、培琪及店主同下。)

卡厄斯　嘿!有这等事!你把我们当做傻瓜了吗?嘿!嘿!

爱文斯　好得很,他简直拿我们开玩笑。我说,咱们还是言归于好,大家商量出个办法,来向这个欺人的坏家伙,这个嘉德饭店的老板,报复一下吧。

卡厄斯　很好,我完全赞成。他答应带我来看安·培琪,原来也是句骗人的话,他妈的!

爱文斯　好,我要打破他的头。咱们走吧。(同下。)

第二场　温莎街道

培琪大娘及罗宾上。

培琪大娘　走慢点儿,小滑头;你一向都是跟在人家屁股后面跑的,现在倒要抢上人家前头啦。我问你,你愿意我跟着你走呢,还是你愿意跟着主人走?

罗　宾　我愿意像一个男子汉那样在您前头走,不愿意像一个小鬼那样跟着他走。

培琪大娘　唷!你倒真是个小油嘴,我看你将来很可以到宫廷里去呢。

福德上。

福　德　培琪嫂子,咱们碰见得巧极啦。您上哪儿去?

培琪大娘　福德大爷,我正要去瞧您家嫂子哩。她在家吗?

福　德　在家,她因为没有伴,正闷得发慌。照我看来,要是你们两人的男人都死掉了,你们两人大可以结为夫妻呢。

培琪大娘　您不用担心,我们各人会再去嫁一个男人的。

福　德　您这个可爱的小鬼头是哪儿来的?

培琪大娘　我总记不起把他送给我丈夫的那个人叫什么名字。喂,你说你那个骑士姓甚名谁?

罗　宾　约翰·福斯塔夫爵士。

福　德　约翰·福斯塔夫爵士!

培琪大娘　对了,对了,正是他;我顶不会记人家的名字。他跟我的丈夫非常要好。您家嫂子真的在家吗？

福　　德　真的在家。

培琪大娘　那么,少陪了,福德大爷,我巴不得立刻就看见她呢。

　　　(培琪大娘及罗宾下。)

福　　德　培琪难道没有脑子吗？他难道一点都看不出,一点不会思想吗？哼,他的眼睛跟脑子一定都睡着了,因为他就是生了它们也不会去用的。嘿,这孩子可以送一封信到二十英里外的地方去,就像炮弹从炮口开到二百四十步外去一样容易。他放纵他的妻子,让她想入非非,为所欲为；现在她要去瞧我的妻子,还带着福斯塔夫的小厮！一个聪明人难道看不出苗头来吗？还带着福斯塔夫的小厮！好计策！他们已经完全布置好了；我们两家不贞的妻子,已经通同一气,一块儿去干这种不要脸的事啦。好,让我先去捉住那家伙,再去教训教训我的妻子,把这位假正经的培琪大娘的假面具揭了下来,让大家知道培琪是个冥顽不灵的忘八。我干了这一番轰轰烈烈的事情,人家一定会称赞我。(钟鸣)时间已经到了,事不宜迟,我必须马上就去；我相信一定可以把福斯塔夫找到。人家都会称赞我,不会讥笑我,因为福斯塔夫一定跟我妻子在一起,就像地球是结实的一样毫无疑问。我就去。

　　　培琪、夏禄、斯兰德、店主、爱文斯、卡厄斯及勒格比上。

培　琪
夏　禄 等　福德大爷,咱们遇见得巧极啦。

福　　德　真是来了大队人马。我正要请各位到舍间去喝杯酒呢。

夏　　禄　福德大爷,我有事不能奉陪,请您原谅。

斯兰德　福德大叔,我也要请您原谅,我们已经约好到安小姐家里吃饭,人家无论给我多少钱,也不能使我失她的约。

夏　　禄　我们打算替培琪家小姐跟我这位斯兰德贤侄攀一门亲事,今天就可以得到回音。

斯兰德　培琪大叔,我希望您不会拒绝我。

培　　琪　我是一定答应的,斯兰德少爷;可是卡厄斯大夫,我的内人却看中您哩。

卡厄斯　嗯,是的,而且那姑娘也爱着我,我家那个快嘴桂嫂已经这样告诉我了。

店　　主　您觉得那位年轻的范顿怎样?他会跳跃,他会舞蹈,他的眼睛里闪耀着青春,他会写诗,他会说漂亮话,他的身上有春天的香味;他一定会成功的,他一定会成功的。他好像已经到了手、放进了口袋、连扣子都扣上了;他一定会成功的。

培　　琪　可是他要是不能得到我的允许,就不会成功。这位绅士没有家产,他常常跟那位胡闹的王子①他们在一起厮混,他的地位太高,他所知道的事情也太多啦。不,我的财产是不能让他染指的。要是他跟她结婚,就让他把她空身娶了过去;我这份家私要归我自己做主,我可不能答应让他分了去。

福　　德　请你们中间无论哪几位赏我一个面子,到舍间吃便饭;除了酒菜之外,还有新鲜的玩意儿,我有一头怪物要拿出来给你们欣赏欣赏。卡厄斯大夫,您一定要去;培琪大爷,您也去;还有休师傅,您也去。

----

① 指亨利四世的太子,后为亨利五世。

夏　　禄　好,那么再见吧;你们去了,我们到培琪大爷家里求起婚来,说话也可以方便一些。(夏禄、斯兰德下。)

卡厄斯　勒格比,你先回家去,我就来。(勒格比下。)

店　　主　回头见,我的好朋友们;我要回去陪我的好骑士福斯塔夫喝酒去。(下。)

福　　德　(旁白)对不起。我要先让他出一场丑哩。——列位,请了。

众　　人　请了,我们倒要瞧瞧那个怪物去。(同下。)

第三场　福德家中一室

　　　　福德大娘及培琪大娘上。

福德大娘　喂,约翰!喂,劳勃!

培琪大娘　赶快,赶快!——那个盛脏衣服的篓子呢?

福德大娘　已经预备好了。喂,罗宾!

　　　　二仆携篓上。

培琪大娘　来,来,来。

福德大娘　这儿,放下来。

培琪大娘　你吩咐他们怎样做,干干脆脆几句话就得了。

福德大娘　好,约翰和劳勃,我早就对你们说过了,叫你们在酿酒房的近旁等着不要走开,我一叫你们,你们就跑来,马上把这篓子扛了出去,跟着那些洗衣服的人一起到野地里去,跑得越快越好,一到那里,就把它扔在泰晤士河旁边的烂泥沟里。

培琪大娘　听见了没有?

福德大娘　我已经告诉过他们好几次了,他们不会弄错的。快去,我一叫你们,你们就来。(二仆下。)

培琪大娘　小罗宾来了。

　　　　罗宾上。

福德大娘　啊,我的小鹰儿!你带什么信息来了?

罗　宾　福德奶奶,我家主人约翰爵士已经从您的后门进来了,他要跟您谈几句话。

培琪大娘　你这小鬼,你有没有在你主人面前搬嘴弄舌?

罗　宾　我可以发誓,我的主人不知道您也在这儿;他还向我说,要是我把他到这儿来的事情告诉了您,他一定要把我撵走。

培琪大娘　这才是个好孩子,你嘴巴闭得紧,我一定替你做一身新衣服穿。现在我先去躲起来。

福德大娘　好的。你去告诉你的主人,说屋子里只有我一个人。(罗宾下)培琪嫂子,你别忘了你的戏。

培琪大娘　你放心吧,我要是这场戏演不好,你尽管喝倒彩好了。(下。)

福德大娘　好,让我们教训教训这个肮脏的脓包,这个满肚子臭水的胖冬瓜,叫他知道鸽子和老鸦的分别。

　　　　福斯塔夫上。

福斯塔夫　我的天上的明珠,我的果然给我捉到了吗?我已经活得很长久了,现在让我死去吧,因为我的心愿已经完全达到了。啊,这幸福的时辰!

福德大娘　嗳哟,好爵爷!

福斯塔夫　好娘子,我不会说话,那些口是心非的好听话,我一句也不会。我现在心里正在起着一个罪恶的念头,但愿你的丈夫早早死了,我一定要娶你回去,做我的夫人。

福德大娘　我做您的夫人！唉,爵爷！那我怎么做得像呢?

福斯塔夫　在整个法兰西宫廷里也找不出像你这样一位漂亮的夫人。瞧你的眼睛比金刚钻还亮;你的秀美的额角,戴上无论哪一种威尼斯流行的新式帽子,都是一样合适的。

福德大娘　爵爷,像我这样的村婆娘,只好用青布包包头,能够不给人家笑话,也就算了,哪里配得上讲什么打扮。

福斯塔夫　嗳哟,你说这样话,未免太侮辱了你自己啦。你要是到宫廷里去,一定可以大出风头;你那端庄的步伐,穿起圆圆的围裙来,一定走一步路都是仪态万方。命运虽然不曾照顾你,造物却给了你绝世的姿容,你就是有意把它遮掩,也是遮掩不了的。

福德大娘　您太过奖啦,我怎么有这样的好处呢?

福斯塔夫　那么我为什么爱你呢? 这就可以表明在你的身上,的确有一点与众不同的地方。我不会像那些油头粉面、一身骚气的轻薄少年一样,说你是这样、那样,把你捧上天去;可是我爱你,我爱的只是你,你是值得我爱的。

福德大娘　别骗我啦,爵爷,我怕您爱着培琪嫂子哩。

福斯塔夫　难道我放着大门不走,偏偏要去走那倒楣的、黑魆魆的旁门吗?

福德大娘　好,天知道我是怎样爱着您,您总有一天会明白我的心的。

福斯塔夫　希望你永远不要变心,我总不会有负于你。

福德大娘　我怎么也得向您表明我的心迹,您别叫我在您身上白用了我的心呀;要不然我就不肯费这番心思了。

罗　宾　(在内)福德奶奶! 福德奶奶! 培琪奶奶在门口,她满头是汗,气都喘不上来,慌慌张张的,一定要立刻跟您说话。

福斯塔夫　别让她看见我;我就躲在帐幕后面吧。

福德大娘　好,您快躲起来吧,她是个多嘴多舌的女人。(福斯塔夫匿幕后。)

　　　　　培琪大娘及罗宾重上。

福德大娘　什么事?怎么啦?

培琪大娘　嗳哟,福德嫂子!你干了什么事啦?你的脸从此丢尽,你再也不能做人啦!

福德大娘　什么事呀,好嫂子?

培琪大娘　嗳哟,福德嫂子!你嫁了这么一位好丈夫,为什么要让他对你起疑心?

福德大娘　对我起什么疑心?

培琪大娘　起什么疑心!算了,别装傻啦!总算我看错了人。

福德大娘　唉,到底是怎么一回事呀?

培琪大娘　我的好奶奶,你那汉子带了温莎城里所有的捕役,就要到这儿来啦;他说有一个男人在这屋子里,是你趁着他不在家的时候约来的,他们要来捉这奸夫哩。这回你可完啦!

福德大娘　(旁白)说响一点。——嗳哟,不会有这种事吧?

培琪大娘　谢天谢地,但愿你这屋子里没有男人!可是半个温莎城里的人都跟在你丈夫背后,要到这儿来搜寻这么一个人,这件事情却是千真万确的。我抢先一步来通知你,要是你没有做过亏心事,那自然最好;倘然你真的有一个朋友在这儿,那么赶快带他出去吧。别怕,镇静一点。你必须保全你的名誉,不然你的一生从此完啦。

福德大娘　我怎么办呢?果然有一位绅士在这儿,他是我的好朋友;我自己丢脸倒还不要紧,只怕连累了他,要是能够把他弄出这间屋子,叫我损失一千镑钱我都愿意。

培琪大娘　要命！你的汉子就要来啦,你还尽说废话！想想办法吧,这屋子里是藏不了他的。唉,我还当你是个好人！瞧,这儿有一个篓子,他要是不太高大,倒可以钻进去躲一下,再用些龌龊衣服堆在上面,让人家看见了,当做一篓预备送出去漂洗的衣服——啊,对了,就叫你家的两个仆人把他连篓一起抬了出去,岂不一干二净？

福德大娘　他太胖了,恐怕钻不进去,怎么好呢？

福斯塔夫　(自幕后出)让我看,让我看,啊,让我看！我进去,我进去。就照你朋友的话吧;我进去。

培琪大娘　啊,福斯塔夫爵士！原来是你吗？你给我的信上怎么说的？

福斯塔夫　我爱你,我只爱你一个人;帮我离开这屋子;让我钻进去。我再也不——(钻入篓内,二妇以污衣覆其上。)

培琪大娘　孩子,你也来帮着把你的主人遮盖遮盖。福德嫂子,叫你的仆人进来吧。好一个欺人的骑士！

福德大娘　喂,约翰！劳勃！约翰！(罗宾下。)

　　　二仆重上。

福德大娘　赶快把这一篓衣服抬起来。杠子在什么地方？嗳哟,瞧你们这样慢手慢脚的！把这些衣服送到洗衣服的那里去;快点！快点！

　　　福德、培琪、卡厄斯及爱文斯同上。

福　德　各位请过来;要是我的疑心全无根据,你们尽管把我取笑好了。让我成为你们的笑柄;是我活该如此。啊！这是什么？你们把这篓子抬到哪儿去？

仆　人　抬到洗衣服的那里去。

福德大娘　咦,他们把它抬到什么地方,跟你有什么相干？你就是爱多管闲事,人家洗衣服,你也要问长问短的。

福　德　哼,洗衣服!我倒希望把这屋子也洗洗干净呢,什么野畜生都可以跑进跑出——还是一头交配时期的野畜生呢!(二仆抬篓下)各位朋友,昨天晚上我做了一个梦,让我把这个梦告诉你们听。这儿是我的钥匙,请你们跟我到房间里来搜一下,我相信我们一定会捉到那头狐狸的。让我先把这门锁上了。好,咱们捉狐狸去。

培　琪　福德大爷,有话好讲,何必急成这个样子,让人家瞧着笑话。

福　德　对啦,培琪大爷。各位上去吧,你们马上就有新鲜的把戏看了;大家跟我来。(下。)

爱文斯　这种吃醋简直是无理取闹。

卡厄斯　我们法国就没有这种事,法国人是不兴吃醋的。

培　琪　咱们还是跟他上去吧,瞧他搜出什么来。(培琪、卡厄斯、爱文斯同下。)

培琪大娘　咱们这计策岂不是一举两得?

福德大娘　我不知道愚弄我的丈夫跟愚弄福斯塔夫,比较起来哪一件事更使我高兴。

培琪大娘　你的丈夫问那篓子里有什么东西的时候,他一定吓得要命。

福德大娘　我想他是应该洗个澡了,把他扔在水里,对于他也是有好处的。

培琪大娘　该死的骗人的坏蛋!我希望像他那一类的人都要得到这种报应。

福德大娘　我觉得我的丈夫有点知道福斯塔夫在这儿;我从来没有见过他像今天这样的一股醋劲。

培琪大娘　让我想个计策把他试探试探。福斯塔夫那家伙虽然已经受到一次教训,可是像他那样荒唐惯了的人,一服药吃下去未必见效,我们应当让他多知道些厉害才是。

福德大娘　我们要不要再叫快嘴桂嫂那个傻女人到他那儿去,对他说这次把他扔在水里,实在是一时疏忽,并非故意,请他原谅,再约他一个日期,好让我们再把他作弄一次?

培琪大娘　一定那么办;我们叫他明天八点钟来,替他压惊。

　　　　　福德、培琪、卡厄斯及爱文斯重上。

福　德　我找不到他;这混蛋也许只会吹牛,他自己知道这种事情是办不到的。

培琪大娘　(向福德大娘旁白)你听见吗?

福德大娘　(向培琪大娘旁白)嗯,别说话。——福德大爷,您待我真是太好了,是不是?

福　德　是,是,是。

福德大娘　上帝保佑您以后再不要用这种龌龊心思猜疑人家!

福　德　阿门!

培琪大娘　福德大爷,您真太对不起您自己啦。

福　德　是,是,是我不好。

爱文斯　这屋子里、房间里、箱子里、壁橱里,要是找得出一个人来,那么上帝在最后审判的日子饶恕我的罪恶吧!

卡厄斯　我也找不出来,一个人也没有。

培　琪　啧!啧!福德大爷!您不害羞吗?什么鬼附在您身上,叫您想起这种事情来呢?我希望您以后再不要发这种精神病了。

福　德　培琪大爷,这都是我不好,自取其辱。

爱文斯　这都是您良心不好的缘故,尊夫人是一位大贤大德的娘子,五千个女人里头也挑不出像她这样的一个;不,就是五百个里也挑不出呢。

卡厄斯　她真的是一个规矩女人。

福　德　好,我说过我请你们来吃饭。来,来,咱们先到公园里走走吧。请诸位多多原谅,我以后会告诉你们今天我有这一番举动的缘故。来,娘子。来,培琪嫂子。请你们原谅我,今天实在吵得太不像话了,请不要见怪!

培　琪　列位,咱们进去吧,可是今天一定要把他大大地取笑一番。明天早晨我请你们到舍间吃一顿早饭,吃过早饭,就去打鸟去;我有一只很好的猎鹰,要请你们赏识赏识它的本领。诸位以为怎样?

福　德　一定奉陪。

爱文斯　要是只有一个人去,我就是第二个。

卡厄斯　要是只有一个、两个人去,我就是第三个。

福　德　培琪大爷,请了。

爱文斯　请你明天不要忘记嘉德饭店老板那个坏家伙。

卡厄斯　很好,我一定不忘记。

爱文斯　这坏家伙,专爱开人家的玩笑!(同下。)

第四场　培琪家中一室

　　　　范顿、安·培琪及快嘴桂嫂上;桂嫂立一旁。

范　顿　我知道我得不到你父亲的欢心,所以你别再叫我去跟他说话了,亲爱的小安。

安　　　唉!那么怎么办呢?

范　顿　你应当自己做主才是。他反对我的理由,是说我的门第太高,又说我因为家产不够挥霍,想要靠他的钱来弥补弥补;此外他又举出种种理由,说我过去的行为太放荡,说我结交的都是一班胡闹的朋友;他老实不客气地对我说,我所以爱你,不过是把你看作一注财产而已。

安　　他说的话也许是对的。

范　顿　不,我永远不会有这样的存心!安,我可以向你招认,我最初来向你求婚的目的,的确是为了你父亲的财产;可是自从我认识了你以后,我就觉得你的价值远超过一切的金银财富;我现在除了你美好的本身以外,再没有别的希求。

安　　好范顿大爷,您还是去向我父亲说说吧,多亲近亲近他吧。要是机会和最谦卑的恳求都不能使您达到目的,那么——您过来,我对您说。(二人在一旁谈话。)

　　　　夏禄及斯兰德上。

夏　禄　桂嫂,打断他们的谈话,让我的侄子自己去向她求婚。

斯兰德　成功失败,在此一试。

夏　禄　不要慌。

斯兰德　不,她不会使我发慌,我才不放在心上呢;可是我有点胆怯。

桂　嫂　安,斯兰德少爷要跟你讲句话哩。

安　　我就来。(旁白)这是我父亲中意的人。唉!有了一年三百镑的收入,顶不上眼的伧夫也就变成俊汉了。

桂　嫂　范大爷,您好?请您过来说句话。

夏　禄　她来了;侄儿,你上去吧。孩子,你要记得你有过父亲!

斯兰德　安小姐,我有过父亲,我的叔父可以告诉您许多关于他的很有趣的笑话。叔父,请您把我的父亲怎样从人家篱笆里偷了两只鹅的那个笑话讲给安小姐听吧,好叔父。

夏　　禄　安小姐,我的侄儿很爱您。

斯兰德　对了,正像我爱葛罗斯特郡的无论哪一个女人一样。

夏　　禄　他愿意像贵妇人一样地供养您。

斯兰德　这是一定的事,不管来的是什么人,尽管身份比我们乡绅人家要低。

夏　　禄　他愿意在他的财产里划出一百五十镑钱来归在您的名下。

安　　　夏禄老爷,他要求婚,还是让他自己说吧。

夏　　禄　啊,谢谢您,我真感谢您的好意。侄儿,她叫你哩;我让你们两个人谈谈吧。

安　　　斯兰德世兄。

斯兰德　是,好安小姐?

安　　　您对我有什么高见?

斯兰德　我有什么高见?老天爷的心肝哪!真是的,这玩笑开得多么妙!我从来也没有过什么高见;我才不是那种昏头昏脑的家伙,我赞美上天。

安　　　我是说,斯兰德世兄,你有什么话要跟我说?

斯兰德　实实在在说,我自己本来一点没有什么话要跟您说,都是令尊跟家叔两个人的主张。要是我有这运气,那固然很好,不然的话,就让别人来享受这个福分吧!他们可以告诉您许多我自己不会说的话,您还是去问您的父亲吧;他来了。

　　　　　培琪及培琪大娘上。

培　　琪　啊,斯兰德少爷!安,你爱他吧。咦,怎么!范顿大爷,您到这儿来有什么事?我早就对您说过了,我的女儿已经有了人家;您还是一趟一趟地到我家里来,这不是太不成话了吗?

范　　顿　　啊,培琪大爷,您别生气。

培琪大娘　　范顿大爷,您以后别再来看我的女儿了。

培　　琪　　她是不会嫁给您的。

范　　顿　　培琪大爷,请您听我说。

培　　琪　　不,范顿大爷,我不要听您说话。来,夏禄老爷;来,斯兰德贤婿,咱们进去吧。范顿大爷,我不是没有跟您说明白,您实在太不讲理啦。(培琪、夏禄、斯兰德同下。)

桂　　嫂　　向培琪大娘说去。

范　　顿　　培琪大娘,我对于令媛的一片至诚,天日可表,一切的阻碍、谴责和世俗的礼法,都不能使我灰心后退;我希望能够得到您的同意。

安　　好妈妈,别让我跟那个傻瓜结婚。

培琪大娘　　我是不愿让你嫁给他;我会替你找一个好一点的丈夫。

桂　　嫂　　那就是我的主人卡厄斯大夫。

安　　唉!要是叫我嫁给那个医生,我宁愿让你们把我活埋了!

培琪大娘　　算了,别自寻烦恼啦。范顿大爷,我不愿帮您忙,也不愿跟您作梗,让我先去问问我的女儿,看她究竟对您有几分意思,慢慢地再说吧。现在我们失陪了,范顿大爷;她要是再不进去,她的父亲一定又要发脾气了。

范　　顿　　再见,培琪大娘。再见,小安。(培琪大娘及安·培琪下。)

桂　　嫂　　瞧,这都是我帮您的忙。我说,"您愿意把您的孩子随随便便嫁给一个傻瓜,一个医生吗?瞧范顿大爷多好!"这都是我帮您的忙。

范　顿　谢谢你;这一个戒指,请你今天晚上送给我的亲爱的小安。这几个钱是赏给你的。

桂　嫂　天老爷赐给您好福气!(范顿下)他的心肠真好,一个女人碰见这样好心肠的人,就是为他到火里水里去也甘心。可是我倒希望我的主人娶到了安小姐;我也希望斯兰德少爷能够娶到她;天地良心,我也希望范顿大爷娶到她。我要替他们三个人同样出力,因为我已经答应过他们,说过的话总是要作准的;可是我要替范顿大爷特别出力。啊,两位奶奶还要叫我到福斯塔夫那儿去一趟呢,该死,我怎么还在这儿拉拉扯扯的!(下。)

第五场　嘉德饭店中一室

福斯塔夫及巴道夫上。

福斯塔夫　喂,巴道夫!

巴道夫　有,爵爷。

福斯塔夫　给我倒一碗酒来,放一块面包在里面。(巴道夫下)想不到我活到今天,却给人装在篓子里抬出去,像一车屠夫切下来的肉骨肉屑一样倒在泰晤士河里!好,要是我再上人家这样一次当,我一定把我的脑髓敲出来,涂上牛油丢给狗吃。这两个混账东西把我扔在河里,简直就像淹死一只瞎眼老母狗的一窠小狗一样,不当一回事。你们瞧我这样胖大的身体,就可以知道我沉下水里去,是比别人格外快的,即使河底深得像地狱一样,我也会一下子就沉下去,要不是水浅多沙,我早就淹死啦;我最怕的就是淹死,因为一个人淹死了尸体会发胀,像我这样的人要是发起胀来,那还成什么样子!不是要变成一堆死人山了吗?

  巴道夫携酒重上。

巴道夫 爵爷,桂嫂要见您说话。

福斯塔夫 来,我一肚子都是泰晤士河里的水,冷得好像欲火上升的时候吞下了雪块一样,让我倒下些酒去把它温一温吧。叫她进来。

巴道夫 进来,妇人。

  快嘴桂嫂上。

桂 嫂 爵爷,您好?早安,爵爷!

福斯塔夫 把这些酒杯拿去了,再给我好好地煮一壶酒来。

巴道夫 要不要放鸡蛋?

福斯塔夫 什么也别放;我不要小母鸡下的蛋放在我的酒里。(巴道夫下)怎么?

桂 嫂 呃,爵爷,福德娘子叫我来看看您。

福斯塔夫 别向我提起什么"福德"大娘啦!我"浮"在水面上"浮"够了;要不是她,我怎么会给人丢在河里,灌满了一肚子的水。

桂 嫂 嗳哟!那怎么怪得了她?那两个仆人把她气死了,谁想得到他们竟误会了她的意思。

福斯塔夫 我也是气死了,会去应一个傻女人的约。

桂 嫂 爵爷,她为了这件事,心里说不出地难过呢;看见了她那种伤心的样子,谁都会心软的。她的丈夫今天一早就去打鸟去了,她请您在八点到九点之间,再到她家里去一次。我必须赶快把她的话向您交代清楚。您放心好了,这一回她一定会好好地补报您的。

福斯塔夫　好,你回去对她说,我一定来;叫她想一想哪一个男人不是朝三暮四,像我这样的男人,可是不容易找到的。

桂　嫂　我一定这样对她说。

福斯塔夫　去说给她听吧。你说是在九点到十点之间吗?

桂　嫂　八点到九点之间,爵爷。

福斯塔夫　好,你去吧,我一定来就是了。

桂　嫂　再会了,爵爷。(下。)

福斯塔夫　白罗克到这时候还不来,倒有些奇怪;他寄信来叫我等在这儿不要出去的。我很喜欢他的钱。啊!他来啦。

　　　　　福德上。

福　德　您好,爵爷!

福斯塔夫　啊,白罗克大爷,您是来探问我到福德老婆那儿去的经过吗?

福　德　我正是要来问您这件事。

福斯塔夫　白罗克大爷,我不愿对您撒谎,昨天我是按照她约定的时间到她家里去的。

福　德　那么您进行得顺利不顺利呢?

福斯塔夫　不必说起,白罗克大爷。

福　德　怎么?难道她又变卦了吗?

福斯塔夫　那倒不是,白罗克大爷,都是她的丈夫,那只贼头贼脑的死乌龟,一天到晚见神见鬼地疑心他的妻子;我跟她抱也抱过了,嘴也亲过了,誓也发过了,一本喜剧刚刚念好引子,他就疯疯癫癫地带了一大批狐群狗党,气势汹汹地说是要到家里来捉奸。

福　德　啊!那时候您正在屋子里吗?

福斯塔夫　那时候我正在屋子里。

福　德　他没有把您搜到吗?

福斯塔夫　您听我说下去。总算我命中有救,来了一位培琪大娘,报告我们福德就要来了的消息;福德家的女人吓得毫无主意,只好听了她的计策,把我装进一只盛脏衣服的篓子里去。

福　德　盛脏衣服的篓子!

福斯塔夫　正是一只盛脏衣服的篓子!把我跟那些脏衬衫、臭袜子、油腻的手巾,一股脑儿塞在一起;白罗克大爷,您想想这股气味叫人可受得了?

福　德　您在那篓子里待多久?

福斯塔夫　别急,白罗克大爷,您听我说下去,就可以知道我为了您的缘故去勾引这个妇人,吃了多少苦。她们把我这样装进了篓子以后,就叫两个混蛋仆人把我当做一篓脏衣服,抬到洗衣服的那里去;他们刚把我抬上肩走到门口,就碰见他们的主人,那个醋天醋地的家伙,问他们这里面装的是什么东西;我怕这个疯子真的要搜起篓子来,吓得浑身乱抖,可是命运注定他要做一个忘八,居然他没有搜;好,于是他就到屋子里去搜查,我也就冒充着脏衣服出去啦。可是白罗克大爷,您听着,还有下文呢。我一共差不多死了三次:第一次,因为碰在这个吃醋的、带着一批喽啰的忘八羔子手里,把我吓得死去活来;第二次,我让他们把我塞在篓里,像一柄插在鞘子里的宝剑一样,头朝地,脚朝天,再用那些油腻得恶心的衣服把我闷起来,您想,像我这样胃口的人,本来就是像牛油一样遇到了热气会溶化的,不闷死总算是傲天之幸;到末了,脂油跟汗水把我煎得半熟以后,这两个混蛋仆人就把我像一个滚热的出笼包子似的,向泰晤士河里丢了下去,白罗克大爷,您想,我简直像一块给铁匠打得通红的马蹄铁,放下水里,连河水都嗞啦嗞啦地叫起来呢!

福　德　爵爷,您为我受了这许多苦,我真是抱歉万分。这样看来,我的希望是永远达不到的了,您未必会再去一试吧?

福斯塔夫　白罗克大爷,别说他们把我扔在泰晤士河里,就是把我扔到火山洞里,我也不会就此把她放手的。她的男人今天早上打鸟去了,我已经又得到了她的信,约我八点到九点之间再去。

福　德　现在八点钟已经过了,爵爷。

福斯塔夫　真的吗?那么我要去赴约了。您有空的时候再来吧,我一定会让您知道我进行得怎样;总而言之,她一定会到您手里的。再见,白罗克大爷,您一定可以得到她;白罗克大爷,您一定可以叫福德做一个大忘八。(下。)

福　德　哼!嘿!这是一场梦景吗?我在做梦吗?我在睡觉吗?福德,醒来!醒来!你的最好的外衣上有了一个窟窿了,福德大爷!这就是娶了妻子的好处!这就是脏衣服篓子的用处!好,我要让他知道我究竟是什么人;我要现在就去把这奸夫捉住,他在我的家里,这回一定不让他逃走,他一定逃不了。也许魔鬼会帮助他躲起来,这回我一定要把无论什么希奇古怪的地方都一起搜到,连放小钱的钱袋、连胡椒瓶子都要倒出来看看,看他能躲到哪里去。忘八虽然已经做定了,可是我不能就此甘心呀;我要叫他们看看,忘八也不是好欺侮的。(下。)

第 四 幕

第一场 街 道

　　　　培琪大娘、快嘴桂嫂及威廉上。

培琪大娘　你想他现在是不是已经在福德家了？

桂　嫂　这时候他一定已经去了，或者就要去了。可是他因为给人扔在河里，很生气哩。福德大娘请您快点过去。

培琪大娘　等我把这孩子送上学，我就去。瞧，他的先生来了，今天大概又是放假。

　　　　爱文斯上。

培琪大娘　啊，休师傅！今天不上课吗？

爱文斯　不上课，斯兰德少爷放孩子们一天假。

桂　嫂　真是个好人！

培琪大娘　休师傅，我的丈夫说，我这孩子一点儿也念不进书；请你出几个拉丁文文法题目考考他吧。

爱文斯　走过来，威廉；把头抬起来；来吧。

培琪大娘　喂，走过去；把头抬起来，回答老师的问题，别害怕。

爱文斯　威廉，名词有几个"数"？

威　廉　两个①。

桂　嫂　说真的,恐怕还得加上一个"数",不是老听人家说:"算数!"

爱文斯　少噜苏!"美"是怎么说的,威廉?

威　廉　"标致"。

桂　嫂　婊子!比"婊子"更美的东西还有的是呢。

爱文斯　你真是个头脑简单的女人,闭上你的嘴吧。"lapis"解释什么,威廉?

威　廉　石子。

爱文斯　"石子"又解释什么,威廉?

威　廉　岩石。

爱文斯　不,是"Lapis";请你把这个记住。

威　廉　Lapis。

爱文斯　真是个好孩子。威廉,"冠词"是从什么地方借来的?

威　廉　"冠词"是从"代名词"借来的,有这样几个变格——"单数""主格"是:hic,haec,hoc。

爱文斯　"主格":hig,hag,hog;②请你听好——"所有格":hujus。好吧,"对格"你怎么说?

威　廉　"对格":hinc。

爱文斯　请你记住了,孩子;"对格":hung,hang,hog。③

桂　嫂　"hang hog"就是拉丁文里的"火腿",我跟你说,错不了。④

---

① 即"少数"和"多数"。

②③　休牧师是威尔士人,发音重浊,把"c"念成"g"。

④　火腿要挂起来风干;"hang hog"在英语中听来像"挂猪肉",所以桂嫂猜想是"火腿"。

283

爱文斯　少来唠叨,你这女人。"称呼格"是怎么变的,威廉?

威　廉　噢——"称呼格",噢——

爱文斯　记住,威廉;"称呼格"曰"无"。①

桂　嫂　"胡"萝卜的根才好吃呢。

爱文斯　你这女人,少开口。

培琪大娘　少说话!

爱文斯　最后的"复数属格"该怎么说,威廉?

威　廉　复数属格!

爱文斯　对。

威　廉　属格——horum,harum,horum。

桂　嫂　珍妮的人格!她是个婊子,孩子,别提她的名字。

爱文斯　你这女人,太不知羞耻了!

桂　嫂　你教孩子念这样一些字眼儿才太邪门儿了——教孩子念"嫖呀""喝呀",他们没有人教,一眨巴眼也就学会吃喝嫖赌了——什么"嫖呀""喝呀",亏你说得出口!

爱文斯　女人,你可是个疯婆娘?你一点儿不懂得你的"格",你的"数",你的"性"吗?天下哪儿去找像你这样的蠢女人。

培琪大娘　请你少说话吧。

爱文斯　威廉,说给我听,代名词的几种变格。

威　廉　嗳哟,我忘了。

爱文斯　那是 qui,quæ,quod;要是你把你的 quis 忘了,quæs 忘了,quods 忘了,小心你的屁股吧。现在去玩儿吧,去吧。

---

① 拉丁文指示代名词共有五格,而无"称呼格";所以休牧师用拉丁文提醒威廉:"曰'无'"。拉丁文"无"(caret)近似英语中的"胡萝卜"(carrot),因此又引起桂嫂的一番插话。

培琪大娘　我怕他不肯用功读书,他倒还算好。

爱文斯　他记性好,一下子就记住了。再见,培琪大娘。

培琪大娘　再见,休师傅。(休师傅下)孩子,你先回家去。来,我们已经耽搁得太久了。(同下。)

第二场　福德家中一室

　　　　福斯塔夫及福德大娘上。

福斯塔夫　娘子,你的懊恼已经使我忘记了我身受的种种痛苦。你既然这样一片真心对待我,我也决不会有丝毫亏负你;我不仅要跟你恩爱一番,还一定会加意奉承,格外讨好,管保叫你心满意足就是了。可是你相信你的丈夫这回一定不会再来了吗?

福德大娘　好爵爷,他打鸟去了,一定不会早回来的。

培琪大娘　(在内)喂!福德嫂子!喂!

福德大娘　爵爷,您进去一下。(福斯塔夫下。)

　　　　培琪大娘上。

培琪大娘　啊,心肝!你屋子里还有什么人吗?

福德大娘　没有,就是自己家里几个人。

培琪大娘　真的吗?

福德大娘　真的。(向培琪大娘旁白)大声一点说。

培琪大娘　真的没有什么人,那我就放心啦。

福德大娘　为什么?

培琪大娘　为什么,我的奶奶,你那汉子的老毛病又发作啦。他正在那儿拉着我的丈夫,痛骂那些有妻子的男人,不分青红皂白地咒骂着天下所有的女人,还把拳头捏紧了敲着自己的额角,嚷道:"快把绿帽子戴上吧,快把绿帽子戴上吧!"无论什么疯子狂人,比起他这种疯狂的样子来,都会变成顶文雅顶安静的人了。那个胖骑士不在这儿,真是运气!

福德大娘　怎么,他又说起他吗?

培琪大娘　不说起他还说起谁?他发誓说上次他来搜他的时候,他是给装在篓子里抬出去的;他一口咬定说他现在就在这儿,一定要叫我的丈夫和同去的那班人停止了打鸟,陪着他再来试验一次他疑心得对不对。我真高兴那骑士不在这儿,这回他该明白他自己的傻气了。

福德大娘　培琪嫂子,他离开这儿有多远?

培琪大娘　只有一点点路,就在街的尽头,一会儿就来了。

福德大娘　完了!那骑士正在这儿呢。

培琪大娘　那么你的脸要丢尽,他的命也保不住啦。你真是个宝货!快打发他走吧!快打发他走吧!丢脸还是小事,弄出人命案子来可不是玩的。

福德大娘　叫他到哪儿去呢?我怎样把他送出去呢?还是把他装在篓子里吗?

　　　　　福斯塔夫重上。

福斯塔夫　不,我再也不躲在篓子里了。还是让我趁他没有来,赶快出去吧。

培琪大娘　唉!福德的三个弟兄手里拿着枪,把守着门口,什么人都不让出去;否则您倒可以溜出去的。可是您干吗又到这儿来呢?

福斯塔夫　那么我怎么办呢?还是让我钻到烟囱里去吧。

福德大娘　他们平常打鸟回来,鸟枪里剩下的子弹都是往烟囱里放的。

培琪大娘　还是灶洞里倒可以躲一躲。

福斯塔夫　在什么地方？

福德大娘　他一定会找到那个地方的。他已经把所有的柜啦、橱啦、板箱啦、废箱啦、铁箱啦、井啦、地窖啦,以及诸如此类的地方,一起记在笔记簿上,只要照着单子一处处搜寻,总会把您搜到的。

福斯塔夫　那么我还是出去。

培琪大娘　爵爷,您要是就照您的本来面目跑出去,那您休想活命。除非化装一下——

福德大娘　我们把他怎样化装起来呢？

培琪大娘　唉！我不知道。哪里找得到一身像他那样身材的女人衣服？否则叫他戴上一顶帽子,披上一条围巾,头上罩一块布,也可以混了出去。

福斯塔夫　好心肝,乖心肝,替我想想法子。只要安全无事,什么丢脸的事我都愿意干。

福德大娘　我家女用人的姑母,就是那个住在勃伦府的胖婆子,倒有一件罩衫在这儿楼上。

培琪大娘　对了,那正好给他穿,她的身材是跟他一样大的；而且她的那顶粗呢帽和围巾也在这儿。爵爷,您快奔上去吧。

福德大娘　去,去,好爵爷；让我跟培琪嫂子再给您找一方包头的布儿。

培琪大娘　快点,快点！我们马上就来给您打扮,您先把那罩衫穿上再说。(福斯塔夫下。)

福德大娘　我希望我那汉子能够瞧见他扮成这个样子；他一见这个勃伦府的老婆子就眼中冒火,他说她是个妖妇,不许她走进我们家里,说是一看见她就要打她。

培琪大娘　但愿上天有眼,让他尝一尝你丈夫的棍棒的滋味!但愿那棍棒落在他身上的时候,有魔鬼附在你丈夫的手里!

福德大娘　可是我那汉子真的就要来了吗?

培琪大娘　真的,他直奔而来;他还在说起那篓子呢,也不知道他哪里得来的消息。

福德大娘　让我们再试他一下。我仍旧去叫我的仆人把那篓子抬到门口,让他看见,就像上一次一样。

培琪大娘　可是他立刻就要来啦,还是先去把他装扮做那个勃伦府的巫婆吧。

福德大娘　我先去吩咐我的仆人,叫他们把篓子预备好了。你先上去,我马上就把他的包头布带上来。(下。)

培琪大娘　该死的狗东西!这种人就是作弄他一千次也不算罪过。

>不要看我们一味胡闹,
>
>　这蠢猪是他自取其殃;
>
>我们要告诉世人知道,
>
>　风流娘们不一定轻狂。(下。)

福德大娘率二仆重上。

福德大娘　你们再把那篓子抬出去;大爷快要到门口了,他要是叫你们放下来,你们就听他的话放下来。快点,马上就去。(下。)

仆　甲　来,来,把它抬起来。

仆　乙　但愿这篓子里不要再装满了爵士才好。

仆　甲　我也希望不再像前次一样;抬一篓的铅都没有那么重哩。

福德、培琪、夏禄、卡厄斯及爱文斯同上。

福　　德　不错,培琪大爷,可是要是真有这回事,您还有法子替我洗去污名吗?狗才,把这篓子放下来;又有人来拜访过我的妻子了。把年轻的男人装在篓子里抬进抬出!你们这两个混账的家伙也不是好东西!你们都是串通了一气来算计我的。现在这个鬼可要叫他出丑了。喂,我的太太,你出来!瞧瞧你给他们洗些什么好衣服!

培　　琪　这真太过分了!福德大爷,您要是再这样疯下去,我们真要把您铐起来了,免得闹出什么乱子来。

爱文斯　嗳哟,这简直是发疯!像疯狗一样发疯!

夏　　禄　真的,福德大爷,这真有点儿不大好。

福　　德　我也是这样说哩。——

　　　　　　福德大娘重上。

福　　德　过来,福德大娘,咱们这位贞洁的妇人,端庄的妻子,贤德的人儿,可惜嫁给了一个爱吃醋的傻瓜!娘子,是我无缘无故瞎起疑心吗?

福德大娘　天日为证,你要是疑心我有什么不规矩的行为,那你的确太会多心了。

福　　德　说得好,不要脸的东西!你尽管嘴硬吧。过来,狗才!

　　　　　　(翻出篓中衣服。)

培　　琪　这真太过分了!

福德大娘　你好意思吗?别去翻那衣服了。

福　　德　我就会把你的秘密揭穿的。

爱文斯　这简直是岂有此理。还不把你妻子的衣服拿起来吗?去吧,去吧。

福　　德　把这篓子倒空了!

福德大娘　为什么呀,傻子,为什么呀?

福　　德　　培琪大爷,不瞒您说,昨天就有一个人装在这篓子里从我的家里抬出去,谁知道今天他不会仍旧在这里面?我相信他一定在我家里,我的消息是绝对可靠的,我的疑心是完全有根据的。给我把这些衣服一起拿出来。

福德大娘　你要是在这里面找出一个男人来,就把他当个虱子掐死好了。

培　　琪　　没有什么人在这里面。

夏　　禄　　福德大爷,这真太不成话了,真太不成话了。

爱文斯　福德大爷,您应该常常祷告,不要随着自己的心一味胡思乱想;吃醋也没有这样吃法。

福　　德　　好,他没有躲在这里面。

培　　琪　　除了在您自己脑子里以外,您根本就找不到这样一个人。(二仆将篓抬下。)

福　　德　　帮我再把我的屋子搜一回,要是再找不到我所要找的人,你们尽管把我嘲笑得体无完肤好了;让我永远做你们餐席上谈笑的资料,要是人家提起吃醋的男人来,就把我当做一个现成的例子,因为我会在一枚空的核桃壳里找寻妻子的情人。请你们再帮我这一次忙,替我搜一下,好让我死了心。

福德大娘　喂,培琪嫂子!您陪着那位老太太下来吧;我的丈夫要上楼来了。

福　　德　　老太太!哪里来的老太太?

福德大娘　就是我家女仆的姑妈,住在勃伦府的那个老婆子。

福　　德　　哼,这妖妇,这贼老婆子!我不是不许她走进我的屋子里吗?她又是给什么人带信来的,是不是?我们都是头脑简单的人,不懂得求神问卜这些玩意儿;什么画符、念咒、起课这一类鬼把戏,我们全不懂得。快给我滚下来,你这妖妇,鬼老太婆!滚下来!

福德大娘　不,我的好大爷!列位大爷,别让他打这可怜的老婆子。

    培琪大娘偕福斯塔夫女装重上。

培琪大娘　来,普拉老婆婆;来,搀着我的手。

福　德　我要"泼辣辣"地揍她一顿呢。——(打福斯塔夫)滚出去,你这妖妇,你这贱货,你这臭猫,你这鬼老太婆!滚出去!滚出去!我要请你去见神见鬼呢,我要给你算算命呢。(福斯塔夫下。)

培琪大娘　你羞不羞?这可怜的老妇人差不多给你打死了。

福德大娘　欺负一个苦老太婆,真有你的!

福　德　该死的妖妇!

爱文斯　我想这妇人的确是一个妖妇;我不喜欢长胡须的女人,我看见她的围巾下面露出几根胡须呢。

福　德　列位,请你们跟我来好不好?看看我究竟是不是瞎起疑心。要是我完全无理取闹,请你们以后再不要相信我的话。

培　琪　咱们就再顺顺他的意思吧。各位,大家都来。(福德、培琪、夏禄、卡厄斯、爱文斯同下。)

培琪大娘　他把他打得真可怜。

福德大娘　这一顿打才打得痛快呢。

培琪大娘　我想把那棒儿放在祭坛上供奉起来,它今天立下了很大的功劳。

福德大娘　我倒有一个意思,不知道你以为怎样?我们横竖名节无亏,问心无愧,索性一不做,二不休,再把他作弄一番好不好?

培琪大娘　他吃过了这两次苦头,一定把他的色胆都吓破了;除非魔鬼盘据在他心里,大概他不会再来冒犯我们了。

福德大娘　我们要不要把我们怎样作弄他的情形告诉我们的丈夫知道?

培琪大娘　很好,这样也可以点破你那汉子的疑心。要是他们认为这个荒唐的胖爵士还有应加惩处的必要,那么仍旧可以委托我们全权办理的。

福德大娘　我想他们一定要让他当着众人出一次丑;我们这一个笑话也一定要这样才可以告一段落。

培琪大娘　好,那么我们就去商量办法吧;我的脾气是想到就做,不让事情耽搁下去的。(同下。)

第三场　嘉德饭店中一室

店主及巴道夫上。

巴道夫　老板,那几个德国人要问您借三匹马;公爵明天要上朝来了,他们要去迎接他。

店　主　什么公爵来得这样秘密?我不曾在宫廷里听见人家说起。让我去跟那几个客人谈谈。他们会说英国话吗?

巴道夫　会说的,老板;我去叫他们来。

店　主　马可以借给他们,可是我不能让他们白骑,世上没有这样便宜的事情。他们已经住了我的房子一个星期了,我已经为了他们回绝了多少别的客人;我可不能跟他们客气,这笔损失是一定要叫他们赔偿的。来。(同下。)

第四场　福德家中一室

培琪、福德、培琪大娘、福德大娘及爱文斯上。

爱文斯　女人家有这样的心思,难得难得!

培　琪　他是同时寄信给你们两个人的吗?

培琪大娘　我们在一刻钟内同时接到。

福　德　娘子,请你原谅我。从此以后,我一切听任你;我宁愿疑心太阳失去了热力,不愿疑心你有不贞的行为。你已经使一个对于你的贤德缺少信心的人,变成你的一个忠实的信徒了。

培　琪　好了,好了,别说下去了。太冒冒失失固然不好,太服服帖帖可也不对。我们还是来商量计策吧;让我们的妻子为了给大家解解闷,再跟这个胖老头子约好一个时间,到了那时候,我们就去捉住他,把他羞辱一顿。

福　德　她们刚才说起的那个办法,再好没有了。

培　琪　怎么?约他在半夜里到林苑里去相会吗?嘿!他再也不会来的。

爱文斯　你们说他已经给丢在河里,还给人当做一个老婆子痛打了一顿,我想他一定吓怕了,不会再来了;他的肉体已经受到责罚,他一定不敢再起欲念了。

培　琪　我也这样想。

福德大娘　你们只要商量商量等他来了怎样对付他,我们两人自会想法子叫他来的。

培琪大娘　有一个古老的传说,说是曾经在这儿温莎地方做过管林子的猎夫赫恩,鬼魂常常在冬天的深夜里出现,绕着一株橡树兜圈子,头上还长着又粗又大的角,手里摇着一串链子,发出怕人的声音;他一出来,树木就要枯黄,牲畜就要害病,乳牛的乳汁会变成血液。这一个传说从前代那些迷信的人们嘴里流传下来,就好像真有这回事一样,你们各位也都听见过的。

培　琪　是呀,有许多人不敢在深夜里经过这株赫恩的橡树呢。可是你为什么要提起它呢?

福德大娘　这就是我们的计策:我们要叫福斯塔夫头上装了两只大角,扮做赫恩的样子,在那橡树的旁边等着我们。

培　琪　好,就算他听着你们这样打扮着来了,你们预备把他怎么样呢?你有什么妙计呢?

培琪大娘　那我们也已经想好了:我们先叫我的女儿安和我的小儿子,还有三四个跟他们差不多大的孩子,大家打扮成一队精灵的样子,穿着绿色的和白色的衣服,各人头上顶着一圈蜡烛,手里拿着响铃,埋伏在树旁的土坑里;等福斯塔夫跟我们相会的时候,他们就一拥而出,嘴里唱着各色各样的歌儿;我们一看见他们出来,就假装吃惊逃走了,然后让他们把他团团围住,把这腌臜的爵士你拧一把,我刺一下,还要质问他为什么在这仙人们游戏的时候,胆敢装扮做那种秽恶的形状,闯进神圣的地方来。

福德大娘　这些假扮的精灵们要把他拧得遍体鳞伤,还用蜡烛烫他的皮肤,直等他招认一切为止。

培琪大娘　等他招认以后,我们大家就一起出来,摔下他的角,把他一路取笑着回家。

福　德　孩子们倒要叫他们练习得熟一点,否则会露出破绽来的。

爱文斯　我可以教这些孩子们怎样做；我自己也要扮做一个猴崽子,用蜡烛去烫这爵士哩。

福　德　那好极啦。我去替他们买些面具来。

培琪大娘　我的小安要扮做一个仙后,穿着很漂亮的白袍子。

培　琪　我去买缎子来给她做衣服。(旁白)到了那个时候,我可以叫斯兰德把安偷走,到伊登去跟她结婚。——你们马上就派人到福斯塔夫那里去吧。

福　德　不,我还要用白罗克的名字去见他一次,他会把什么话都告诉我。他一定会来的。

培琪大娘　不怕他不来。我们这些精灵们的一切应用的东西和饰物,也该赶快预备起来了。

爱文斯　我们就去办起来吧；这是个很好玩的玩意儿,而且也是光明正大的恶作剧。(培琪、福德、爱文斯同下。)

培琪大娘　福德嫂子,你就去找桂嫂,叫她到福斯塔夫那里去,探探他的意思。(福德大娘下)我现在要到卡厄斯大夫那里去,他是我看中的人,除了他谁也不能娶我的小安。那个斯兰德虽然有家私,却是一个呆子,我的丈夫偏偏喜欢他。这医生又有钱,他的朋友在宫廷里又有势力,只有他才配做她的丈夫,即使有二万个更了不得的人来向她求婚,我也不给他们。(下。)

第五场　嘉德饭店中一室

店主及辛普儿上。

店　主　你要干吗,乡下佬,蠢东西？说吧,讲吧,干干脆脆的。

辛普儿　呃,老板,我是斯兰德少爷叫我来跟约翰·福斯塔夫爵士说话的。

店　主　那边就是他的房间、他的公馆、他的床铺,你瞧门上新画着浪子回家故事的就是。只要你去敲敲门,喊他一声,他就会跟你胡说八道。去敲他的门吧。

辛普儿　刚才有一个胖大的老妇人跑进他的房间里去,请您让我在这儿等她下来吧;我本来是要跟她说话的。

店　主　哈!一个胖女人!也许是来偷东西的,让我叫他一声。喂,骑士!好爵爷!你在房间里吗?使劲回答我,你的店主东——你的老朋友在叫你哪。

福斯塔夫　(在上)什么事,老板?

店　主　这儿有一个流浪的鞑靼人等着你的胖婆娘下来。叫她下来,好家伙,叫她下来;我的屋子是干干净净的,不能让你们干那些鬼鬼祟祟的勾当。哼,不要脸!

　　　福斯塔夫上。

福斯塔夫　老板,刚才是有一个胖老婆子在我这儿,可是现在她已经走了。

辛普儿　请问一声,爵爷,她就是勃伦府那个算命的女人吗?

福斯塔夫　对啦,螺蛳精;你问她干吗?

辛普儿　爵爷,我家主人斯兰德少爷因为瞧见她在街上走过,所以叫我来问问她,他有一串链子给一个叫做尼姆的骗去了,不知道那链子还在不在那尼姆的手里。

福斯塔夫　我已经跟那老婆子讲起过这件事了。

辛普儿　请问爵爷,她怎么说呢?

福斯塔夫　呃,她说,那个从斯兰德手里把那链子骗去的人,就是偷他链子的人。

辛普儿　我希望我能够当面跟她谈谈;我家少爷还叫我问她别

的事情哩。

福斯塔夫　什么事情？说出来听听看。

店　主　对了,快说。

辛普儿　爵爷,我家少爷吩咐我要保守秘密呢。

店　主　你要是不说出来,就叫你死。

辛普儿　啊,实在没有什么事情,不过是关于培琪家小姐的事情,我家少爷叫我来问问看,他命里能不能娶她做妻子。

福斯塔夫　那可要看他的命运怎样了。

辛普儿　您怎么说？

福斯塔夫　娶得到是他的命,娶不到也是他的命。你回去告诉主人,就说那老妇人这样对我说的。

辛普儿　我可以这样告诉他吗？

福斯塔夫　是的,乡下佬,你尽管这样说好了。

辛普儿　多谢爵爷;我家少爷听见了这样的消息,一定会十分高兴的。(下。)

店　主　你真聪明,爵爷,你真聪明。真有一个算命的婆子在你房间里吗？

福斯塔夫　是的,老板,她刚才还在我这儿;她教给我许多我一生从来没有学过的智慧,我不但没有花半个钱的学费,而且她反倒给我酬劳呢。

　　　　　巴道夫上。

巴道夫　嗳哟,老板,不好了！又是骗子,尽是些骗子！

店　主　我的马呢？蠢奴才,好好地对我说。

巴道夫　都跟着那些骗子们跑掉啦;一过了伊登,他们就把我从马上推下来,把我丢在一个烂泥潭里,他们就像三个德国鬼子似的,策马加鞭,飞也似的去了。

店　　主　狗才,他们是去迎接公爵去的。别说他们逃走,德国人都是规规矩矩的。

　　　　　爱文斯上。

爱文斯　老板在哪儿?

店　　主　师傅,什么事?

爱文斯　留心你的客人。我有一个朋友到城里来,他告诉我有三个德国骗子,一路上骗人家的马匹金钱;里亭、梅登海、科白路,各家旅店都上了他们的当。我是一片好心来通知你,你当心些吧;你是个很乖巧的人,专爱开人家的玩笑,要是你也被人家骗了,那未免太笑话啦。再见。(下。)

　　　　　卡厄斯上。

卡厄斯　店主东呢?

店　　主　卡厄斯大夫,我正在这儿心乱如麻呢。

卡厄斯　我不懂你的意思;可是人家告诉我,你正在准备着隆重地招待一个德国的公爵,可是我不骗你,我在宫廷里就不知道有什么公爵要来。我是一片好心来通知你。再见。(下。)

店　　主　狗才,快去喊人去捉贼!骑士,帮帮我忙,我这回可完了!狗才,快跑,捉贼!完了!完了!(店主及巴道夫下。)

福斯塔夫　我但愿全世界的人都受骗,因为我自己也受了骗,而且还挨了打。要是宫廷里的人听见了我怎样一次次的化身,给人当衣服洗,用棍子打,他们一定会把我身上的油一滴一滴溶下来,去擦渔夫的靴子;他们一定会用俏皮话把我挖苦得像一只干瘪的梨一样丧气。自从那一次赖了赌债以后,我一直交着坏运。好,要是我在临终以前还来得及念祷告,我一定要忏悔。

快嘴桂嫂上。

福斯塔夫　啊,又是谁叫你来的?

桂　嫂　除了那两个人还有谁?

福斯塔夫　让魔鬼跟他的老娘把那两个人抓了去吧!趁早把她们这样打发了吧。我已经为了她们吃过多少苦,男人本来是容易变心的,谁受得了这样的欺负!

桂　嫂　您以为她们没有吃苦吗?说来才叫人伤心哪,尤其是那位福德娘子,天可怜见的,给她的汉子打得身上一块青一块黑的,简直找不出一处白净的地方。

福斯塔夫　什么一块青一块黑的,我自己给他打得五颜六色,浑身挂彩呢;我还差一点给他们当做勃伦府的妖妇抓了去。要不是我急中生智,把一个老太婆的举动装扮得活龙活现,我早已给混蛋官差们锁上脚镣,办我一个妖言惑众的罪名了。

桂　嫂　爵爷,让我到您房间里去跟您说话,您就会明白一切,而且包在我身上,一定会叫您满意的。这儿有一封信,您看了就知道了。天哪!把你们拉拢在一起,真麻烦死了!你们中间一定有谁得罪了天,所以才这样颠颠倒倒的。

福斯塔夫　那么你跟我上楼,到我的房间里来吧。(同下。)

第六场　嘉德饭店中另一室

范顿及店主上。

店　主　范顿大爷,别跟我说话,我一肚子都是闷气,我想索性这桩生意也不做了。

范　顿　可是你听我说。我要你帮我做一件事,事成之后,我不但赔偿你的全部损失,而且还愿意送给你黄金百镑,作为酬谢。

店　主　好,范顿大爷,您说吧。我不知道我能不能帮您的忙,可是至少我不会泄漏秘密。

范　　顿　我曾经屡次告诉你我对于培琪家安小姐的深切的爱情;她对我也已经表示默许了,要是她自己做得了主,我一定可以如愿以偿。刚才我收到了她一封信,信里所说起的事情,你要是知道了,一定会拍手称奇;原来她给我出了个好主意,而这主意又是跟一个笑料分不开的,要说到我们的事儿,就得提到那个笑料,要给你讲那个笑料,就得说一说我们的事儿。那胖骑士福斯塔夫不免要给他们捉弄,受一番惊吓了;究竟要开什么玩笑,我一五一十都跟你说了吧。(指信)听着,我的好老板,今夜十二点钟到一点钟之间,在赫恩橡树的近旁,我的亲爱的小安要扮成仙后的样子,为什么要这样打扮,这儿写得很明白。她父亲叫她趁着大家开玩笑开得乱哄哄的时候,就穿着这身服装,跟斯兰德悄悄地溜到伊登去结婚,她已经答应他了。可是她母亲竭力反对她嫁给斯兰德,决意把她嫁给卡厄斯,她也已经约好那个医生,叫他也趁着人家忙得不留心的时候,用同样的方式把她带到教长家里去,请一个牧师替他们立刻成婚;她对于她母亲的这个计策,也已经假装服从的样子,答应了那医生了。他们的计划是这样的:她的父亲要她全身穿着白的衣服,以便认识,斯兰德看准了时机,就搀着她的手,叫她跟着走,她就跟着他走;她的母亲为了让那医生容易辨认起见,——因为他们大家都是戴着面具的——却叫她穿着宽大的浅绿色的袍子,头上系着飘扬的丝带,那医生一看有了下手的机会,便上去把她的手捏一把,这一个暗号便是叫她跟着他走的。

店　主　她预备欺骗她的父亲呢,还是欺骗她的母亲?

范　顿　我的好老板,她要把他们两人一起骗了,跟我一块儿溜走。所以我要请你费心去替我找一个牧师,十二点钟到一点钟之间在教堂里等着我,为我们举行正式的婚礼。

店　主　好,您去实行您的计划吧,我一定给您找牧师去。只要把那位姑娘带来,牧师是不成问题的。

范　顿　多谢多谢,我一定永远记住你的恩德,而且我马上就会报答你的。(同下。)

第五幕

第一场　嘉德饭店中一室

　　　　福斯塔夫及快嘴桂嫂上。

福斯塔夫　请你别再噜里噜苏了,去吧,我一定不失约就是了。这已经是第三次啦,我希望单数是吉利的。去吧,去吧!人家说单数是用来占卜生、死、机缘的。去吧!

桂　嫂　我去给您弄一根链子来,再去设法找一对角来。

福斯塔夫　好,去吧;别耽搁时间了。抬起你的头来,扭扭屁股走吧。(桂嫂下。)

　　　　福德上。

福斯塔夫　啊,白罗克大爷!白罗克大爷,事情成功不成功,今天晚上就可以知道。请您在半夜时候,到赫恩橡树那儿去,就可以看见新鲜的事儿。

福　德　您昨天不是对我说过,要到她那儿去赴约吗?

福斯塔夫　白罗克大爷,我昨天到她家里去的时候,正像您现在看见我一样,是个可怜的老头儿;可是白罗克大爷,我从她家里出来的时候,却变成一个苦命的老婆子了。白罗克大爷,她的丈夫,福德那个混蛋,简直是个疯狂的吃醋鬼投胎。

他欺我是个女人,把我没头没脑一顿打;可是,白罗克大爷,要是我穿着男人的衣服,别说他是个福德,就算他是个身长丈二的天神,拿着一根千斤重的梁柱向我打来,我也不怕他。我现在还有要事,请您跟我一路走吧,白罗克大爷,我可以把一切的事情完全告诉您。自从我小时候偷鹅、赖学、抽陀螺挨打以后,直到现在才重新尝到挨打的滋味。跟我来,我要告诉您关于这个叫做福德的混蛋的古怪事儿;今天晚上我就可以向他报复,我一定会把他的妻子送到您的手里。跟我来。白罗克大爷,您就有新鲜事儿看了!跟我来。(同下。)

第二场　温莎林苑

培琪、夏禄及斯兰德上。

培　琪　来,来,咱们就躲在这座古堡的壕沟里,等我们那班精灵们的火光出现以后再出来。斯兰德贤婿,记着我的女儿。

斯兰德　好,一定记着;我已经跟她当面谈过,约好了用什么口号互相通知。我看见她穿着白衣服,就上去对她说"嗨",她就回答我"不见得",这样我们就不会认错啦。

夏　禄　那也好,可是何必嚷什么"嗨"哩,什么"不见得"哩,你只要看定了穿白衣服的人就行啦。钟已经敲十点了。

培　琪　天乌沉沉的,精灵和火光在这时候出现,再好没有了。愿上天保佑我们的游戏成功!除了魔鬼以外,谁都没有恶意;我们只要看谁的头上有角,就知道他是魔鬼。去吧,大家跟我来。(同下。)

第三场　温莎街道

　　培琪大娘、福德大娘及卡厄斯上。

培琪大娘　大夫，我的女儿是穿绿的；您看时机一到，便过去搀她的手，带她到教长家里去，赶快把事情办了。现在您一个人先到林苑里去，我们两个人是要一块儿去的。

卡厄斯　我知道我应当怎么办。再见。

培琪大娘　再见，大夫。（卡厄斯下）我的丈夫把福斯塔夫羞辱过了以后，知道这医生已经跟我的女儿结婚，一定会把一场高兴，化作满腔怒火的；可是管他呢，与其让他害得我将来心碎，宁可眼前挨他一顿臭骂。

福德大娘　小安和她的一队精灵现在在什么地方？还有那个威尔士鬼子休牧师呢？

培琪大娘　他们都把灯遮得暗暗的，躲在赫恩橡树近旁的一个土坑里；一等到福斯塔夫跟我们会见的时候，他们就立刻在黑夜里出现。

福德大娘　那一定会叫他大吃一惊的。

培琪大娘　要是吓不倒他，我们也要把他讥笑一番；要是他果然吓倒了，我们还是要讥笑他的。

福德大娘　咱们这回不怕他不上圈套。

培琪大娘　像他这种淫棍，欺骗他、教训他也是好事。

福德大娘　时间快到啦，到橡树底下去，到橡树底下去！

　　（同下。）

第四场　温莎林苑

　　爱文斯化装率扮演精灵的一群上。

爱文斯　跑，跑，精灵们，来；别忘了你们各人的词句。大家放大胆子，跟我跑下这土坑里，等我一发号令，就照我吩咐你们的做起来。来，来；跑，跑。（同下。）

第五场　林苑中的另一部分

　　福斯塔夫顶公鹿头扮赫恩上。

福斯塔夫　温莎的钟已经敲了十二点，时间快到了。好色的天神们，照顾照顾我吧！记着，乔武大神，你曾经为了你的情人欧罗巴①的缘故，化身做一头公牛，爱情使你头上生角。强力的爱啊！它会使畜生变成人类，也会使人类变成畜生。而且，乔武大神，你为了你心爱的勒达②，还化身做过一只天鹅呢。万能的爱啊！你差一点儿把天神的尊容变得像一只蠢鹅！这真是罪过哪：首先不该变成一头畜生——啊，老天，这罪过可没有一点人气味！接着又不该变做了一头野禽——想想吧，老天，这可真是禽兽一般的罪过！既然天神们也都这样贪淫，我们可怜的凡人又有什么办法呢？至于讲到我，那么我是这儿温莎地方的一匹公鹿；在这树林子里，也可以算得上顶胖的了。天神，让我过一个凉快的交配

---

① 欧罗巴（Europa），希腊罗马神话中的美女，为天神乔武所爱，乔武化为公牛载之而去。
② 勒达（Leda），希腊罗马神话中斯巴达王后，天神乔武化为天鹅将她占有。

期吧,否则谁能责备我不该排泄些脂肪呢。——谁来啦?我的母鹿吗?

  福德大娘及培琪大娘上。

福德大娘　爵爷,你在这儿吗,我的公鹿?我的亲爱的公鹿?
福斯塔夫　我的黑尾巴的母鹿!让天上落下马铃薯般大的雨点来吧,让它配着淫曲儿的调子响起雷来吧,让糖梅子、春情草像冰雹雪花般落下来吧,只要让我躲在你的怀里,什么泼辣的大风大雨我都不怕。(拥抱福德大娘。)
福德大娘　培琪嫂子也跟我一起来了呢,好人儿。
福斯塔夫　那么你们把我当做偷来的公鹿一般切开来,各人分一条大腿去,留下两块肋条肉给我自己,肩膀肉赏给那看园子的,还有这两只角,送给你们的丈夫做个纪念品吧。哈哈!你们瞧我像不像猎人赫恩?丘匹德是个有良心的孩子,现在他让我尝到甜头了。我用鬼魂的名义欢迎你们!

  (内喧声。)

培琪大娘　嗳哟!什么声音?
福德大娘　天老爷饶恕我们的罪过吧!
福斯塔夫　又是什么事情?
福德大娘
培琪大娘　快逃!快逃!(二人奔下。)
福斯塔夫　我想多半是魔鬼不愿意让我下地狱,因为我身上的油太多啦,恐怕在地狱里惹起一场大火来,否则他不会这样一次一次地跟我捣蛋。

  爱文斯乔装山羊神萨特①,毕斯托尔扮小妖,安·培琪扮仙

---

① 萨特(Satyr),希腊罗马神话中人身马尾、遨游山林的怪物。

后,威廉及若干儿童各扮精灵侍从,头插小蜡烛,同上。

安　　　　黑的,灰的,绿的,白的精灵们,
　　　　　月光下的狂欢者,黑夜里的幽魂,
　　　　　你们是没有父母的造化的儿女,
　　　　　不要忘记了你们各人的职务。
　　　　　传令的小妖,替我向众精灵宣告。

毕斯托尔　众精灵,静听召唤,不许喧吵!
　　　　　蟋蟀儿,你去跳进人家的烟囱,
　　　　　看他们炉里的灰屑有没有扫空;
　　　　　我们的仙后最恨贪懒的婢子,
　　　　　看见了就把她拧得浑身青紫。

福斯塔夫　他们都是些精灵,谁要是跟他们说话,就不得活命;
　　　　　让我闭上眼睛趴下来吧,神仙们的事情是不许凡人窥看的。

（俯伏地上。）

爱文斯　　比德在哪里?你去看有谁家的姑娘,
　　　　　念了三遍祈祷方才睡上眠床,
　　　　　你就悄悄地替她把妄想收束,
　　　　　让她睡得像婴儿一样甜熟;
　　　　　谁要是临睡前不思量自己的过错,
　　　　　你要叫他们腰麻背疼,手脚酸楚。

安　　　　去,去,小精灵!
　　　　　把温莎古堡内外搜寻:
　　　　　每一间神圣的华堂散播着幸运,
　　　　　让它巍然卓立,永无毁损,
　　　　　祝福它宅基巩固,门户长新,
　　　　　辉煌的大厦恰称着贤德的主人!

每一个尊严的宝座用心扫洗，
洒满了被邪垢的鲜花香水，
祝福那文棂绣瓦,画栋雕梁，
千秋万岁永远照耀着荣光！
每夜每夜你们手搀手在草地上，
拉成一个圆圈儿跳舞歌唱，
清晨的草上留下你们的足迹，
一团团葱翠新绿的颜色；
再用青紫粉白的各色鲜花，
写下了天书仙语，"清心去邪"，
像一簇簇五彩缤纷的珠玉，
像英俊骑士所穿的锦绣衣袴；
草地是神仙的纸,花是神仙的符箓。
去，去，往东的向东,往西的向西！
等到钟鸣一下，可不要忘了
我们还要绕着赫恩橡树舞蹈。

爱文斯　　大家排着队，大家手牵手，
　　　　二十个萤虫给我们点亮灯笼，
　　　　照着我们树荫下舞影憧憧。
　　　　且慢！哪里来的生人气？

福斯塔夫　天老爷保佑我不要给那个威尔士老怪瞧见,他会叫
　　我变成一块干酪哩！

毕斯托尔　坏东西！你是个天生的孽种。

安　　　让我用炼狱火把他指尖灼烫，
　　　　看他的心地是纯洁还是肮脏：
　　　　他要是心无污秽,火不能伤，

哀号呼痛的一定居心不良。

毕斯托尔　来,试一试!

爱文斯　来,看这木头怕不怕火熏。(众以烛烫福斯塔夫。)

福斯塔夫　啊!啊!啊!

爱文斯　坏透了,坏透了,这家伙淫毒攻心!

精灵们,唱个歌儿取笑他;

围着他窜窜跳跳,拧得他遍体酸麻。

歌

哼,罪恶的妄想!

哼,淫欲的孽障!

淫欲是一把血火,

不洁的邪念把它点亮,

痴心扇着它的火焰,

妄想把它愈吹愈旺。

精灵们,拧着他,

不要把恶人宽放;

拧他,烧他,拖着他团团转,

直等星月烛光一齐黑暗。

精灵等一面唱歌,一面拧福斯塔夫。卡厄斯自一旁上,将一穿绿衣的精灵偷走;斯兰德自另一旁上,将一穿白衣的精灵偷走;范顿上,将安·培琪偷走。内猎人号角声,犬吠声,众精灵纷纷散去。福斯塔夫扯下鹿头起立。

培琪、福德、培琪大娘、福德大娘同上,将福斯塔夫捉住。

培琪　嗳,别逃呀;现在您可给我们瞧见啦;难道您只好扮扮猎人赫恩吗?

培琪大娘　好了好了,咱们不用尽跟他开玩笑啦。好爵爷,您现在喜不喜欢温莎的娘儿们?看见这一对漂亮的鹿角吗,丈夫?把这对鹿角扔在林子里不是比拿到城里去更合适些吗?

福　　德　爵爷,现在究竟谁是个大忘八?白罗克大爷,福斯塔夫是个混蛋,是个混账忘八蛋;瞧他的头上还长着角哩,白罗克大爷!白罗克大爷,他从福德那里什么好处也没有得到,只得到了一只脏衣服的篓子,一顿棒儿,还有二十镑钱,那笔钱是要向他追还的,白罗克大爷;我已经把他的马扣留起来做抵押了,白罗克大爷。

福德大娘　爵爷,只怪我们运气不好,没有缘分,总是好事多磨。以后我再不把您当做我的情人了,可是我会永远记着您是我的公鹿。

福斯塔夫　我现在才明白我受了你们愚弄,做了一头蠢驴啦。

福　　德　岂止蠢驴,还是笨牛呢,这都是一目了然的事。

福斯塔夫　原来这些都不是精灵吗?我曾经三四次疑心他们不是什么精灵,可是一则因为我自己做贼心虚,二则因为突如其来的怪事,把我吓昏了头,所以会把这种破绽百出的骗局当做真实,虽然荒谬得不近情理,也会使我深信不疑,可见一个人做了坏事,虽有天大的聪明,也会受人之愚的。

爱文斯　福斯塔夫爵士,您只要敬奉上帝,消除欲念,精灵们就不会来拧您的。

福　　德　说得有理,休大仙。

爱文斯　还有您的嫉妒心也要除掉才好。

福　　德　我以后再不疑心我的妻子了,除非有一天你会说地道的英国话来追求我的老婆。

福斯塔夫　难道我已经把我的脑子剜出来放在太阳里晒干了,

所以连这样明显的骗局也看不出来吗？难道一只威尔士的老山羊都会捉弄我？难道我该用威尔士土布给自己做一顶傻子戴的鸡冠帽吗？这么说，我连吃烤过的干酪都会把自己哽住了呢。

爱文斯　钢酪是熬不出什么扭油来的——你这个大肚子倒是装满了扭油呢。

福斯塔夫　又是"钢酪"，又是"扭油"！想不到我活到今天，却让那一个连英国话都说不像的家伙来取笑吗？罢了罢了！这也算是我贪欢好色的下场！

培琪大娘　爵爷，我们虽然愿意把那些三从四德的道理一脚踢得远远的，为了寻欢作乐，甘心死后下地狱；可是什么鬼附在您身上，叫您相信我们会喜欢您呢？

福　德　像你这样的一只杂碎布丁？一袋烂麻线？

培琪大娘　一个浸胖的浮尸？

培　琪　又老、又冷、又干枯，再加上一肚子的肮脏？

福　德　像魔鬼一样到处造谣生事？

培　琪　一个穷光蛋的孤老头子？

福　德　像个泼老太婆一样千刁万恶？

爱文斯　一味花天酒地，玩玩女人，喝喝白酒蜜酒，喝醉了酒白瞪着眼睛骂人吵架？

福斯塔夫　好，尽你们说吧；算我倒楣落在你们手里，我也懒得跟这头威尔士山羊斗嘴了。无论哪个无知无识的傻瓜都可以欺负我，悉听你们把我怎样处置吧。

福　德　好，爵爷，我们要带您到温莎去看一位白罗克大爷，您骗了他的钱，却没有替他把事情办好；您现在已经吃过不少苦了，要是再叫您把那笔钱还出来，我想您一定要万分心痛吧？

福德大娘　不，丈夫，他已经受到报应，那笔钱就算了吧；冤家宜解不宜结，咱们不要逼人太甚。

福　　德　好，咱们拉拉手，过去的事情，以后不用再提啦。

培　　琪　骑士，不要懊恼，今天晚上请你到我家里来喝杯乳酒。我的妻子刚才把你取笑，等会儿我也要请你陪我把她取笑取笑。告诉她，斯兰德已经跟她的女儿结了婚啦。

培琪大娘　（旁白）博士们不会信他的胡说。要是安·培琪是我的女儿，那么这个时候她已经做了卡厄斯大夫的太太啦。

斯兰德上。

斯兰德　哎哟！哎哟！岳父大人，不好了！

培　　琪　怎么，怎么，贤婿，你已经把事情办好了吗？

斯兰德　办好了！哼，我要让葛罗斯特郡人都知道这件事；否则还是让你们把我吊死了吧！

培　　琪　什么事情，贤婿？

斯兰德　我到了伊登那里去本来是要跟安·培琪小姐结婚的，谁知道她是一个又高又大、笨头笨脑的男孩子；倘不是在教堂里，我一定要把他揍一顿，说不定他也要把我揍一顿。我还以为他真的就是安·培琪哩——真是白忙了一场！——谁知道他是驿站长的儿子。

培　　琪　那么一定是你看错了人啦。

斯兰德　那还用说吗？我把一个男孩子当做女孩子，当然是看错了人啦。要是我真的跟他结了婚，虽然他穿着女人的衣服，我也不会要他的。

培　　琪　这是你自己太笨的缘故。我不是告诉你怎样从衣服上认出我的女儿来吗？

斯兰德　我看见她穿着白衣服,便上去喊了一声"嗨",她答应我一声"不见得",正像安跟我预先约好的一样;谁知道他不是安,却是驿站长的儿子。

爱文斯　耶稣基督!斯兰德少爷,难道您生着眼睛不会看,竟会去跟一个男孩子结婚吗?

培　琪　我心里乱得很,怎么办呢?

培琪大娘　好官人,别生气,我因为知道了你的计划,所以叫女儿改穿绿衣服;不瞒你说,她现在已经跟卡厄斯医生一同到了教长家里,在那里举行婚礼啦。

  卡厄斯上。

卡厄斯　培琪大娘呢?哼,我上了人家的当啦!我跟一个男孩子结了婚,一个乡下男孩子,不是安·培琪。我上了当啦!

培琪大娘　怎么,你不是看见她穿着绿衣服的吗?

卡厄斯　是的,可是那是个男孩子;我一定要叫全温莎的人评个理去。(下。)

福　德　这可奇了。谁把真的安带了去呢?

培琪大娘　我心里怪不安的。范顿大爷来了。

  范顿及安·培琪上。

培琪大娘　啊,范顿大爷!

安　　　好爸爸,原谅我!好妈妈,原谅我!

培　琪　小姐,你怎么不跟斯兰德少爷一块儿去?

培琪大娘　姑娘,你怎么不跟卡厄斯大夫一块儿去?

范　顿　你们不要把她问得心慌意乱,让我把实在的情形告诉你们吧。你们用可耻的手段,想叫她嫁给她所不爱的人;可是她跟我两个人久已心心相许,到了现在,更觉得什么都不能把我们两人拆开。她所犯的过失是神圣的,我们虽然欺骗了你们,却不能说是不正当的诡计,更不能说是忤逆不孝,因为她要避免强迫婚姻所造成的无数不幸的日子,只有用这办法。

福　　德　木已成舟,培琪大爷,您也不必发呆啦。在恋爱的事情上,都是上天亲自安排好的;金钱可以买田地,娶妻只能靠运气。

福斯塔夫　我很高兴,虽然我遭了你们的算计,你们的箭却也会发而不中。

培　　琪　算了,有什么办法呢?——范顿,愿上天给你快乐!拗不过来的事情,也只好将就过去。

福斯塔夫　猎狗在晚上出来,哪只鹿也不能幸免。

培琪大娘　好,我也不再想这样想那样了。范顿大爷,愿上天给您许许多多快乐的日子!官人,我们大家回家去,在火炉旁边把今天的笑话谈笑一番吧;请约翰爵士和大家都去。

福　　德　很好。爵爷,您对白罗克并没有失信,因为他今天晚上真的要去陪福德大娘一起睡觉了。(同下。)

无 事 生 非

朱 生 豪 译
方　　平 校

MUCH ADO ABOUT NOTHING

Act IV. Sc. 1.

剧 中 人 物

唐·彼德罗　阿拉贡亲王
唐·约翰　唐·彼德罗的庶弟
克劳狄奥　弗罗棱萨的少年贵族
培尼狄克　帕度亚的少年贵族
里奥那托　梅西那总督
安东尼奥　里奥那托之弟
鲍尔萨泽　唐·彼德罗的仆人
波拉契奥 ⎫
康　拉　德 ⎭ 唐·约翰的侍从
道格培里　警吏
弗吉斯　警佐
法兰西斯神父
教堂司事
小童

希罗　里奥那托的女儿
贝特丽丝　里奥那托的侄女

玛格莱特 ⎫
欧 苏 拉 ⎬ 希罗的侍女

使者、巡丁、侍从等

地　点

梅西那

第 一 幕

第一场　里奥那托住宅门前

　　　　里奥那托、希罗、贝特丽丝及一使者上。

里奥那托　这封信里说,阿拉贡的唐·彼德罗今晚就要到梅西那来了。

使　者　他马上要到了;我跟他分手的时候,他离这儿才不过八九哩路呢。

里奥那托　你们在这次战事里折了多少将士?

使　者　没有多少,有点名气的一个也没有。

里奥那托　得胜者全师而归,那是双重的胜利了。信上还说起唐·彼德罗十分看重一位叫做克劳狄奥的年轻的弗罗棱萨人。

使　者　他果然是一位很有才能的人,唐·彼德罗赏识得不错。他年纪虽然很轻,做的事情十分了不得,看上去像一头羔羊,上起战场来却像一头狮子;他的确能够超过一般人对他的期望,我这张嘴也说不尽他的好处。

里奥那托　他有一个伯父在这儿梅西那,知道了一定会非常高兴。

使　　者　我已经送信给他了,看他的样子十分快乐,快乐得甚至忍不住心酸起来。

里奥那托　他流起眼泪来了吗?

使　　者　流了很多眼泪。

里奥那托　这是天性中至情的自然流露;这样的泪洗过的脸,是最真诚不过的。因为快乐而哭泣,比之看见别人哭泣而快乐,总要好得多啦!

贝特丽丝　请问你,那位剑客先生是不是也从战场上回来了?

使　　者　小姐,这个名字我没有听见过;在军队里没有这样一个人。

里奥那托　侄女,你问的是什么人?

希　　罗　姊妹说的是帕度亚的培尼狄克先生。

使　　者　啊,他也回来了,仍旧是那么爱打趣的。

贝特丽丝　从前他在这儿梅西那的时候,曾经公开宣布,要跟爱神较量较量;我叔父的傻子听了他这些话,还拿着钝头箭替爱神出面,要跟他较量个高低。请问你,他在这次战事中间杀了多少人?吃了多少人?可是你先告诉我他杀了多少人,因为我曾经答应他,无论他杀死多少人,我都可以把他们吃下去。

里奥那托　真的,侄女,你把培尼狄克先生取笑得太过分了;我相信他一定会向你报复的。

使　　者　小姐,他在这次战事里立下很大的功劳呢。

贝特丽丝　你们那些发霉的军粮,都是他一个人吃下去的;他是个著名的大饭桶,他的胃口好得很哩。

使　　者　而且他也是个很好的军人,小姐。

贝特丽丝　他在小姐太太们面前是个很好的军人;可是在大爷

们面前呢?

使　　者　　在大爷们面前,还是个大爷;在男儿们面前,还是个堂堂的男儿——充满了各种美德。

贝特丽丝　　究竟他的肚子里充满了些什么,我们还是别说了吧;我们谁也不是圣人。

里奥那托　　请你不要误会舍侄女的意思。培尼狄克先生跟她是说笑惯了的;他们一见面,总是舌剑唇枪,各不相让。

贝特丽丝　　可惜他总是占不到便宜!在我们上次交锋的时候,他的五分才气倒有四分给我杀得狼狈逃走,现在他全身只剩一分了;要是他还有些儿才气留着,那么就让他保存起来,叫他跟他的马儿有个分别吧,因为这是使他可以被称为有理性动物的唯一的财产了。现在是谁做他的同伴了?听说他每个月都要换一位把兄弟。

使　　者　　有这等事吗?

贝特丽丝　　很可能;他的心就像他帽子的式样一般,时时刻刻会起变化的。

使　　者　　小姐,看来这位先生的名字不曾注在您的册子上。

贝特丽丝　　没有,否则我要把我的书斋都一起烧了呢。可是请问你,谁是他的同伴?总有那种轻狂的小伙子,愿意跟他一起鬼混的吧?

使　　者　　他跟那位尊贵的克劳狄奥来往得顶亲密。

贝特丽丝　　天哪,他要像一场瘟疫一样缠住人家呢;他比瘟疫还容易传染,谁要是跟他发生接触,立刻就会变成疯子。上帝保佑尊贵的克劳狄奥!要是他给那个培尼狄克缠住了,一定要花上一千镑钱才可以把他赶走哩。

使　　者　　小姐,我愿意跟您交个朋友。

贝特丽丝　很好,好朋友。

里奥那托　侄女,你是永远不会发疯的。

贝特丽丝　不到大热的冬天,我是不会发疯的。

使　者　唐·彼德罗来啦。

　　　　唐·彼德罗、唐·约翰、克劳狄奥、培尼狄克、鲍尔萨泽等同上。

彼德罗　里奥那托大人,您是来迎接麻烦来了;一般人都只想避免耗费,您却偏偏自己愿意多事。

里奥那托　多蒙殿下枉驾,已是莫大的荣幸,怎么说是麻烦呢?麻烦去了,可以使人如释重负;可是当您离开我的时候,我只觉得怅怅然若有所失。

彼德罗　您真是太喜欢自讨麻烦啦。这位便是令嫒吧?

里奥那托　她的母亲好几次对我说她是我的女儿。

培尼狄克　大人,您问她的时候,是不是心里有点疑惑?

里奥那托　不,培尼狄克先生,因为那时候您还是个孩子哩。

彼德罗　培尼狄克,你也被人家挖苦了;这么说,我们可以猜想到你现在长大了,是个怎么样的人。真的,这位小姐很像她的父亲。小姐,您真幸福,因为您有这样一位高贵的父亲。

培尼狄克　要是里奥那托大人果然是她的父亲,就是把梅西那全城的财富都给她,她也不愿意有他那样一副容貌的。

贝特丽丝　培尼狄克先生,您怎么还在那儿讲话呀?没有人听着您哩。

培尼狄克　嗳哟,我的傲慢的小姐!您还活着吗?

贝特丽丝　世上有培尼狄克先生那样的人,傲慢是不会死去的;顶有礼貌的人,只要一看见您,也就会傲慢起来。

培尼狄克　那么礼貌也是个反复无常的小人了。可是除了您以

外,无论哪个女人都爱我,这一点是毫无疑问的;我希望我的心肠不是那么硬,因为说句老实话,我实在一个也不爱她们。

贝特丽丝　那真是女人们好大的运气,要不然她们准要给一个讨厌的求婚者麻烦死了。我感谢上帝和我自己冷酷的心,我在这一点上倒跟您心情相合;与其叫我听一个男人发誓说他爱我,我宁愿听我的狗向着一只乌鸦叫。

培尼狄克　上帝保佑您小姐永远怀着这样的心情吧!这样某一位先生就可以逃过他命中注定的抓破脸皮的恶运了。

贝特丽丝　像您这样一副尊容,就是抓破了也不会变得比原来更难看的。

培尼狄克　好,您真是一位好鹦鹉教师。

贝特丽丝　像我一样会说话的鸟儿,比起像尊驾一样的畜生来,总要好得多啦。

培尼狄克　我希望我的马儿能够跑得像您说起话来一样快,也像您的舌头一样不知道疲倦。请您尽管说下去吧,我可要恕不奉陪啦。

贝特丽丝　您在说不过人家的时候,总是像一匹不听话的马儿一样,望岔路里溜了过去;我知道您的老脾气。

彼德罗　那么就这样吧,里奥那托。克劳狄奥,培尼狄克,我的好朋友里奥那托请你们一起住下来。我对他说我们至少要在这儿耽搁一个月;他却诚心希望会有什么事情留住我们多住一些时候。我敢发誓他不是一个假情假义的人,他的话都是从心里发出来的。

里奥那托　殿下,您要是发了誓,您一定不会背誓。(向唐·约翰)欢迎,大人;您现在已经跟令兄言归于好,我应该向您竭诚致敬。

约　　翰　　谢谢；我是一个不会说话的人,可是我谢谢你。

里奥那托　　殿下请了。

彼德罗　　让我搀着您的手,里奥那托,咱们一块儿走吧。(除培尼狄克、克劳狄奥外皆下。)

克劳狄奥　　培尼狄克,你有没有注意到里奥那托的女儿?

培尼狄克　　看是看见的,可是我没有对她注意。

克劳狄奥　　她不是一位贞静的少女吗?

培尼狄克　　您是规规矩矩地要我把老实话告诉您呢,还是要我照平常的习惯,摆出一副统治女性的暴君面孔来发表我的意见?

克劳狄奥　　不,我要你根据冷静的判断老实回答我。

培尼狄克　　好,那么我说,她是太矮了点儿,不能给她太高的恭维;太黑了点儿,不能给她太美的恭维;又太小了点儿,不能给她太大的恭维。我所能给她的唯一的称赞,就是她倘不是像现在这样子,一定很不漂亮;可是她既然不能再好看一点,所以我一点不喜欢她。

克劳狄奥　　你以为我是在说着玩哩。请你老老实实告诉我,你觉得她怎样。

培尼狄克　　您这样问起她,是不是要把她买下来吗?

克劳狄奥　　全世界所有的财富,可以买得到这样一块美玉吗?

培尼狄克　　可以,而且还可以附送一只匣子把它藏起来。可是您说这样的话,是一本正经的呢,还是随口胡说,就像说盲目的丘匹德是个猎兔的好手、打铁的乌尔冈①是个出色的

---

① 乌尔冈(Vulcan),希腊罗马神话中司火与锻冶之神。

木匠一样？告诉我，您唱的歌儿究竟是什么调子？

克劳狄奥　在我的眼睛里，她是我平生所见的最可爱的姑娘。

培尼狄克　我现在还可以不戴眼镜瞧东西，可是我却瞧不出来她有什么可爱。她那个族姊就是脾气太坏了点儿，要是讲起美貌来，那就正像一个是五月的春朝，一个是十二月的岁暮，比她好看得多啦。可是我希望您不是要想做起丈夫来了吧？

克劳狄奥　即使我曾经立誓终身不娶，可是要是希罗肯做我的妻子，我也没法相信自己了。

培尼狄克　事情已经到这个地步了吗？难道世界上的男子个个都愿意戴上绿头巾，心里七上八下吗？难道我永远看不见一个六十岁的童男子吗？好，要是你愿意把你的头颈伸进轭里去，那么你就把它套起来，到星期日休息的日子自己怨命吧。瞧，唐·彼德罗回来找您了。

　　　唐·彼德罗重上。

彼德罗　你们不跟我到里奥那托家里去，在这儿讲些什么秘密话儿？

培尼狄克　我希望殿下命令我说出来。

彼德罗　好，我命令你说出来。

培尼狄克　听着，克劳狄奥伯爵。我能够像哑子一样保守秘密，我也希望您相信我不是一个搬嘴弄舌的人；可是殿下这样命令我，有什么办法呢？他是在恋爱了。跟谁呢？这就应该殿下自己去问他了。注意他的回答是多么短：他爱的是希罗，里奥那托的短短的女儿。

克劳狄奥　要是真有这么一回事，那么他已经替我说出来了。

培尼狄克　正像老话说的，殿下，"既不是这么一回事，也不是那么一回事,可是真的,上帝保佑不会有这么一回事。"

克劳狄奥　我的感情倘不是一下子就会起变化,我倒并不希望上帝改变这事实。

彼德罗　阿门,要是你真的爱她;这位小姐是很值得你眷恋的。

克劳狄奥　殿下,您这样说是有意诱我吐露真情吗?

彼德罗　真的,我不过说我心里想到的话。

克劳狄奥　殿下,我说的也是我自己心里的话。

培尼狄克　凭着我的三心两意起誓,殿下,我说的也是我自己心里的话。

克劳狄奥　我觉得我真的爱她。

彼德罗　我知道她是位很好的姑娘。

培尼狄克　我可既不觉得为什么要爱她,也不知道她有什么好处;你们就是用火刑烧死我,也不能使我改变这个意见。

彼德罗　你永远是一个排斥美貌的顽固的异教徒。

克劳狄奥　他这种不近人情的态度,都是违背了良心故意做作出来的。

培尼狄克　一个女人生下了我,我应该感谢她;她把我养大,我也要向她表示至诚的感谢;可是要我为了女人的缘故而戴起一顶不雅的头巾来,或者无形之中,胸口挂了一个号筒,那么我只好敬谢不敏了。因为我不愿意对任何一个女人猜疑而使她受到委屈,所以宁愿对无论哪个女人都不信任,免得委屈了自己。总而言之,为了让我自己穿得漂亮一点起见,我愿意一生一世做个光棍。

彼德罗　我在未死之前,总有一天会看见你为了爱情而憔悴的。

培尼狄克　殿下,我可以因为发怒,因为害病,因为挨饿而脸色惨白,可是决不会因为爱情而憔悴;您要是能够证明有一天我因为爱情而消耗的血液在喝了酒后不能把它恢复过来，就请您用编造歌谣的人的那枝笔挖去我的眼睛，把我当做一个瞎眼的丘匹德，挂在妓院门口做招牌。

彼德罗　好，要是有一天你的决心动摇起来，可别怪人家笑话你。

培尼狄克　要是有那么一天，我就让你们把我像一头猫似的放在口袋里吊起来，叫大家用箭射我；谁把我射中了，你们可以拍拍他的肩膀，夸奖他是个好汉子。

彼德罗　好，咱们等着瞧吧；有一天野牛也会俯首就轭的。

培尼狄克　野牛也许会俯首就轭，可是有理性的培尼狄克要是也会钻上圈套，那么请您把牛角拔下来，插在我的额角上吧；我可以让你们把我涂上油彩，像人家写"好马出租"一样替我用大字写好一块招牌，招牌上这么说："请看结了婚的培尼狄克。"

克劳狄奥　要是真的把你这样，你一定要气得把你的一股牛劲儿都使出来了。

彼德罗　嘿，要是丘匹德没有把他的箭在威尼斯一起放完，他会叫你知道他的厉害的。

培尼狄克　那时候一定要天翻地覆啦。

彼德罗　好，咱们等着瞧吧。现在，好培尼狄克，请你到里奥那托那儿去，替我向他致意，对他说晚餐的时候我一定准时出席，因为他已经费了不少手脚在那儿预备呢。

培尼狄克　如此说来，我还有脑子办这件差使，所以我想敬请——

克劳狄奥　大安，自家中发——

彼德罗　七月六日，培尼狄克谨上。

培尼狄克　嗳,别开玩笑啦。你们讲起话来,老是这么支离破碎,不成片段,要是你们还要把这种滥调搬弄下去,请你们问问自己的良心吧,我可要失陪了。(下。)

克劳狄奥　殿下,您现在可以帮我一下忙。

彼德罗　咱们是好朋友,你有什么事尽管吩咐我;无论它是多么为难的事,我都愿意竭力帮助你。

克劳狄奥　殿下,里奥那托有没有儿子?

彼德罗　没有,希罗是他唯一的后嗣。你喜欢她吗,克劳狄奥?

克劳狄奥　啊,殿下,当我们向战场出发的时候,我用一个军人的眼睛望着她,虽然心中羡慕,可是因为有更艰巨的工作在我面前,来不及顾到儿女私情;现在我回来了,战争的思想已经离开我的脑中,代替它的是一缕缕的柔情,它们指点我年轻的希罗是多么美丽,对我说,我在出征以前就已经爱上她了。

彼德罗　看你样子快要像个恋人似的,动不动用长篇大论叫人听着腻烦了。要是你果然爱希罗,你就爱下去吧,我可以替你向她和她的父亲说去,一定叫你如愿以偿。你向我转弯抹角地说了这一大堆,不就是为了这个目的吗?

克劳狄奥　您这样鉴貌辨色,真是医治相思的妙手!可是人家也许以为我一见钟情,未免过于孟浪,所以我想还是慢慢儿再说吧。

彼德罗　造桥只要量着河身的阔度就成,何必过分铺张呢?做事情也只要按照事实上的需要;凡是能够帮助你达到目的的,就是你所应该采取的手段。你现在既然害着相思,我可以给你治相思的药饵。我知道今晚我们将要有一个假面跳舞会;我可以化装一下冒充着你,对希罗说我是克劳狄奥,当着她的面前倾吐我的心曲,用动人的情话迷惑她的耳朵;然后我再替你向她的父亲传达你的意思,结果她一定会属你所有。让我们立刻着手进行吧。(同下。)

第二场　里奥那托家中一室

　　　　里奥那托及安东尼奥自相对方向上。

里奥那托　啊,贤弟!我的侄儿,你的儿子呢?他有没有把乐队准备好?

安东尼奥　他正在那儿忙着呢。可是,大哥,我可以告诉你一些新鲜的消息,你做梦也想不到的。

里奥那托　是好消息吗?

安东尼奥　那要看事情的发展而定;可是从外表上看起来,那是个很好的消息。亲王跟克劳狄奥伯爵刚才在我的花园里一条树荫浓密的小路上散步,他们讲的话给我的一个用人听见了许多:亲王告诉克劳狄奥,说他爱上了我的侄女,你的女儿,想要在今晚跳舞的时候向她倾吐衷情;要是她表示首肯,他就要抓住眼前的时机,立刻向你提起这件事情。

里奥那托　告诉你这个消息的家伙,是不是个有头脑的人?

安东尼奥　他是一个很机灵的家伙;我可以去叫他来,你自己问问他。

里奥那托　不,不,在事情没有证实以前,我们只能当它是场幻梦;可是我要先去通知我的女儿一声,万一真有那么一回事,她也好预先准备准备怎样回答。你去告诉她吧。(若干人穿过舞台)各位侄儿,记好你们分内的事。啊,对不起,朋友,跟我一块儿去吧,我还要仰仗您的大力哩。贤弟,在大家手忙脚乱的时候,请你留心照看照看。(同下。)

第三场　里奥那托家中的另一室

唐·约翰及康拉德上。

康拉德　嗳哟,我的爷!您为什么这样闷闷不乐?
约　翰　我的烦闷是茫无涯际的,因为不顺眼的事情太多啦。
康拉德　您应该听从理智的劝告才是。
约　翰　听从了理智的劝告,又有什么好处呢?
康拉德　即使不能立刻医好您的烦闷,至少也可以教您怎样安心忍耐。
约　翰　我真不懂像你这样一个自己说是土星照命的人①,居然也会用道德的箴言来医治人家致命的沉疴。我不能掩饰我自己的为人:心里不快活的时候,我就沉下脸来,决不会听了人家的嘲谑而赔着笑脸;肚子饿了我就吃,决不理会人家是否方便;精神疲倦了我就睡,决不管人家的闲事;心里高兴我就笑,决不去窥探人家的颜色。
康拉德　话是说得不错,可是您现在是在别人的约束之下,总不能完全照着您自己的心意行事。最近您跟王爷闹过别扭,你们兄弟俩言归于好还是不久的事,您要是不格外赔些小心,那么他现在对您的种种恩宠,也是靠不住的;您必须自己造成一个机会,然后才可以达到您的目的。
约　翰　我宁愿做一朵篱下的野花,不愿做一朵受他恩惠的蔷薇;与其逢迎献媚,偷取别人的欢心,宁愿被众人所鄙弃;我

---

① 西方星相家的说法,谓土星照命的人,性格必阴沉忧郁。

固然不是一个善于阿谀的正人君子,可是谁也不能否认我是一个正大光明的小人,人家用口套罩着我的嘴,表示对我信任,用木桩系住我的脚,表示给我自由;关在笼子里的我,还能够唱歌吗?要是我有嘴,我就要咬人;要是我有自由,我就要做我欢喜做的事。现在你还是让我保持我的本来面目,不要设法改变它吧。

康拉德　您不能利用您的不平之气来干一些事情吗?

约　翰　我把它尽量利用着呢,因为它是我的唯一的武器。谁来啦?

　　　　　波拉契奥上。

约　翰　有什么消息,波拉契奥?

波拉契奥　我刚从那边盛大的晚餐席上出来,王爷受到了里奥那托十分隆重的款待;我还可以告诉您一件正在计划中的婚事的消息哩。

约　翰　我们可以在这上面出个主意跟他们捣乱捣乱吗?那个愿意自讨麻烦的傻瓜是谁?

波拉契奥　他就是王爷的右手。

约　翰　谁?那个最最了不得的克劳狄奥吗?

波拉契奥　正是他。

约　翰　好家伙!那个女的呢?他看中了哪一个?

波拉契奥　里奥那托的女儿和继承人希罗。

约　翰　一只早熟的小母鸡!你怎么知道的?

波拉契奥　他们叫我去用香料把屋子熏一熏,我正在那儿熏一间发霉的房间,亲王跟克劳狄奥两个人手搀手走了进来,郑重其事地在商量着什么事情;我就把身子闪到屏风后面,听见他们约定由亲王出面去向希罗求婚,等她答应以后,就把她让给克劳狄奥。

约　翰　来,来,咱们到那边去;也许我可以借此出出我的一口怨气。自从我失势以后,那个年轻的新贵出足了风头;要是我能够叫他受些挫折,也好让我拍手称快。你们两人都愿意帮助我,不会变心吗?

康　拉　德
波拉契奥　我们愿意誓死为爵爷尽忠。

约　翰　让我们也去参加那盛大的晚餐吧;他们看见我的屈辱,一定格外高兴。要是厨子也跟我抱着同样的心理就好了!我们要不要先计划一下怎样着手进行?

波拉契奥　我们愿意侍候您的旨意。(同下。)

第 二 幕

第一场　里奥那托家中的厅堂

　　　　里奥那托、安东尼奥、希罗、贝特丽丝及余人等同上。

里奥那托　约翰伯爵有没有在这儿吃晚饭？

安东尼奥　我没有看见他。

贝特丽丝　那位先生的面孔多么阴沉！我每一次看见他，总要有一个时辰心里不好过。

希　罗　他有一种很忧郁的脾气。

贝特丽丝　要是把他跟培尼狄克折衷一下，那就是个顶好的人啦：一个太像泥塑木雕似的，老是一言不发；一个却像骄纵惯了的小少爷，咕唎呱喇地吵个不停。

里奥那托　那么把培尼狄克先生的半条舌头放在约翰伯爵的嘴里，把约翰伯爵的半副心事面孔装在培尼狄克先生脸上——

贝特丽丝　叔叔，再加上一双好腿，一对好脚，袋里有几个钱，这样一个男人，世上无论哪个女人都愿意嫁给他的——要是他能够得到她的欢心的话。

里奥那托　真的，侄女，你要是说话这样刻薄，我看你一辈子也嫁不出去的。

安东尼奥　可不是,她这张嘴尖利得过了分。

贝特丽丝　尖利过了分就算不得尖利,那么"尖嘴姑娘嫁一个矮脚郎"这句话可落不到我头上来啦。

里奥那托　那是说,上帝干脆连一个"矮脚郎"都不送给你啦。

贝特丽丝　谢天谢地!我每天早晚都在跪求上帝,我说主啊!叫我嫁给一个脸上出胡子的丈夫,我是怎么也受不了的,还是让我睡在毛毯里吧!

里奥那托　你可以拣一个没有胡子的丈夫。

贝特丽丝　我要他来做什么呢?叫他穿起我的衣服来,让他做我的侍女吗?有胡子的人年纪一定不小了,没有胡子的人,算不得须眉男子;我不要一个老头子做我的丈夫,也不愿意嫁给一个没有丈夫气的男人。人家说,老处女死了要在地狱里牵猴子;所以还是让我把六便士的保证金交给动物园里的看守,把他的猴子牵下地狱去吧。

里奥那托　好,那么你决心下地狱吗?

贝特丽丝　不,我刚走到门口,头上出角的魔鬼就像个老忘八似的,出来迎接我,说,"您到天上去吧,贝特丽丝,您到天上去吧;这儿不是你们姑娘家住的地方。"所以我就把猴子交给他,到天上去见圣彼得了;他指点我单身汉在什么地方,我们就在那儿快快乐乐地过日子。

安东尼奥　(向希罗)好,侄女,我相信你一定听你父亲的话。

贝特丽丝　是的,我的妹妹应该懂得规矩,先行个礼儿,说,"父亲,您看怎么办,就怎么办吧。"可是虽然这么说,妹妹,他一定要是个漂亮的家伙才好,否则你还是再行个礼儿,说,"父亲,这可要让我自己作主了。"

里奥那托　好,侄女,我希望看见你有一天嫁到一个丈夫。

贝特丽丝　男人都是泥做的,我不要。一个女人要把她的终身付托给一块顽固的泥土,还要在他面前低头伏小,岂不倒霉!不,叔叔,亚当的儿子都是我的兄弟,跟自己的亲族结婚是一件罪恶哩。

里奥那托　女儿,记好我对你说的话;要是亲王真的向你提出那样的请求,你知道你应该怎样回答他。

贝特丽丝　妹妹,要是对方向你求婚求得不是时候,那毛病一定出在音乐里了——要是那亲王太冒失,你就对他说,什么事情都应该有个节拍;你就拿跳舞作为回答。听我说,希罗,求婚、结婚和后悔,就像是苏格兰急舞、慢步舞和五步舞一样:开始求婚的时候,正像苏格兰急舞一样狂热,迅速而充满幻想;到了结婚的时候,循规蹈矩的,正像慢步舞一样,拘泥着仪式和虚文;于是接着来了后悔,拖着疲乏的脚腿,开始跳起五步舞来,愈跳愈快,一直跳到精疲力尽,倒在坟墓里为止。

里奥那托　侄女,你的观察倒是十分深刻。

贝特丽丝　叔叔,我的眼光很不错哩——我能够在大白天看清一座教堂呢。

里奥那托　贤弟,跳舞的人进来了,咱们让开吧。

　　　唐·彼德罗、克劳狄奥、培尼狄克、鲍尔萨泽、唐·约翰、波拉契奥、玛格莱特、欧苏拉及余人等各戴假面上。

彼德罗　姑娘,您愿意陪着您的朋友走走吗?

希　罗　您要是轻轻儿走,态度文静点儿,也不说什么话,我就愿意奉陪;尤其是当我要走出去的时候。

彼德罗　您要不要我陪着您一块儿出去呢?

希　罗　我要是心里高兴,我可以这样说。

彼德罗　您什么时候才高兴这样说呢?

希　罗　当我看见您的相貌并不讨厌的时候;但愿上帝保佑琴儿不像琴囊一样难看!

彼德罗　我的脸罩就像菲利蒙的草屋,草屋里面住着天神乔武。①

希　罗　那么您的脸罩上应该盖起茅草来才是。

彼德罗　讲情话要低声点儿。(拉希罗至一旁。)

鲍尔萨泽　好,我希望您欢喜我。

玛格莱特　为了您的缘故,我倒不敢这样希望,因为我有许多缺点哩。

鲍尔萨泽　可以让我略知一二吗?

玛格莱特　我念起祷告来,总是提高了嗓门。

鲍尔萨泽　那我更加爱您了;高声念祷告,人家听见了就可以喊阿门。

玛格莱特　求上帝赐给我一个好舞伴!

鲍尔萨泽　阿门!

玛格莱特　求上帝,等到跳完舞,让我再也不要看见他!您怎么不说话了呀,执事先生?

鲍尔萨泽　别多讲啦,执事先生已经得到他的答复了。

欧苏拉　我认识您;您是安东尼奥老爷。

安东尼奥　干脆一句话,我不是。

欧苏拉　我瞧您摇头摆脑的样子,就知道是您啦。

---

① 菲利蒙(Philemon)是弗里吉亚(Phrygia)的一个穷苦老人,天神乔武(Jove)乔装凡人,遨游世间,借宿在他的草屋里,菲利蒙和他的妻子招待尽礼,天神乃将其草屋变成殿宇。

安东尼奥　老实告诉你吧,我是学着他的样子的。

欧苏拉　您倘不是他,决不会把他那种怪样子学得这么惟妙惟肖。这一只干瘪的手不正是他的?您一定是他,您一定是他。

安东尼奥　干脆一句话,我不是。

欧苏拉　算啦算啦,像您这样能言善辩,您以为我不能一下子就听出来,除了您没有别人吗?一个人有了好处,难道遮掩得了吗?算了吧,别多话了,您正是他,不用再抵赖了。

贝特丽丝　您不肯告诉我谁对您说这样的话吗?

培尼狄克　不,请您原谅我。

贝特丽丝　您也不肯告诉我您是谁吗?

培尼狄克　现在不能告诉您。

贝特丽丝　说我目中无人,说我的俏皮话儿都是从笑话书里偷下来的;哼,这一定是培尼狄克说的话。

培尼狄克　他是什么人?

贝特丽丝　我相信您一定很熟悉他的。

培尼狄克　相信我,我不认识他。

贝特丽丝　他没有叫您笑过吗?

培尼狄克　请您告诉我,他是什么人?

贝特丽丝　他呀,他是亲王手下的弄人,一个语言无味的傻瓜;他的唯一的本领,就是捏造一些无稽的谣言。只有那些胡调的家伙才会喜欢他,可是他们并不赏识他的机智,只是赏识他的奸刁;他一方面会讨好人家,一方面又会惹人家生气,所以他们一面笑他,一面打他。我想他一定在人丛里;我希望他会碰到我!

培尼狄克　等我认识了那位先生以后,我可以把您说的话告诉他。

贝特丽丝　很好,请您一定告诉他。他听见了顶多不过把我侮辱两句;要是人家没有注意到他的话,或者听了笑也不笑,他就要郁郁不乐,这样就可以有一块鹧鸪的翅膀省下来啦,因为这傻瓜会气得不吃晚饭的。(内乐声)我们应该跟随领队的人。

培尼狄克　一个人万事都该跟着人家走。

贝特丽丝　不,要是领头的先不懂规矩,那么到下一个转弯,我就把他摔掉了。

　　　　　　跳舞。除唐·约翰、波拉契奥及克劳狄奥外皆下。

约　翰　我的哥哥真的给希罗迷住啦;他已经拉着她的父亲,去把他的意思告诉他了。女人们都跟着她去了,只有一个戴假面的人留着。

波拉契奥　那是克劳狄奥;我从他的神气上认得出来。

约　翰　您不是培尼狄克先生吗?

克劳狄奥　您猜得不错,我正是他。

约　翰　先生,您是我的哥哥亲信的人,他现在迷恋着希罗,请您劝劝他打断这一段痴情,她是配不上他这样家世门第的;您要是肯这样去劝他,才是尽一个朋友的正道。

克劳狄奥　您怎么知道他爱着她?

约　翰　我听见他发过誓申说他的爱情了。

波拉契奥　我也听见;他刚才发誓说要跟她结婚。

约　翰　来,咱们喝酒去吧。(约翰、波拉契奥同下。)

克劳狄奥　我这样冒认着培尼狄克的名字,却用克劳狄奥的耳朵听见了这些坏消息。事情一定是这样;亲王是为他自己去求婚的。友谊在别的事情上都是可靠的,在恋爱的事情上却不能信托;所以恋人们都是用他们自己的唇舌。谁生着眼睛,让他自己去传达情愫吧,总不要请别人代劳;因为美貌是一个女巫,在她的魔力之下,忠诚是会在热情里溶解的。这是一个每一个时辰里都可以找到证明的例子,毫无怀疑的余地。那么永别了,希罗!

  培尼狄克重上。

培尼狄克　是克劳狄奥伯爵吗?

克劳狄奥　正是。

培尼狄克　来,您跟着我来吧。

克劳狄奥　到什么地方去?

培尼狄克　到最近的一棵杨柳树底下去①,伯爵,为了您自己的事。您欢喜把花圈怎样戴法?是把它套在您的头颈上,像盘剥重利的人套着的锁链那样呢,还是把它串在您的胳膊底下,像一个军官的肩带那样?您一定要把它戴起来,因为您的希罗已经给亲王夺去啦。

克劳狄奥　我希望他姻缘美满!

培尼狄克　嗳哟,听您说话的神气,简直好像一个牛贩子卖掉了一匹牛似的。可是您想亲王会这样对待您吗?

克劳狄奥　请你让我一个人呆在这儿吧。

培尼狄克　哈!现在您又变成一个不问是非的瞎子了;小孩子偷了您的肉去,您却去打一根柱子。

克劳狄奥　你要是不肯走开,那么我走了。(下。)

培尼狄克　唉,可怜的受伤的鸟儿!现在他要爬到芦苇里去了。可是想不到咱们那位贝特丽丝小姐居然会见了我认不出

---

① 杨柳树是悲哀和失恋的象征。

来！亲王的弄人！嘿？也许因为人家瞧我喜欢说笑，所以背地里这样叫我；可是我要是这样想，那就是自己看轻自己了；不，人家不会这样叫我，这都是贝特丽丝凭着她那下流刻薄的脾气，把自己的意见代表着众人，随口编造出来毁谤我的。好，我一定要向她报复此仇。

　　唐·彼德罗重上。

彼德罗　培尼狄克，伯爵呢？你看见他了吗？

培尼狄克　不瞒殿下说，我已经做过一个搬弄是非的长舌妇了。我看见他像猎园里的一座小屋似的，一个人孤零零地在这儿发呆，我就对他说——我想我对他说的是真话——您已经得到这位姑娘的芳心了。我说我愿意陪着他到一株杨柳树底下去；或者给他编一个花圈，表示被弃的哀思；或者给他扎起一条藤鞭来，因为他有该打的理由。

彼德罗　该打！他做错了什么事？

培尼狄克　他犯了一个小学生的过失，因为发现了一窠小鸟，高兴非常，指点给他的同伴看见，让他的同伴把它偷去了。

彼德罗　你把信任当做一种过失吗？偷的人才是有罪的。

培尼狄克　可是他把藤鞭和花圈扎好，总是有用的；花圈可以给他自己戴，藤鞭可以赏给您。照我看来，您就是把他那窠小鸟偷去的人。

彼德罗　我不过是想教它们唱歌，教会了就把它们归还原主。

培尼狄克　那么且等它们唱的歌儿来证明您的一片好心吧。

彼德罗　贝特丽丝小姐在生你的气；陪她跳舞的那位先生告诉她你说了她许多坏话。

培尼狄克　啊，她才把我侮辱得连一块顽石都要气得直跳起来呢！一株秃得只剩一片青叶子的橡树，也会忍不住跟她拌

341

嘴;就是我的脸罩也差不多给她骂活了,要跟她对骂一场哩。她不知道在她面前的就是我自己,对我说,我是亲王的弄人,我比融雪的天气还要无聊;她用一连串恶毒的讥讽,像乱箭似的向我射了过来,我简直变成了一个箭垛啦。她的每一句话都是一把钢刀,每一个字都刺到人心里;要是她嘴里的气息跟她的说话一样恶毒,那一定无论什么人走近她身边都不能活命的;她的毒气会把北极星都熏坏呢。即使亚当把他没有犯罪以前的全部家产传给她,我也不愿意娶她做妻子;她会叫赫剌克勒斯①给她烤肉,把他的棍子劈碎了当柴烧的。好了,别讲她了。她就是母夜叉的变相,但愿上帝差一个有法力的人来把她一道咒赶回地狱里去,因为她一天留在这世上,人家就会觉得地狱里简直清静得像一座洞天福地,大家为了希望下地狱,都会故意犯起罪来,所以一切的混乱、恐怖、纷扰,都跟着她一起来了。

彼德罗　瞧,她来啦。

　　　　　克劳狄奥、贝特丽丝、希罗及里奥那托重上。

培尼狄克　殿下有没有什么事情要派我到世界的尽头去?我现在愿意到地球的那一边去,给您干无论哪一件您所能想得到的最琐细的差使:我愿意给您从亚洲最远的边界上拿一根牙签回来;我愿意给您到埃塞俄比亚去量一量护法王约翰的脚有多少长;我愿意给您去从蒙古大可汗的脸上拔下一根胡须,或者到侏儒国里去办些无论什么事情;可是我不愿意跟这妖精谈三句话儿。您没有什么事可以给我做吗?

彼德罗　没有,我要请你陪着我。

---

① 赫剌克勒斯(Hercules),希腊神话中著名英雄。

培尼狄克　啊,殿下,这是强人所难了;我可受不住咱们这位尖嘴的小姐。(下。)

彼德罗　来,小姐,来,你伤了培尼狄克先生的心啦。

贝特丽丝　是吗,殿下?开头儿,他为了开心,把心里话全都"开诚布公";承蒙他好意,我就不好意思不加上旧欠,算上利息,回算他一片心,叫他"开心"之后加倍"双"心;所以您说他"伤"心,可也有道理。

彼德罗　你把他按下去了,小姐,你算把他按下去了。

贝特丽丝　我能让他来把我按倒吗,殿下?我能让一群傻小子来叫我傻大娘吗?您叫我去找克劳狄奥伯爵来,我已经把他找来了。

彼德罗　啊,怎么,伯爵!你为什么这样不高兴?

克劳狄奥　没有什么不高兴,殿下。

彼德罗　那么害病了吗?

克劳狄奥　也不是,殿下。

贝特丽丝　这位伯爵无所谓高兴不高兴,也无所谓害病不害病;您瞧他皱着眉头,也许他吃了一只酸橘子,心里头有一股酸溜溜的味道。

彼德罗　真的,小姐,我想您把他形容得很对;可是我可以发誓,要是他果然有这样的心思,那就错了。来,克劳狄奥,我已经替你向希罗求过婚,她已经答应了;我也已经向她的父亲说起,他也表示同意了;现在你只要选定一个结婚的日子,愿上帝给你快乐!

里奥那托　伯爵,从我手里接受我的女儿,我的财产也随着她一起传给您了。这门婚事多仗殿下鼎力,一定能够得到上天的嘉许!

贝特丽丝　说呀,伯爵,现在要轮到您开口了。

克劳狄奥　静默是表示快乐的最好的方法;要是我能够说出我的心里多么快乐,那么我的快乐只是有限度的。小姐,您现在既然已经属于我,我也就是属于您的了;我把我自己跟您交换,我要把您当作瓌宝一样珍爱。

贝特丽丝　说呀,妹妹;要是你不知道说些什么话好,你就用一个吻堵住他的嘴,让他也不要说话。

彼德罗　真的,小姐,您真会说笑。

贝特丽丝　是的,殿下;也幸亏是这样,我这可怜的傻子才从来不知道有什么心事。我那妹妹附着他的耳朵,在那儿告诉他她的心里有着他呢。

克劳狄奥　她正是这么说,姊姊。

贝特丽丝　天哪,真好亲热!人家一个个嫁了出去,只剩我一个人年老珠黄;我还是躲在壁角里,哭哭自己的没有丈夫吧!

彼德罗　贝特丽丝小姐,我来给你找一个吧。

贝特丽丝　要是我来给自己挑一个,我愿意做您的老太爷的儿子的媳妇儿。难道殿下没有个兄弟长得就跟您一个模样的?他老人家的儿子才是理想的丈夫——可惜女孩儿不容易接近他们。

彼德罗　您愿意嫁给我吗,小姐?

贝特丽丝　不,殿下,除非我可以再有一个家常用的丈夫;因为您是太贵重啦,只好留着在星期日装装场面。可是我要请殿下原谅,我这一张嘴是向来胡说惯的,没有一句正经。

彼德罗　您要是不声不响,我才要恼哪;这样说说笑笑,正是您的风趣本色。我想您一定是在一个快乐的时辰里出世的。

贝特丽丝　不,殿下,我的妈哭得才苦呢;可是那时候刚巧有一颗星在跳舞,我就在那颗星底下生下来了。妹妹,妹夫,愿上帝给你们快乐!

里奥那托　侄女,你肯不肯去把我对你说起过的事情办一办?

贝特丽丝　对不起,叔叔。殿下,恕我失陪了。(下。)

彼德罗　真是一个快乐的小姐。

里奥那托　殿下,她身上找不出一丝丝的忧愁;除了睡觉的时候,她从来不曾板起过脸孔;就是在睡觉的时候,她也还是嘻嘻哈哈的,因为我曾经听见小女说起,她往往会梦见什么淘气的事情,把自己笑醒来。

彼德罗　她顶不喜欢听见人家向她谈起丈夫。

里奥那托　啊,她听都不要听;向她求婚的人,一个个都给她嘲笑得退缩回去啦。

彼德罗　要是把她配给培尼狄克,倒是很好的一对。

里奥那托　哎哟!殿下,他们两人要是结了婚一个星期,准会吵疯了呢。

彼德罗　克劳狄奥伯爵,你预备什么时候上教堂?

克劳狄奥　就是明天吧,殿下;在爱情没有完成它的一切仪式以前,时间总是走得像一个扶着拐杖的跛子一样慢。

里奥那托　那不成,贤婿,还是等到星期一吧,左右也不过七天工夫;要是把事情办得一切都称我的心,这几天日子还嫌太局促了些。

彼德罗　好了,别这么摇头长叹啦;克劳狄奥,包在我身上,我们要把这段日子过得一点也不沉闷。我想在这几天内干一件非常艰辛的工作;换句话说,我要叫培尼狄克先生跟贝特丽丝小姐彼此热恋起来。我很想把他们两人配成一对;要是你们三个人愿意听我的吩咐,帮着我一起进行这件事情,那是一定可以成功的。

里奥那托　殿下,我愿意全力赞助,即使叫我十个晚上不睡觉都可以。

克劳狄奥　我也愿意出力,殿下。

彼德罗　温柔的希罗,您也愿意帮帮忙吗?

希　罗　殿下,我愿意尽我的微力,帮助我的姊姊得到一位好丈夫。

彼德罗　培尼狄克并不是一个没有出息的丈夫。至少我可以对他说这几句好话:他的家世是高贵的;他的勇敢、他的正直,都是大家所公认的。我可以教您用怎样的话打动令姊的心,叫她对培尼狄克发生爱情;再靠着你们两位的合作,我只要向培尼狄克略施小计,凭他怎样刁钻古怪,不怕他不爱上贝特丽丝。要是我们能够把这件事情做成功,丘匹德也可以不用再射他的箭啦;他的一切的光荣都要属于我们,因为我们才是真正的爱神。跟我一块儿进去,让我把我的计划告诉你们。(同下。)

第二场　里奥那托家中的另一室

唐·约翰及波拉契奥上。

约　翰　果然是这样,克劳狄奥伯爵要跟里奥那托的女儿结婚了。

波拉契奥　是,爵爷;可是我有法子破坏他们。

约　翰　无论什么破坏、阻挠、捣乱的手段,都可以替我消一消心头的闷气;我把他恨得什么似的,只要能够打破他的恋爱的美梦,什么办法我都愿意采取。你想怎样破坏他们的婚姻呢?

波拉契奥　不是用正当的手段,爵爷;可是我会把事情干得十分周密,让人家看不出破绽来。

约　翰　把你的计策简单告诉我一下。

波拉契奥　我想我在一年以前,就告诉过您我跟希罗的侍女玛格莱特相好了。

约　翰　我记得。

波拉契奥　我可以约她在夜静更深的时候,在她小姐闺房里的窗口等着我。

约　翰　这是什么用意?怎么就可以把他们的婚姻破坏了呢?

波拉契奥　毒药是要您自己配合起来的。您去对王爷说,他不该叫克劳狄奥这样一位赫赫有名的人物——您可以拼命抬高他的身价——去跟希罗那样一个下贱的女人结婚;您尽管对他说,这一次的事情对于他的名誉一定大有影响。

约　翰　我有什么证据可以提出呢?

波拉契奥　有,有,一定可以使亲王受骗,叫克劳狄奥懊恼,毁坏了希罗的名誉,把里奥那托活活气死;这不正是您所希望得到的结果吗?

约　翰　为了发泄我对他们这批人的气愤,什么事情我都愿意试一试。

波拉契奥　那么很好,找一个适当的时间,您把亲王跟克劳狄奥拉到一处没有旁人的所在,告诉他们说您知道希罗跟我很要好;您可以假意装出一副对亲王和他的朋友的名誉十分关切的样子,因为这次婚姻是亲王一手促成,现在克劳狄奥将要娶到一个已非完璧的女子,您不忍坐视他们受人之愚,所以不能不把您所知道的告诉他们。他们听了这样的话,当然不会就此相信；您就向他们提出真凭实据，把他们带到希罗的窗下，让他们看见我站在窗口，听我把玛格莱特叫做希罗，听玛格莱特叫我波拉契奥。就在预定的婚期的前一个晚上，您带着他们看一看这幕把戏，我可以预先设法把希罗调开；他们见到这种似乎是千真万确的事实，一定会相信希罗果真是一个不贞的女子，在妒火中烧的情绪下决不会作冷静的推敲，这样他们的一切准备就可以全部推翻了。

约　　翰　　不管它会引起怎样不幸的后果，我要把这计策实行起来。你给我用心办理，我赏你一千块钱。

波拉契奥　　您只要一口咬定，我的诡计是不会失败的。

约　　翰　　我就去打听他们的婚期。（同下。）

第三场　里奥那托的花园

培尼狄克上。

培尼狄克　　童儿！

小童上。

小　　童　　大爷叫我吗？

培尼狄克　　我的寝室窗口有一本书，你去给我拿到这儿花园里来。

小　　童　　大爷，您瞧，我不是已经来了吗？

培尼狄克　　我知道你来啦，可是我要你先到那边走一遭之后再来呀。（小童下）我真不懂一个人明明知道沉迷在恋爱里是一件多么愚蠢的事，可是在讥笑他人的浅薄无聊以后，偏偏会自己打自己的耳光，照样跟人家闹起恋爱来；克劳狄奥就是这种人。从前我认识他的时候，战鼓和军笛是他的唯一的音乐;现在他却宁愿听小鼓和洞箫了。从前他会跑十哩路去看一身好甲胄;现在他却会接连十个晚上不睡觉,为了设计一身新的紧身衣的式样。从前他说起话来,总是直接爽快,像个老老实实的军人;现在他却变成了个老学究,满嘴都是些希奇古怪的话儿。我会不会眼看自己也变得像他一样呢?我不知道;我想不至于。我不敢说爱情不会叫我变成一个牡蛎;可是我可以发誓,在它没有把我变成牡蛎以前,它一定不能叫我变成这样一个傻瓜。好看的女人,聪明的女人,贤惠的女人,我都碰见过,可是我还是个原来的我;除非在一个女人身上能够集合一切女人的优点,否则没有一个女人会中我的意的。她一定要有钱,这是不用说的;她必须聪明,不然我就不要;她必须贤惠,不然我也不敢领教;她必须美貌,不然我看也不要看她;她必须温柔,否则不要叫她走近我的身;她必须有高贵的人品,否则我不愿花十先令把她买下来;她必须会讲话,精音乐,而且她的头发必须是天然的颜色。哈!亲王跟咱们这位多情种子来啦!让我到凉亭里去躲他一躲。(退后。)

  唐·彼德罗、里奥那托、克劳狄奥同上;鲍尔萨泽及众乐工随上。

彼德罗　来,我们要不要听听音乐?

克劳狄奥　好的,殿下。暮色是多么沉寂,好像故意静下来,让乐声格外显得谐和似的!

彼德罗　你们看见培尼狄克躲在什么地方吗?

克劳狄奥　啊,看得很清楚,殿下;等音乐停止了,我们要叫这小狐狸钻进我们的圈套。

彼德罗　来,鲍尔萨泽,我们要把那首歌再听一遍。

鲍尔萨泽　啊,我的好殿下,像我这样的坏嗓子,把好好的音乐糟蹋了一次,也就够了,不要再叫我献丑了吧!

彼德罗　越是本领超人一等,越是口口声声不满意自己的才能。请你唱起来吧,别让我向你再三求告了。

鲍尔萨泽　既蒙殿下如此错爱,我就唱了。有许多求婚的人,在开始求婚的时候,虽然明知道他的恋人没有什么可爱,仍旧会把她恭维得天花乱坠,发誓说他真心爱着她的。

彼德罗　好了好了,请你别说下去了;要是你还想发表什么意见,就放在歌里边唱出来吧。

鲍尔萨泽　在我未唱以前,先要声明一句:我唱的歌儿是一句也不值得你们注意的。

彼德罗　他在那儿净说些不值得注意的废话。(音乐。)

培尼狄克　(旁白)啊,神圣的曲调!现在他的灵魂要飘飘然起来了!几根羊肠绷起来的弦线,会把人的灵魂从身体里抽了出来,真是不可思议!其实说到底,还是吹号子最配我的胃口。

鲍尔萨泽　(唱)

不要叹气,姑娘,不要叹气,

　　男人们都是些骗子,

一脚在岸上,一脚在海里,

　　他天性里朝三暮四。

不要叹息,让他们去,

　　你何必愁眉不展?

收起你的哀丝怨绪,

　　唱一曲清歌婉转。

莫再悲吟,姑娘,莫再悲吟,

　　　　停住你沉重的哀音；
　　哪一个夏天不绿叶成荫？
　　　　哪一个男子不负心？
　　不要叹息，让他们去，
　　　　你何必愁眉不展？
　　收起你的哀丝怨绪，
　　　　唱一曲清歌婉转。

彼德罗　真是一首好歌。

鲍尔萨泽　可是唱歌的人太不行啦，殿下。

彼德罗　哈，不，不，真的，你唱得总算过得去。

培尼狄克　（旁白）倘然他是一头狗叫得这样子，他们一定把他吊死啦；求上帝别让他的坏喉咙预兆着什么灾殃！与其听他唱歌，我宁愿听夜里的乌鸦叫，不管有什么祸事会跟着它一起来。

彼德罗　好，你听见了没有，鲍尔萨泽？请你给我们预备些好音乐，因为明天晚上我们要在希罗小姐的窗下弹奏。

鲍尔萨泽　我一定尽力办去，殿下。

彼德罗　很好，再见。（鲍尔萨泽及乐工等下）过来，里奥那托。您今天对我怎么说，说是令侄女贝特丽丝在恋爱着培尼狄克吗？

克劳狄奥　啊！是的。（向彼德罗旁白）小心，小心，鸟儿正在那边歇着呢。——我再也想不到那位小姐会爱上什么男人的。

里奥那托　我也是出于意料之外；尤其想不到的是她竟会对培尼狄克这样一往情深，照外表上看起来，总像她把他当作冤家对头似的。

培尼狄克　（旁白）有这样的事吗？风会吹到那个角里去吗？

里奥那托　真的，殿下，这件事情简直使我莫名其妙；我只知道她爱得他像发狂一般。谁也万万想象不到会有这样的怪事。

彼德罗　也许她是假装着骗人的。

克劳狄奥　嗯，那倒也有几分可能。

里奥那托　上帝啊！假装出来的！我从来没有见过谁能把热情假装得像她这样逼真。

彼德罗　啊，那么她是怎样表示她的热情的呢？

克劳狄奥　（旁白）好好儿把钓钩放下去，鱼儿就要吞饵了。

里奥那托　怎样表示，殿下？她会一天到晚坐着出神；（向克劳狄奥）你听见过我的女儿怎样告诉你的。

克劳狄奥　她是这样告诉过我的。

彼德罗　怎么？怎么？你们说呀。你们让我奇怪死了；我以为像她那样的性格，是无论如何不会受到爱情袭击的。

里奥那托　殿下，我也可以跟人家赌咒说决不会有这样的事，尤其是对于培尼狄克。

培尼狄克　（旁白）倘不是这白须老头儿说的话，我一定会把它当作一场诡计；可是诡计是不会藏在这样庄严的外表之下的。

克劳狄奥　（旁白）他已经上了钩了，别让他溜走。

彼德罗　她有没有把她的衷情向培尼狄克表示出来？

里奥那托　不，她发誓说一定不让他知道；这是使她痛苦的最大原因。

克劳狄奥　对了，我听令嫒说她说过这样的话："我当着他的面前屡次把他讥笑，难道现在却要写信给他，说我爱他吗？"

里奥那托　她每次提起笔来要想写信给他,便这样自言自语;一个夜里她总要起来二十次,披了一件衬衫,写满了一张纸再睡下去。这都是小女告诉我们的。

克劳狄奥　您说起一张纸,我倒记起令嫒告诉我的一个有趣的笑话来了。

里奥那托　啊!是不是说她写好了信,把它读了一遍,发现"培尼狄克"跟"贝特丽丝"两个名字刚巧写在一块儿?

克劳狄奥　正是。

里奥那托　啊!她把那封信撕成了一千片,把她自己痛骂了一顿,说她不应该这样不知羞耻,写信给一个她知道一定会把她嘲笑的人。她说,"我根据自己的脾气推想他;要是他写信给我,即使我心里爱他,我也还是要嘲笑他的。"

克劳狄奥　于是她跪在地上,痛哭流涕,搥着她的心,扯着她的头发,一面祈祷一面咒诅:"啊,亲爱的培尼狄克!上帝呀,给我忍耐吧!"

里奥那托　她真是这样;小女就是这样说的。她这种疯疯癫癫、如醉如痴的神气,有时候简直使小女提心吊胆,恐怕她会对自己闹出些什么不顾死活的事情来呢。这些都是千真万确的。

彼德罗　要是她自己不肯说,那么叫别人去告诉培尼狄克知道也好。

克劳狄奥　有什么用处呢?他不过把它当作一桩笑话,叫这个可怜的姑娘格外难堪罢了。

彼德罗　他要是真的这样,那么吊死他也是一件好事。她是个很好的可爱的姑娘;她的品行也是无可疵议的。

克劳狄奥　而且她是个绝世聪明的人儿。

彼德罗　她什么都聪明,就是在爱培尼狄克这件事上不大聪明。

里奥那托　啊,殿下!智慧和感情在这么一个娇嫩的身体里交战,十之八九感情会得到胜利的,我是她的叔父和保护人,瞧着她这样子,心里真是难受。

彼德罗　我倒希望她把这样的痴情用在我身上;我一定会不顾一切,娶她做我的妻子的。依我看来,你们还是去告诉培尼狄克,听他怎么说。

里奥那托　您想这样会有用处吗?

克劳狄奥　希罗相信她迟早活不下去:因为她说要是他不爱她,她一定会死;可是她宁死也不愿让他知道她爱他;即使他来向她求婚,她也宁死不愿把她平日那种倔强的态度改变一丝一毫。

彼德罗　她的意思很对。要是她向他呈献了她的一片深情,多半反而要遭他奚落;因为你们都知道,这个人的脾气是非常骄傲的。

克劳狄奥　他是一个很漂亮的人。

彼德罗　他的确有一副很好的仪表。

克劳狄奥　凭良心说,他也很聪明。

彼德罗　他的确有几分小聪明。

里奥那托　我看他也很勇敢。

彼德罗　他是个大英雄哩;可是在碰到打架的时候,你就可以看到他的聪明所在,因为他总是小心翼翼地躲开,万一脱身不了,也是战战兢兢,像个好基督徒似的。

里奥那托　他要是敬畏上帝,当然应该跟人家和和气气;万一闹翻了,自然要惴惴不安的。

彼德罗　他正是这样;这家伙虽然一张嘴胡说八道,可是他倒的确敬畏上帝。好,我对于令侄女非常同情。我们要不要去找培尼狄克,把她的爱情告诉他?

克劳狄奥　别告诉他,殿下;还是让她好好地想一想,把这段痴心慢慢地淡下去吧。

里奥那托　不,那是不可能的;等到她觉悟过来,她的心早已碎了。

彼德罗　好,我们慢慢再等着听令嫒报告消息吧,现在暂时不用多讲了。我很欢喜培尼狄克;我希望他能够平心静气反省一下,看看他自己多么配不上这么一位好姑娘。

里奥那托　殿下,请吧。晚饭已经预备好了。

克劳狄奥　(旁白)要是他听见了这样的话,还不会爱上她,我以后再不相信我自己的预测。

彼德罗　(旁白)咱们还要给她设下同样的圈套,那可要请令嫒跟她的侍女多多费心了。顶有趣的一点,就是让他们彼此以为对方在恋爱着自己,其实却根本没有这么一回事儿;这就是我所希望看到的一幕哑剧。让我们叫她来请他进去吃饭吧。(彼德罗、克劳狄奥、里奥那托同下。)

培尼狄克　(自凉亭内走出)这不会是诡计;他们谈话的神气是很严肃的;他们从希罗嘴里听到了这一件事情,当然不会有假。他们好像很同情这姑娘;她的热情好像已经涨到最高度。爱我!哎哟,我一定要报答她才是。我已经听见他们怎样批评我,他们说要是我知道了她在爱我,我一定会摆架子;他们又说她宁死也不愿把她的爱情表示出来。结婚这件事我倒从来没有想起过。我一定不要摆架子;一个人知道了自己的短处,能够改过自新,就是有福的。他们说这姑娘长得漂亮,这是真的,我可以为他们证明;说她品行很好,这也是事实,我不能否认;说她除了爱我以外,别的地方都是很聪明的,其实这一件事情固然不足表示她的聪明,可是也不能因此反证她的愚蠢,因为就是我也要从此为她颠倒哩。也许人家会向我冷嘲热讽,因为我一向都是讥笑着结婚的无聊;可是难道一个人的口味是不会改变的吗?年轻的时候喜欢吃肉,也许老来一闻到肉味道就要受不住。难道这种不关痛痒的舌丸唇弹,就可以把人吓退,叫他放弃他的决心吗?不,人类是不能让它绝种的。当初我说我要一生一世做个单身汉,那是因为我没有想到我会活到结婚的一天。贝特丽丝来了。天日在上,她是个美貌的姑娘!我可以从她脸上看出她几分爱我的意思来。

贝特丽丝上。

贝特丽丝　他们叫我来请您进去吃饭,可是这是违反我自己的意志的。

培尼狄克　好贝特丽丝,有劳枉驾,辛苦您啦,真是多谢。

贝特丽丝　我并没什么辛苦可以领受您的谢意,就像您这一声多谢并没有辛苦了您。要是这是一件辛苦的事,我也不会来啦。

培尼狄克　那么您是很乐意来叫我的吗?

贝特丽丝　是的,这乐意的程度可以让您在刀尖儿上挑得起来,可以塞进乌鸦的嘴里梗死它。您肚子不饿吧,先生?再见。

(下。)

培尼狄克　哈!"他们叫我来请您进去吃饭,可是这是违反我自己的意志的,"这句话里含着双关的意义。"我并没什么辛苦可以领受您的谢意,就像您这一声多谢并没有辛苦了您。"那等于说,我无论给您做些什么辛苦的事,都像说一声谢谢那样不费事。要是我不可怜她,我就是个混蛋;要是我不爱她,我就是个犹太人。我要向她讨一幅小像去。(下。)

第 三 幕

第一场　里奥那托的花园

希罗、玛格莱特及欧苏拉上。

希　罗　好玛格莱特,你快跑到客厅里去,我的姊姊贝特丽丝正在那儿跟亲王和克劳狄奥讲话;你在她的耳边悄悄地告诉她,说我跟欧苏拉在花园里谈天,我们所讲的话都是关于她的事情;你说我们的谈话让你听到了,叫她偷偷地溜到给金银花藤密密地纠绕着的凉亭里;在那儿,繁茂的藤萝受着太阳的煦养,成长以后,却不许日光进来,正像一般凭藉主子的势力作威作福的宠臣,一朝羽翼既成,却看不起那栽培他的恩人;你就叫她躲在那个地方,听我们说些什么话。这是你的事情,你好好地做去,让我们两个人在这儿。

玛格莱特　我一定叫她立刻就来。(下。)

希　罗　欧苏拉,我们就在这条路上走来走去;一等贝特丽丝来了,我们必须满嘴都讲的是培尼狄克:我一提起他的名字,你就把他恭维得好像走遍天下也找不到他这样一个男人似的;我就告诉你他怎样为了贝特丽丝害相思。我们就是这样用谎话造成丘匹德的一枝利箭,凭着传闻的力量射中她的心。

贝特丽丝自后上。

希　罗　现在开始吧;瞧贝特丽丝像一只田凫似的,缩头缩脑地在那儿听我们谈话了。

欧苏拉　钓鱼最有趣的时候,就是瞧那鱼儿用她的金桨拨开银浪,贪馋地吞那陷人的美饵;我们也正是这样引诱贝特丽丝上钩。她现在已经躲在金银花藤的浓荫下面了。您放心吧,我一定不会讲错了话。

希　罗　那么让我们走近她些,好让她的耳朵一字不漏地把我们给她安排下的诱人的美饵吞咽下去。(二人走近凉亭)不,真的,欧苏拉,她太高傲啦;我知道她的脾气就像山上的野鹰一样倔强豪放。

欧苏拉　可是您真的相信培尼狄克这样一心一意地爱着贝特丽丝吗?

希　罗　亲王跟我的未婚夫都是这么说的。

欧苏拉　他们有没有叫您告诉她知道,小姐?

希　罗　他们请我把这件事情告诉她;可是我劝他们说,要是他们把培尼狄克当做他们的好朋友,就应该希望他从爱情底下挣扎出来,无论如何不要让贝特丽丝知道。

欧苏拉　您为什么对他们这样说呢?难道这位绅士就配不上贝特丽丝小姐吗?

希　罗　爱神在上,我也知道像他这样的人品是值得享受世间一切至美至好的事物的;可是造物造下的女人的心,没有一颗比得上像贝特丽丝那样骄傲冷酷的;轻蔑和讥嘲在她的眼睛里闪耀着,把她所看见的一切贬得一文不值,她因为自恃才情,所以什么都不放在她的眼里。她不会恋爱,也从来不想到有恋爱这件事;她是太自命不凡了。

欧苏拉　不错,我也是这样想;所以还是不要让她知道他对她的爱情,免得反而遭到她的讥笑。

希　罗　是呀,你说得很对。无论怎样聪明、高贵、年轻、漂亮的男子,她总要把他批评得体无完肤:要是他面孔长得白净,她就发誓说这位先生应当做她的妹妹;要是他皮肤黑了点儿,她就说上帝在打一个小花脸的图样的时候,不小心涂上了一大块墨渍;要是他是个高个儿,他就是柄歪头的长枪;要是他是个矮子,他就是块刻坏了的玛瑙坠子;要是他多讲了几句话,他就是个随风转的风标;要是他一声不响,他就是块没有知觉的木头。她这样指摘着每一个人的短处,至于他的纯朴的德性和才能,她却绝口不给它们应得的赞赏。

欧苏拉　真的,这种吹毛求疵可不敢恭维。

希　罗　是呀,像贝特丽丝这样古怪得不近人情,真叫人不敢恭维。可是谁敢去对她这样说呢?要是我对她说了,她会把我讥笑得无地自容,用她的俏皮话儿把我揶揄死呢!所以还是让培尼狄克像一堆盖在灰里的火一样,在叹息中熄灭了他的生命的残焰吧;与其受人讥笑而死——这就像痒得要死那样难熬——还是不声不响地闷死了好。

欧苏拉　可是告诉了她,听听她说些什么也好。

希　罗　不,我想还是去劝劝培尼狄克,叫他努力斩断这一段痴情。真的,我想捏造一些关于我这位姊姊的谣言,一方面对她的名誉没有什么损害,一方面却可以冷了他的心;谁也不知道一句诽谤的话,会多么中伤人们的感情!

欧苏拉　啊!不要做这种对不起您姊姊的事。人家都说她心窍玲珑,她决不会糊涂到这个地步,会拒绝培尼狄克先生那样一位难得的绅士。

希　罗　除了我的亲爱的克劳狄奥以外,全意大利找不到第二个像他这样的人来。

欧苏拉　小姐,请您别生气,照我看起来,培尼狄克先生无论在外表上,在风度上,在智力和勇气上,都可以在意大利首屈一指。

希　罗　是的,他有一个很好的名誉。

欧苏拉　这也是因为他果然有过人的才德,所以才会得到这样的名誉。小姐,您的大喜在什么时候?

希　罗　就在明天。来,进去吧;我要给你看几件衣服,你帮我决定明天最好穿哪一件。

欧苏拉　(旁白)她已经上了钩了;小姐,我们已经把她捉住了。

希　罗　(旁白)要是果然这样,那么恋爱就是一个偶然的机遇;有的人被爱神用箭射中,有的人却自己跳进网罗。(希罗、欧苏拉同下。)

贝特丽丝　(上前)我的耳朵里怎么火一般热?果然会有这种事吗?难道我就让他们这样批评我的骄傲和轻蔑吗?去你的吧,那种狂妄!再会吧,处女的骄傲!人家在你的背后,是不会说你好话的。培尼狄克,爱下去吧,我一定会报答你;我要把这颗狂野的心收束起来,呈献在你温情的手里。你要是真的爱我,我的转变过来的温柔的态度,一定会鼓励你把我们的爱情用神圣的约束结合起来。人家说你值得我的爱,可是我比人家更知道你的好处。(下。)

第二场　里奥那托家中一室

唐·彼德罗、克劳狄奥、培尼狄克、里奥那托同上。

彼德罗　我等你结了婚,就到阿拉贡去。

克劳狄奥　殿下要是准许我，我愿意伴送您到那边。

彼德罗　不，你正在新婚燕尔的时候，这不是太杀风景了吗？把一件新衣服给孩子看了，却不许他穿起来，那怎么可以呢？我只要培尼狄克愿意跟我作伴就行了。他这个人从头顶到脚跟，没有一点心事；他曾经两三次割断了丘匹德的弓弦，现在这个小东西再也不敢射他啦。他那颗心就像一只好钟一样完整无缺，他的一条舌头就是钟舌；心里一想到什么，便会打嘴里说出来。

培尼狄克　哥儿们，我已经不再是从前的我啦。

里奥那托　我也是这样说；我看您近来好像有些心事似的。

克劳狄奥　我希望他是在恋爱了。

彼德罗　哼，这没有调教的家伙，他的腔子里没有一丝真情，怎么会真的恋爱起来？要是他有了心事，那一定是因为没有钱用。

培尼狄克　我牙痛。

彼德罗　拔掉它呀。

培尼狄克　去他妈的吧！

克劳狄奥　你要去他妈的，先得拔掉它呀。

彼德罗　啊！为了牙齿痛才这样长吁短叹吗？

里奥那托　只是因为出了点脓水，或者一个小虫儿在作怪吗？

培尼狄克　算了吧，痛在别人身上，谁都会说风凉话的。

克劳狄奥　可是我说，他是在恋爱了。

彼德罗　他一点也没有痴痴癫癫的样子，就是喜欢把自己打扮得奇形怪状：今天是个荷兰人，明天是个法国人；有时候同时做了两个国家的人，下半身是个套着灯笼裤的德国人，上半身是个不穿紧身衣的西班牙人。除了这一股无聊的傻劲儿以外,他并没有什么反常的地方,可以证明像你说的那样是在恋爱。

克劳狄奥　要是他没有爱上什么女人,那么古来的看法也都是靠不住的了。他每天早上刷他的帽子,这表示什么呢?

彼德罗　有人见过他上理发店没有?

克劳狄奥　没有,可是有人看见理发匠跟他在一起;他那脸蛋上的几根装饰品,都已经拿去塞网球去了。

里奥那托　他剃了胡须,瞧上去的确年轻了点儿。

彼德罗　他还用麝香擦他的身子哩;你们闻不出来这一股香味吗?

克劳狄奥　那等于说,这一个好小子在恋爱了。

彼德罗　他的忧郁是他的最大的证据。

克劳狄奥　几时他曾经用香水洗过脸?

彼德罗　对了,我听人家说他还搽粉哩。

克劳狄奥　还有他那爱说笑话的脾气,现在也已经钻进了琴弦里,给音栓管住了哪。

彼德罗　不错,那已经充分揭露了他的秘密。总而言之,他是在恋爱了。

克劳狄奥　嚯,可是我知道谁爱着他。

彼德罗　我也很想知道知道;我想一定是个不大熟悉他的人。

克劳狄奥　哪里,还深切知道他的坏脾气呢;可是人家却愿意为他而死。

彼德罗　等她将来被人"活埋"的时光,一定是脸儿朝天的了。

培尼狄克　你们这样胡说八道,不能叫我的牙齿不痛呀。老先生,陪我走走;我已经想好了八九句聪明的话儿,要跟您谈谈,可是一定不能让这些傻瓜们听见。(培尼狄克、里奥那托同下。)

彼德罗　我可以打赌,他一定是向他说起贝特丽丝的事。

克劳狄奥　正是。希罗和玛格莱特大概也已经把贝特丽丝同样捉弄过啦;现在这两匹熊碰见了,总不会再彼此相咬了吧。

　　　　唐·约翰上。

约　翰　上帝保佑您,王兄!

彼德罗　你好,贤弟。

约　翰　您要是有工夫的话,我想跟您谈谈。

彼德罗　不能让别人听见吗?

约　翰　是;不过克劳狄奥伯爵不妨让他听见,因为我所要说的话,是对他很有关系的。

彼德罗　是什么事?

约　翰　(向克劳狄奥)大人预备在明天结婚吗?

彼德罗　那你早就知道了。

约　翰　要是他知道了我所知道的事,那就难说了。

克劳狄奥　倘然有什么妨碍,请您明白告诉我。

约　翰　您也许以为我对您有点儿过不去,那咱们等着瞧吧;我希望您听了我现在将要告诉您的话以后,可以把您对我的意见改变过来。至于我这位兄长,我相信他是非常看重您的;他为您促成了这一门婚事,完全是他的一片好心;可惜看错了追求的对象,这一番心思气力,花得好不冤枉!

彼德罗　啊,是怎么一回事?

约　翰　我就是来告诉你们的;也不必多噜嗦,这位姑娘是不贞洁的,人家久已在那儿讲她的闲话了。

克劳狄奥　谁?希罗吗?

约　翰　正是她;里奥那托的希罗,您的希罗,大众的希罗。

克劳狄奥　不贞洁吗？

约　　翰　不贞洁这一个字眼，还是太好了，不够形容她的罪恶；她岂止不贞洁而已！您要是能够想得到一个更坏的名称，她也可以受之而无愧。不要吃惊，等着看事实的证明吧，您只要今天晚上跟我去，就可以看见在她结婚的前一晚，还有人从窗里走进她的房间里去。您看见这种情形以后，要是仍旧爱她，那么明天就跟她结婚吧；可是为了您的名誉起见，还是把您的决心改变一下的好。

克劳狄奥　有这等事吗？

彼德罗　我想不会的。

约　　翰　要是你们看见了真凭实据还不敢相信自己的眼睛，那么就不要承认你们所知道的事。你们只要跟我去，我一定可以叫你们看一个明白；等你们看饱听饱以后，再决定怎么办吧。

克劳狄奥　要是今天晚上果然有什么事情给我看到，那我明天一定不跟她结婚；我还要在举行婚礼的教堂里当众羞辱她呢。

彼德罗　我曾经代你向她求婚，我也要帮着你把她羞辱。

约　　翰　我也不愿多说她的坏话，横竖你们自己会替我证明的。现在大家不用声张，等到半夜时候再看究竟吧。

彼德罗　真扫兴的日子！

克劳狄奥　真倒霉的事情！

约　　翰　等会儿你们就要说，幸亏发觉得早，真好的运气！
　　（同下。）

第三场　街　道

　　　　道格培里、弗吉斯及巡丁等上。

道格培里　你们都是老老实实的好人吗？

弗吉斯　是啊，否则他们的肉体灵魂不一起上天堂，那才可惜哩。

道格培里　不，他们当了王爷的巡丁，要是有一点忠心的话，这样的刑罚还嫌太轻啦。

弗吉斯　好，道格培里伙计，把他们应该做的事吩咐他们吧。

道格培里　第一，你们看来谁是顶不配当巡丁的人？

巡丁甲　回长官，修·奥凯克跟乔治·西可尔，因为他们俩都会写字念书。

道格培里　过来，西可尔伙计。上帝赏给你一个好名字；一个人长得漂亮是偶然的运气，会写字念书才是天生的本领。

巡丁乙　巡官老爷，这两种好处——

道格培里　你都有；我知道你会这样说。好，朋友，讲到你长得漂亮，那么你谢谢上帝，自己少卖弄卖弄；讲到你会写字念书，那么等到用不着这种玩意儿的时候，再显显你自己的本领吧。大家公认你是这儿最没有头脑、最配当一个班长的人，所以你拿着这盏灯笼吧。听好我的吩咐：你要是看见什么流氓无赖，就把他抓了；你可以用王爷的名义叫无论什么人站住。

巡丁甲　要是他不肯站住呢？

道格培里　那你就不用理他，让他去好了；你就立刻召集其余的巡丁，谢谢上帝免得你们受一个混蛋的麻烦。

弗吉斯 要是喊他站住他不肯站住,他就不是王爷的子民。

道格培里 对了,不是王爷的子民,就可以不用理他们。你们也不准在街上大声吵闹;因为巡丁们要是哗啦哗啦谈起天来,那是最叫人受得住也是最不可宽恕的事。

巡丁乙 我们宁愿睡觉,不愿说话;我们知道一个巡丁的责任。

道格培里 啊,你说得真像一个老练的安静的巡丁,睡觉总是不会得罪人的;只要留心你们的钩镰枪别给人偷去就行啦。好,你们还要到每一家酒店去查看,看见谁喝醉了,就叫他回去睡觉。

巡丁甲 要是他不愿意呢?

道格培里 那么让他去,等他自己醒过来吧;要是他不好好地回答你,你可以说你看错了人啦。

巡丁甲 是,长官。

道格培里 要是你们碰见一个贼,按着你们的职分,你们可以疑心他不是个好人;对于这种家伙,你们越是少跟他们多事,越可以显出你们都是规矩的好人。

巡丁乙 要是我们知道他是个贼,我们要不要抓住他呢?

道格培里 按着你们的职分,你们本来是可以抓住他的;可是我想谁把手伸进染缸里,总要弄脏自己的手;为了省些麻烦起见,要是你们碰见了一个贼,顶好的办法就是让他使出他的看家本领来,偷偷地溜走了事。

弗吉斯 伙计,你一向是个出名的好心肠人。

道格培里 是呀,就是一条狗我也不忍把它勒死,何况是个还有几分天良的人,自然更加不在乎啦。

弗吉斯 要是你们听见谁家的孩子晚上啼哭,你们必须去把那奶妈子叫醒,叫她止住他的啼哭。

巡丁乙　要是那奶妈子睡熟了,听不见我们叫喊呢?

道格培里　那么你们就一声不响地走开去,让那孩子把她吵醒好了;因为母羊要是听不见她自己小羊的啼声,她怎么会回答一头小牛的叫喊呢?

弗吉斯　你说得真对。

道格培里　完了。你们当巡丁的,就是代表着王爷本人;要是你们在黑夜里碰见王爷,你们也可以叫他站住。

弗吉斯　哎哟,圣母娘娘呀!我想那是不可以的。

道格培里　谁要是懂得法律,我可以用五先令跟他打赌一先令,他可以叫他站住;当然啰,那还要看王爷自己愿不愿意;因为巡丁是不能得罪人的,叫一个不愿意站住的人站住,那是要得罪人的。

弗吉斯　对了,这才说得有理。

道格培里　哈哈哈!好,伙计们,晚安!倘然有要紧的事,你们就来叫我起来;什么事大家彼此商量商量。再见!来,伙计。

巡丁乙　好,弟兄们,我们已经听见长官吩咐我们的话;让我们就在这儿教堂门前的凳子上坐下来,等到两点钟的时候,大家回去睡觉吧。

道格培里　好伙计们,还有一句话。请你们留心留心里奥那托老爷的门口;因为他家里明天有喜事,今晚十分忙碌,怕有坏人混进去。再见,千万留心点儿。(道格培里、弗吉斯同下。)

　　　　　波拉契奥及康拉德上。

波拉契奥　喂,康拉德!

巡丁甲　(旁白)静!别动!

波拉契奥　喂,康拉德!

康拉德　这儿,朋友,我就在你的身边哪。

波拉契奥　他妈的!怪不得我身上痒,原来有一颗癞疥疮在我身边。

康拉德　等会儿再跟你算账;现在还是先讲你的故事吧。

波拉契奥　那么你且站在这儿屋檐下面,天在下着毛毛雨哩;我可以像一个醉汉似的,把什么话儿都告诉你。

巡丁甲　(旁白)弟兄们,一定是些什么阴谋;可是大家站着别动。

波拉契奥　告诉你吧,我从唐·约翰那儿拿到了一千块钱。

康拉德　干一件坏事的价钱会这样高吗?

波拉契奥　你应该这样问:难道坏人就这样有钱吗?有钱的坏人需要没钱的坏人帮忙的时候,没钱的坏人当然可以漫天讨价。

康拉德　我可有点不大相信。

波拉契奥　这就表明你是个初出茅庐的人。你知道一套衣服、一顶帽子的式样时髦不时髦,对于一个人本来是没有什么相干的。

康拉德　是的,那不过是些章身之具而已。

波拉契奥　我说的是式样的时髦不时髦。

康拉德　对啦,时髦就是时髦,不时髦就是不时髦

波拉契奥　呸!那简直就像说,傻子就是傻子。可是你不知道这个时髦是个多么坏的贼吗?

巡丁甲　(旁白)我知道有这么一个坏贼,他已经做了七年老贼了;他在街上走来走去,就像个绅士的模样。我记得有这么一个家伙。

波拉契奥　你不听见什么人在讲话吗？

康拉德　没有，只有屋顶上风标转动的声音。

波拉契奥　我说，你不知道这个时髦是个多么坏的贼吗？他会把那些从十四岁到三十五岁的血气未定的年轻人搅昏头，有时候把他们装扮得活像那些烟熏的古画上的埃及法老的兵士，有时候又像漆在教堂窗上的异教邪神的祭司，有时候又像织在污旧虫蛀的花毡上的薙光了胡须的赫剌克勒斯，裤裆里的那话儿瞧上去就像他的棍子一样又粗又重。

康拉德　这一切我都知道；我也知道往往一件衣服没有穿旧，流行的式样已经变了两三通。可是你是不是也给时髦搅昏了头，所以不向我讲你的故事，却来讨论起时髦问题来呢？

波拉契奥　那倒不是这样说。好，我告诉你吧，我今天晚上已经去跟希罗小姐的侍女玛格莱特谈过情话啦；我叫她做希罗，她靠在她小姐卧室的窗口，向我说了一千次晚安——我把这故事讲得太坏，我应当先告诉你，那亲王和克劳狄奥怎样听了我那主人唐·约翰的话，三个人预先站在花园里远远的地方，瞧见我们这一场幽会。

康拉德　他们都以为玛格莱特就是希罗吗？

波拉契奥　亲王跟克劳狄奥是这样想的；可是我那个魔鬼一样的主人知道她是玛格莱特。一则因为他言之凿凿，使他们受了他的愚弄；二则因为天色昏黑，蒙过了他们的眼睛；可是说来说去，还是全亏我的诡计多端，证实了唐·约翰随口捏造的谣言，惹得那克劳狄奥一怒而去，发誓说他要在明天早上，按着预定的钟点，到教堂里去见她的面，把他晚上所见的情形当众宣布出来，出出她的丑，叫她仍旧回去做一个没有丈夫的女人。

巡丁甲　我们用亲王的名义命令你们站住！

巡丁乙　去叫巡官老爷起来。一件最危险的奸淫案子给我们破获了。

巡丁甲　他们同伙的还有一个坏贼,我认识他,他头发上打着"爱人结"。

康拉德　列位朋友们！

巡丁乙　告诉你们吧,这个坏贼是一定要叫你们交出来的。

康拉德　列位——

巡丁甲　别说话,乖乖地跟我们去。

波拉契奥　他们把我们抓了去,倒是捞到了一批好货。

康拉德　少不得还要受一番检查呢。来,我们服从你们。

（同下。）

第四场　里奥那托家中一室

希罗、玛格莱特及欧苏拉上。

希　罗　好欧苏拉,你去叫醒我的姊姊贝特丽丝,叫她快点儿起身。

欧苏拉　是,小姐。

希　罗　请她过来一下子。

欧苏拉　好的。（下。）

玛格莱特　真的,我想还是那一个绉领好一点。

希　罗　不,好玛格莱特,我要戴这一个。

玛格莱特　这一个真的不是顶好;您的姊姊也一定会这样说的。

希　罗　我的姊姊是个傻子;你也是个傻子,我偏要戴这一个。

玛格莱特　我很欢喜这一顶新的发罩,要是头发的颜色再略微

371

深一点儿就好了。您的长袍的式样真是好极啦。人家把米兰公爵夫人那件袍子称赞得了不得,那件衣服我也见过。

希　罗　啊!他们说它好得很哩。

玛格莱特　不是我胡说,那一件比起您这一件来,简直只好算是一件睡衣:金线织成的缎子,镶着银色的花边,嵌着珍珠,有垂袖,有侧袖,圆圆的衣裾,缀满了带点儿淡蓝色的闪光箔片;可是要是讲到式样的优美雅致,齐整漂亮,那您这一件就可以抵得上她十件。

希　罗　上帝保佑我快快乐乐地穿上这件衣服,因为我的心里重得好像压着一块石头似的!

玛格莱特　等到一个男人压到您身上,它还要重得多哩。

希　罗　啐!你不害臊吗?

玛格莱特　害什么臊呢,小姐?因为我说了句老实话吗?就是对一个叫化子来说,结婚不也是光明正大的事吗?难道不曾结婚,就不许提起您的姑爷吗?我想您也许要我这样说:"对不起,说句不中听的粗话:一个丈夫。"只要说话有理,就不怕别人的歪曲。不是我有意跟人家抬杠,不过,"等到有了丈夫,那份担子压下来,可更重啦,"这话难道有什么要不得吗?只要大家是明媒正娶的,那有什么要紧?否则倒不能说是重,只好说是轻狂了。您要是不相信,去问贝特丽丝小姐吧;她来啦。

　　　　　贝特丽丝上。

希　罗　早安,姊姊。

贝特丽丝　早安,好希罗。

希　罗　嗳哟,怎么啦!你怎么说话这样懒洋洋的?

贝特丽丝　我的心曲乱得很呢。

玛格莱特　快唱一曲《妹妹心太活》吧,这是不用男低音伴唱的;你唱,我来跳舞。

贝特丽丝　大概你的一对马蹄子,就跟你的"妹妹"的一颗心那样,太灵活了吧。将来哪个丈夫娶了你,快替他养一马房马驹子吧。

玛格莱特　嗳呀,真是牛头不对马嘴!我把它们一脚踢开了。

贝特丽丝　快要五点钟啦,妹妹;你该快点儿端整起来了。真的,我身子怪不舒服。唉——呵!

玛格莱特　是您的肚肠里有了牵挂,还是得了心病、肝病?

贝特丽丝　我浑身说不出的不舒服。

玛格莱特　哼,您倘然没有变了一个人,那么航海的人也不用看星啦。

贝特丽丝　这傻子在那儿说些什么?

玛格莱特　我没有说什么;但愿上帝保佑每一个人如愿以偿!

希　罗　这双手套是伯爵送给我的,上面熏着很好的香料。

贝特丽丝　我的鼻子塞住啦,妹妹,我闻不出来。

玛格莱特　好一个塞住了鼻子的姑娘!今年的伤风可真流行。

贝特丽丝　啊,老天快帮个忙吧!你几时变得这样精灵的呀。

玛格莱特　自从您变得那样糊涂之后。我说俏皮话真来得,是不是?

贝特丽丝　可惜还不够招摇,最好把你的俏皮劲儿顶在头上,那才好呢。真的,我得病了。

玛格莱特　您的心病是要心药来医治的。

希　罗　你这一下子可刺进她心眼儿里去了。

贝特丽丝　怎么,干吗要"心药"?你这句话是什么意思?

玛格莱特　意思!不,真的,我一点没有什么意思。您也许以为我想您在恋爱啦;可是不,我不是那么一个傻子,会高兴怎么想就怎么想;我也不愿意想到什么就想什么;老实说,就是想空了我的心,我也决不会想到您是在恋爱,或者您将要恋爱,或者您会跟人家恋爱。可是培尼狄克起先也跟您一样,现在他却变了个人啦;他曾经发誓决不结婚,现在可死心塌地地做起爱情的奴隶来啦。我不知道您会变成个什么样子;可是我觉得您现在瞧起人来的那种神气,也有点跟别的女人差不多啦。

贝特丽丝　你的一条舌头滚来滚去的,在说些什么呀?
玛格莱特　反正不是说的瞎话。

　　　　　欧苏拉重上。

欧苏拉　小姐,进去吧;亲王、伯爵、培尼狄克先生、唐·约翰,还有全城的公子哥儿们,都来接您到教堂里去了。
希　罗　好姊姊,好玛格莱特,好欧苏拉,快帮我穿戴起来吧。
　　　（同下。）

第五场　里奥那托家中的另一室

　　　　　里奥那托偕道格培里、弗吉斯同上。

里奥那托　朋友,你有什么事要对我说?
道格培里　呃,老爷,我有点事情要来向您告禀,这件事情对于您自己是很有关系的。
里奥那托　那么请你说得简单一点,因为你瞧,我现在忙得很哪。
道格培里　呃,老爷,是这么一回事。
弗吉斯　是的,老爷,真的是这么一回事。

里奥那托　是怎么一回事呀,我的好朋友们?

道格培里　老爷,弗吉斯是个好人,他讲起话来总是有点儿缠夹不清;他年纪老啦,老爷,他的头脑已经没有从前那么糊涂,上帝保佑他! 可是说句良心话,他是个老实不过的好人,瞧他的眉尖心就可以明白啦。①

弗吉斯　是的,感谢上帝,我就跟无论哪一个跟我一样老,也不比我更老实的人一样老实。

道格培里　不要比这个比那个,叫人家听着心烦啦;少说些废话,弗吉斯伙计。

里奥那托　两位老乡,你们缠绕的本领可真不小啊。

道格培里　承蒙您老爷好说,不过咱们都是可怜的公爵手下的巡官。可是说真的,拿我自个儿来说,要是我的缠绕的本领跟皇帝老子那样大,我一定舍得拿来一古脑儿全传给您老爷。

里奥那托　呃,拿你的缠绕的本领全传给我?

道格培里　对啊,哪怕再加上一千个金镑的价值,我也决不会舍不得。因为我听到的关于您老爷的报告是挺好的,不比这儿城里哪个守本分的人们差,我虽然是个老粗,听了也非常满意。

弗吉斯　我也同样满意。

里奥那托　我最满意的是你们有话就快说出来。

弗吉斯　呃,老爷,我们的巡丁今天晚上捉到了梅西那地方两个顶坏的坏人——当然不包括您老爷在内。

道格培里　老爷,他是个很好的老头子,就是喜欢多话;人家说

---

①　古时有在犯人的眉尖心烙印的刑法,使人一望而知不是好人。

的,年纪一老,人也变糊涂啦。上帝保佑我们!这世上新鲜的事情可多着呢!说得好,真的,弗吉斯伙计。好,上帝是个好人;两个人骑一匹马,总有一个人在后面。真的,老爷,他是个老实汉子,天地良心;可是我们应该敬重上帝,世上有好人也就有坏人。唉!好伙计。

里奥那托　可不,老乡,他跟你差远了。

道格培里　这也是上帝的恩典。

里奥那托　我可要少陪了。

道格培里　就是一句话,老爷;我们的巡丁真的捉住了两个形迹可疑的人,我们想在今天当着您面前把他们审问一下。

里奥那托　你们自己去审问吧,审问明白以后,再来告诉我;我现在忙得不得了,你们也一定可以看得出来的。

道格培里　那么就这么办吧。

里奥那托　你们喝点儿酒再走;再见。

　　　一使者上。

使　者　老爷,他们都在等着您去主持婚礼。

里奥那托　我就来;我已经预备好了。(里奥那托及使者下。)

道格培里　去,好伙计,把法兰西斯·西可尔找来;叫他把他的笔和墨水壶带到监牢里,我们现在就要审问这两个家伙。

弗吉斯　我们一定要审问得非常聪明。

道格培里　是的,我们一定要尽量运用我们的智慧,叫他们狡赖不了。你就去找一个有学问的念书人来给我们记录口供;咱们在监牢里会面吧。(同下。)

第 四 幕

第一场　教堂内部

　　唐·彼德罗、唐·约翰、里奥那托、法兰西斯神父、克劳狄奥、培尼狄克、希罗、贝特丽丝等同上。

里奥那托　来,法兰西斯神父,简单一点;只要给他们行一行结婚的仪式,以后再把夫妇间应有的责任仔细告诉他们吧。

神　　父　爵爷,您到这儿来是要跟这位小姐举行婚礼的吗?

克劳狄奥　不。

里奥那托　神父,他是来跟她结婚的;您才是给他们举行婚礼的人。

神　　父　小姐,您到这儿来是要跟这位伯爵结婚吗?

希　　罗　是的。

神　　父　要是你们两人中间有谁知道有什么秘密的阻碍,使你们不能结为夫妇,那么为了免得你们的灵魂受到责罚,我命令你们说出来。

克劳狄奥　希罗,你知道有没有?

希　　罗　没有,我的主。

神　　父　伯爵,您知道有没有?

里奥那托　我敢替他回答,没有。

克劳狄奥　啊!人们敢做些什么!他们会做些什么出来!他们每天都在做些什么,却不知道他们自己在做些什么!

培尼狄克　怎么!发起感慨来了吗?那么让我来大笑三声吧,哈!哈!哈!

克劳狄奥　神父,请你站在一旁。老人家,对不起,您愿意这样慷慨地把这位姑娘,您的女儿,给我吗?

里奥那托　是的,贤婿,正像上帝把她给我的时候一样慷慨。

克劳狄奥　我应当用什么来报答您,它的价值可以抵得过这一件贵重的礼物呢?

彼德罗　用什么都不行,除非把她仍旧还给他。

克劳狄奥　好殿下,您已经教会我表示感谢的最得体的方法了。里奥那托,把她拿回去吧;不要把这只坏橘子送给你的朋友,她只是外表上像一个贞洁的女人罢了。瞧!她那害羞的样子,多么像是一个无邪的少女!啊,狡狯的罪恶多么善于用真诚的面具遮掩它自己!她脸上现起的红晕,不是正可以证明她的贞静纯朴吗?你们大家看见她这种表面上的做作,不是都会发誓说她是个处女吗?可是她已经不是一个处女了,她已经领略过枕席上的风情;她的脸红是因为罪恶,不是因为羞涩。

里奥那托　爵爷,您这是什么意思?

克劳狄奥　我不要结婚,不要把我的灵魂跟一个声名狼藉的淫妇结合在一起。

里奥那托　爵爷,要是照您这样说来,您因为她年幼可欺,已经破坏了她的贞操——

克劳狄奥　我知道你会这么说:要是我已经跟她发生了关系,你就会说她不过是委身于她的丈夫,所以不能算是一件不可恕的过失。不,里奥那托,我从来不曾用一句游辞浪语向她挑诱;我对她总是像一个兄长对待他的弱妹一样,表示着纯洁的真诚和合礼的情爱。

希　罗　您看我对您不也正是这样吗?

克劳狄奥　不要脸的!正是这样!我看你就像是月亮里的狄安娜女神一样纯洁,就像是未开放的蓓蕾一样无瑕;可是你却像维纳斯一样放荡,像纵欲的禽兽一样无耻!

希　罗　我的主病了吗?怎么他会讲起这种荒唐的话来?

里奥那托　好殿下,您怎么不说句话儿?

彼德罗　叫我说些什么呢?我竭力替我的好朋友跟一个淫贱的女人撮合,我自己的脸也丢尽了。

里奥那托　这些话是从你们嘴里说出来的呢,还是我在做梦?

约　翰　老人家,这些话是从他们嘴里说出来的;这些事情都是真的。

培尼狄克　这简直不成其为婚礼啦。

希　罗　真的!啊,上帝!

克劳狄奥　里奥那托,我不是站在这儿吗?这不是亲王吗?这不是亲王的兄弟吗?这不是希罗的面孔吗?我们不是大家生着眼睛的吗?

里奥那托　这一切都是事实;可是您这样说是什么意思呢?

克劳狄奥　让我只问你女儿一个问题,请你用你做父亲的天赋权力,叫她老实回答我。

里奥那托　我命令你从实答复他的问题,因为你是我的孩子。

希　罗　啊,上帝保佑我!我要给他们逼死了!这算是什么审问呀?

克劳狄奥　我们要从你自己的嘴里听到你的实在的回答。

希　罗　我不是希罗吗？谁能够用公正的谴责玷污这一个名字？

克劳狄奥　嘿,那就要问希罗自己了；希罗自己可以玷污希罗的名节。昨天晚上在十二点钟到一点钟之间,在你的窗口跟你谈话的那个男人是谁？要是你是个处女,请你回答这一个问题吧。

希　罗　爵爷,我在那个时候不曾跟什么男人谈过话。

彼德罗　哼,你还要抵赖！里奥那托,我很抱歉要让你知道这一件事：凭着我的名誉起誓,我自己、我的兄弟和这位受人欺骗的伯爵,昨天晚上在那个时候的的确确看见她,也听见她在她卧室的窗口跟一个混账东西谈话；那个荒唐的家伙已经亲口招认,这样不法的幽会,他们已经有过许多次了。

约　翰　啧！啧！王兄,那些话还是不要说了吧,说出来也不过污了大家的耳朵。美貌的姑娘,你这样不知自重,我真替你可惜！

克劳狄奥　啊,希罗！要是把你外表上的一半优美分给你的内心,那你将会是一个多么好的希罗！可是再会吧,你这最下贱、最美好的人！你这纯洁的淫邪,淫邪的纯洁,再会吧！为了你我要锁闭一切爱情的门户,让猜疑停驻在我的眼睛里,把一切美色变成不可亲近的蛇蝎,永远失去它诱人的力量。

里奥那托　这儿谁有刀子可以借给我,让我刺在我自己的心里？

　　　　　(希罗晕倒。)

贝特丽丝　嗳哟,怎么啦,妹妹！你怎么倒下去啦？

约　翰　来,我们去吧。她因为隐事给人揭发,一时羞愧交集,所以昏过去了。(彼德罗、约翰、克劳狄奥同下。)

培尼狄克　这姑娘怎么啦?

贝特丽丝　我想是死了!叔叔,救命!希罗!嗳哟,希罗!叔叔!培尼狄克先生!神父!

里奥那托　命运啊,不要松了你的沉重的手!对于她的羞耻,死是最好的遮掩。

贝特丽丝　希罗妹妹,你怎么啦!

神　父　小姐,您宽心吧。

里奥那托　你的眼睛又睁开了吗?

神　父　是的,为什么她不可以睁开眼睛来呢?

里奥那托　为什么!不是整个世界都在斥责她的无耻吗?她可以否认已经刻下在她血液里的这一段丑事吗?不要活过来,希罗,不要睁开你的眼睛;因为要是你不能快快地死去,要是你的灵魂里载得下这样的羞耻,那么我在把你痛责以后,也会亲手把你杀死的。你以为我只有你这一个孩子,我会因为失去你而悲伤吗?我会埋怨造化的吝啬,不肯多给我几个子女吗?啊,像你这样的孩子,一个已经太多了!为什么我要有这么一个孩子呢?为什么你在我的眼睛里是这么可爱呢?为什么我不曾因为一时慈悲心起,在门口收养了一个叫化的孩子,那么要是她长大以后干下这种丑事,我还可以说,"她的身上没有一部分是属于我的;这一种羞辱是她从不知名的血液里传下来的"?可是我自己亲生的孩子,我所钟爱的、我所赞美的、我所引为骄傲的孩子,为了爱她的缘故,我甚至把她看得比我自己还重;她——啊!她现在落下了污泥的坑里,大海的水也洗不净她的污秽,海里所有的盐也不够解除她肉体上的腐臭。

培尼狄克　老人家,您安心点儿吧。我瞧着这一切,简直是莫名其妙,不知道应该说些什么话才好。

贝特丽丝　啊!我敢赌咒,我的妹妹是给他们冤枉的!

培尼狄克　小姐,您昨天晚上跟她睡在一个床上吗?

贝特丽丝　那倒没有;虽然在昨晚以前,我跟她已经同床睡了一年啦。

里奥那托　证实了!证实了!啊,本来就是铁一般的事实,现在又加上一重证明了!亲王兄弟两人是会说谎的吗?克劳狄奥这样爱着她,讲到她的丑事的时候,也会忍不住流泪,难道他也是会说谎的吗?别理她!让她死吧!

神　父　听我讲几句话。我刚才在这儿静静地旁观着这一件意外的变故,我也在留心观察这位小姐的神色:我看见无数羞愧的红晕出现在她的脸上,可是立刻有无数冰霜一样皎洁的惨白把这些红晕驱走,显示出她的含冤蒙屈的清贞;我更看见在她的眼睛里射出一道火一样的光来,似乎要把这些贵人们加在她身上的无辜的诬蔑烧掉。要是这位温柔的小姐不是遭到重大的误会,要是她不是一个清白无罪的人,那么你们尽管把我叫做傻子,再不要相信我的学问、我的见识、我的经验,也不要重视我的年齿、我的身份或是我的神圣的职务吧。

里奥那托　神父,不会有这样的事的。你看她虽然做出这种丧尽廉耻的事来,可是她还有几分天良未泯,不愿在她的深重的罪孽之上再加上一重欺罔的罪恶;她并没有否认。事情已经是这样明显了,你为什么还要替她辩护呢?

神　父　小姐,他们说你跟什么人私通?

希　罗　他们这样说我,他们一定知道;我可不知道。要是我违背了女孩儿家应守的礼法,跟任何不三不四的男人来往,那么让我的罪恶不要得到宽恕吧!啊,父亲!您要是能够证明有哪个男人在可以引起嫌疑的时间里跟我谈过话,或者我在昨天晚上曾经跟别人交换过言语,那么请您斥逐我、痛恨我、用酷刑处死我吧!

神　　父　亲王们一定有了些误会。

培尼狄克　他们中间有两个人是正人君子;要是他们这次受了人家的欺骗,一定是约翰那个私生子弄的诡计,他是最喜欢设阱害人的。

里奥那托　我不知道。要是他们说的关于她的话果然是事实,我要亲手把她杀死;要是他们无中生有,损害她的名誉,我要跟他们中间最尊贵的一个人拚命去。时光不曾干涸了我的血液,年龄也不曾侵蚀了我的智慧,我的家财不曾因为逆运而消耗,我的朋友也不曾因为我的行为不检而走散;他们要是看我可欺,我就叫他们看看我还有几分精力,还会转转念头,也不是无财无势,也不是无亲无友,尽可对付得了他们的。

神　　父　且慢,在这件事情上,请您还是听从我的劝告。亲王们离开这儿的时候,以为您的小姐已经死了;现在不妨暂时叫她深居简出,就向外面宣布说她真的已经死了,再给她举办一番丧事,在贵府的坟地上给她立起一方碑铭,一切丧葬的仪式都不可缺少。

里奥那托　为什么要这样呢?这样有什么好处呢?

神　　父　要是照这样好好地做去,就可以使诬蔑她的人不禁哀怜她的不幸,这也未始不是好事;可是我提起这样奇怪的办法,却另有更大的用意。人家听说她一听到这种诽谤立刻身死，一定都会悲悼她、可怜她，从而原谅她。我们往往在享有某一件东西的时候，一点不看重它的好处；等到失掉它以后，却会格外夸张它的价值，发现当它还在我们手里的时候所看不出来的优点。克劳狄奥一定也会这样：当他听到了他的无情的言语，已经致希罗于死地的时候，她生前可爱的影子一定会浮起在他的想象之中，她的生命中的每一部分都会在他的心目中变得比活在世上的她格外值得珍贵，格外优美动人，格外充满生命；要是爱情果然打动过他的心，那时他一定会悲伤哀恸，即使他仍旧以为他所指斥她的确是事实，他也会后悔不该给她这样大的难堪。您就照这么办吧，它的结果一定会比我所能预料的还要美满。即使退一步说，它并不能收到理想中的效果，至少也可以替她把这场羞辱掩盖过去，您不妨把她隐藏在什么僻静的地方，让她潜心修道，远离世人的耳目，隔绝任何的诽谤损害；对于名誉已受创伤的她，这是一个最适当的办法。

培尼狄克　里奥那托大人，听从这位神父的话吧。虽然您知道我对于亲王和克劳狄奥都有很深的交情，可是我愿意凭着我的名誉起誓，在这件事情上，我一定抱着公正的态度，保持绝对的秘密。

里奥那托　我已经伤心得毫无主意了，你们用一根顶细的草绳都可以牵着我走。

神　父　好，那么您已经答应了；立刻去吧，非常的病症是要用非常的药饵来疗治的。来，小姐，您必须死里求生；今天的婚礼也许不过是暂时的延期，您耐心忍着吧。（神父、希罗及里奥那托同下。）

培尼狄克　贝特丽丝小姐，您一直在哭吗？

贝特丽丝　是的,我还要哭下去哩。

培尼狄克　我希望您不要这样。

贝特丽丝　您有什么理由?这是我自己愿意这样呀。

培尼狄克　我相信令妹一定受了冤枉。

贝特丽丝　唉!要是有人能够替她伸雪这场冤枉,我才愿意跟他做朋友。

培尼狄克　有没有可以表示这一种友谊的方法?

贝特丽丝　方法是有,而且也是很直接爽快的,可惜没有这样的朋友。

培尼狄克　可以让一个人试试吗?

贝特丽丝　那是一个男子汉做的事情,可不是您做的事情。

培尼狄克　您是我在这世上最爱的人——这不是很奇怪吗?

贝特丽丝　就像我所不知道的事情一样奇怪。我也可以说您是我在这世上最爱的人——可是别信我——可是我没有说假话——我什么也不承认,什么也不否认——我只是为我的妹妹伤心。

培尼狄克　贝特丽丝,凭着我的宝剑起誓,你是爱我的。

贝特丽丝　发了这样的誓,是不能反悔的。

培尼狄克　我愿意凭我的剑发誓你爱着我;谁要是说我不爱你,我就叫他吃我一剑。

贝特丽丝　您不会食言而肥吗?

培尼狄克　无论给它调上些什么油酱,我都不愿把我今天说过的话吃下去。我发誓我爱你。

贝特丽丝　那么上帝恕我!

培尼狄克　亲爱的贝特丽丝,你犯了什么罪过?

贝特丽丝　您刚好打断了我的话头,我正要说我也爱着您呢。

培尼狄克　那么就请你用整个的心说出来吧。

贝特丽丝　我用整个心儿爱着您,简直分不出一部分来向您诉说。

培尼狄克　来,吩咐我给你做无论什么事吧。

贝特丽丝　杀死克劳狄奥。

培尼狄克　喔!那可办不到。

贝特丽丝　您拒绝了我,就等于杀死了我。再见。

培尼狄克　等一等,亲爱的贝特丽丝。

贝特丽丝　我的身子就算在这儿,我的心也不在这儿。您一点没有真情。哎哟,请您还是放我走吧。

培尼狄克　贝特丽丝——

贝特丽丝　真的,我要去啦。

培尼狄克　让我们先言归于好。

贝特丽丝　您愿意跟我做朋友,却不敢跟我的敌人决斗。

培尼狄克　克劳狄奥是你的敌人吗?

贝特丽丝　他不是已经充分证明是一个恶人,把我的妹妹这样横加诬蔑,信口毁谤,破坏她的名誉吗?啊!我但愿自己是一个男人!嘿!不动声色地搀着她的手,一直等到将要握手成礼的时候,才翻过脸来,当众宣布他的恶毒的谣言!——上帝啊,但愿我是个男人!我要在市场上吃下他的心。

培尼狄克　听我说,贝特丽丝——

贝特丽丝　跟一个男人在窗口讲话!说得真好听!

培尼狄克　可是,贝特丽丝——

贝特丽丝　亲爱的希罗!她负屈含冤,她的一生从此完了!

培尼狄克　贝特——

贝特丽丝　什么亲王！什么伯爵！好一个做见证的亲王！好一个甜言蜜语的风流伯爵！啊，为了他的缘故，我但愿自己是一个男人；或者我有什么朋友愿意为了我的缘故，做一个堂堂男子！可是人们的丈夫气概，早已销磨在打恭作揖里，他们的豪侠精神，早已丧失在逢迎阿谀里了；他们已经变得只剩下一条善于拍马吹牛的舌头；谁会造最大的谣言，而且拿谣言来赌咒，谁就是个英雄好汉。我既然不能凭着我的愿望变成一个男子，所以我只好做一个女人在伤心中死去。

培尼狄克　等一等，好贝特丽丝。我举手为誓，我爱你。

贝特丽丝　您要是真的爱我，那么把您的手用在比发誓更有意义的地方吧。

培尼狄克　凭着你的良心，你以为克劳狄奥伯爵真的冤枉了希罗吗？

贝特丽丝　是的，正像我知道我有思想有灵魂一样毫无疑问。

培尼狄克　够了！一言为定，我要去向他挑战。让我在离开你以前，吻一吻你的手。我凭你这只手起誓，克劳狄奥一定要得到一次重大的教训。请你等候我的消息，把我放在你的心里。去吧，安慰安慰你的妹妹；我必须对他们说她已经死了。好，再见。（各下。）

第二场　监　狱

　　　道格培里、弗吉斯及教堂司事各穿制服上；巡丁押康拉德及波拉契奥随上。

道格培里　咱们这一伙儿都到齐了吗？

弗吉斯　啊！端一张凳子和垫子来给教堂司事先生坐。

教堂司事　哪两个是被告?

道格培里　呃,那就是我跟我的伙计。

弗吉斯　不错,我们是来审案子的。

教堂司事　可是哪两个是受审判的犯人?叫他们到巡官老爷面前来吧。

道格培里　对,对,叫他们到我面前来。朋友,你叫什么名字?

波拉契奥　波拉契奥。

道格培里　请写下波拉契奥。小子,你呢?

康拉德　长官,我是个绅士,我的名字叫康拉德。

道格培里　写下绅士康拉德先生。两位先生,你们都敬奉上帝吗?

康拉德
波拉契奥　是,长官,我们希望我们是敬奉上帝的。

道格培里　写下他们希望敬奉上帝;留心把上帝写在前面,因为要是让这些混蛋的名字放在上帝前面,上帝一定要生气的。两位先生,你们已经被证明是两个比奸恶的坏人好不了多少的家伙,大家也就要这样看待你们了。你们自己有什么辩白没有?

康拉德　长官,我们说我们不是坏人。

道格培里　好一个乖巧的家伙;可是我会诱他说出真话来。过来,小子,让我在你的耳边说一句话:先生,我对您说,人家都以为你们是奸恶的坏人。

波拉契奥　长官,我对你说,我们不是坏人。

道格培里　好,站在一旁。天哪,他们都是老早商量好了说同样的话的。你有没有写下来,他们不是坏人吗?

教堂司事　巡官老爷,您这样审问是审问不出什么结果来的;您必须叫那控诉他们的巡丁上来问话。

道格培里　对,对,这是最迅速的方法。叫那巡丁上来。弟兄们,我用亲王的名义,命令你们控诉这两个人。

巡丁甲　禀长官,这个人说亲王的兄弟唐·约翰是个坏人。

道格培里　写下约翰亲王是个坏人。嗳哟,这简直是犯的伪证罪,把亲王的兄弟叫做坏人!

波拉契奥　巡官先生——

道格培里　闭住你的嘴,家伙;我讨厌你的面孔。

教堂司事　你们还听见他说些什么?

巡丁乙　呃,他说他因为捏造了中伤希罗小姐的谣言,唐·约翰给了他一千块钱。

道格培里　这简直是未之前闻的窃盗罪。

弗吉斯　对了,一点不错。

教堂司事　还有些什么话?

巡丁甲　他说克劳狄奥伯爵听了他的话,准备当着众人的面前把希罗羞辱,不再跟她结婚。

道格培里　嗳哟,你这该死的东西!你干下这种恶事,要一辈子不会下地狱啦。

教堂司事　还有什么?

巡丁乙　没有什么了。

教堂司事　两位先生,就是这一点,你们也没有法子抵赖了。约翰亲王已经在今天早上逃走;希罗已经这样给他们羞辱过,克劳狄奥也已经拒绝跟她结婚,她因为伤心过度,已经突然身死了。巡官老爷,把这两个人绑起来,带到里奥那托家里去;我先走一步,把我们审问的结果告诉他。(下。)

道格培里　来,把他们铐起来。

弗吉斯　把他们交给——

康拉德　滚开,蠢货!

道格培里　他妈的!教堂司事呢?叫他写下:亲王的官吏是个蠢货。来,把他们绑了。你这该死的坏东西!

康拉德　滚开,你是头驴子,你是头驴子!

道格培里　你难道瞧不起我的地位吗?你难道瞧不起我这一把年纪吗?啊,但愿他在这儿,给我写下我是头驴子!可是列位弟兄们,记住我是头驴子;虽然这句话没有写下来,可是别忘记我是头驴子。你这恶人,你简直是目中无人,这儿大家都可以做见证的。老实告诉你吧,我是个聪明人;而且是个官;而且是个有家小的人;再说,我的相貌也比得上梅西那地方无论哪一个人;我懂得法律,那可以不去说它;我身边老大有几个钱,那也可以不去说它;我不是不曾碰到过坏运气,可是我还有两件袍子,无论到什么地方去总还是体体面面的。把他带下去!啊,但愿他给我写下我是一头驴子!(同下。)

第 五 幕

第一场　里奥那托家门前

里奥那托及安东尼奥上。

安东尼奥　您要是老是这样,那不过气坏了您自己的身体;帮着忧伤摧残您自己,那未免太不聪明吧。

里奥那托　请你停止你的劝告;把这些话送进我的耳中,就像把水倒在筛里一样毫无用处。不要劝我;也不要让什么人安慰我,除非他也遭到跟我同样的不幸。给我找一个像我一样溺爱女儿的父亲,他那做父亲的欢乐,跟我一样完全给粉碎了,叫他来劝我安心忍耐;把他的悲伤跟我的悲伤两两相较,必须铢两悉称,毫发不爽,从外表、形相到细枝末节,都没有区别;要是这样一个人能够拈弄他的胡须微笑,把一切懊恼的事情放在脑后,用一些老生常谈自宽自解,忘却了悲叹,反而若无其事地干咳嗽,借着烛光,钻在书堆里,再也想不起自己的不幸——那么叫他来见我吧,我也许可以从他那里学到些忍耐的方法。可是世上不会有这样的人;因为,兄弟,人们对于自己并不感觉到的痛苦,是会用空洞的话来劝告慰藉的,可是他们要是自己尝到了这种痛苦的滋味,他们的理性就会让感情来主宰了,他们就会觉得他们给人家服用的药饵,对自己也不会发生效力;极度的疯狂,是不能用一根丝线把它拴住的,就像空话不能止痛一样。不,不,谁都会劝一个在悲哀的重压下辗转呻吟的人安心忍耐,可是谁也没有那样的修养和勇气,能够叫自己忍受同样的痛苦。所以不要给我劝告,我的悲哀的呼号会盖住劝告的声音。

安东尼奥　人们就是在这种地方,跟小孩子没有分别。

里奥那托　请你不必多说。我只是个血肉之躯的凡人;就是那些写惯洋洋洒洒的大文的哲学家们,尽管他们像天上的神明一样,蔑视着人生的灾难痛苦,一旦他们的牙齿痛起来,也是会忍受不住的。

安东尼奥　可是您也不要一味自己吃苦;您应该叫那些害苦了您的人也吃些苦才是。

里奥那托　你说得有理;对了,我一定要这样。我心里觉得希罗一定是受人诬谤;我要叫克劳狄奥知道他的错误,也要叫亲王跟那些破坏她的名誉的人知道他们的错误。

安东尼奥　亲王跟克劳狄奥急匆匆地来了。

　　　　唐·彼德罗及克劳狄奥上。

彼德罗　早安,早安。

克劳狄奥　早安,两位老人家。

里奥那托　听我说,两位贵人——

彼德罗　里奥那托,我们现在没有工夫。

里奥那托　没有工夫,殿下！好,回头见,殿下;您现在这样忙吗？——好,那也不要紧。

彼德罗　嗳哟,好老人家,别跟我们吵架。

安东尼奥　要是吵了架可以报复他的仇恨,咱们中间总有一个人会送命的。

克劳狄奥　谁得罪他了?

里奥那托　嘿,就是你呀,你,你这假惺惺的骗子!怎么,你要拔剑吗?我可不怕你。

克劳狄奥　对不起,那是我的手不好,害得您老人家吓了一跳;其实它并没有要拔剑的意思。

里奥那托　哼,朋友!别对我扮鬼脸取笑。我不像那些倚老卖老的傻老头儿一般,只会向人吹吹我在年轻时候怎么了不得,要是现在再年轻了几岁,一定会怎么怎么。告诉你,克劳狄奥,你冤枉了我的清白的女儿,把我害得好苦,我现在忍无可忍,只好不顾我这一把年纪,凭着满头的白发和这身久历风霜的老骨头,向你挑战,看究竟谁是谁非。我说你冤枉了我的清白的女儿;你的信口的诽谤已经刺透了她的心,她现在已经跟她的祖先长眠在一起了;啊,想不到我的祖先清白传家,到了她身上却落下一个污名,这都是因为你的万恶的手段!

克劳狄奥　我的手段?

里奥那托　是的,克劳狄奥,我说是你的万恶的手段。

彼德罗　老人家您说错了。

里奥那托　殿下,殿下,要是他有胆量,我愿意用武力跟他较量出一个是非曲直来;虽然他击剑的本领不坏,练习得又勤,又是年轻力壮,可是我不怕他。

克劳狄奥　走开!我不要跟你胡闹。

里奥那托　你会这样推开我吗?你已经杀死了我的孩子;要是你把我也杀死了,孩子,才算你是个汉子。

安东尼奥　他要把我们两人一起杀死了,才算是个汉子;可是让他先杀死一个吧,让他跟我较量一下,看他能不能把我取胜。来,跟我来,孩子;来,哥儿,来,跟我来。哥儿,我要把你杀得无招架之功!我大丈夫说出来的话就算数。

里奥那托　兄弟——

安东尼奥　您宽心吧。上帝知道我爱我的侄女;她现在死了,给这些恶人们造的谣言气死了。他们只会欺负一个弱女子,可是叫他们跟一个男子汉决斗,却像叫他们从毒蛇嘴里拔出舌头来一样没有胆量。这些乳臭小儿,只会说大话,诓人的猴子,不中用的懦夫!

里奥那托　安东尼贤弟——

安东尼奥　您不要说话。干什么,好人儿!我看透了他们,知道他们的骨头一共有多少分量;这些胡闹的、寡廉鲜耻的纨袴公子们,就会说谎骗人,造谣生事,打扮得奇奇怪怪,装出一副吓唬人的样子,说几句假威风的言语,扬言他们要怎样打击敌人,假使他们有这胆量;这就是他们的全副本领!

里奥那托　可是,安东尼贤弟——

安东尼奥　不,这点小事您不用管,让我来对付他们。

彼德罗　两位老先生,我们不愿意冒犯你们。令媛的死实在使我非常抱憾;可是凭着我的名誉发誓,我们对她说的话都是绝对确实,而且有充分的证据。

里奥那托　殿下,殿下——

彼德罗　我不要听你的话。

里奥那托　不要听我的话?好,兄弟,我们去吧。总有人会听我的话的——

安东尼奥　不要听也得听,否则咱们就拚个你死我活。(里奥那托、安东尼奥同下。)

　　　　培尼狄克上。

彼德罗　　瞧,瞧,我们正要去找的那个人来啦。

克劳狄奥　啊,老兄,什么消息?

培尼狄克　早安,殿下。

彼德罗　　欢迎,培尼狄克;你来迟了一步,我们刚才险些儿打起来呢。

克劳狄奥　我们的两个鼻子险些儿没给两个没有牙齿的老头子咬下来。

彼德罗　　里奥那托跟他的兄弟。你看怎么样?要是我们真的打起来,那我们跟他们比起来未免太年轻点儿了。

培尼狄克　强弱异势,胜了也没有光彩。我是来找你们两个人的。

克劳狄奥　我们到处找着你,因为我们一肚子都是烦恼,想设法把它排遣排遣。你给我们讲个笑话吧。

培尼狄克　我的笑话就在我的剑鞘里,要不要拔出来给你们瞧瞧?

彼德罗　　你是把笑话随身佩带的吗?

克劳狄奥　只听见把人笑破"肚皮",可还没听说把笑话插在"腰"里。请你把它"拔"出来,就像乐师从他的琴囊里拿出他的乐器来一样,给我们弹奏弹奏解解闷吧。

彼德罗　　嗳哟,他的脸色怎么这样白得怕人!你病了吗?还是在生气?

克劳狄奥　喂,放出勇气来,朋友!虽然忧能伤人,可是你是个好汉子,你会把忧愁赶走的。

培尼狄克　爵爷,您要是想用您的俏皮话儿挖苦我,那我是很可以把您对付得了的。请您换一个题目好不好?

克劳狄奥　好,他的枪已经弯断了,给他换一枝吧。

彼德罗　他的脸色越变越难看了;我想他真的在生气哩。

克劳狄奥　要是他真的在生气,那么他总知道刀子就挂在他身边。

培尼狄克　可不可以让我在您的耳边说句话?

克劳狄奥　上帝保佑我不要是挑战!

培尼狄克　(向克劳狄奥旁白)你是个坏人,我不跟你开玩笑:你敢用什么方式,凭着什么武器,在什么时候跟我决斗,我一定从命;你要是不接受我的挑战,我就公开宣布你是一个懦夫。你已经害死了一位好好的姑娘,她的阴魂一定会缠绕在你的身上。请你给我一个回音。

克劳狄奥　好,我一定奉陪就是了;让我也可以借此消消闷儿。

彼德罗　怎么,你们打算喝酒去吗?

克劳狄奥　是的,谢谢他的好意;他请我去吃一个小牛头,吃一只阉鸡,我要是不把它切得好好的,就算我的刀子不中用。说不定我还能吃到一只呆鸟吧。

培尼狄克　您的才情真是太好啦,出口都是俏皮话儿。

彼德罗　让我告诉你那天贝特丽丝怎样称赞你的才情。我说你的才情很不错;"是的,"她说,"他有一点琐碎的小聪明。""不,"我说,"他有很大的才情";"对了,"她说,"他的才情是大而无当的。""不,"我说,"他有很善的才情";"正是,"她说,"因为太善了,所以不会伤人。""不,"我说,"这位绅士很聪明;""啊,"她说,"好一位聪明的绅士!""不,"我说,"他有一条能言善辩的舌头";"我相信您的话,"她说,"因为他在星期一晚上向我发了一个誓,到星期二早上又把那个誓毁了；他不止有一条舌头，他是有两条舌头哩。"这样她用足足一点钟的工夫，把你的长处批评得一文不值；可是临了她却叹了口气，说你是意大利最漂亮的一个男人。

克劳狄奥　因此她伤心得哭了起来，说她一点不放在心上。

彼德罗　正是这样；可是说是这么说，她倘不把他恨进骨髓里去，就会把他爱到心窝儿里。那老头子的女儿已经完全告诉我们了。

克劳狄奥　全都说了——而且，当他躲在园里的时候，上帝就看见他。①

彼德罗　可是我们什么时候把那野牛的角儿插在有理性的培尼狄克的头上呢？

克劳狄奥　对了，还要在头颈下面挂着一块招牌，"请看结了婚的培尼狄克！"

培尼狄克　再见，哥儿；你已经知道我的意思。现在我让你一个人去唠唠叨叨说话吧；谢谢上帝，你讲的那些笑话正像只会说说大话的那些懦夫们的刀剑一样伤不了人。殿下，一向蒙您知遇之恩，我是十分地感谢，可是现在我不能再跟您继续来往了。您那位令弟已经从梅西那逃走；你们几个人已经合伙害死了一位纯洁无辜的姑娘。至于我们那位白脸公子，我已经跟他约期相会了；在那个时候以前，我愿他平安。（下。）

彼德罗　他果然认起真来了。

克劳狄奥　绝对地认真；我告诉您，他这样一本至诚，完全是为了贝特丽丝的爱情。

---

① 此句出自《旧约·创世记》。

彼德罗　他向你挑战了吗？

克劳狄奥　他非常诚意地向我挑战了。

彼德罗　一个衣冠楚楚的人,会这样迷塞了心窍,真是可笑!

克劳狄奥　像他这样一个人,讲外表也许比一头猴子神气得多,可是他的聪明还不及一头猴子哩。

彼德罗　且慢,让我静下来想一想;糟了! 他不是说我的兄弟已经逃走了吗？

　　　　　　道格培里、弗吉斯及巡丁押康拉德、波拉契奥同上。

道格培里　你来,朋友;要是法律管不了你,那简直可以用不到什么法律了。不,你本来是个该死的伪君子,总得好好地看待看待你。

彼德罗　怎么! 我兄弟手下的两个人都给绑起来啦! 一个是波拉契奥!

克劳狄奥　殿下,您问问他们犯的什么罪。

彼德罗　巡官,这两个人犯了什么罪？

道格培里　禀王爷,他们乱造谣言;而且他们说了假话;第二点,他们信口诽谤;末了第六点,他们冤枉了一位小姐;第三点,他们做假见证;总而言之,他们是说谎的坏人。

彼德罗　第一点,我问你,他们干了些什么事？第三点,我问你,他们犯的什么罪？末了第六点,我问你,他们为什么被捕？总而言之,你控诉他们什么罪状？

克劳狄奥　问得很好,而且完全套着他的口气,把一个意思用各种不同的方式表达了出来。

彼德罗　你们两人得罪了谁,所以才给他们抓了起来问罪？这位聪明的巡官讲的话儿太奥妙了,我听不懂。你们犯了什么罪？

波拉契奥　好殿下,我向您招认一切以后,请您不必再加追问,就让这位伯爵把我杀死了吧。我已经当着您的眼前把您欺骗;您的智慧所观察不到的,却让这些蠢货们揭发出来了。他们在晚上听见我告诉这个人您的兄弟唐·约翰怎样唆使我毁坏希罗小姐的名誉;你们怎样听了他的话到花园里去,瞧见我在那儿跟打扮做希罗样子的玛格莱特昵昵情话;以及你们怎样在举行婚礼的时候把她羞辱。我的罪恶已经给他们记录下来;我现在但求一死,不愿再把它重新叙述出来,增加我的惭愧。那位小姐是受了我跟我的主人诬陷而死的;总之,我不求别的,只请殿下处我应得之罪。

彼德罗　他的这一番话,不是像一柄利剑刺进了你的心坎吗?

克劳狄奥　我听他说话,就像是吞下了毒药。

彼德罗　可是果真是我的兄弟指使你做这种事的吗?

波拉契奥　是的,他还给了我很大的酬劳呢。

彼德罗　他是个奸恶成性的家伙,现在一定是为了阴谋暴露,所以逃走了。

克劳狄奥　亲爱的希罗!现在你的形象又回复到我最初爱你的时候那样纯洁美好了!

道格培里　来,把这两个原告带下去。咱们那位司事先生现在一定已经把这件事情告诉里奥那托老爷知道了。弟兄们,要是碰上机会,你们可别忘了替我证明我是头驴子。

弗吉斯　啊,里奥那托老爷来了,司事先生也来了。

　　　　里奥那托、安东尼奥及教堂司事重上。

里奥那托　这个恶人在哪里?让我把他的面孔认认清楚,以后看见跟他长得模样差不多的人,就可以远而避之。两个人中哪一个是他?

波拉契奥　您倘要知道谁是害苦了您的人，就请瞧着我吧。

里奥那托　就是你这奴才用你的鬼话害死了我的清白的孩子吗？

波拉契奥　是的，那全是我一个人干的事。

里奥那托　不，恶人，你错了；这儿有一对正人君子，还有第三个已经逃走了，他们都是有分的。两位贵人，谢谢你们害死了我的女儿；你们干了这一件好事，是应该在青史上大笔特书的。你们自己想一想，这一件事情干得多光彩。

克劳狄奥　我不知道应该怎样向您请求原谅，可是我不能不说话。您爱怎样处置我就怎样处置我吧，我愿意接受您所能想得到的无论哪一种惩罚；虽然我所犯的罪完全是出于误会的。

彼德罗　凭着我的灵魂起誓，我也犯下了无心的错误；可是为了消消这位好老人家的气起见，我也愿意领受他的任何重罚。

里奥那托　我不能叫你们把我的女儿救活过来，那当然是不可能的事；可是我要请你们两位向这儿梅西那所有的人宣告她死得多么清白。要是您的爱情能够鼓动您写些什么悲悼的诗歌，请您就把它悬挂在她的墓前，向她的尸骸歌唱一遍；今天晚上您就去歌唱这首挽歌。明天早上您再到我家里来；您既然不能做我的子婿，那么就做我的侄婿吧。舍弟有一个女儿，她跟我去世的女儿长得一模一样，现在她是我们兄弟两人唯一的嗣息；您要是愿意把您本来应该给她姊姊的名分转给她，那么我这口气也就消下去了。

克劳狄奥　啊，可敬的老人家，您的大恩大德，真使我感激涕零！我敢不接受您的好意；从此以后，不才克劳狄奥愿意永远听从您的驱使。

里奥那托　那么明天早上我等您来;现在我要告别啦。这个坏人必须叫他跟玛格莱特当面质对;我相信她也一定受到令弟的贿诱,参加这阴谋的。

波拉契奥　不,我可以用我的灵魂发誓,她并不知情;当她向我说话的时候,她也不知道她已经做了些什么不应该做的事;照我平常所知道,她一向都是规规矩矩的。

道格培里　而且,老爷,这个原告,这个罪犯,还叫我做驴子;虽然这句话没有写下来,可是请您在判罪的时候不要忘记。还有,巡丁听见他们讲起一个坏贼,到处用上帝的名义向人借钱,借了去永不归还,所以现在人们的心肠都变得硬起来,不再愿意看在上帝的面上借给别人半个子儿了。请您在这一点上也要把他仔细审问审问。

里奥那托　谢谢你这样细心,这回真的有劳你啦。

道格培里　您老爷说得真像一个知恩感德的小子,我为您赞美上帝!

里奥那托　这儿是你的辛苦钱。

道格培里　上帝保佑,救苦救难!

里奥那托　去吧,你的罪犯归我发落,谢谢你。

道格培里　我把一个大恶人交在您手里;请您自己把他处罚,给别人做个榜样。上帝保佑您老爷!愿老爷平安如意,无灾无病!后会无期,小的告辞了! 来,伙计。(道格培里、弗吉斯同下。)

里奥那托　两位贵人,咱们明天早上再见。

安东尼奥　再见;我们明天等着你们。

彼德罗　我们一定准时奉访。

克劳狄奥　今晚我就到希罗坟上哀吊去。(彼德罗、克劳狄奥同下。)

里奥那托　(向巡丁)把这两个家伙带走。我们要去问一问玛格莱特,她怎么会跟这个下流的东西来往。(同下。)

第二场　里奥那托的花园

培尼狄克及玛格莱特自相对方向上。

培尼狄克　好玛格莱特姑娘,请你帮帮忙替我请贝特丽丝出来说话。

玛格莱特　我去请她出来了,您肯不肯写一首诗歌颂我的美貌呢?

培尼狄克　我一定会写一首顶高雅的、哪一个男子别想高攀得上的诗送给你。凭着最讨人喜欢的真理起誓,你真配。

玛格莱特　再没哪个男子能够高攀得上!那我只好一辈子"落空"啦?

培尼狄克　你这张嘴说起俏皮话来,就像猎狗那样会咬人。

玛格莱特　您的俏皮话就像一把练剑用的钝刀头子,怎样使也伤不了人。

培尼狄克　这才叫大丈夫,他不肯伤害女人。玛格莱特,请你快去叫贝特丽丝来吧——我服输啦,我向你缴械,盾牌也不要啦。

玛格莱特　盾牌我们自己有,把剑交上来。

培尼狄克　这可不是好玩儿的,玛格莱特,这家伙才叫危险,只怕姑娘降不住他。

玛格莱特　好,我就去叫贝特丽丝出来见您;我想她自己也生腿的。

培尼狄克　所以一定会来。(玛格莱特下)

    恋爱的神明，

    高坐在天庭，

    知道我，知道我，

    多么的可怜！——

我的意思是说，我的歌喉是多么糟糕得可怜；可是讲到恋爱，那么那位游泳好手里昂德，那位最初发明请人拉纤的特洛伊罗斯，以及那一大批载在书上的古代的风流才子们，他们的名字至今为骚人墨客所乐道，谁也没有像可怜的我这样真的为情颠倒了。可惜我不能把我的热情用诗句表示出来；我曾经搜索枯肠，可是找来找去，可以跟"姑娘"押韵的，只有"儿郎"两个字，一个孩子气的韵！可以跟"羞辱"押韵的，只有"甲壳"两个字，一个硬绷绷的韵！可以跟"学校"押韵的，只有"呆鸟"两个字，一个混账的韵！这些韵脚都不大吉利。不，我想我命里没有诗才，我也不会用那些风花雪月的话儿向人求爱。

    贝特丽丝上。

培尼狄克　亲爱的贝特丽丝，我一叫你你就出来了吗？

贝特丽丝　是的，先生；您一叫我走，我也就会去的。

培尼狄克　不，别走，再呆一会儿。

贝特丽丝　"一会儿"已经呆过了，那么再见吧——可是在我未去以前，让我先问您一个明白，您跟克劳狄奥说过些什么话？我原是为这事才来的。

培尼狄克　我已经骂过他了；所以给我一个吻吧。

贝特丽丝　骂人的嘴是不干净的；不要吻我，让我去吧。

培尼狄克　你真会强辞夺理。可是我必须明白告诉你,克劳狄奥已经接受了我的挑战,要是他不就给我一个回音,我就公开宣布他是个懦夫。现在我要请你告诉我,你究竟为了我哪一点坏处而开始爱起我来呢?

贝特丽丝　为了您所有的坏处,它们朋比为奸,尽量发展它们的恶势力,不让一点好处混杂在它们中间。可是您究竟为了我哪一点好处,才对我害起相思来呢?

培尼狄克　"害起相思来",好一句话!我真的给相思害了,因为我爱你是违反我的本心的。

贝特丽丝　那么您原来是在跟您自己的心作对。唉,可怜的心!您既然为了我的缘故而跟它作对,那么我也要为了您的缘故而跟它作对了;因为我的朋友要是讨厌它,我当然再也不会欢喜它的。

培尼狄克　咱们两个人都太聪明啦,总不会安安静静地讲几句情话。

贝特丽丝　照您这样说法,恐怕未必如此;真的聪明人是不会自称自赞的。

培尼狄克　这是一句老生常谈,贝特丽丝,在从前世风淳厚、大家能够赏识他邻人的好处的时候,未始没有几分道理。可是当今之世,谁要是不乘他自己未死之前预先把墓志铭刻好,那么等到丧钟敲过,他的寡妇哭过几声以后,谁也不会再记得他了。

贝特丽丝　您想那要经过多少时间呢?

培尼狄克　问题就在这里,左右也不过钟鸣一小时,泪流一刻钟而已。所以一个人只要问心无愧,把自己的好处自己宣传宣传,就像我对于我自己这样,实在是再聪明不过的事。我可以替我自己作证,我这个人的确不坏。现在已经自称自赞得够了——我敢给自己担保,我这个人完全值得称赞——请你告诉我,你的妹妹怎样啦?

贝特丽丝　她现在憔悴不堪。

培尼狄克　你自己呢?

贝特丽丝　我也是憔悴不堪。

培尼狄克　敬礼上帝,尽心爱我,你的身子就可以好起来。现在我应该去啦;有人慌慌张张地找你来了。

　　　　　欧苏拉上。

欧苏拉　小姐,快到您叔叔那儿去。他们正在那儿议论纷纷:希罗小姐已经证明受人冤枉,亲王跟克劳狄奥上了人家一个大大的当;唐·约翰是罪魁祸首,他已经逃走了。您就来吗?

贝特丽丝　先生,您也愿意去听听消息吗?

培尼狄克　我愿意活在你的心里,死在你的怀里,葬在你的眼里;我也愿意陪着你到你叔叔那儿去。(同下。)

第三场　教堂内部

　　　　　唐·彼德罗、克劳狄奥及侍从等携乐器蜡烛上。

克劳狄奥　这儿就是里奥那托家的坟堂吗?

一侍从　正是,爵爷。

克劳狄奥　(展手卷朗诵)"青蝇玷玉,逸口铄金,嗟吾希罗,月落星沉!生蒙不虞之毁,死播百世之馨;惟令德之昭昭,斯虽死而犹生。"我将你悬在坟上,当我不能说话时候,你仍在把她赞扬!现在奏起音乐来,歌唱你们的挽诗吧。

歌

惟兰蕙之幽姿兮，
　遽一朝而摧焚；
风云怫郁其变色兮，
　月姊掩脸而似嗔；
语月姊兮毋嗔，
　听长歌兮当哭；
绕墓门而逡巡兮，
　岂百身之可赎！
风瑟瑟兮云漫漫，
　纷助予之悲叹；
安得起重泉之白骨兮，
　及长夜之未旦！

克劳狄奥　幽明从此音尘隔，岁岁空来祭墓人。永别了，希罗！

彼德罗　早安，列位朋友；把你们的火把熄了。豺狼已经觅食回来；瞧，熹微的晨光在日轮尚未出现之前，已经在欲醒未醒的东方缀上鱼肚色的斑点了。劳驾你们，现在你们可以回去了；再会。

克劳狄奥　早安，列位朋友；大家各走各的路吧。

彼德罗　来，我们也去换好衣服，再到里奥那托家里去。

克劳狄奥　但愿许门有灵，这一回赐给我好一点的运气！

（同下。）

第四场　里奥那托家中一室

里奥那托、安东尼奥、培尼狄克、贝特丽丝、玛格莱特、欧苏拉、法兰西斯神父及希罗同上。

神　父　我不是对您说她是无罪的吗？

里奥那托　亲王跟克劳狄奥怎样凭着莫须有的罪名冤诬她，您是听见的，他们误信人言，也不能责怪他们；可是玛格莱特在这件事情上也有几分不是，虽然照盘问和调查的结果看起来，她的行动并不是出于本意。

安东尼奥　好，一切事情总算圆满收场，我很高兴。

培尼狄克　我也很高兴，因为否则我有誓在先，非得跟克劳狄奥那小子算账不可。

里奥那托　好，女儿，你跟各位姑娘进去一会；等我叫你们出来的时候，大家戴上面罩出来。亲王跟克劳狄奥约定在这个时候来看我的。（众女下）兄弟，你知道你应该做些什么事；你必须做你侄女的父亲，把她许婚给克劳狄奥。

安东尼奥　我一定会扮演得神气十足。

培尼狄克　神父，我想我也要有劳您一下。

神　父　先生，您要我做些什么事？

培尼狄克　替我加上一层束缚，或者替我解除独身主义的约束吧。里奥那托大人，不瞒您说，好老人家，令侄女对我很是另眼相看。

里奥那托　不错，她这一只另外的眼睛是我的女儿替她装上去的。

培尼狄克　为了报答她的眷顾，我也已经把我的一片痴心呈献给她。

里奥那托　您这一片痴心，我想是亲王、克劳狄奥跟我三个人替您安放进去的。可是请问有何见教？

培尼狄克　大人，您说的话太玄妙了。可是讲到我的意思，那么我是希望得到您的许可,让我们就在今天正式成婚;好神父,这件事情我要有劳您啦。

里奥那托　我竭诚赞成您的意思。

神　　父　我也愿意效劳。亲王跟克劳狄奥来啦。

　　　　　唐·彼德罗、克劳狄奥及侍从等上。

彼德罗　早安,各位朋友。

里奥那托　早安,殿下;早安,克劳狄奥。我们正在等着你们呢。您今天仍旧愿意娶我的侄女吗?

克劳狄奥　即使她长得像黑炭一样,我也决不反悔。

里奥那托　兄弟,你去叫她出来;神父已经等在这儿了。(安东尼奥下。)

彼德罗　早安,培尼狄克。啊,怎么,你的面孔怎么像严冬一样难看,堆满了霜雪风云?

克劳狄奥　他大概想起了那头野牛。呸!怕什么,朋友!我们要用金子镶在你的角上,整个的欧罗巴都会欢喜你,正像从前欧罗巴欢喜那因为爱情而变成一头公牛的乔武一样。

培尼狄克　乔武老牛叫起来声音很是好听;大概也有那么一头野牛看中了令尊大人那头母牛,结果才生下了像老兄一样的一头小牛来,因为您的叫声也跟他差不多,倒是家学渊源哩。

克劳狄奥　我暂时不跟你算账;这儿来了我一笔待清的债务。

　　　　　安东尼奥率众女戴面罩重上。

克劳狄奥　哪一位姑娘我有福握住她的手?

安东尼奥　就是这一个,我现在把她交给您了。

克劳狄奥　啊,那么她就是我的了。好人,让我瞻仰瞻仰您的芳容。

里奥那托　不,在您没有搀着她的手到这位神父面前宣誓娶她为妻以前,不能让您瞧见她的面孔。

克劳狄奥　把您的手给我;当着这位神父之前,我愿意娶您为妻,要是您不嫌弃我的话。

希　罗　当我在世的时候,我是您的另一个妻子;(取下面罩)当您爱我的时候,您是我的另一个丈夫。

克劳狄奥　又是一个希罗!

希　罗　一点不错;一个希罗已经蒙垢而死,但我以清白之身活在人间。

彼德罗　就是从前的希罗!已经死了的希罗!

里奥那托　殿下,当谗言流传的时候,她才是死的。

神　父　我可以替你们解释一切;等神圣的仪式完毕以后,我会详细告诉你们希罗逝世的一段情节。现在暂时把这些怪事看做不足为奇,让我们立刻到教堂里去。

培尼狄克　慢点儿,神父。贝特丽丝呢?

贝特丽丝　(取下面罩)我就是她。您有什么见教?

培尼狄克　您不是爱我吗?

贝特丽丝　啊,不,我不过照着道理对待您罢了。

培尼狄克　这样说来,那么您的叔父、亲王跟克劳狄奥都受了骗啦;因为他们发誓说您爱我的。

贝特丽丝　您不是爱我吗?

培尼狄克　真的,不,我不过照着道理对待您罢了。

贝特丽丝　这样说来,那么我的妹妹、玛格莱特跟欧苏拉都大错而特错啦;因为她们发誓说您爱我的。

培尼狄克　他们发誓说您为了我差不多害起病来啦。

贝特丽丝　她们发誓说您为了我差不多活不下去啦。

培尼狄克　没有这回事。那么您不爱我吗？

贝特丽丝　不，真的，咱们不过是两个普通的朋友。

里奥那托　好了好了，侄女，我可以断定你是爱着这位绅士的。

克劳狄奥　我也可以赌咒他爱着她；因为这儿就有一首他亲笔写的歪诗，是他从自己的枯肠里搜索出来，歌颂着贝特丽丝的。

希　罗　这儿还有一首诗，是我姊姊的亲笔，从她的口袋里偷出来的；这上面申诉着她对于培尼狄克的爱慕。

培尼狄克　怪事怪事！我们自己的手会写下跟我们心里的意思完全不同的话。好，我愿意娶你；可是天日在上，我是因为可怜你才娶你的。

贝特丽丝　我不愿拒绝您；可是天日在上，我只是因为却不过人家的劝告，一方面也是因为要救您的性命，才答应嫁给您的；人家告诉我您在一天天瘦下去呢。

培尼狄克　别多话！让我堵住你的嘴。（吻贝特丽丝。）

彼德罗　结了婚的培尼狄克，请了！

培尼狄克　殿下，我告诉你吧，就是一大伙鼓唇弄舌的家伙向我鸣鼓而攻，我也决不因为他们的讥笑而放弃我的决心。你以为我会把那些冷嘲热讽的话儿放在心上吗？不，要是一个人这么容易给人家用空话打倒，他根本不配穿体面的衣服。总之，我既然立志结婚，那么无论世人说些什么闲话，我都不会去理会他们；所以你们也不必因为我从前说过反对结婚的话而把我取笑，因为人本来是个出尔反尔的东西，这就是我的结论了。至于讲到你，克劳狄奥，我倒很想把你打一顿；可是既然你就要做我的亲戚了，那么就让你保全皮肉，好好地爱我的小姨吧。

克劳狄奥　我倒很希望你会拒绝贝特丽丝,这样我就可以用棍子打你一顿,打得你不敢再做光棍了。我就担心你这家伙不大靠得住;我的大姨应该把你监管得紧一点才好。

培尼狄克　得啦得啦,咱们是老朋友。现在我们还是趁没有举行婚礼之前,大家跳一场舞,让我们的心跟我们妻子的脚跟一起飘飘然起来吧。

里奥那托　还是结过婚再跳舞吧。

培尼狄克　不,我们先跳舞再结婚;奏起音乐来!殿下,你好像有些什么心事似的;娶个妻子吧,娶个妻子吧。世上再没有比那戴上一顶绿帽子的丈夫更受人敬重了。

　　　　一使者上。

使　者　殿下,您的在逃的兄弟约翰已经在路上给人抓住,现在由武装的兵士把他押回到梅西那来了。

培尼狄克　现在不要想起他,明天再说吧;我可以给你设计一些最巧妙的惩罚他的方法。吹起来,笛子!(跳舞。众下。)